河出文庫

メモリーを消すまで

山田悠介

河出書房新社

目次

Contents

メモリーを消すまで

Until the memory is deleted

第一幕
Act 1

カウント1

天高く澄み切った空の下、築二十年になる記憶操作センター（Memory Operation Center／通称ＭＯＣ）東京本部の建物がそびえ立っている。高層マンションが建ち並ぶ豊洲（とよす）の埋め立て地帯に堂々と浮かぶ赤茶色の巨大なその建物は、近隣住民をも寄りつかせない異様な不気味さであった。

ＭＯＣ東京本部はもともとお台場（『記憶削除法』制定時には月島だった）に拠点を置いていたが、建物の老朽化が進み、築四十年の建物を取り壊して二十年前にここ豊洲に移転したのであった。

法務省が百億円の巨額の予算を投じて建設したＭＯＣ東京本部は、日本最大規模である豊洲刑務所と隣接しており、敷地面積六千五百坪。その広大な敷地にまるで要塞のようにそびえ立つ鉄筋地上五階建ての建物は延べ床面積千八百五十坪、最大収容人数三千名にもおよび、ＭＯＣ東京本部もまた日本最大規模の施設であった。

建物の地下と一階には、二日ないし三日後の〝記憶削除〟を待つ大勢の受刑者が独居房に留置されている。赤茶色の外壁に囲まれた、日当たり、眺望、ともに悪い二階フロアには六十歳以上の受刑者の記憶を削除する三課が、三階フロアには十七歳から五十九歳までの受刑者の記憶削除を担当する二課が、そして東京湾の景色を一望でき、日当たりが抜群によい四階フロアには十六歳以下の受刑者の記憶を削除する一課がある。五階には主に、施設の長である本部長室と、受刑者の犯罪記録ファイル並びに記憶削除データが納められたデータ保管室などが設置されている。

未成年の受刑者を担当する一課が、二課や三課よりも上階にあり、記憶操作官も十五人と五人ほど多く、さらに毎年の予算などが優遇されているのは、東京では二〇七五年から昨年までの過去二十年間、十六歳以下の犯罪率が常にトップで、なおかつ年々重罪化しており、この深刻な現状を政府が重視し力を注いでいるからであった。巨額の資金が投入され、国家公務員である記憶操作官以外にも、看守や事務員、技術者などが大勢勤めている。夜間は当直を残し、詰めている職員はずっと減るとはいえ、刑務所同様、二十四時間三百六十五日稼働する巨大な不夜城だった。

未成年者の犯罪増加を物語るように、地下と一階の独居房は常に五割近くが十六歳以下で占められていた。わざわざ一度独居房に収容するのは、刑の執行を目前にして一人静かに悔い改めさせるためである。陽のまったく当たらないわずか二畳のコンクリート部屋に閉じ込められた受刑者たちは、もうじきやってくる記憶削除を孤独のうちに待っているのであった。

一課に所属する相馬誠（そうままこと）記憶操作官は四階の南向きに位置する『削除室』にいた。三十畳ほどある大部屋の中央には無数のコードが接続された黒い椅子が設置され、頭上にはこれまた無数のコードがつながれた帽子状の黒い装置がぶら下がっている。

その先には大型モニターと記憶削除を行うための様々な機械が並んでおり、科学実験室のような寒々しい雰囲気を醸（かも）し出している。二階と三階にもまったく同じ作りをした削除室が二部屋ずつ設置されているが、受刑者の多い四階フロアにだけは三部屋設置されている。相馬が今いるのは〝№3〟であった。

削除室は小窓すらなくコンクリートの壁に囲まれているので、南向きとはいえ一日中陽の当たらない肌寒い部屋であった。今は暖房が効いているが、天井にあるライトは大型モニターを見やすくするために光を落としているため、相馬の小柄で鶴のような痩身（そうしん）を照らすのは目の前の大型モニターの光だけであった。といってもまだモニターには少年の記憶の画像は映し出されておらず、起動された状態でただ青く光っている。

相馬はこれから記憶削除が執行される中村少年に椅子に座るよう優しい声で指示した。髪を金色に染めた幼い少年は、相馬に言われたとおり素直に椅子に座るとソワソワしながら頭上の装置を見上げた。これを被（かぶ）ることは容易に想像がついただろう。中村少年は相馬に尋ねたいことが多々あるらしく、何度も装置と相馬とを交互に見ていた。しかし記憶を削除されるという極度の緊張で声が出ないようだった。

相馬はこれから記憶の削除が行われる中村少年の犯罪記録ファイルを開いた。少年に見せていた優しい顔つきは消え、人が変わったように真剣な顔つきで神経質なまでに一字一句慎重に目で追っていった。他の操作官は効率重視なので流す程度にしか読まないが、相馬はどんな受刑者でも、たとえ軽犯罪であっても必ず長い時間をかけてファイルをじっくり読むのだった。

二〇八〇年七月二十一日生まれ。十五歳。血液型AB型。東京都江東区東陽出身……。

その下にずらりと経歴が書かれており、最後に『罪名・薬物取締法違反、および傷害罪』と印字されている。この書類は裁判所が作成したもので、少年の犯罪記録、および削除する記憶の内容などが細かく記載されているのだった。

相馬は次のページを繰った。

中村少年は去年の十月三日、渋谷センター街で暴れていたところを警察官に取り押さえられ、渋谷警察署に連行された。その直後に行われた尿検査で陽性反応が出たため覚醒剤使用容疑で逮捕され、自宅からも覚醒剤〇・三ミリグラムが発見された。

その後渋谷署は薬物のルートを摑(つか)むため、東京地方裁判所に中村少年の記憶を調べて捜査する許可を申し出た。裁判所はすぐに申請を許可した。渋谷署は同日、警視庁内の記憶捜査室で中村少年の記憶を徹底的に調べ上げたが、元締めも記憶の捜査を心得ており、根絶につながる決定的証拠は残っていなかった。

薬物取締法違反で起訴された中村少年は二週間の裁判の末、記憶削除法の適用を認める判決が下された。

中村少年は初犯とはいえ重度の薬物依存に陥っていたため、更生させるには記憶削除しかないと判断されたのだった。

この記憶削除とは、薬物使用や薬物売買の記憶はもちろん、警察での取り調べや東京地方裁判所での公判など、麻薬に関するすべての記憶を削除するという意味である。つまり中村少年からは薬物に対する罪の意識、罪悪感までもがなくなるということである。

犯罪記録ファイルをすべて読み終えた相馬は中村少年を気遣いながらも思わず小さなため息を洩らした。罪の意識や罪悪感までも忘れてしまうというのは本人にとってみれば悪夢から解放されるので楽になるだろうが、それは実は非常に恐ろしいことでもある。ただ、薬物に対する意識が完全に消えるので再犯を防ぐことにもつながるからこの問題は難しいところである。

それ以上に悩ましいのが未成年者の薬物犯罪である。

どうすれば薬物犯罪を撲滅（ぼくめつ）することができるんだと相馬は真剣に悩んだ。

相馬は犯罪のない社会を心から望んでいるが、相馬の想いとは裏腹に未成年者による犯罪は一向に減少しない。その約六割が薬物がからんだ犯罪であった。現在の日本では中学生でさえ簡単に薬物を手に入れられるほど薬物汚染が蔓延している。目の前に座る幼い少年もそうだ。中村少年の場合、インターネットの闇サイトで簡単に薬物を入手し軽い気持ちで身体に投与した。今は冷静で正常そうには見えるが、ふと薬物が欲しくなり禁断症状が現れる。もしこのまま薬物投与を続けていたら禁断症状が引き金となり、最悪の事態もしくは事件につながっていたに違いない。

髪は金色に染め耳にはたくさんの穴を空けてイキがってはいるが顔も身体もまだ幼い子どもである。相馬は中村少年の不安そうな顔を見ているだけで心が痛み、そして簡単に薬物が手に入る社会に憤った。

相馬は中村少年に心の中でもう大丈夫だと声をかけた。薬物を乱用した記憶などをすべて削除すれば身体は禁断症状を訴えることはあるだろうが、必ず更生できると相馬は信じている。立派な社会人になってくれることを心から願う。

「ではこれより記憶削除を執行します」

中村少年を不安にさせぬようできるだけ穏やかな声で言った。中村少年は相馬をしばらく見つめたあと生唾をゴクリと飲み込み、首をゆっくりと縦に動かした。

相馬は中村少年の頭上にぶら下がっている帽子状の装置を被らせると、モニターに向かい慎重にキーボードを操作した。前頭部に埋め込まれたチップのデータが頭に被せられた装置により読み取られる。大型モニターに中村少年の記憶が一日ごとに区切られて映し出される。それは動画のチャプター表示とまったく同じ仕組みで、この段階では音声は聞こえないが、中村少年の記憶が同時に再生されていた。

　まずモニターに映し出されたのはここ一ヶ月の記憶だが、その他の日を確認したいときは手元のキーボードに日付を打ち込めば自動的に検索される。それをクリックすると、少年の目で見てきた記憶、いや〝記録〟が画面に鮮明な映像と音声で再生されるという仕組みになっている。仮に相馬が十年前の三月と入力すれば、十年前の三月一日から三十一日までのチャプターが一瞬で表示され、そこから『十五日』をクリックすれば、中村少年が四歳のときの三月十五日が再生される。

　記憶は当然早送りもできれば一時停止もできる。実際これから行うが、記録用メモリーチップへのコピーも可能である。記憶を削除すればその部分は空白となり削除履歴が残る。

　しかし、当然裁判所から指示されたもの以外の記憶を勝手に閲覧（えつらん）するのは法律で禁止されている。当たり前だが、個人の都合で記憶を操作することもだ。法で厳しく規制されているからこそ記憶の削除やコピーは安全を保たれているが、一歩間違えれば非常に危険な仕組みと機能である。もし記憶の操作が乱用されればとんでもない犯罪につながりかねない。

その不正を防ぐために削除室には必ず遠隔操作による監視カメラが設置され、さらにもう一人、課の人間を置くことが決まりとなっている。この日は相馬より三つ年上の角田（つのだ）操作官が中村少年の後ろに立ち、記憶の削除に誤りがないか、不当な操作をしていないかを確認している。しかし角田にはどこか真剣味が欠けており相馬には確認しているフリにしか見えなかった。

相馬は一瞬角田に鋭い視線を向けてキーボードに両手を置いた。

中村少年は公判中検察官に対し、初めて薬物を使用した日は憶えていないが最後に使用した日は憶えていると話している。しかし検察官は初めて薬物を使用した日を知っていながら、彼の薬物依存性や再犯の可能性が高いことを裁判官にアピールするためにあえて少年に質問したのである。手元のファイルには初めて使用した日やその後何日間使用したのか、何月何日にインターネットの闇サイトで購入したのかなどすべての記録がズラリと記されている。これは警視庁が徹底的に調べ上げた記録であるが、相馬は中村少年の全記憶を見なくともほんの少しの情報で十分だった。

相馬は中村少年が最後に薬物を使用した逮捕当日の十月三日を入力した。すると瞬時に十月三日の記憶がピックアップされた。

初めて自分の記憶とこの仕組みを見た受刑者は愕然（がくぜん）とするが、中村少年は前頭部に埋め込まれたメモリーチップの中身を警視庁で一度見ているからか、驚いた様子はまったく見せなかった。その代わりだんだんと顔が青白く変色している。

相馬は十月三日にカーソルを合わせ再生ボタンをクリックした。すると中村少年が目覚めた場面から映像が流れ始めた。他の操作官はすぐに早送りをせず受刑者の記憶をしばらく見て楽しむ趣味があるらしいが、相馬にはそんな悪趣味はないし、何しろそんな小さな違反行為でさえ良心が許さなかった。相馬はすぐに早送りを開始し、中村少年が自分の部屋に戻ってきて注射器を手にした瞬間に再び再生ボタンをクリックした。

薬が切れたのであろう、中村少年はひどく疲れている様子だが、覚醒剤を机の中から取り出したとたん異常なまでに興奮し始めた。当然顔は見えないが息づかいでそれが分かった。中村少年はゴミ屋敷のように散らかった部屋の中で覚醒剤を注射器に注入してピンピンと指先で弾くと、躊躇(ためら)いなく自らの腕に刺して気持ちよさそうに吐息(といき)した。そしてゆっくりと注射器を抜くと突然奇声を上げて飛び上がったのだった。角田はその先を見たそうにモニターに一歩近づき目を輝かせたが、相馬はこの先は見る必要がないと判断し映像を止めた。

中村少年の愚行を見終えた相馬は、なんてバカなことをとつぶやき、またため息を吐(つ)いた。中村少年は現実から逃げるようにずっと下を向いて強く目を閉じていた。早くこの悪夢から醒めたいと心の中で叫んでいるようにも見える。そんな中村少年に相馬は、逃げてはならない、これが君が犯した罪、現実なんだと胸の中で強く言った。

　相馬はその後、中村少年がインターネットで覚醒剤を買っている記憶や警察署内での出来事、そして東京地方裁判所での公判などを確認した。本心ではこれ以上中村少年が罪を犯している映像は見たくなかったが、記憶を消去する装置に覚醒剤所持や使用の記憶、売買の記憶、警察署内での記憶、そして東京地方裁判所での公判記憶をキーワードとして記録させなければならなかった。装置に映像とキーワードを記録させれば、別の日であっても使用したり売買した記憶や裁判所での記憶などすべて確認することなくまとめて検出することができ、関連の記憶を一発削除できるのである。

　相馬は中村少年の記憶を一刻も早く削除して楽にしてやりたいと思うが、彼にはもう一つやることがある。

　相馬は胸ポケットから透明の小さな箱を取り出し、その中から緑色のメモリーチップを丁寧に抜き取った。これは削除室に入る前に一課の課長である黒宮猛（くろみやたけし）から渡されたものである。このメモリーチップは各課の課長が管理しており記憶削除の際に重要な役割を果たすものであった。

　相馬は緑色の小さなメモリーチップを専用装置に挿入し、たった今装置に記録した関連映像を検索してそのすべてをメモリーチップにコピーした。

中村少年の犯罪記録がメモリーチップにコピーされたのを確認した相馬はチップを抜き取り、犯罪記録ファイルの中に大事にしまった。

受刑者の記憶を削除する前にメモリーチップにコピーするのも法律で決まっていることである。受刑者が再び罪を犯した際に裁判で重要なデータとして使われるのだ。

中村少年の記憶を削除する準備がすべて整うと相馬はゆっくりと振り返った。中村少年は気配を察知して蒼ざめた顔で相馬を見た。相馬は改まった口調で告げた。

「それではこれより、記憶削除法第九条に則り刑を執行します」

中村少年ははいと掠れた声で返事をした。削除したい記憶とはいえ未知の体験だから身体中が緊張で強張っているようだった。

他の操作官ならここですぐに選択した記録を消去するが、相馬はモニターを確認しながら中村少年に、どの記憶を削除するのか一つひとつ細かく丁寧に説明していった。それだけでもかなり長い時間を要するので、後ろで聞いていた角田は露骨に苛立った態度を見せ、しつこいくらいに何度も咳払いをする。しかし相馬は構わず最後まで懇切丁寧に説明をした。相馬はこれくらいしかしてやれないが、少しでも中村少年の不安を取り除いてやりたいのだった。

相馬の努力で中村少年の鉛のように重くなっていた心は少し軽くなったようだった。最初に比べてずいぶん落ち着いたようである。相馬はその姿を見て安心した。

「大丈夫。少々の痛みがあるが一瞬で終わるから」

最後にもう一度声をかけて相馬はモニター画面に身体を向けた。そして中村少年に目で合図して『削除』を選択しスイッチを押したのだった。するとモニター画面に削除経過がグラフで表示され、十パーセント、二十パーセントと上昇していく。ゆっくり七十パーセントまできたが、八十パーセントになったとたん一気に百パーセントにまで達した。

その瞬間中村少年に衝撃が走ったようだった。記憶を削除するとき軽い電流が走ると相馬は聞いているが、不安と緊張と恐怖がその軽い電流でも中村少年を気絶させてしまった。

相馬が中村少年に声をかけようとしたとき、角田が足早にやってきて手に持っている記憶削除証明書にサインをしろと言ってきた。これは記憶の削除がいつ誰の手で行われ何の誤りもなく正当に行われたかを記録しておくためのものである。角田はすでにサインをしていた。

相馬は制服の胸ポケットからボールペンを取り、角田のサインの上に『相馬誠』と記した。それを確認した角田は一言もなく削除室を後にしたのだった。

削除室を出た相馬は中村少年を正門まで案内した。すでに迎えにきているであろう身元引受人に少年を引き渡すまでが相馬たちの仕事である。

中村少年は記憶を削除された瞬間に気を失ったが、声をかけるとすぐ目を覚まして今は何事もなく歩いている。

相馬はあえて中村少年を振り返らないが、少年が今どんな表情をしているのかは想像できた。興味と不安とが入り交じった複雑な表情をしているに違いなかった。

中村少年は刑執行直前の記憶から、自分の記憶が削除されたことは認識しているが、何の記憶が削除されたのかは当然知るよしもない。

建物を出るまでに相馬は中村少年から「何を消した？」と繰り返し訊かれたが、削除後に受刑者としゃべるのは禁じられているので黙って正門まで歩いた。

赤茶色の門はまるで城壁のように高く造られているので、外の風景はまったく見えなかった。

カードキーを差し込み門を開けるとすぐ先に四十代半ばくらいの女性が立っていた。女性は中村少年を確認するとほっとして表情を崩した。

小柄で、相馬よりもさらに痩身で、頭には白いものが混じっている。目のクマや痩けた頬、そして目尻と口元の皺が女性をひどく疲れているように見せた。

相馬は中村少年の母親だと容易に想像がついた。肩と足が小刻みに震えているから、相当前からここで息子が来るのを待っていたのだろう。

小声で名前をつぶやくと中村少年は不貞腐(ふてくさ)れた顔をしたものの、ゆっくりと母親の下に寄っていった。母親は息子の肩を抱いたが中村少年はうっとうしそうに両手で払った。母親はそれでも安心したように大きく息を吐いた。息子が無事施設から出てきたのもそうだが、何より薬物に関する記憶が全削除されたことに安堵(あんど)しているようだった。疲れ切った表情を見ても分かるように今回の件で彼女はずいぶん心労が溜まっていたようだが、今は表情から安心感がにじみ出ていた。

中村少年の母親は相馬に視線を向け、

「お世話になりました」

と深々と頭を下げた。隣が刑務所だからか、たいていの引受人はまるで看守に言うようにお世話になりましたと頭を下げる。相馬は無言で二人にお辞儀した。

「なあ俺、マジで何の記憶を消されたんだよ」

中村少年は母親にそう尋ねたが、母親はそれには答えずもう一度相馬に向かって頭を下げて背を向けた。

「なあ、答えろよ」

今度は荒々しい口調で迫った。普段は息子に弱気であろう母親だがこの件に関しては断固無視を決め込んでいる。

豊洲駅のほうへと歩く二人の背中をしばらく見守っていた相馬はふと思った。

自分の頭に埋め込まれているメモリーチップから、記憶を削除された事実を知ったときほど不安になることはないだろう。受刑者は罪の意識や苦しい過去からは解放されるが、いったいどの記憶が削除されたのかという不安がつきまとう。もしかしたら一番大事だと思っていた記憶までもが消されてしまっているかもしれないと思うと恐怖感すら憶えるだろう。

あえて〝記憶が削除された〟と受刑者に認識させるのは、罪の意識や罪悪感を忘れさせる代わりに、自分のどの記憶が削除されたか分からないという不安と苦悩を与えるためなのかもしれない。相馬は、もし自分が罪を犯して記憶を削除されたとしたら、削除そのものよりも一生つきまとう謎と不安のほうが重い刑罰だと思った。

全国民へのメモリーチップ装着が義務づけられたのは、今から六十五年前の二〇三〇年の六月一日であった。

日本では不況を背景に社会不安が増大して様々な犯罪が多発、そして重罪化していた。

政府は犯罪撲滅のために人間の記憶をメモリーチップによって自由に出し入れできる装置を開発し、その翌々年、記憶削除法を制定すると全国民に装着を義務づけた。

新生児の場合、生後三十日以内にメモリーチップを埋め込まなければならず、一日でも過ぎれば保護者は五年以下の懲役という厳しい罰則が科せられる。

　頭に埋め込まれたメモリーチップは百五十年分の記憶を記録する膨大な容量を持っており、記憶はすべて蓄積される。

　経験したすべてのことを記録することで、自らの犯罪は言うまでもなく絶対の証拠が残るし、犯罪を目撃した際の記憶を警察が調べることもできる。全国民が監視カメラの役割を担うことで犯罪の減少や検挙率の上昇、冤罪撲滅効果も大いに期待された。

　ＭＯＣ東京本部は刑務所と隣接しているが、懲役刑に加えて犯罪の記憶だけを削除する場合は刑務所で刑期を終えてから削除を行う。部分削除の場合、犯行の核心部分の記憶を消したとしても罪を犯した人格の矯正を行うことはできない。そこで刑務所に入り、再び罪を犯さぬよう教育されるのだ。

　しかし中村少年のような例ばかりではない。重罪を犯した犯罪者には〝全記憶削除〟を執行する場合もある。死刑にも匹敵する全記憶削除の判決を下された犯罪者は、まずメモリーチップに蓄積された記憶をすべて削除されてその後刑務所に入れられる。記憶をすべて削除された犯罪者は自分の名前すら分からない、いわば赤ん坊同然となるので、刑務所内で一から様々な教育を受けることになる。

　重罪を犯せば全記憶、つまり人格をも奪われる記憶削除法はすぐに効果を表した。絶対の証拠が残ることで冤罪は言うまでもなく、犯罪率はみるみる低下し、記憶を削除された受刑者の再犯率も非常に低かったのである。

それでも東京都の未成年犯罪率だけは深刻であった。六十五年経った今でも一向に減少せず、法務省と警察庁は未成年者の犯罪率低下のため対策を練り、巨額の予算を投じ力を注いでいる。

しかし純粋に、そして真剣に日本の治安維持を考えている役人はいったいどれくらいいるであろうか。

相馬は入所間もなくからそう深く考え込むようになった。

なぜならＭＯＣ東京本部には、相馬のように犯罪のない日本にしたい、受刑者の再犯防止に全力を注ぎたい、と真剣に考えている人物がほとんどいないことが改めて分かったからである。

記憶の操作は非常に危険で悪用されればとんでもない犯罪につながる。だから記憶を操作できるのは国家試験をクリアした〝記憶操作官〟のみとされて厳重に管理されてきた。また警察による記憶の捜査やＭＯＣの記憶の削除は裁判所の許可が下りて初めて実行できることになっている。また施設の削除室も厳重に施錠されており各課長が暗証番号を管理している。

記憶の捜査、および記憶の削除は法律で厳しく規制されているからこそ安全を保たれているが、相馬はここ最近の東京本部ではその秩序と安全とが守られていないような気がしてならないのである。

そう感じ始めてから数日後のことであった。ＭＯＣ東京本部の本部長、森田和樹が突然栃木県の施設に左遷されることが決まったのである。

するとと施設内はにわかに異様な空気に包まれたのだった。

中村少年を身元引受人に引き渡した相馬は四階フロアのロッカー室に行き、昨日の夕食の残り物を詰め合わせた弁当を持って一階に降り、誰もいない中庭のベンチに腰掛けた。施設内にはもちろん食堂も完備されているが、ＭＯＣの所員の輪に入って食事する気になれず、今日は弁当を持参したのだった。

中村少年の記憶削除に長い時間を要したのでこの日は普段よりも少し遅めの昼食だった。

相馬は脂気のない髪をかき上げると猫のように背を丸めながら弁当箱を開けた。寒空に一人昼食をとる男の姿からは、何とも言いようのない哀愁が漂っていた。

箸を手にしたとき相馬の横目に髪の長い長身の女の姿が映った。すぐに海住真澄だと分かった相馬はうるさい女がやってきたと思いながらも、

「やあ」

と一応声をかけた。海住は艶っぽい笑みを浮かべると、まるでモデルのような気取

った足取りで相馬に歩み寄った。

三課に所属している海住とは同い年で施設内では相馬の唯一の同期であり、三年前ＭＯＣ神奈川支部からともにこの東京本部に異動してきたのであった。

国家公務員であるＭＯＣ記憶操作官には国家試験に合格して初めてなることができるわけだが、その試験にもキャリア採用のⅠ種と一般ノンキャリアのⅡ種とがある。二十六歳の若さでエリートコースである東京本部に異動できるのは、相馬のようにⅠ種の試験に合格した者かよほどのコネがある者のみである。

他のⅠ種の同期は地方の主任、あるいは東京の次に規模の大きい大阪支部の操作官として異動する者が多かったが、相馬と海住だけが東京本部への異動を命じられたのだった。

東京本部に女性が異動するのは極めて珍しい。ＭＯＣ全体を見れば女性操作官は少なくはないが、この施設には海住ともう一人、二課の古株である高橋望（たかはしのぞみ）だけであった。

相馬と海住は神奈川時代に同じ未成年班に所属していたので、施設内で顔を合わせると海住は必ず声をかけてくるのだが、日本人離れした綺麗な顔立ちと体形に似合わず、口数が多くて話題も下品で、なおかつ少々お節介なところがあるので疲れているときには正直会いたくない。

海住は相馬の前に立つとうっとうしそうに髪をかき上げ、

である。

相馬は自分よりも十センチ近く背が高い海住を見上げると、

「別に」

とため息を吐くように言った。

「別にってあんた、ずいぶん冷たい返しじゃないか」

相馬は弁当に視線を落としながら、

「そうかな。そんなことないと思うよ」

と抑揚のない声で答えた。海住はつまらないというように首を振った。

「相変わらずユーモアのない男だねえ」

相馬は無視して固くなった白飯を口にした。目の前には海住がおり右手は箸を動かしているが、相馬はまったく別なことを考えているのだった。海住は相馬の弁当の中身を見るとまた冷やかすように言った。

「ねえ、もしかして自分で弁当作ってきたのかい?」

「いつもやる気に満ちている相馬くんらしくないじゃないか」

普段は〝くん〟などつけない海住がくんをつけたのは、やはりからかっているから

「どうした、冴えない顔して」

と冷やかすような口調で言った。

答えずにいると海住は目を細めて小指を立てた。

「それともコレ？」

相馬は鼻で笑った。

「違うよ。恋人がこんな彩りのない弁当作るかよ」

相馬には彼女どころか想っている女性すらいないのだ。

「三十手前の男が自分で弁当作ってそれを独りで食べてるなんて相当寂しいね」

「よけいなお世話だよ」

「あんたさあ、もう二十九なんだから女の一人や二人くらい作ったらどうよ」

いい加減うっとうしくなった相馬は、

「で、何の用だ？」

突き放すように訊いた。海住は右手に持っているコンビニ袋を掲げて、

「私も今から昼食なんだ」

と言って断りもなく相馬の横に座った。相馬は迷惑そうに眉をひそめたが文句は言わなかった。

海住はコンビニ袋から弁当とお茶を出したがそのお茶を相馬に差し出した。

「飲むかい？　私は仕事中に飲む分を買ってるから、ほら気にせず飲みなよ」

そういえば飲み物がないことに気づいた相馬は海住からお茶を受け取った。

「じゃあ遠慮なくいただくよ」

お茶を受け取ると海住は相馬に手の平を差し出した。

「何言ってるの。この不景気にタダで物をあげるお人好しがどこにいるんだい。五百円でいいよ」

いきなり金を請求されたので、

「五百円？」

相馬は思わず声が裏返った。しかし海住は冗談ではなく真顔だった。

「当たり前だろう。定価で売ったら私の儲けがないじゃないか。ほら早く早く」

海住は右手を揺らして催促した。

返せばケチと言われるだろうし払わなければこのまましつこそうなので、相馬は仕方なく五百円を海住に渡した。電子マネーが普及した今、現金などめったに使わなくなっていたが、相馬は必ず小銭を持つようにしている。

相馬はふと、海住の両親が両国で土産物屋を営んでいることを思い出した。どうやら海住には商人魂が染みついているらしい。

「毎度あり」

海住は相馬から受け取った五百円を大事そうに財布にしまった。

「それにしても驚いたねえ」

海住は弁当のフタを開けながら言った。

「森田本部長が栃木に左遷だなんてさ。あまりに急なことなんで驚いちゃったよ」

相馬も海住とまったく同じことを考えていたのだった。

先々週の木曜日、人事異動の時期でもないのに突然上層部から森田本部長に辞令が下された。最初にそれを聞いたときは何かの間違いだろうと思った。なぜなら森田本部長は六十五歳の定年までまだ八年もあるし、何より日本一の規模を誇る東京本部長を六年も務め上げてきた人だから、いずれ関東のＭＯＣと刑務所の両方を統轄する関東統轄長に栄転異動するものと思っていた。だが、現在の関東統轄長から言い渡されたのは逆に関東で一番規模の小さい栃木支部の支部長であった。

異動日もやけに急で、二週間後に栃木支部に異動するらしい。まるで森田本部長を追い出すような辞令であった。

相馬はこの人事異動に激しく憤りを感じている。森田本部長を心の底から尊敬しているからなおさらであった。日本の未来や受刑者の再犯防止について真剣に考える森田本部長はＭＯＣに尽力してきた。森田本部長のように人格が優れていて有能で立派な人こそ上に行くべきなのに、あろうことか窓際に追いやるようなことをするなんて許せなかった。

「森田さんが左遷だなんて変だよねえ。しかも栃木支部なんてさ。やっぱり何かあったんだろうねえ」

海住は箸を動かしながら他人事のように言った。

相馬は口を閉じたままだが実は心当たりが一つあるのだった。

今回の辞令は一課の課長である黒宮猛が裏で手を回したのではないかと相馬は密かに考えている。黒宮は関東統轄長である兵藤竜一朗と裏でつながっているという噂がある。

ただそれだけなら疑わないが、先々週の火曜日に相馬はある現場を目撃したのである。

相馬はその日、仕事を終えてもすぐに施設を出ず、ミーティングルームで午前に担当した受刑者の犯罪記録をもう一度読み返していた。

気づけば二時間以上が経過しており外は真っ暗になっていたのだが、施設から出たときに黒宮猛と一課の新郷庄一操作官が二十歳そこそこの男を連れてやってきたのだ。相馬を見るなり新郷はひどく慌てた。MOC関係者以外の人間は立ち入り禁止だからである。理不尽なことに新郷は大声で、まだいたのか、さっさと帰れ、と肩を怒らせて怒鳴った。それでも相馬が若い男に疑わしげな視線を向けていると黒宮が冷静にこう言ったのである。

『大事なお客様でね。どうしても施設内を見学したいということだから特別に許可したのだよ』

黒宮の声と口調は穏やかであったが妙な威圧感があった。相馬はこの時点で黒宮を疑っていたが、施設内までついていくわけにもいかず仕方なくその場を後にしたのだった。

ここから先は推測だが、あの夜、黒宮と新郷は若い男の記憶を削除したのではないか。当然個人の都合で記憶を削除するのは違法であるが、削除室の暗証番号を知る黒宮なら裁判所の許可を得なくてもやろうと思えば不正な記憶の削除は可能である。

森田本部長に辞令が下されたのはこの出来事から二日後のことだった。

もしかしたら森田本部長も黒宮を疑っていた、あるいは不正の現場を目撃した……。それを関東統轄長である兵藤竜一朗に訴えたのではないか？

仮にそうだとしたら、なぜ正しいことをした森田本部長が左遷されなければならないのか……。

兵藤竜一朗は黒宮とつながっているらしいが森田本部長を左遷までする必要はないはずだ。なのに森田本部長を東京本部から追いやった……。

もしかすると先々週の火曜日に黒宮と新郷が連れてきた若い男は兵藤竜一朗の関係者で、黒宮の判断ではなく兵藤本人による命令なのではないか？

そうだとすると、森田本部長は関東統轄長に盾突いたことになる。だから東京本部から地方に追いやられる事態となったのではないか？

何一つ証拠がないのであくまで推測でしかないが、相馬の読みがすべて正しければ今後違法な記憶の操作はさらにエスカレートし、将来とんでもない事件につながるであろう。

誰にだって消したい過去はあるが、いかなる場合でも個人の都合で記憶の操作を行ってはならないのだ。

相馬にも消したい過去はある。

中学一年のときに父が部屋で首つり自殺した辛い過去を消せるものなら消してしまいたい。

相馬は神奈川県横浜市の戸塚区で生まれ、中学一年まで戸塚区のアパートに父と母の三人で暮らしていた。

父は保険会社の営業マンであったが営業の割には口下手で気の弱い性格だった。酒もタバコもギャンブルも一切やらなかった父は仕事に対しても真面目であったが、当時日本は百年に一度と言われる大不況の最中にあり営業成績は悪くなる一方だったのだろう。相馬が中学に入学した直後に突然会社からリストラを受けた。入社して二、三年ならともかく、二十年近く勤めた会社から簡単に捨てられた父のショックは大きかった。

当時母は専業主婦だったので父は家庭を守ろうと必死に職を探したが、どれも不採用で半年間無職の状態が続いた。

父が自ら命を絶ったのは相馬の誕生日の前々日だった。残された遺書には『許してくれ』のただ一言で、尿を垂れ流しながら天井からダラリとぶら下がる父の肌はひどく荒れていて、身体は棒のように痩せ細っていた。相馬はまったく気づかなかったが父は極度の不安とストレスに蝕まれていたのだった。

母は父の葬儀を終えるとすぐに引っ越しの準備を始め、相馬は三学期に入る前に藤沢市の学校に転校した。母は家計を支えるために百貨店で仕事を始め、週一で深夜の清掃アルバイトにも出ていた。

仕事に疲れ果てた母を見るたびに相馬は自分たちを置いて死んだ父を恨んだが、それ以上に苦労する母を楽にしてやりたいという思いのほうが強かった。

相馬はその一心でひたすら勉強した。部活にも入らず、友達とも遊ばず、朝から晩まで学問に励んだ。

成績は常に学年トップで神奈川一偏差値の高い公立高校に入学すると、その三年後に東大の文科一類に現役で合格した。

法学部を出れば将来様々な選択肢があるが、相馬は大学に入る前からすでにＭＯＣの記憶操作官になることを決めていた。

全国には罪を犯してしまったことを心から反省し深く後悔している受刑者がたくさんいる。そんな受刑者たちの苦しみを取り払い楽にしてやりたいと思うようになったのは、苦悩の末に自殺した父の姿が脳裏に焼き付いているからだった。

父は罪を犯して自殺したのではないが、心に苦しみを抱いていたという一点では受刑者と同じである。

罪を犯した記憶を削除すれば罪悪感の末に自殺する受刑者はいなくなるから、家族に死なれるという自分と同じ悲しい過去を背負う者もいなくなる。また依存性のある犯罪に関しては再犯防止にもつながるから日本の治安が向上する。

相馬はそう信じてＭＯＣの操作官になったのだった。

その一方、人間は様々な苦労や過ちがあるからこそ成長していくのだと相馬は考えている。今思えば幼い頃の苦労と苦悩があるからこそ今の自分があるのだと自負している。

自分に都合の悪い記憶を削除するということは、現実から逃げさせてその人間をダメにしてしまうのかもしれない。この仕事に就いて七年近くが経つが、相馬は最近こんな迷いを持つようになっていた。

「黒宮課長は兵藤さんとつながってるっていう噂だから、後任の本部長の椅子に座るのは黒宮課長にほぼ間違いないだろうねえ」

弁当を食べ終えた海住はゴミを袋に入れながら言った。

「黒宮課長が本部長になったらMOCは終わりだよ」

相馬は海住の前でつい本音を口にしてしまったが取り繕うことはしなかった。

あの夜、あの若い男の記憶を操作した、しなかったにかかわらず、無関係の人間を施設内に入れたのは事実なのだ。平然と規則を破る人間を本部長にするのは許せないし何より危険である。

「俺は長尾課長が本部長になってくれることを望んでいるよ」

二課の課長である長尾正は森田本部長が最も信頼している人物であった。黒宮の五年先輩でお互いキャリア採用のエリート。同じ年に課長として東京本部に異動してきたが、一課は二課よりも操作官が多く上階にあり予算なども優遇されるので、黒宮のほうが断然注目度は高かった。

まったく同じような道のりを歩んできた二人だが考え方や性格は正反対だ。仕事は効率重視で受刑者のケアにも努めず、操作官の本分よりも出世に精を出す黒宮に対し、長尾は仕事第一で正義感が強く受刑者に対する心のケアにも熱心に取り組む温かい心の持ち主だった。

相馬は強い信念を持つ長尾を慕い、昔から考え方が合うので仕事のことで相談するのは直属の上司である黒宮ではなく決まって長尾であった。

相馬の期待を砕くように海住はあり得ないとばかりに右手を振った。

「長尾さんはないわね。うちの課長も密かに本部長の椅子を狙ってるようだけど……課長の中では最年長とはいえうちのはノンキャリだから一生課長止まりでしょ。やっぱり兵藤さんとパイプのある黒宮さんで間違いないわね」

「いや、しかし」

相馬が言葉を返そうとしたとき海住はそれを遮るように相馬の袖を引っ張った。

「噂をすればほら、黒宮本部長様がお越しになったわよ」

一階の廊下に視線を向けると、黒宮が大勢の部下たちを従えてまるで大名行列のように闊歩しているのだった。

一課は十五名で構成されているが、相馬以外の十三人全員が精悍な顔つきで黒宮の後ろを歩いている。右斜め後ろには主任の麻田がつき左斜め後ろには新郷がいた。廊下にいた所員たちは黒宮を見るなり壁際に移動し、慇懃すぎるほど慇懃にお辞儀した。黒宮は鷹揚にうなずき階段を上っていった。

わずか数十秒のことであったが相馬は今の光景に重いため息を吐いた。一課の課員たちだけでなく他の課員たちもすでに黒宮本部長として見ており、情けないほどに媚びた態度だった。

「あんな大勢で忙しいこと」

海住は面白そうに言うと、

「あんた、こんなところにいていいの？　ポイント稼がないといけないんじゃない？」

相馬をからかうように言った。

「何がポイントだよ、バカバカしい」

黒宮が本部長になれば自ずと課長の席が空く。恐らく主任の麻田が次期課長であろうがそうなれば今度は主任のポストが空く。みな役職が欲しくて黒宮のご機嫌を取っているのだった。何とも低レベルで醜い争いだった。相馬は彼らの下品な欲深さに辟易した。

「君こそ黒宮さんのところへ行ってご機嫌取りしてきたらどうだ？　もしかしたら主任に上げてもらえるかもしれないぞ」

いくらエリートとはいえ二十九歳で東京本部の主任はありえない。相馬は皮肉を込めて言ったのだった。

「あいにく私は出世欲はないのよ。金銭欲が人一倍強いだけ」

「出世すれば金が入るさ」

「まあそうだけど、私は面倒臭いのは嫌いなの」

「君はそもそもなぜMOCに入ったんだ。やはり給料が良いからか？」

海住とは長い付き合いだが意外にもＭＯＣに入ったきっかけは訊いたことがなかった。

海住はあっさりと、

「そうよ。当たり前じゃない」

と答えた。

「給料が良ければ何でもよかったの。で、ＭＯＣの試験に偶然合格しただけよ」

海住はＩ種の試験に合格したわけだがそれも簡単に言ったのだった。

相馬は怒ることもなければ呆れることもなかった。海住らしい答えだと思っただけだった。

海住はふと腕時計を見ると立ち上がり、

「そろそろ戻るわ」

と言った。

「じゃあ」

相馬が軽く手を上げたときだった。今度は廊下に森田本部長が現れた。

五十七歳の割に体格は良いものの髪の毛は老人のように真っ白である。相馬が東京本部に異動してきたときから白髪は目立っていたが、この数日で一気に老け込んだように見えた。

少しして気づいたが森田本部長は制服ではなくスーツを着ていた。外出先から帰ってきたというのに誰も迎えにはいかなかったようだ。それどころか森田本部長が目の前にやってきても所員はかすかに頭を下げるだけでほとんど無視と言ってもいいような態度だった。

その姿を見た相馬は怒りを感じるよりも胸が痛くなり、そして悲しい気分になった。

この瞬間相馬は一つの時代が終わったことを実感した。

これが権力闘争に負けた者の厳しい現実か……。

所員たちから無礼な対応を受けても森田本部長は仕方がないというように穏やかな表情をしている。

しかし一瞬だけ見せた寂しげな目が相馬の心をさらに苦しめた。

相馬は立ち上がり森田本部長に深々と礼をした。

相馬の姿に気づいた森田本部長はありがとうというように優しくうなずいたのだった。

森田本部長が階段を上っていく姿を見守りながら相馬は、

「本当にバカげてるよ」

とつぶやいた。すると海住が言った。

「みんな金や権力に弱いんだ。地位や名誉が欲しいんだよ。あんたみたいに強い人間なかなかいないよ」

海住にしては珍しく真剣な語調であった。

カウント2

面前に東京湾を望む正門前で客人を出迎える黒宮と新郷。そこに黒塗りのベンツが停車した。

ライトが消えると黒いスーツを着た運転手が降りてきて後部座席のドアを開けた。中から茶色いミンクのコートを羽織った中田美奈子と小学二年生の息子・智也が降りてきた。

中田美奈子が身につけている宝飾品は夜でも目立つくらいに輝いている。手に提げているのはクロコダイル革の高級バッグであった。

智也は学校の制服を着ており髪は綺麗に整えられていた。いかにも上流階級の家庭で育てられているお坊ちゃんである。

初対面にもかかわらず中田美奈子は明らかに不機嫌な表情であった。まだ三十そこそこのはずなのに目尻と口元の皺がひどく目立つ。相当に神経質であることがうかがえた。

一方の智也は、初めて来た場所に興味津々の様子である。

黒宮と新郷は中田とその息子へ丁重に挨拶した。

「お待ちしておりました中田様。さあ、中へどうぞ」

中田は睨むように黒宮を見上げ、

「すぐに終わらせてよ」

と命令口調で言った。

「かしこまりました」

黒宮は普段所員たちには絶対に見せない慇懃な態度で中田を案内した。

長身でがっしりとした体躯の黒宮はいつも自信に満ちた足取りで施設の廊下を歩くが、中田美奈子は法務大臣である中田章の次女で、昨日関東統轄長の兵藤竜一朗から依頼された大事な客人であったため、微塵も偉そうな態度は見せず丁寧すぎるほど丁寧に扱った。

四階フロアに到着すると黒宮は削除室に続く扉に暗証番号を入力した。扉を開けた黒宮はどうぞどうぞと中田と息子を案内した。

黒宮は『№1』と扉に書かれた削除室の前で止まると、今度はカードキーを取り出し部屋の扉を開けた。そして隣に立つ新郷に指示した。

「君は智也さんを頼む」

新郷は黒宮に深く頭を下げ、

「分かりました」

ハキハキとした声で返事をし智也を連れて中に入った。

黒宮は内心、面倒な中田の相手をするのではなく智也を担当したかったが、新郷は要領が悪くまた要人への応対が下手なので、中田に不快感を与えてしまう可能性がある。だから幼い智也の相手をさせたのである。

黒宮と同じ四十一歳だが、ノンキャリの新郷庄一は未だ平の操作官で、課長の黒宮とは天と地ほどの差があった。黒宮とは対照的に背が低くほとんど筋肉のない細い体つきをしており、肌も血色が悪くてまるで病人のようである。

キャリアで、しかも優れた容姿を持つ黒宮と比べたら気の毒になるくらい不平等であるが、一課では主任である麻田よりも恐れられている存在だった。それは黒宮が新郷を目にかけているからである。

しかしそれは所員たちが勝手にそう思い込んでいるだけであった。

黒宮は自分に心底憧れ、尊敬し、まるで奴隷のように従順な新郷をうまく使いこなしているだけである。利用するだけ利用するものの、黒宮は新郷を信頼していないのだった。

新郷は言われたことは忠実にこなすがそれ以上の発想がないから機転が利かず、なおかつ要領の悪い人間である。黒宮はそういう人間が一番嫌いであった。だから表面上は信頼しているように見せているが、内心新郷を無能な人間だと見下しているのだった。

黒宮は№1の扉が閉まると中田を№2の部屋に案内した。黒宮が装置を作動させている間に中田は初めて見る削除室の中を見渡していた。中央の黒い椅子とその上にぶら下がる帽子状の装置を見上げた中田は、不安にかられたような表情になり質問した。

「本当に身体に害はないんでしょうね。脳に障害が残るってこともあるんじゃないの？」

「その心配はございません。少々痛みが生じますがたいしたことはございません。今まで障害が生じた例は一度もございませんのでご安心ください」

「子どもでも大丈夫なんでしょうね」

高圧的な態度で訊いた。

「ご心配はいりません。お任せください」

中田はそれを聞いて安心したように一息吐くと、腕を組んでまた偉そうな態度で言った。

「じゃあ早く昨日の記憶を消してちょうだい」

「かしこまりました。ではこの椅子に座っていただけますか」

黒宮は中田を椅子に座らせると、

「失礼します」

と言って頭に装置を被らせた。記憶削除の準備が始まったとたん急に緊張しだした中田は、重い装置を被らされても文句一つ言わなかった。

装置が中田の前頭部に埋め込まれているメモリーチップを読み取ると、大型モニターにここ一月の記憶が一日ごとに区切られて表示された。小枠の中で同時再生される記憶を見た中田は心底驚いた顔で言った。

「本当にこれが私の記憶？」

「そうでございます。正確に言えば中田様が目で見てきた記録でございます」

「この装置を使えば三十一年間の私がすべて見られるわけ？」

「もちろんでございます。中田様が見てきたものはすべてメモリーチップが記録しておりますから」

「じゃあ、私が憶えていないこともこれを使えば確かめることができるってこと？」

「さようでございます」

中田は感心するようにうなずいた。

「噂には聞いていたけど想像以上にすごいわね」

「ありがとうございます」

「ありがたいわ。これがあれば忘れたい記憶を一瞬で忘れられるんだから」

中田はそう言うと、昨日の出来事を思い出したらしくまた不機嫌な顔になった。

「早く昨日の記憶を消してちょうだい」

「かしこまりました」

黒宮はキーボードを操作して十一月二十七日の枠をクリックした。すると中田の昨日の記憶が再生された。朝目覚めたところから映像が始まったが、すぐに中田は目を逸らし、

「見たくないから早く消して」

と声を荒らげた。

「申し訳ありません」

黒宮は映像を停止させて昨日の記憶と今日これまでの記憶を選択した。今日の記憶まで消すのは、中田がどこかで『万引き』という言葉を言っているかもしれないからであった。

黒宮は昨夜、兵藤竜一朗から記憶の削除を依頼されたとき快く返事をしたが、内心ではこんなつまらないことで俺を使うなと不愉快になった。それくらいバカバカしい内容であった。

兵藤曰く、昨日中田の息子がスーパーで万引きをしたらしく補導される騒ぎとなっ

たそうだ。幸い中田大臣の孫ということは知られずにすんだが、本人には一切反省の色はなく、それどころか母親の美奈子は万引きした記憶が残ったら子どもが可哀想だし、将来にもかかわるから消してあげたいと中田大臣に相談したそうだ。そして自分自身も息子が万引きした事実を忘れたいと……。

　中田大臣から頼まれた兵藤は断るわけにもいかず黒宮に依頼したのだった。

　黒宮はキーボードを操作しながら、これも本部長のポストを勝ち取るためだと自分に言い聞かせた。

「ではこれより記憶の削除を行います。ほんの一瞬で終わりますからその場でじっとしていてください」

　まだ不安があるらしい中田は黒宮に言われたとおり微動だにしなかった。

　黒宮は再び大型モニターに身体を向けると、中田の様子も確かめずに削除スイッチを押した。今回は削除する日にちが二日間と短いため一瞬で百パーセントに達した。

　その瞬間中田の身体に軽い電流が流れた。黒宮は茫然（ぼうぜん）とする中田に、

「大丈夫ですか」

と心配そうに声をかけたが顔はまったく中田を案じてはいなかった。

　削除室から出ると、

「お母様！」

と嬉しそうに智也が声を上げた。その隣では新郷が黒宮と中田に頭を下げている。

中田は元気な声を上げる息子を見てホッと息を吐いた。

「智也」

中田は大きく手を広げて息子を抱き上げた。

「お母様、おかえり」

中田は機嫌良く「ただいま」と智也に返した。先ほどの中田とはまるで別人のようだった。

「智也、痛くなかった？」

「全然痛くなかったよ。なんかねえ、ビリッとしたけど面白かったよ」

何とも子どもらしい感想であった。

無邪気に話す智也に対し、どの記憶を消されたのか分からない中田の表情にはまだ多少の不安が残っている。周囲の状況から違法に記憶を削除したことは理解できたのであえて黒宮には何も訊かなかった。

息子を下ろした中田は黒宮を振り返って艶っぽい視線を向けた。

「ねえあなた、　つお願いがあるんだけど聞いてもらえないかしら」

「なんでございましょう」

「あの装置を使えば昔の自分の記憶が見られるのよね？」

黒宮はこの時点で中田が何を考えているのかだいたい想像がついた。

「はい」

「私、いろいろ見たい記憶があるのよ。ほら、子どものときの記憶とか大事な思い出とか。こんな機会じゃないと見られないじゃない。ねえいいでしょ？　もちろん謝礼は弾むわよ」

黒宮の予測どおり中田は自分の過去を見てみたいと言い出してきた。黒宮はこれまでいくつもの依頼を受けているが、大半の人間が中田と同じ願望を抱くので容易に想像がついたわけだ。

つまらない記憶を削除してやったというのにまったく図々しい女だと黒宮は思いながらも快く了承した。

「謝礼だなんてとんでもありません。私は中田様のお力になりたくてお引き受けしたのですから。私どもは何時間でもお付き合いいたしますのでご遠慮なく何なりとお申し付けください」

黒宮はそう言うと再び削除室の扉を開けた。

「では中田様、もう一度中へどうぞ」

翌日黒宮猛は業務を終えるとすぐにタクシーに乗り隅田川沿いにある菊谷という高級料亭へ向かった。

数寄屋風に造られた一見住居のような佇まいのこぢんまりとした料亭だが、百年も続く老舗で、黒宮は兵藤竜一朗と密会をするとき必ずこの料亭を使う。

外にはすでに女将と三人の仲居たちが黒宮を出迎えていた。

「黒宮様、お待ちしておりました」

女将たちは声を揃えてお辞儀した。

「黒宮様、いつもいつもご贔屓にしていただきありがとうございます」

女将が重ね重ねお礼を言った。

「さあさあ、どうぞこちらへ」

暖簾をくぐり座敷へ上がると川沿いの部屋がしつらえられていた。十二畳の奥座敷は特別広くはないが菊谷では最も見晴らしの良い場所である。しっかりと手入れされた庭には立派な盆栽が並べられ、その盆栽を美しく演出するように庭灯籠が上品な光を灯している。その先に流れる川面には満月が綺麗に映っていた。

女将は黒宮の上着をハンガーにかけると座敷を降りて正座した。

「黒宮様、ではどうぞごゆっくり」

女将は額を床につけて挨拶すると静かに襖を閉じて去っていった。

黒宮は座布団に胡座をかき静かに兵藤の到着を待った。

外から聞こえる水の音が黒宮の耳には心地よく、張り詰めた緊張がホッとほぐれた。

〝選挙運動〟に日々奔走する黒宮の身体はさすがに疲れを感じているが、あと二週間で東京本部長の地位を手に入れることができるのだからもう少しの辛抱だ、と己に言い聞かせた。

「失礼します」

女将は襖を開けると、

「兵藤様がお見えになりました」

と告げた。その瞬間、心を落ち着かせていた黒宮はさっと立ち上がってハンガーにかかっている上着を着直すと、直立不動で兵藤がやってくるのを待った。

兵藤が座敷に姿を現すと黒宮は深く低頭した。

「お疲れ様でございます。毎回お時間をいただき恐縮です」

兵藤は機嫌良さそうに手を上げた。

「やあやあ黒宮くん、待たせたね」

「いえ、とんでもありません」

上着を脱いだ兵藤は上席に座ると脇息に左肘を置き、まずは座敷から見える景色を楽しんだ。

恰幅のいい兵藤はドテッと垂れた腹を触るのが癖で、今も景色を眺めながら肥えた腹を気にするように右手で撫でたりポンポンと叩いたりしている。

女将がお手ふきを用意するとまずは脂でてかった顔を拭き、次に禿げ上がった頭を拭き、そして最後に手を拭いた。おかしな順序であるがこれも兵藤の癖だった。

おしぼりを置いた兵藤はあらかじめテーブルに用意されていたタバコを咥えた。黒宮はすぐにライターを取り出し火を点けた。兵藤は目を細めながらタバコの先を赤く灯して煙を吐いた。黒宮は旨そうにタバコを吸う兵藤の前に灰皿を置くと、女将のほうに顔を向けて、

「おい、酒と料理を運んでくれ」

と横柄な口調で頼んだ。

「かしこまりました」

女将が厨房に向かうと兵藤は黒宮を見上げ、

「そんなところに立ってないで君も座りたまえ」

とやはり機嫌の良い声で言った。

「失礼いたします」

黒宮が座布団に正座すると、兵藤は「そうそう」と何かを思い出したように言った。

「昨日はよくやってくれたね。中田大臣から直々に連絡があって、娘さんも大変満足

してくれたそうだ。君のおかげでまた私の株が上がったよ」

兵藤は恵比寿様のようにニコリと微笑んだ。しかし兵藤の性格を知っている黒宮はその笑顔に薄気味悪さを感じたのだった。

「とんでもありません。お役に立てて光栄です」

黒宮は脇息の横に置いてある鞄を手に取り、中から封筒を抜き取るとそれを兵藤の前に差し出した。

「昨日、中田様にいただいた謝礼金でございます」

封筒の中には現金五十万が入っていた。兵藤にも謝礼金が渡されているはずだが、黒宮は依頼人から受け取った謝礼金を自分の懐には入れずにいつも兵藤に差し出している。それが一番利口な選択だからだ。

兵藤は満面の笑みの中に一瞬だけ目を光らせた。そして当たり前のように封筒を手に取ると手提げ鞄の中にしまった。

「それにしても中田大臣の身内を引き受けたのはこれで何回目かねえ?」

兵藤は困ったような表情を浮かべながらも声は面白がっていた。

黒宮の脳裏に中田大臣の妻と兄の顔が同時に浮かんだが、それを告げる前に兵藤は鼻でフッと笑い、

「まったくＭＯＣを管轄する法務省のトップまでもが取り引きしているんだから、困

ったものだねえ、黒宮くん」

黒宮は愛想笑いを浮かべた。

中田大臣の他にもMOC東日本総監や統轄長など、MOCの幹部が取り引きしているのである。

「まあそのおかげで、私もこの若さで東日本副総監に昇進することが決まったわけだがね」

兵藤は豪放に声を上げて笑った。

人事異動は三月末なのでまだ正式ではないが、関東統轄長である兵藤が東日本のMOCと刑務所を統轄する東日本副総監に栄転することはほぼ間違いなかった。五十五歳の若さでMOCのナンバー4である東日本副総監のポストに就くのは異例で、一見虫も殺さぬような穏やかな顔をしている兵藤だが、受刑者の更生などそっちのけで組織内の権力闘争に明け暮れ、そのためには手段を選ばずライバルたちを蹴落としてきたのだろうと黒宮は思った。

「失礼します」

女将が襖を開けて仲居とともに料理と酒を運んできた。

黒宮は銚子を取り、

「さあどうぞ、兵藤副総監」

と言って兵藤の杯に酒を注いだ。気分を良くした兵藤は注がれた酒を一気に飲むと、顔がポッと桜色に染まった。

兵藤は脂でてかった顔を黒宮に近づけて、

「今日は大いに飲もうじゃないか、黒宮本部長」

と黒宮の真似をするように言った。兵藤に酒を注いでもらった黒宮は、

「まだ本部長に決まったわけではありませんから」

兵藤の腹の内を探るように謙遜した。

「何を言ってるんだ。二週間後の選挙では君が必ず選ばれる。何度も言っているように選挙といっても、投票するのは私と関東各支部の部長だけで、現在候補に挙がっているのは君を含め四人いるわけだが、七人全員が君に投じることになっているから君が東京本部長になるのはすでに決まっているんだよ」

黒宮は酒が入った杯を置くと姿勢をピンと正し、

「ありがとうございます。すべて兵藤様のお力添えのおかげでございます」

声には感謝と感動が強く込められていたが、下げた顔には一瞬薄い笑みが浮かんだ。

黒宮はうやうやしく頭を下げながら、俺は勝った、実力で本部長の座を勝ち取ったんだと胸の中で叫んだ。すると不思議なことに、思い出したくもない父の姿が脳裏に浮かんだのである。黒宮は他界した父に、あなたのおかげで私はここまで上ることが

できましたと皮肉を込めて言った。

頭を上げた黒宮は兵藤に酒を勧められた。再び杯を取った黒宮は飲めない酒を一気に胃に流し込んだ。

身体中がカッと熱くなると黒宮の胸に貧しかった頃のことが思い出された。

黒宮は千葉県の東の端に位置する銚子市内の町で生まれた。人口五千人足らずの小さな田舎町だが、黒宮は大学に上がるまでこの小さな町で育った。

父は隣町の小さな自動車整備工場に勤めていたが勤務態度が悪かったのだろう。万年平の整備員だった。

黒宮が住んでいたのは銚子駅から車で二十分も離れた築三十五年の木造アパートで、ほんの少しの地震でも倒壊してしまいそうなほど老朽化が進んだ古い建物だった。

黒宮家が借りていた部屋は全部で二十畳もなく、陽の当たらない北側に位置していた。風の通りも悪かったので居間の畳は黄ばんでおり、台所や風呂場にはカビが生えていてかなり空気が悪かった。黒宮には五つ離れた弟がいるがもちろん兄弟の部屋など存在しなかった。

黒宮家が貧しかったのは父の給料が低かったのもそうだが、父が酒とギャンブルに溺れていたからである。給料のほとんどが酒とギャンブルに消えていた。そのため黒宮と弟を満足に食わせるには母がパートに出ざるをえなかった。

母は忍耐強い人間で、父にはほとんど逆らわず、いや逆らうと暴力を振るわれるという恐怖から逆らえなかったのだろう。文句を言うどころか疲れた様子も一切見せず子どもたちのために働いていた。

しかし父は一向に反省せず、それどころかギャンブル依存はエスカレートする一方で、しまいにはサラ金にまで手を出したのである。月末には借金取りが家に取り立てにくるという地獄を黒宮は何度も味わった。近所には白い目で見られ学校に行けばそのことでイジメられた。黒宮は遠いどこかに越したかったがとてもそんなお金はなかった。

ろくでなしの父の姿を見ながら育った黒宮には、小学生の頃にはすでにこんな父親みたいな大人にはなりたくないという気持ちが芽生えていた。

父が他界したのは黒宮が中学二年の頃である。交通事故だった。

その日もギャンブルに負けた父はスナックで自棄酒（やけざけ）をして店を出た。その帰り道で信号無視をしたトラックに轢（ひ）かれたのである。

何とも運の悪い情けない死に方であった。黒宮は父に対して何の情もなかったので葬儀に参列すらしなかった。二度と思い出したくもない存在であったが部屋の隅には父の仏壇が置かれた。その中の遺影を見るたびに黒宮は、俺は父のように堕落した人間にはならない、負け組にはならない、一流大学を出て、出世して偉くなって、勝ち組の人生を歩むんだと誓った。

学歴がなくて出世もできない人間は生きている価値がない。父は小さい工場ですら出世することができず、最後はトラックに轢かれるという運のない死に方をした。それが負け組の末路なのだ。

黒宮は自分にそう言い聞かせながら懸命に勉強した。高校は奨学金を受けながら通い、東大の文一に合格した黒宮は家を出てバイトをしながら勉強に明け暮れた。

四年後、ＭＯＣのＩ種試験に合格した黒宮は生まれ故郷である千葉県のＭＯＣに配属となったが、わずか二年で神奈川に異動し、そこで現在二課の課長である長尾正と出会った。さらに二年後には一課の主任となり、三十のときに一課の課長になった。それから五年間課長を務め、三十五のときに東京本部の一課の課長として異動してきた。その年、長尾も二課の課長として東京本部に異動となった。

二課の長尾とはほぼ同じ道のりを歩んできたが、黒宮は今まで一度も長尾をライバルと思ったことはない。黒宮は自分のほうが人間的にも頭脳的にも優れている自信があったし、何より一課のほうが注目度が高い。数年後には差が開くと確信していた。

しかしレールに沿って走っているだけでは東京本部長の椅子は勝ち取れないことを悟った。黒宮が東京に異動してきたその年に森田が本部長に昇格になったのだが、森田はその頃五十一歳で黒宮は三十五歳だった。仮に森田が四、五年後に関東統轄長に昇格したとしても、黒宮はそのときまだ四十そこそこだから他県の支部長クラスが東京本部長の座に就く可能性が大きかった。

森田が去ったあとに本部長になるのは難しいが、それでも黒宮は何としても次期本部長に選ばれたかった。四十代前半で本部長に選ばれればMOCの頂点も見えてくる。

そのためにはまずは政治力を得ることだと思った黒宮は、当時関東統轄長であった本波力(もとなみちから)に近寄ろうと試みた。東京本部長を決める投票権を持つ関東統轄長を抱き込めば一発であった。しかし本波は〝常識〟の通用しない堅物で、その他にも力のありそうな部長クラスにあたったが、工作どころか話すらさせてもらえなかった。

その後約四年間、黒宮は本部長の椅子を勝ち取るための政治力を得ることができず、ただ十四人の課員をとりまとめる課長職を熱心に務める自分をアピールすることしかできなかった。

黒宮にチャンスが訪れたのは昨年、東京本部に来て五年目の春だった。

本波力が栄転し、兵藤竜一朗が五十四歳の若さで関東統轄長のポストに就いたのである。

黒宮は最初、兵藤の年齢を聞いて耳を疑った。兵藤と森田は同じキャリア組であり、年は兵藤のほうが下だというのに先に関東統轄長に就いたからだ。

黒宮は、兵藤も各方面に様々な工作をし、関東統轄長の座を摑み取ったのだと確信した。それと同時に、政治力のある人間とない人間の大きな差を感じたのだった。

兵藤のような強かで欲望に満ちた人間には、〝実弾〟が一番効果的であろうと考えた黒宮だが、兵藤には絵画の趣味があるという噂を聞き作戦を変更した。まずは絵画を名刺代わりに贈ることを決めたのである。兵藤は相当頭のキレる強かな男であるはずだから、まずは大金が大金に見えない絵画のほうが警戒しないだろうと判断したのだ。

黒宮はその週の休日、小さいながら三百万円もする絵を躊躇いもなく購入し、手紙を同封して兵藤の自宅に送り届けた。

手紙にはこうしたためた。

『兵藤関東統轄長様
突然のお手紙失礼いたします。MOC東京本部一課を任されております黒宮と申します。関東統轄長のご就任に際し、ささやかではございますがお祝いの品をお受け取りください。不躾ではございますが今後ともなにとぞよろしくお願いいたします。

黒宮猛』

するとその五日後、早速兵藤から連絡があり菊谷に呼び出された。

その席で兵藤はまず、あえて絵画の意味を訊いた。

黒宮はあくまで兵藤が統轄長に就任したお祝いの贈り物であることを強調し、決して欲深い言葉は発しなかった。

しかしむろん、兵藤は黒宮の胸の内を知っており、知っているからこそ黒宮を呼んだのである。

兵藤は気分良く酒を飲んでいたが、急に真剣な顔つきに変わると『黒宮くん、君に一つ相談があるんだが、どうだ、私のために働いてみんかね』と言ってきた。

黒宮が『はい』と返事をすると、兵藤はある人物の記憶を削除してほしいと平気な顔で言ったのだった。

そのある人物とは兵藤の秘書だった。出世のために行った数々の贈賄や裏工作の証拠を見つけられ、正義感の強い秘書に追及されていたのだった。後々面倒なことにならぬよう都合の悪い記憶をすべて消し、なおかつ記憶を削除されたという認識が残らないよううまく処理してほしいと命じてきた。事情をすべて話した兵藤は突然、次期東京本部長のことだが、大阪支部の山野支部長に務めてもらおうかと思っている、と言い出してきた。黒宮の口から次期本部長の件など一言も話していないのにである。

それが事実だったかどうかは定かではないが、いずれにせよ黒宮が予測したとおり何の運動もしなければ次期東京本部長には選ばれなかったろう。

兵藤は、私の考えが変わるかどうかは黒宮くん次第だよと、まるで脅すように言ったのだった。

黒宮はこのとき、自分が想像した以上にこの兵藤という男はワルで一筋縄ではいかないと悟った。

黒宮は危ない橋ではあるが悩むことなく了承した。この仕事を成功させれば兵藤の派閥に入れるだけでなく兵藤に大きな貸しができる。その貸しと引き替えに東京本部長の椅子を摑むことができる。

黒宮は東京本部長の座を得るためには手段を選ばなかった。

黒宮はその三日後の夜、新郷とともに兵藤の秘書の下を訪ね、初対面の男たちを訝しがる秘書を麻酔薬で眠らせ車に乗せた。そしてＭＯＣ東京本部に向かって削除室に運び、兵藤の命令どおり都合の悪い記憶をすべて削除して意識のない秘書を再び車に乗せると秘書宅に向かい、玄関前に放置してその場を去った。

認識を残さず記憶の削除に成功した黒宮であったが、兵藤は一癖も二癖もある男で、その後も多くの人間の記憶削除を言いつけてきた。

黒宮はすべての依頼を忠実にこなし少しずつ兵藤の信頼を得ていった。その道のりは長く、初めての違法削除から約一年後、ようやく次期東京本部長の確約を得たのであった。

兵藤は杯を置くと真っ赤に染まった顔で言った。

「黒宮くん、今回のことは死ぬまで忘れてもらっては困るよ」

「重々承知しております。このご恩は一生忘れません」

「君のために奴を強引に左遷したのだからねえ」

兵藤は森田のことを言っているのだった。

「ありがとうございます」

兵藤は庭の景色を眺めながら涼しい顔で言った。

「しかしバカな男だ。この私に訴えてくるなんてな」

「誠に申し訳ありません。まさか森田が施設に戻ってくるなんてとんだ誤算でした」

先々週の火曜日、東日本総監である小野田哲治の甥の記憶を操作したのだが、施設から出たところを偶然森田に目撃されてしまったのだった。黒宮は相馬のときと同じ言い訳をしたが、さすがに森田には通用しなかった。

森田は翌日兵藤に、黒宮が不正な取り引きをしている可能性があると訴えたのだ。

「まあ、森田が私に訴えたおかげで君は本部長の椅子を一年も二年も早く手に入れることができたわけだが」

「重ね重ねお礼申し上げます」

「それで」

兵藤の目が急に光を放った。

「その森田はどうしている？　まさか不穏な動きは見せていないだろうねえ」

「はい、そのような気配はまったく感じられません」

「仮に森田ごときが騒いだところでこちらには法務大臣までバックについているんだから、違法削除をした証拠を摑んだとしても簡単にもみ消してしまうよ。森田はそれを悟ったんだろうな」

兵藤はフフフと不気味に笑った。

「そんなことより君、これからはより一層私に尽くしてくれたまえよ。何せ君は私のおかげで東京本部長に昇格することができるのだからねえ」

黒宮は兵藤の空いた杯に酒を注ぐと、姿勢を正して兵藤を真っ直ぐに見て言った。

「一命を賭して頑張ります」

黒宮は忠義を誓うように見せたが、内心では俺のおかげで東日本副総監にまで上ることができたのにまったく恩着せがましい奴だと思っていた。


午前八時五十分になると、相馬誠は四階から一階に降りて森田本部長の到着を待った。あと十分もすれば森田本部長が出所する。

MOCでは月末の朝、朝礼も兼ねて本部長の出所を所員全員で出迎える慣習だったが、三十日のこの日、森田本部長に左遷辞令が下されたとたん、黒宮の指示かそれとも黒宮を恐れてか、ほとんどの操作官が出迎えに姿を現さなくなった。

いつもこの時間になると施設の入り口は所員で埋め尽くされるが、今いるのは相馬と二課の課長である長尾、そして同じ二課の高橋望と三課の新人二人だけである。海住は黒宮派でも何でもないが、みなが出ていないから出ないだけであった。

時計の針がちょうど九時を示したときだった。去年の四月に茨城支部から一課に配属された山根（やまね）裕太（ゆうた）が慌ててやってきた。

「ああ良かった、何とか間に合いました」

相馬の隣に立った山根は顔を真っ赤にしながら息をぜえぜえと吐いた。小柄な山根が背を丸めると、まるで子どものように見えた。

ようやく落ち着いた山根はポケットから白いハンカチを取り出し、汗で光る顔を拭いた。

「帽子忘れてるぞ」

相馬が教えてやると山根は両手で頭を押さえ、

「あ、まずい、忘れました」

と情けない声を漏らした。慌てる山根は手に持っていたハンカチを落とすと、それを急いで拾い上げ、

「相馬さんどうしましょう。大丈夫でしょうか」

と顔を真っ青にして言った。

「もうそろそろ到着されるぞ。それより——」

一昨日、山根が黒宮の列の最後尾にいたことを思い出した相馬は皮肉を込めて言った。

「いいのか。黒宮さんにこんなところ見られたら目をつけられるんじゃないのか？」

「え？　こんなところってどういうことですか？　なんで黒宮さんに目をつけられるんですか？」

相馬は自分たちの周りを見ながら言った。

「この状況を見て分からないのか。みんな黒宮さんに遠慮して森田本部長を出迎えにこないんじゃないか」

山根は首を傾げながら訊き返した。

「どうして森田本部長を出迎えただけで目をつけられてしまうんですか？」

バカバカしいがそれが現実なのだ。しかし相馬はそれを口には出さず、

「いや、何でもない」

と話を途中で終わらせた。意味が分からなければ分からないままでいいと思ったからだ。

「相馬さんは何か誤解しているようですが、黒宮さんはそんなことで人を評価する人ではありませんよ」

山根は少し怒った口調でそう言うと、今度は目を輝かせながら自分の思いを伝えた。

「黒宮さんは本当に素晴らしいお人です。統率力があって仕事ができて、何よりあの若さで本部長になられるなんてすごいです。黒宮さんは僕の憧れでもあり目標でもあります。あんなに尊敬できる人に出会ったのは初めてですよ」

山根の言葉に相馬は呆れた。と同時に何を考えているのかよく分からない奴だなと思った。本当に試験に合格してMOCに入ったのかすら疑問に思うくらいだった。

去年の四月に茨城支部から異動してきた山根裕太は今年で二十八歳になるが、年の割には幼くて落ち着きのない男であった。いつも動作が忙しくておっちょこちょいの山根は、よく言えば純粋で悪く言えば世間知らずなところがある。しかし相馬は山根の心が汚れていないことを知り少し安心したのだった。

それから間もなくして正門の扉が開いた。黒いセンチュリーがやってきて運転手が扉を開くと森田本部長が降りてきた。

森田本部長はゆっくりとした足取りで歩き相馬たちの前で歩みを止めた。

「おはようございます」

長尾がまず挨拶し少し遅れて相馬たちが頭を下げた。

「おはようございます」

森田本部長はみんなの顔を見たあと優しい声で、

「おはよう」
と言って施設内に入っていく。この日の朝礼は黒宮の指示が下ったためか急きょ中止になったと森田が告げた。その後ろを歩く相馬の目には森田本部長の背がとても小さく映っていた。

相馬はこの日朝から憂鬱な気分であった。これから十二歳の高田和毅という少年を担当するが、その少年の記憶を〝全削除〟しなければならないからであった。

少年が今回犯した罪は窃盗および傷害である。

少年は去年十二月十五日、東京都港区在住の主婦・福田彰子さん（六十七歳）の鞄をひったくり逃走した。ひったくられた際被害者はバランスを崩し転倒。受け身が取れなかった被害者は歩道の段差で頭を強打し全治三ヶ月の重傷を負った。

少年は罪を認め生活していくための金が欲しかったと供述した。

少年の弁護士は情状酌量を求めたが、二ヶ月続いた一審で裁判所は全削除を言い渡した。少年の弁護士は判決を不服として控訴したが、上級審の下した判決は一審と同じく全削除であった。

本来、窃盗および傷害で全削除の判決が下されることはないが、裁判所が全削除を決めたのには二つの理由があった。一つは少年が過去に三度も罪を犯し、いずれも犯罪の記憶を削除したにもかかわらず四度目の罪を犯したということだ。

　確かにもっともな理由であるが、実はそれは世間を納得させるための理由であり、最大の理由は少年が〝ストリートチルドレン〟であるからだった。

　ストリートチルドレンとはその名のとおり、路上で生活を送るホームレスの子どもたちという意味で、現在東京都には親に捨てられたり家出したりしたままの子どもたちが二万人以上もいるとされ、その子どもたちは各拠点で集団で生活しているのだった。

　九歳で家出した少年はお台場で集団生活をしており、自分たちの生活を守るために店や一般市民から窃盗を繰り返していたのだった。

　東京都ではこの二十年間、未成年犯罪率が常に全国トップで一向に減少しないが、それは貧しい生活を送るストリートチルドレンが、窃盗、暴行、略奪を日常化させているからであった。

　東京都はストリートチルドレンが原因で治安状況は最悪だが、こんなにも世間から問題視されているにもかかわらず、子どもを育てる責任感のない親によってストリートチルドレンは年々増加の一途をたどっているのだった。

　今回全削除を言い渡された十二歳の少年は、記憶削除のあと未成年のため自立支援施設に入れられ一から教育を受け直す。少年は自分がストリートチルドレンであったことすら忘れるので、刑期を終えて施設を出ても仲間の下に戻ることはなく再び罪を犯すこともないだろう。施設を出た少年には国から就職先が紹介されるので、少年は普通の社会人として一からスタートできるわけである。

裁判所はこのストリートチルドレンの将来を考慮して全削除を決定したと述べているが、その実、多大な被害をおよぼすストリートチルドレンを少しでも減らそうとしているのであった。

地下に降りた相馬は薄暗い廊下を歩き、少年が留置されている三十二番の扉を開いた。

ベッドとトイレ以外何もない狭い独居房の隅っこに、坊主頭の痩せ細った少年が小さくなって座っていた。少年はまるで野生で育ったような凶暴そうな顔つきをしており、相馬が姿を現したとたんさらに目つきを鋭くして相馬を睨んだ。その目にはたくさんの怒りが込められているようだった。相馬は東京本部に異動してきて以来、たくさんのストリートチルドレンを担当してきたが、そのほとんどが大人を恨んでおり反抗的な態度をとった。

相馬はストリートチルドレンの目を見るたびに心に痛みを覚えるのである。

相馬は、裁判所から下された判決なので拒否することはできないが、ストリートチルドレンとはいえこんな幼い少年の記憶をすべて削除することに疑問を感じた。少年にはもちろん感情がある。大切にしている思い出がある。未成年犯罪率の低下につながるとはいえ、本当に全削除という選択が正しいのだろうか。相馬は過去に十回ほど全削除を執行しているがそのたびに葛藤するのだった。

確かに高田少年の罪は重く簡単に許してはならない。当然犯した過ちを償わなければならないが、果たして本当に少年がすべて悪いのであろうか。育児を放棄した無責任な親のせいで少年はストリートチルドレンとなり結果罪を犯したのだ。相馬は無責任な親が未成年犯罪を多発させているのだと激しく憤っている。

「そろそろ時間だ。来なさい」

相馬は優しい声で指示した。少年は床に唾を吐くと黙って相馬の後をついてきた。相馬は振り返らないが少年の鋭い視線を痛いほどに感じる。

四階の削除室の前には今日確認役を務める新郷が立っていた。

「高田和毅を連れてきました」

相馬が報告すると新郷はすでに黒宮に打ち込んでもらっていた暗証番号のあとにエンターキーを押し削除室の扉を開けた。相馬は少年を連れて中に入ると椅子に座らせた。確認役の新郷は扉のそばで冷たい視線を向けている。病人のように血色が悪いからよけい不気味に映った。

相馬は少年の頭に装置を被らせると大型モニターに視線を向けた。

少年の頭に埋め込まれているメモリーチップのデータを装置が読み取ると、ここ一ヶ月の記憶が一日ごとに区切られて表示された。相馬は記録用メモリーチップを専用装置に挿入すると少年の全記憶をコピーした。十二年分の記録をコピーするとはいえ作業はほんの十分間で終了した。

相馬がメモリーチップを抜き取り手に持っていた犯罪記録ファイルにしまうと、いよいよ自分の記憶がすべて削除されることを察知した少年は急に顔を真っ青にして小刻みに震えだした。ずっと反抗心を露わにしていた少年だがこれから自分の記憶がすべて消されてしまうとあって恐怖心が高まったに違いなかった。

「おい」

十二歳の高田少年が相馬に叫んだ。その粗野な言い方は幼い頃から何の教育もされていないことを如実に表していた。

少年は大型モニターを顎で示して言った。

「それを使えば俺の記憶見れんだろ？　ならよ、仲間と過ごした日ならどれでもいいから見せてくれねえか」

相馬はその言葉が一番辛かった。できるなら願いを叶えてやりたいがそれは法律で禁止されている。

「なあいいだろ？　最後に見せてくれよ。記憶消されたら仲間のことも忘れちまうんだろ？　だったらよ、少しくらいいいじゃねえか」

少年にとって一番大事な記憶は一緒に生活していた仲間のものであった。仲間の記憶を忘れるということは死よりも辛いに違いない。

法律で禁止されているとはいえ相馬は簡単に割り切ることができなかった。すると後ろで見ていた新郷が、

「相馬、何をモタモタしている。早くやれ。そんなクズの言うことなど無視していればいいんだ！」

と威圧するように命令した。新郷は黒宮と同様冷徹な男で受刑者には容赦がなかった。

少年は新郷の言葉を無視するように、

「なあ頼むよ」

とせがんだ。

「いい加減にしろ相馬。グズグズするな！」

新郷は黒宮には媚びへつらうが目下にはいつも高圧的な態度であった。

相馬はこの場から逃げたい思いだったが私情を捨てるように、

「すまない」

そう言って大型モニターに視線を戻した。悔しさに堪えながら相馬は記憶を削除す

る準備を進めた。

「ではこれより、記憶削除法第九条に則り刑を執行します」

「このクソ野郎……ふざけんなよ！」

相馬は少年の目を見られなかった。相馬は逃げるように再び少年に背を向け削除のスイッチを押した。

相馬は普段、受刑者の様子をうかがいながら削除するが、今日はそんな余裕はなかった。相馬は目をきつく閉じキーボードに拳を叩きつけた。

削除を選択してからおよそ五分後、相馬の滲んだ瞳に百パーセントと数字が映った。

一瞬であるが衝撃を受けた高田少年は、中村少年のときと同様に恐怖と不安で気を失ってしまった。

記憶の削除を終えた相馬は怒りを抑えられず新郷のもとに歩み寄った。

「新郷さん、たとえ犯罪者であっても心のケアが大切なのではないでしょうか？　確かに少年の願いを叶えることは法律で禁止されていますがあのような言い方はないんじゃないですか？」

新郷は鼻でフッと笑うと、

「戯れ言をほざくな。こんな奴らに対して心のケアなど必要ない。さっさと削除すればいいんだよ。おまえがモタモタしているから受刑者は恐怖を感じてそいつのように意識を失うんだ。時間をかけるほうが残酷だというのが分からんか」

「いや、しかし……」

新郷は相馬にそれ以上言わせなかった。証明書に確認のサインをすると相馬に押しつけるように渡し部屋を出ていった。


削除室から出た相馬は寒空の中、少年の肩を抱きながらゆっくりと正門に向かった。ぎこちない足取りの少年を支える相馬は言いようのない罪悪感を覚えていた。それは最後、少年の願いを叶えてやれず削除を決行したからであった。

記憶をすべて削除された少年からはほんの数分前まで見せていた野性的な顔つきは消え、まるで放心状態に陥っているかのようにボーッと前方を見つめているだけである。削除後に受刑者としゃべるのは基本的に禁止されているが、いずれにせよ少年は言語も忘れているから相馬の言う意味を理解できない。

まるで城の外壁のような正門を開くと、その先にはすでに自立支援施設の職員二人が迎えにきていた。両方とも男性で、一人は若く、一人は白髭(しろひげ)を生やしたベテランであった。

「ご苦労様です」

白髭の職員が相馬に挨拶すると若い職員は少年の手を取った。

少年を引き渡した相馬は、

「彼のこと、お願いします」

と深く頭を下げた。若い職員は少年をマイクロバスに乗せドアを閉めた。すると少年はゆっくりと相馬に顔を向けた。相馬はただ瞬き(まばた)をするだけの少年に力強くうなずいた。意味の分からない少年は相馬をじっと見つめているだけだった。

「ご苦労様でした。では失礼します」

白髭の職員が助手席に座ると車は発進した。

相馬は走り去る車を見据えながらつくづく自分が無力であることに気づかされた。

俺はなんだかんだ言って結局彼らを助けてやることはできない……。

相馬にできることは施設から出た少年が今度こそ幸せな日々を送ってくれるのを願うことだけだった。

長尾正は豊洲駅から徒歩五分ほど離れたところにある、『内田屋』と書かれた暖簾をくぐり店の中に入った。

時刻はまだ夕方の六時前だが店内はすでに賑わっており、客は名物であるざる蕎麦(そば)をズルズルと音を立ててすすっている。その粋な音が長尾の耳には心地よかった。

内田屋は一見普通の蕎麦屋であるが創業八十年の老舗で、コシのある蕎麦と東京湾で揚がった新鮮な穴子を使った天ぷらが有名であった。敷地面積十五坪の店内にはカウンターが十席とテーブルが三十席用意されており、客席から見える麺打ち台では若い四代目が力を込めて蕎麦を打っている。

「いらっしゃいませ、一名様でよろしいですか？」

若い女性従業員が元気な声で長尾に尋ねた。

「いや、待ち合わせをしているんだ」

長尾は店の奥を指差して言った。

鰹だしの良い薫りが漂う店内の一番奥に森田本部長が背を向けて座っていた。

長尾はたまに森田と食事をするがこの内田屋で会うのは久しぶりである。ここは長尾が初めて森田に誘ってもらった店でもあるから長尾は内田屋に特別な懐かしさを抱いている。と同時に、初めて食事をした内田屋を選んだのは何か特別な意味があるのだと確信していた。

「遅くなって申し訳ありません」

長尾が挨拶すると、森田はハッと肩を弾ませて振り返った。

「やあ長尾くん、忙しい中呼び出して悪かったね」

「いえ、とんでもありません」

「さあかけてくれたまえ」

「失礼します」

長尾は森田の向かいに腰かけた。

長尾は従業員から出されたお茶を手に取り、渇いた喉と乾燥した唇を潤した。熱いお茶を飲むと不健康そうな顔色が少し赤みを帯びた。

「何にするかね？」

長尾はメニューを見ずに言った。

「本部長と同じものをいただきます」

「そうかね」

森田は従業員に天ざるを二つ注文した。

長尾はお茶をもう一口飲むと脂気のない髪を揺らしながら店内を見た。

「久しぶりですね、ここで食事するのは」

森田は優しい笑みを浮かべた。

「うん。そうだね」

「懐かしいです。本部長に初めて誘っていただいたあの日のことを思い出します」

「あのときは黒宮くんも一緒だったね」

そうである。六年前、初めて森田に誘ってもらったときは隣に黒宮もいて、三人でここの蕎麦をすすったのだ。黒宮も今と違い森田に対して敬意を払っていた。

　長尾は次期本部長と呼ばれている黒宮に対し憤りよりも寂しさを強く感じていた。同じ年に東京本部に異動になった黒宮とはこれまでほぼ同じ道のりを歩いてきたからよけいに寂しさを感じるのである。

「残念です」

　長尾はただ一言そう言った。森田はその意味を理解したが長尾には穏やかな表情を見せた。

「長尾くん、君はこの六年間、東京本部のためによく尽くしてくれたね。そして十人の課員をまとめる課長を立派に務めてくれた。礼を言うよ、ありがとう」

　森田のその言葉は別れの言葉でもあった。

　長尾は返すべき言葉が見つからず、

「いえ……そんな……」

　と頭を下げることしかできなかった。

「私は君のような立派な記憶操作官を育てられたことを誇りに思っているよ」

　森田のその言葉は長尾の胸に熱く広がった。

「森田本部長にそう言っていただけるなんて、光栄です」

　森田は視線を落とすと複雑な心境を打ち明けた。

「黒宮くんを育てた立場にある私の口からこんなことを言うのはどうかと思うがね。

本当は君のような操作官に本部長を務めてもらいたかった」

森田は言葉を重ねた。

「私はこのままではMOCの将来はないと思っているよ」

それは、黒宮が本部長になったらという意味であった。

「長尾くん」

森田は長尾を真っ直ぐに見つめて言った。

「はい」

「今日君を呼んだのは君にだけは事実を話しておこうと思ったからなんだ」

九日後に栃木支部に異動する森田の顔は決意に満ちていた。

「はい」

長尾は強くうなずいた。実は長尾は最初から森田がすべての事実を告げるために自分をここへ呼んだことを知っていた。

先週の月曜日、長尾は相馬誠からある相談を受けた。

黒宮が裏で記憶の操作をしている可能性がある、森田本部長はそれを知っていて、上に訴えたのが原因で栃木支部に飛ばされたのではないか。そうだとしたら上の人間も関わっているはずだと。

その日長尾は森田本部長に真相を確かめた。しかし森田は何も語ってはくれなかったのだ。

　このとき長尾は確信した。相馬の言ったことはほぼ間違っていないと……。

「この前君に言われたあの件だがね、そのとおりだよ」

　長尾は重いため息を吐いた。

「やはりそうでしたか」

「先々週の火曜日、帰宅した私は大事な書類を施設に忘れたことに気づいてね、施設に戻ったんだ。すると黒宮くんと新郷くんが若い男と一緒に施設から出てきてね。黒宮くんは下手な言い訳をしていたが、すぐに私は若い男の記憶を操作したことに気づいたよ。その翌日私は兵藤さんに事実を伝えた。すると兵藤さんは、操作した証拠が残っていないとか、一応は事実関係を調べるとか、何とも曖昧(あいまい)で真剣みのない対応でね。結局返ってきた答えは私の左遷辞令だった。つまり彼も違法な記憶操作に関わっていたということだろう」

　長尾はテーブルの下で拳を強く握りしめた。と同時に監視カメラを思い出して森田に言った。

「削除室の監視カメラがあるじゃないですか？　あれを調べれば――」

　しかし長尾が言い終わらないうちに森田が口を挟む。

「いや、私もそう考えて調べてみたんだが肝心の箇所が映っていなかった。オペレーターに訊いたら誤作動で止まっていたというんだよ」

「そんな……」

「ああ、おそらく黒宮とつながりのある上層部が手を回したんだろう。オペレーターを抱き込みカメラを止めさせたんだ」

「許せませんね」

「ああ、絶対に許してはならない行為だ。記憶の操作が悪用されれば恐ろしい事件につながる可能性があるからね、しかし……」

森田は一度息を吸い込んで言った。

「長尾くん、君は戦ってはならないよ。曲がったことが許せない君のことだ。私が止めなければ真実を究明するだろう」

長尾は森田の胸の内が理解できなかった。

「しかし疑いがある以上、じっとしているわけにはいきません」

森田は長尾の熱を冷ますように言った。

「長尾くん、君にすべてを打ち明けたのは君に真実を究明してほしいからではない。君にだけはこの現実を知ってほしかっただけなんだ」

「ですが……」

「恐らく裏で糸を引いているのは兵藤関東統轄長だけではないだろう。私は兵藤がダメならとその他の幹部に事実を訴え黒宮くんたちを糾弾しようと思ったが、誰も取り合ってさえくれなかった。

　兵藤関東統轄長が根回ししたのは確かだが、もしかしたらさらなる大物が不正な操作に関わっているような気がする。だからたとえ証拠を摑んだとしても簡単にもみ消されてしまうよ」

「だとしても、放っておくことは――」

「私は――」

　森田は長尾を遮るように声を上げた。

「君には私の二の舞になってほしくないんだよ。君には妻がいる、五歳になる子どもがいるだろう。私ですら栃木支部に飛ばされたのだ。もし騒ぎ立ててMOCを追われたらどうするつもりだね？　優秀な君とはいえ組織を裏切ったという情報が世間に知れたら再就職は厳しくなる。そうなれば最悪家族を失うことだってあるんだ」

　長尾の脳裏に妻の雅子と五歳になる翔太の笑顔が浮かんだ。

　妻の雅子はどんな困難でも乗り越えられる強い女だが長尾は妻を悲しませることはしたくなかった。最愛の翔太にも辛い思いはさせたくない。

　しかし疑惑が浮上した以上、見て見ぬふりをするのは許せない。

　葛藤する長尾に森田は強い口調で言った。

「これは私の最後の命令だ。いいね長尾くん、下手に騒ぎ立ててはいけない。君を慕っている一課の相馬くんにもそう伝えておいてくれ」

長尾はしばらく考え込んだ末、

「分かりました。本部長がそこまでおっしゃるのであれば……」

と返事をした。しかし悔しさを堪(こら)えきれず森田の前でテーブルを叩いた。

「君の気持ちは分かるが君はまだ若いんだ。将来を犠牲にしてはならない。君が動かなくても必ずいつか黒宮くんたちの悪事は露呈する。罪を犯した人間は必ず罪を償うことになるのだから」

長尾は長い間を置いて、

「はい」

とうなずいた。

森田は目を閉じると、

「しかし無念だ」

とつぶやいた。

「三十五年間ＭＯＣに尽くした結果がこれかと思うと無念で仕方ないよ」

森田は続けて言った。

「私はこれまで記憶の操作は日本社会の安定のために活用され、不正は一切なく、正当に行われてきたものだと信じてきた。しかし思い込んでいただけなのかもしれないな。黒宮くんの周りだけではなく、記憶の操作は全国で悪用されているのかもしれない。本部長である私がこんなことを言ってはならないが、兵藤関東統轄長まで糸を引いているとなると正直否定しきれないよ」

　長尾は全国各地で不正が行われているなど信じたくないが、絶対にありえないと声に出して否定することもできなかった。

カウント3

海住真澄はMOC東京本部の正門前でビッグスクーターを降りエンジンを切った。あたりが真っ暗になると同時に施設周辺はシンと静まり返っている。

海住は普段電車通勤だが、取り引きを行うときはビッグスクーターを使って施設にやってくる。つまりこれから取り引きが行われるわけだが、海住には一切動揺はなくむしろ平然としていた。

腕時計の針は午後十一時を過ぎていた。約束の時間を過ぎてもミカは来ていない。あれほど時間どおり来いと言ったのに……。

海住はポケットからタバコを抜き取り火を点けると空に蒼い煙を吐いた。

東京湾から吹く海風が海住の長い髪をなびかせる。まるでモデルのようなスタイルの海住が東京湾を眺めながらタバコを吸うその光景は、映画のワンシーンのように様になっていた。

赤い光がフィルターまで迫ってきたとき遠い先から一点の白い光が見えてきた。

相手が子どもとはいえ約束の時間を十分も過ぎると海住は不機嫌になる。海住はやっと来たかとつぶやきタバコを下に落とすと踵で踏んづけた。ミカはヘルメットも被らず古びた原付を運転してきた。鍵穴は壊れており配線が飛び出ている。ミカが運転する原付のその後ろには同い年くらいの女の子が乗っていた。二人とも真冬だというのにみすぼらしい身なりをしている。身なりだけではない。髪はボサボサで顔は薄汚れており肌はひどく荒れている。満足に栄養をとっていないのが一目で分かる。

気の毒なくらい貧弱なこの二人はストリートチルドレンであった。ミカの後ろに座る少女はどこで生活しているのか知らないが、今年十三歳になるミカは両国で仲間たちと集団生活している。

海住は彼女がなぜストリートチルドレンとなってしまったのか一度も聞いたことがない。海住は取り引き以外に興味はなかった。

海住は裏で記憶の売買をしているが、最近ではこのミカと取り引きすることが多かった。

ミカとはつい先月知り合ったばかりだった。両国に住む海住は家からすぐそこのコンビニに雑誌を買いに出かけた。その途中、突然背後からミカにぶつかられてジーパンの後ろポケットに入れていた財布を抜き取られたのだ。手慣れた動作とミカのみすぼらしい格好を見て、海住はすぐにミカがストリートチルドレンであることが分かった。

全力で逃げるミカを捕まえた海住はまずは大事な財布を奪い返した。しかし海住はミカを警察に突き出すことはしなかった。その場から逃げようと暴れるミカの胸ぐらを摑みこう言った。

そんなに金が欲しければあんたの記憶を買ってやるよ。もしそれが普段お目にかかれない面白い記憶ならねと。

その翌日からミカとの取り引きが始まった。海住はこれまでミカ自身の記憶はもちろん、ミカの仲間の記憶を五つほど買い取っている。最初は敬語も使わず反抗的な態度だったミカが、今では海住をまるで姐御(あねご)のように慕っている。

「あれほど時間には遅れるなと言ったろう」

海住は腕時計を叩きながら言った。ミカは頭をかきながら舌を出して笑った。

「すんません、真澄姉さん」

「その姉さんもやめろって言ったろう。ヤクザじゃあるまいし」

「すんません、癖なもんで」

「で、今日は面白い記憶持ってきたかい？」

「はい、このアイが二日前に面白いところを見たそうです」

「へえ」

海住はアイに視線を向けた。

海住と目が合ったアイは妙な迫力を感じたらしく、ズボンのポケットに入れていた手をすっと抜き取ると海住に会釈した。

「アイっていいます」

ミカはアイの肩に手を乗せて、

「アイはまだ十一歳で私たちと一緒に住んでます」

と説明した。

「どんなことを見たんだい？」

危険を冒して記憶を操作する以上、海住はあらかじめどんな記憶なのか知りたかった。もしくだらないものならわざわざＭＯＣに忍び込むべきではない。三課課長の荒川に手を回させて監視カメラを止め、教えてもらった暗証番号を使って削除室に入るに値するかどうか知りたかった。

しかしミカが口を挟む。

「姉さん、私を信用しないんですか？　口では説明しづらいんですよ」

その不敵な笑みを見て海住はしぶしぶ了承した。

アイはまだ小学五年生の年だが幼さはなく野性的な顔つきをしていた。家もなければ金もない、異常な生活の中で必死に生き延びている彼女たちからは、普通の子どもにはない野性的な強さとどん欲さ、そして絶対に生き延びてやるんだという執念が滲み出ている。

「そうかい。なら早速見てやろうじゃないか。でもその前に」

海住はポケットから財布を抜き取るとミカに一万円を渡した。

「この前、お前と仲間の記憶が三万円で売れたからな。大事に使えよ」

海住がミカたちから仕入れた記憶が売れた場合その三割をミカに渡す契約になっていた。ミカは一万円を受け取ると、大事そうにポケットにしまった。

「姉さん、ありがとうございます」

「じゃあ行くよ」

海住はカードキーを使って正門を開けると、ビッグスクーターを押しながら中に入った。ミカとアイはその後ろを黙ってついてきた。

正門と同じく、カードキーで施設の施錠を解くとセキュリティも同時に解除された。

海住は廊下を歩き二階に上がった。

削除室に通じる扉の前に立った海住は、三課の課長である荒川義男(よしお)から教えてもらった暗証番号を入力して扉を開けた。

三課には削除室が二つあるが、海住は手前にある№2と書かれた部屋の中に入っていった。

「さあ入りな」

ミカとアイを部屋の中に入れた海住は早速アイを中央の椅子に座らせた。

「この装置を使えば自分の記憶がすべて見られるんだ」

ミカはまるで自分が開発したかのように得意になって言った。

アイは様々な装置が並ぶ部屋を興味津々に見回している。自分の記憶がいくらで売れるのか、それぱかりを考えているのであろうアイには恐怖心はまったくなさそうだった。

海住は装置の電源をオンにすると、

「じっとしてなよ」

と言ってアイの頭に装置を被らせた。

「買ってほしい記憶は一昨日の何時何分頃のものだい？」

海住はモニター画面を見ながらアイに訊いた。

「確か、夜の十時を過ぎたくらいだったような……」

海住は十一月二十八日の二十二時とキーボードを打った。すると一昨日の夜十時からの記憶が画面に流れた。

どうやら土手を歩いているらしく両脇には十五、六歳の少年が歩いている。

自分の記憶を初めて見たアイは口をポカンと開けて固まっている。このときだけは小学五年生の女の子の顔に戻っていた。

三人は他愛もない会話をしているが海住は会話を聞くことなく早送りした。

アイの記憶が七分間進んだときだった。

「あ、このあたりです！」

とアイが声を上げた。海住は弾かれたように再生ボタンを押した。すると部屋のスピーカーから男女のいやらしい声が聞こえてきた。

アイたちはクスクスと笑いながら声が聞こえてくるほうに忍び寄る。

『あ、いたいた、あそこでヤッてやがるよ』

アイの視線は少年が指差すほうを向いた。

暗くてよく見えないが、男二人と女二人が草むらで絡み合っている映像が流れた。

『おいおい、マジかよ、四人でやってやがる』

もう一人の少年が声を潜めながら言った。

「買ってほしい記憶ってのはこれかい？」

「一昨日の夜、食料を買った帰りにここを通ったら、大人四人がセックスしてたんです」

十一歳の子どもが恥じらうことなく平気でセックスという言葉を使った。

モニターに映る四人の男女はアイたちに見られていることなどまったく気づいておらず、特に男たちは興奮しており女たちの身体を激しく愛撫している。

海住はあまりのバカバカしさに鼻で笑った。

「まったく大の大人がこんなところで何やってるんだか」

女たちが絶叫すると男たちは一緒にトランクスを脱ぎ、女たちの膣に同時に挿入した。それを見て海住はまた笑った。

「エロ動画の見過ぎね」

他人のセックスを面白がる海住に、

「あの、どうですか？　買ってもらえますか？」

アイは心配そうに訊いた。

「それは私が決めることじゃないよ。一応コピーはするけどねえ」

海住はその後もアイの記憶を見た。わずか五、六分で射精した男たちは満足そうに草むらに寝転がった。

そのときである。アイたちの存在に気づいた一人の男が、

『おいクソガキ、何見てやがる！』

と叫んだ。しかしアイたちはまったく恐れておらず、ゲラゲラと笑いながら逃走した。

アイが振り返るとトランクス姿の男が追ってきており、射精した直後の男は足にきたらしく急によろけて転んだ。その姿を見たアイたちはまた笑って走り去っていった。情けない男の姿を見た海住は手を叩いて笑った。

「本当に男ってバカだねえ」

ひととおり見た海住は映像を停止し、

「なかなか面白い記憶だったよ」

と評価した。アイは嬉しそうに、

「ありがとうございます」

と言った。

「高く買ってくれるよう、買い主さんにお願いしてくださいね、姉さん」

ミカはまるで商人のように手をスリスリとさせながら頼んだ。

「分かった分かった。それでミカは売りたい記憶はないのかい？」

ミカは残念そうに、

「はい、私は今回良い記憶を仕入れられませんでした」

と答えた。

「そうかい。じゃあ今日はこの一つをコピーするよ」

荒川の使い古しである記録用メモリーチップに記憶をコピーしたときだった。

「あの、一つお願いがあります」

アイが勇気を振り絞ったような声を上げた。

「なんだい？」

「去年の三月に、私たちと生活していたタカという仲間が車に轢かれて死んだんです。この装置を使えばタカのことも見れるんですよね？　だったら見せてほしいんですけど」

ミカは年下であるアイのアイディアを聞き興奮した。

「そうだよな。タカのことも見れるんだよな。姉さん、私も見たい」

海住は二人の熱っぽさとは裏腹の冷たい声で、

「残念だね、私は金にならない記憶は見ない主義なんだよ」

とばっさり断った。

その返答にアイは、

「そうですか、分かりました」

と深く落ち込んだ。その姿を見た海住は自分でも不思議に思うくらいアイを急に哀れに感じてしまった。

迷った海住は舌打ちすると、

「しょうがないねえ。じゃあ少しだけだよ」

と言った。二人はやったと手を合わせた。

「で、いつの記憶を見るんだい」

ミカとアイは相談を始め、五分後にやっと結論が出た。

「一昨年の十二月二十四日がいいよ姉さん。その日、みんなでクリスマスパーティしたんだ」

「分かったよ」

海住は二〇九三年、十二月二十四日とキーボードを打った。間もなく大型モニターに、一昨年の十二月二十四日の記憶が流れ始めた。

「全部の記憶を見てる時間はないよ。何時からパーティを始めたんだい」

「確か、七時くらいだったよな」

ミカが確かめるとアイはうなずいた。

海住は十九時まで時間を進めると少しも画面を見ることなく二人に言った。

「私は外でタバコ吸ってくるよ」

タバコを吸いたくなったのも事実だが本当は二人にしてやろうと思ったのだ。

扉に手を伸ばしたときミカが嬉しそうな声で言った。

「ありがとう、真澄姉さん」

海住は背を向けながら軽く手を上げた。

まったく私らしくないねえ。海住は薄い笑みを浮かべて廊下に出たのだった。

一時間後、二人と別れた海住はほとんど人のいない豊洲駅に向かい、いつも使っている『20』と表示されたコインロッカーにお金を入れた。そしてその中にメモリーチップが入った封筒を入れて暗証番号を入力してロックした。

このロッカーを開けるのは三課の課長である荒川義男だ。

荒川は海住が金に目がなくて金のためなら大半のことは割り切れる性格だと知っており、昨年の四月、普段滅多にお目にかかれない面白い記憶を仕入れてきてくれと頼んだのであった。

危ない橋ではあるが簡単に金を稼げるのならと海住は引き受けた。

こうしてコインロッカーを使って取り引きするのは密会せずに済むからである。こうしておけばもし一方に捜査の手が伸び記憶が調べられても、もう一方までたどりつくことはないのだ。しかも荒川とは頻繁に取り引きするのでそのたびに会っていたら誰かに見られる可能性がある。海住は変な誤解を受けたくなかった。

荒川がなぜいきなり他人の記憶を仕入れることを考えついたのか海住は知らない。訊いたことすらなかった。

マニアックな荒川のことだから他人の記憶を鑑賞して興奮しているのだろうと海住

は勝手に決めつけていた。

　豊洲駅を出た海住はもうすでに金の計算を始めていた。今日は一つしか仕入れられなかったし、内容は面白くはあったが別段驚くようなものではなかったから、二、三万で売れればいいだろう。三万円で売れたら三割をミカたちに渡さなければならないから二万円の儲けか……。

　今日は長い時間を要した割には少ない手取りとなりそうだ。

　ミカたちにはもっと度肝を抜くというか、スキャンダラスな記憶を仕入れてきてもらわなければならないな。

　金に貪欲な海住は次の取り引きでミカたちがどんな記憶を仕入れてくるのか想像し独りほくそ笑んだ。

　仕事を終えた海住はヘルメットを被るとビッグスクーターにまたがり、エンジンをかけて両国方面に消えていった。


　海住がアイの記憶を仕入れた翌日、荒川義男はその記憶と一週間前に海住から購入した二つの記憶を手に〝よし田〟に向かった。よし田とは月島のもんじゃ商店街から少し離れたところにポツリと建っている小料理屋で、関東統轄長の兵藤竜一朗を接待するときは必ずよし田を使うのであった。

本来、兵藤のような幹部の人間を誘うときは一人四万から五万近くする料亭を使いたいところだが、八十七になる母と妻と三人の子どもを養う荒川には到底無理であった。

荒川は三課の課長でありながら財力が乏しい自分が情けなかった。高校卒業後すぐにMOCに入所し、ノンキャリである荒川は四十一年の苦労の末やっと東京本部の三課の課長になったのであった。しかし同じ地位の黒宮や長尾とは給料には格段の差がある。黒宮たちと一回り近く離れていても、ノンキャリというだけで三十万以上の差があった。

荒川は毎月手取り四十万の給料があるが、そのうち十二万がアパートの家賃に消える。残りの二十八万から食費、養育費、光熱費、電話料金、携帯料金など、二十万が消え、生活の主導権を握る妻が強制的に三万円も貯金するので、荒川の毎月の小遣いは乏しかった。

六十近い男がそれで生活するのは厳しく、荒川は昔からコツコツ貯めていた預金を切り崩して何とかやりくりしている。

特にこの一年間は出費が激しく預金の残高はみるみる減っていた。なぜなら海住からストリートチルドレンたちの記憶を購入し、兵藤を接待するときは必ず一万五千円以上が飛ぶからである。残高が少なくなった荒川は、相手が兵藤とはいえ店のグレードを下げるしかなかった。

店の暖簾をくぐると着物を着た美人女将が微笑んだ。

「荒川さん、いらっしゃい」

よし田はもともと女将の夫が店主であり女将はその手伝いをしていたが、三年前に夫が病気で亡くなったので、今は女将が一人で店を切り盛りしているのであった。

女将の艶っぽい笑みに荒川は顔を赤らめ、

「やあ女将」

と手を上げた。実は荒川は、この美人女将に会うのが目当てでもあった。四十五とは思えぬ妖艶さを持つ女将と一晩過ごすのが荒川のささやかな夢であった。

「荒川さん、お二階のご用意できてますよ。さあ、こちらへどうぞ」

荒川は女将のあとをついて二階に上がった。

「荒川さん、どうぞ」

広さ八畳の個室には漆塗りのテーブルが置かれ座布団が敷かれていた。上席には脇息も用意されている。

「いつもいつもありがとうね、女将」

荒川は気持ち悪いくらい優しい声で言った。

「いいえ。こちらこそご贔屓にしていただいてありがとうございます」

　荒川が座布団に座ると女将は温かいお茶と熱いおしぼりを用意した。今夜は凍てつくような寒さだから荒川は熱いおしぼりを顔に当てるとホッとした気分になった。

「荒川さん、ではごゆっくり」

　荒川は家族には一切見せないデレデレとした顔を女将に向けた。

「ありがとう女将」

　女将が襖を閉めると荒川は禿げ上がった頭をゴシゴシと拭いた。おしぼりを見ると白い髪の毛が十本近くくっついていた。

　荒川は激しい抜け毛に焦った。最近ストレスがひどいから髪を触るたびに何本も抜け落ちる。ここ一、二ヶ月は体重の減少も著しく五十二キロあった体重が四十五キロにまで落ち込んだ。荒川は百六十センチと短身の上、骨に皮しかついていないような有様であった。

　最近ストレスで胃がキリキリと差し込むのはすべて黒宮のせいであった。黒宮の存在が荒川の将来を不安にさせているのであった。

　一階から女将が上がってくると、

「兵藤様がお見えになりました」

と丁寧に告げた。荒川は座布団から立ち上がり二階に上がってきた兵藤を慇懃に迎えた。

「兵藤関東統轄長、今日はお忙しい中私のためにお時間を作っていただき誠にありがとうございます」

年下の人間に頭を下げることほど屈辱的なことはなかった。

「さあさあ、どうぞ」

荒川は兵藤を上席に座らせると女将から受け取ったおしぼりを手渡した。

「ああ、ありがとう」

兵藤は色艶の良い顔を拭いたあと照明で光る頭を拭いた。

「お茶どうぞ」

女将がお茶を出すと兵藤は恵比寿様のように微笑んだ。

「ありがとう女将」

荒川は膝をついたまま女将に目で合図した。酒と料理を出してくれという合図だった。

女将が襖を閉め一階に降りると、兵藤は肥えた腹を撫でながら呆れたような顔を荒川に向けた。

「君、また私に見知らぬ人間の記憶を見せようと言うのかね」

「兵藤統轄長のために面白い記憶を仕入れております」

兵藤は鼻でフフッと笑った。

「まったく君も仕方ないねえ」

そう言いながらも、多忙な兵藤がわざわざ姿を見せるのは実は内心楽しんでいるからだと荒川は確信している。荒川は一生懸命兵藤の機嫌を取るが腹の中ではマニアックな男だと笑っていた。

女将が銚子を運んでくると荒川は兵藤の杯に酒を注いだ。兵藤は荒川が自ら酌をするのをじっと見ていた。

「兵藤統轄長、お疲れ様でございました」

兵藤は鷹揚にうなずくと酒を一気に飲んだ。すかさず荒川は杯に酒を注いだ。

間もなくして女将が料理を運んできた。初めに刺身の盛り合わせが出ると、兵藤は黙って口に運んだ。旨いとも不味いとも言わない兵藤に荒川は、

「今日の刺身はお口に合いますでしょうか」

と尋ねた。兵藤はうんうんとうなずくだけで、それほど満足そうな表情は浮かべなかった。それでも出された刺身はすべて食べたので荒川は一安心した。

料理はその後、胡麻豆腐、天ぷら、鯛の煮付け、鯛の炊き込みご飯の順で出された。

兵藤が食事を終えると、荒川は急いで鞄を開けてメモリーチップの中身を再生する装置を取り出した。

片手で簡単に持てるそれは黒一色で、一見タブレットのようである。

ＭＯＣで記憶を削除された受刑者が再び罪を犯したとき、ＭＯＣは受刑者の記憶をコピーしたメモリーチップを裁判所に提出して裁判の際には再生する必要がある。これはそのための機械だった。荒川が鞄から出した機械は普段は削除室にあるもので、もちろん裁判のとき以外外部に持ち出すのは禁止されている。

「兵藤統轄長、今回は三つほど面白い記憶を用意させていただきました」

「ほう、楽しみだね」

荒川は封筒に入っている二枚のメモリーチップのうち一枚を再生機に挿入した。

機械がメモリーチップのデータを読み取り荒川が再生ボタンを押すと、昨夜海住がアイから仕入れた映像が流れ始めた。

兵藤は、四人の男女が草むらで絡み合う画像を見ると豪放に声を上げて笑った。

「こんなところで、しかも四人とはまったく物好きだねえ。若者はそれが興奮するのかねえ」

「どうです、気に入っていただけましたか」

兵藤はうんうんとうなずいた。

「なかなか面白いじゃないか」

「ありがとうございます」

映像が終わると荒川は二枚目のチップを挿入した。

まず最初に流れたのは、車とバイクが事故を起こして運転手同士が殴り合いの喧嘩をした挙句、あたりがパニックになるという映像だった。

二つ目は若い男がマンションから投身自殺する映像だった。

兵藤はまるで子どものように手を叩いて笑った。

「荒川くん、バカな人間たちを見るのは実に面白いねえ」

「はい兵藤統轄長。それにしても世の中には本当にバカな連中が多いですねえ」

「まったくだ」

兵藤は映像を見終えるとまた初めから再生したのだった。

荒川はこのとき、一週間前に海住が仕入れた二つの記憶を三万円で購入した甲斐があったと思った。

ちなみに昨日の記憶にはまだ金を支払っていないが、兵藤はとても喜んでいるから、荒川は三万円の値をつけた。明日の朝、いつも取り引きしているコインロッカーに金を入れて売買完了である……。

普段お目にかかれない珍しい記憶を兵藤に見せて楽しませることを思いついたのは昨年の春で、財力の乏しい荒川だからこそ思いついた策であった。荒川自身これは名案だと思っている。事実、ノンキャリの課長が関東統轄長と懇意になれたわけだから……。

言うまでもなくすべては東京本部長のポストを得るためで、次期東京本部長は黒宮でほぼ決まりだと分かっていても荒川はどうしても諦めきれなかった。

ＭＯＣに入所して四十一年。群馬支部の操作官から始まり二十年あまりでようやく千葉支部の三課の主任となった。その四年後に念願の東京本部の三課の主任として異動となり、さらに七年後やっと課長に昇格した。それから約六年間、課長の地位を務めてきた。

荒川は課長に昇格した当時から本部長になるのを夢見ていた。しかしノンキャリが東京の本部長になった例は過去一度もない。荒川自身分をわきまえているつもりだがそれでも諦められなかった。課長と本部長の地位はたった一段階の違いだが、現実には天と地ほどの差があり、荒川は東京のトップとなって指揮を執ってみたかった。

とはいえ何の運動も工作もせず六年間課長として務めてきたが、昨年の四月、東京本部に視察に来た兵藤竜一朗を見て、兵藤と深い関係になれば本部長の座を摑むことができるのではないかと思った荒川は良策を思いついた。

その三日後、荒川は削除室に忍び込み記録用メモリーチップを盗んだ。そして海住を呼び出しいろいろな人間の記憶を仕入れてほしいと頼んだ。データ保管室に忍び込んで過去の犯罪記録を盗むのがてっとり早いが、そこに入れるのは本部長だけだった。生真面目な森田にそんな協力を仰げるはずがない。最初に海住を選んだのは、海住は口が堅く金に弱い性格だと知っていたからである。

海住は荒川が拍子抜けするほどすんなりと了承し、記録用メモリーチップを受け取るとその場で交渉が成立した。

一週間後、初めて海住と取り引きを交わした荒川は兵藤にアポを取り、その席で海住から購入した記憶を見せた。

それは歌舞伎町でヤクザ同士が銃撃戦を繰り広げている映像で、兵藤は息を呑んで緊迫した映像を見つめた。すぐに警察が駆けつけ抗争は決着がつかないまま中断するが、兵藤は何度も迫力のある映像を再生したのだった。

兵藤は荒川の斬新な楽しませ方に気分を良くし、それがきっかけで少しずつ荒川は兵藤との距離を縮めていった。

この一年半余り、どれだけの記憶を海住から購入したろうか。

購入しただけではない。記録用メモリーチップは繰り返し使っているとはいえ、荒川はすでに三枚も盗んでいる。

ここまで危ない橋を渡ったのだから、荒川はうまくいけば次期東京本部長に選ばれるのではないかと期待したが、一課の課長である黒宮猛がこれまでコツコツと積み上げてきた物をぶちこわすように目の前に立ちはだかったのである。

先々週、突然東京本部長の森田の左遷が決まったのだが、兵藤は黒宮を東京本部長に推そうとしているのだった。

荒川はそれだけは許せなかった。それなら長尾が本部長になったほうがマシである。荒川にとって黒宮猛はこの世で一番嫌いな存在であった。

優秀な経歴を持つ黒宮は常日頃からノンキャリである荒川をバカにしている。一回り近くも年が離れているというのに、黒宮は荒川には敬語すら使わず、五十代半ばでやっと三課の課長に昇格したと見下している。万年課長と言われているのも荒川は知っていた。

荒川は一課が三課よりも上階にあり、課員数も多く法務省からの予算が優遇されていることも許せなかった。荒川は毎日黒宮に見下されているような気がしてならず、いつか黒宮には屈辱を与えてやりたいと思っていた。

端整な顔だちと堂々たる筋肉質の体軀を持つ黒宮は、いつも我が物顔で施設内を歩いているが、荒川は本部長に昇格したらまず黒宮を田舎の施設に飛ばしてやりたかった。

だが今のままでは荒川のほうが田舎の施設に飛ばされる。黒宮のほうでも荒川を嫌っているから、本部長になったらまず荒川に左遷辞令を下すに違いなかった。

荒川は何よりそれが恐ろしかった。四十年ほどの月日をかけてやっと東京本部の課長になれたのに、下手したら田舎の課長、最悪主任に落とされるのだ。

もし今の地位を失えば、それこそ定年まで課長、最悪主任のままである。それだけではない。家に帰れば妻には冷たく扱われ子どもたちにもバカにされるだろう。

居場所を失った自分を想像した荒川は全身から脂汗が滲んだ。

何とかして黒宮との立場を逆転せねばならぬ。逆転は無理でも黒宮の本部長昇格だけは阻止せねばならぬ。

にわかに焦りを感じる荒川に兵藤が追い打ちをかけるように言った。

「荒川くん、今日も面白い物を見せてもらったよ。しかしねえ、こんなものを見せられたからって、次期東京本部長の人事について考えを変えるつもりはないよ」

荒川は年を感じさせない素早い動きで兵藤にすり寄った。

「そうおっしゃらず、そこを何とかお願いします兵藤統轄長」

荒川が杯に酒を注ぐと兵藤はそれを一気に飲み干し、

「君も分かっているとおり、次期本部長は黒宮くんでほぼ決まりだよ」

荒川は恥を捨てて畳に頭をこすりつけた。

「お願いします、兵藤統轄長のお力でどうか私を！」

しかし兵藤はフフフと笑うだけで何も答えず急に立ち上がるや、

「トイレは下だったね」

と言って個室を出ていった。

荒川は顔を上げたがその顔は鬼のように真っ赤に染まっていた。

おのれ黒宮。黒宮がいなければこんな恥をかくことはなかった。こんなに将来を恐れることはなかったのだ。

今回の人事には私の人生がかかっている。

そう簡単に諦めるものか。

荒川は人事が決定するその日まで絶対に諦めないと誓った。

東京全体で二万人いるストリートチルドレンのうち、五百人と数の多い台東区では特に治安状況が悪く毎日各地点で被害が出ていた。

台東区にはストリートチルドレンの拠点が三十ヶ所もあるが、そのうちの一つ、浅草の隅田川河川敷の橋の下には十一人が生活していた。

橋脚をぐるりと取り囲む拠点は主に段ボールとベニヤ板で造られており、竹や牛革も使われている。陽がまったく当たらない構造なので昼間でも中は暗いが、そのかわり雨風には強く見た目よりも頑丈に造られている。

拠点内には何枚ものビニールシートが敷かれ、汚れたビニールシートの上には古い家具や壊れかけの家電が所狭しと置かれている。外には太陽エネルギーを使った発電機が設置され、その横には風呂として使っているドラム缶と物干し竿が四つほど並んでいる。少し離れた草むらにはバイクが三台、車が一台隠されていた。言うまでもなくそのほとんどが盗品で、拾い物はドラム缶と子どもたちの玩具くらいか。

橋の下で共同生活する彼らが最も苦労しているのは、やはり金と食料の調達であった。彼らは拠点が充実しているので一見大人のホームレスよりはマシな生活をしているようであるが、共同生活なので大人のホームレス以上に食料に困っており毎日食うのに必死だった。

金と食料は様々な方法で集めてくる。幼い子どもたちは街で物乞いをし、十二、三歳になると恐喝や窃盗で調達する。集めた食料はみんなで分けて空腹をしのぐ。まるで野生動物の狩りのようであった。

基本的に食事は一日一回なのでみんな身体は貧弱、病弱で、常に腹を空かせている状態である。もちろん栄養が足りなくて倒れる者もいた。しかし誰一人として裕福な家庭で育つ子どもには憧れず児童養護施設に助けを求める者もいない。みんな苦楽をともにしてきた仲間たちが何よりも大切で、仲間たちと一緒にいることが一番の幸せであった。

親に捨てられたり家出をしたストリートチルドレンには、絶対に生き延びてやるんだという貪欲さと貧しい生活を苦にしない精神の強さがあった。

結束力が強い彼らは全員が仲間を気にかけお互いを助け合って生活している。彼らはそこらへんの大人よりも生きる術を知っており、どんな困難にも負けない強い魂を持っているのだ。だから彼らは厳しい状況の中でも生き抜いていくことができるのである。

昨夜から未明にかけて急に嵐のような雨が降った。拠点のそばを流れる隅田川の水量が一気に増したので彼らは一時避難も考えたが、翌朝には嘘みたいに陽が射した。もしあのまま雨が降り続ければ最悪拠点は流され、十一人は橋の下で雨と寒さに凍えていただろう。だから彼らは暖かい陽を浴びるだけでありがたみを感じるのであった。

正午になると十一人はそれぞれの仕事をした。

隅田川で全員の衣類を洗濯する十四歳のリサは、両隣で手伝う七歳のタクと九歳のリエに洗濯物を渡し、

「ほら、干してきな」

と言った。二人は返事をして物干し竿のほうに歩いていった。

拠点の近くではリーダーであるタクミが十歳のエリと十一歳のユウタ、そして十三歳のユカと一緒に夕食を作っている。

十四歳のリョウタ、カズヤ、十五歳のタロウは近くの街に食料調達に出かけている。

最後の一人、十六歳のコウキは拠点で筋トレをしている。コウキはリーダーであるタクミと同い年であるが、タクミとは正反対でまったく働かない怠け者であった。

「リサ姉ちゃん、洗濯物干してきたよ」

タクとリエが空になったかごを持って戻ってきた。

リサはもう一つのかごを二人に持たせ、

「次はこれを干してきな」

と命令するように言った。二人は素直に返事をするとテクテクと物干し竿のほうへ歩いていった。

リサはフフと笑うと、脂でベタベタの髪の毛をかき上げて残りの洗濯物をゴシゴシと洗った。

最後の一枚になったときリサはふと隅田川に映る自分を見た。満足に栄養をとっていないせいで顔は青白く皮膚は荒れ、頬と顎の肉はそげ落ちている。身体の線もまるで棒のように細かった。街で見る女の子とは大違いでリサはまるで別の国で生きているかのようであった。

リサだけではない。他の子どもたちも年の割には小さく細い。満足に食事していない証拠であった。

ここには十一人の子どもが住んでいるが、リサを含め捨て子は七人もいた。

タク、リエ、エリ、ユウタ、ユカ、コウキの六人は台東区で捨てられており、リサだけが墨田区錦糸町の公園に捨てられていた。七人を拾ったのは現在二十三歳のサトシと二十四歳のトモコだ。リサと名付けたのもこの二人だった。

しかし、リサの育ての親であるサトシとトモコは現在拠点には住んでいない。一年前、窃盗罪で一緒に逮捕されて今は刑務所にいる。その二ヶ月後には、ずっと一緒に育ってきたノブヒサとシンヤが強盗罪で逮捕されて家族は次々といなくなった。

リサは、当時赤ん坊だった自分を拾い、育ててくれた二人を本当の親だと思っている。そして二人の仲間を本当の兄弟だと思っている。

一日でも早くサトシとトモコ、そして兄弟たちに会いたいが、みんながいつ戻ってくるのかリサたちには見当もつかなかった。

リサはみんなが心配でたまらないが、いつまでも悲しんでいるわけにもいかなかった。

サトシとトモコに育てられたリサには幼い子どもたちを育てる責任があるからだ。今度は自分の番だ。幼い子どもを立派に成長させるのが使命であり義務でもあるのだと、毎日リサは自分に言い聞かせている。

洗濯を終えたリサは夕飯の支度をしているタクミたちの下に歩みを進めた。

「タクミ、何か手伝おうか？」

いつもは仕事を任せるタクミだが、今日はなぜか、

「いいよ、部屋で休んでな」

と妙に優しかった。

「タクミ、何か変だね。タクミがそんなこと言うなんておかしいじゃないか」

「いや別に。今日はやることがないからだよ」

素っ気なく言った。

「ふうん」

しばらくタクミに疑いの視線を向けていると、遠くのほうからクラクションが聞こえた。

振り返ったリサはパッと花が咲いたように笑った。

原付に乗ったミカが、

「リサ、リサ！」

と手を振ってやってきたのである。リサもミカに大きく手を振った。

ミカは両国の拠点に住んでいるから別々の生活だが、二人は昔からの大親友であった。

ミカはリサの前で原付を停車させると、

「リサ、行こ」

といきなり言った。

「え、どこへ行くんだい」

すると、拠点の中で筋トレしていたコウキが外に出てきて、

「食料調達だよ」

と言った。

「でも食料はリョウタたちが行ってるんだろう」

腑に落ちないリサの手をコウキは強引に引っ張った。

「じゃあ金奪いにいくぞ」

料理の支度をしているタクミは見て見ぬふりをしていた。

コウキは草むらに隠している原付のエンジンをかけると、

「乗れ」

と一言言った。

「どこへ行くんだい」

「だから言ったろう。いいから乗れ」

「まったく、相変わらず強引な奴だね」

リサは仕方なくコウキの後ろに座り落ちないようにしっかりとコウキの身体に腕を回した。

「行くぜ」

コウキとミカはスロットルを回し原付を発進させた。

リサはこのとき、コウキたちの考えていることが何となく分かったがそれはあえて口には出さなかった。


都道314号線を猛スピードで走るコウキは、拠点から少し離れた荒川区に入ると速度を緩めて人気(ひとけ)のない駐車場を探し始めた。

裏通りに入ると中規模のコインパーキングがあり、満車と表示が出ているが今は人の気配がなかった。

コウキはバイクに乗ったままバーをくぐり中に入った。

コウキとミカは駐車場の隅にバイクを停めてエンジンをかけたまま降りた。リサも一緒に降りたがすでに獲物を狙うような目つきに変わっていた。

リサ、コウキ、ミカの三人は車の中に金目の物がないか物色を始めた。

すると一分もしないうちにコウキが、

「おい、怪しいバッグがあるぜ」

と興奮混じりに言った。ミカは物色を続けているが、リサは駆け足で駐車場を出て人がこないのを確かめるとコウキに合図を出した。

作業着を着ているコウキは大きなポケットからガムテープを取り出し、それを助手席の窓に貼った。こうすることでガラスを割るときの音を抑えられるのだ。

ガムテープを貼り終えたコウキはスパナを手に取りリサがもう一度合図するとガラスを叩き割った。

ドアを開けた瞬間、車内の警報が周囲に鳴り響いたが、コウキは慌てずバッグを盗みミカとともにバイクに乗った。

コウキは駐車場を出るとリサを乗せてその場から急いで去ったのだった。

コウキは三キロほど離れた小さな公園でバイクを停めると先ほど盗んだバッグの中身を見た。リサたちはこの瞬間が一番興奮する。もしかしたら見たこともない大金が入っているかもしれないからだ。コウキが盗んだのはブランド物だからその可能性は大きかった。

しかし、中に入っていたのは化粧ポーチとハンカチと小さな小銭入れだけだった。期待していたリサとミカは思わず舌打ちした。

「何だよ、財布入ってねえじゃねえか、使えねえ」

コウキは愚痴りながら小銭入れのファスナーを開けた。

中には五百円玉が一枚と百円玉が二枚、そして五円玉と一円玉が三枚ずつ入っていた。

たった七百十八円だし今ではほとんど現金など使わない。電子決済が当たり前だ。しかしリサたちには貴重な生活費であった。

コウキは別の拠点で生活しているミカに二百十八円をあげ、お金を管理しているリサに残りの五百円玉を渡した。

「次行こうか」

リサが言ったそのとき、

「待て」

とコウキが制止した。コウキの視線の先には自転車に乗った中年女性の姿があった。リサたちが注目したのは自転車のかごに入っているバッグである。あの中には必ず財布があるとリサは確信した。

三人は顔を見合わせるとバイクにまたがった。ゆっくりと近づいてひったくるのである。

「行くぜ」

コウキがスロットルに手をかけた。しかしその刹那（せつな）、自転車に乗った警官が現れた。リサはなんてタイミングが悪いんだと舌打ちした。

警官はリサたちに気づくと、

「ちょっと君たち」

不審者と判断したらしく声をかけてやってきた。

警官が公園に入ってきたその瞬間、コウキとミカはスロットルを回して別の出口から逃げた。

「君たち待ちなさい！」

警官は自転車を全力で漕ぐが一気に距離が離れるとすぐに諦めた。

ミカは警官を振り返りバイバイと言って中指を立てた。

コウキはバイクの速度を緩めると、

「せっかくの獲物だったのによ、邪魔しやがって」

と不機嫌な声で言った。

「今日はついてないねえ」

リサが言うと併走するミカが突然何かを思い出したように、

「そうだ二人とも」

と大きな声を上げた。

「なんだよいきなり」

コウキが訊くとミカは言った。

「二人とも、何か面白い記憶持ってない？」

「面白い記憶?」

ミカのことだから、また訳の分からないことを言い出すのだろうとリサは思っていた。するとミカは興奮しながら、

「私さ、記憶を買ってくれる人を知ってるんだ。一ヶ月くらい前に知り合ったんだけど、けっこういい金になるよ」

リサはミカが言っている意味がさっぱり理解できなかった。

「私たちの頭にはメモリーチップが埋め込まれているだろう」

ミカは当たり前のように言ったが、リサは自分の頭には埋め込まれていない可能性があると思った。生後三十日以内にメモリーチップを頭に埋め込むのは法律で決められており国民の義務だが、自分は赤ん坊のときに捨てられていたから手術をしていないのではないか。

自分を産んだ人がそれを行っていなければメモリーチップは存在しない。

「その人はMOCの職員で、私たちの記憶を簡単に見ることができるのさ。それで、面白い記憶とか珍しい記憶があればその人が買ってくれるんだ。ついこの間もアイって子と行ってさ、そのとき売った記憶はまだお金になっていないんだけど、この前は特別に去年死んだタカとの思い出を見させてもらったんだ!」

高ぶってしゃべるミカとは逆にコウキは難しい顔をして首を傾げた。

「なんだかよく分かんねえけどとにかく記憶を買ってもらえるんだろ。面白そうじゃねえか」

「でしょでしょ。リサは何か売れるような記憶持ってない？」

リサはすぐにある出来事が頭に浮かんだ。

「あれは十歳の、確か私の誕生日のちょっと前だったから十一月だったかな。夜、拠点の近くで酔っ払いが喧嘩を始めて、相手は真面目そうな男だったんだけど、酔っ払いにボコボコにやられると、いきなりナイフを出してさ、その酔っ払いの腹を刺して逃げていったんだ」

コウキはその出来事を思い出すと、

「そうだそうだ、そんなことあったな！」

興奮した様子で言った。

「その酔っ払い死んだの？」

ミカの問いにリサは首を傾げた。

「さあね、救急車で運ばれたからその後は知らないよ」

「それ絶対売れるよ！」

ミカは目を輝かせて言った。

「そうかい？　こんなもんでもいいのか？」

「絶対大丈夫！　いくら貰えるか分からないけど、売れることは売れるよ！　あとで真澄姉さんに連絡するよ」

「でも」

リサは小さな声で言った。

「もしかしたら、私の記憶は見られないかもしれないよ」


リサたちが拠点に戻ってきたとき、空は夕闇が迫っていたが拠点には明かりが点いておらず真っ暗だった。しかし外には誰一人として仲間はおらず、辺りは静まりかえっていた。

拠点の前までできたときミカがリサの背中を軽く押した。

「入りなよリサ」

「え？」

「いいからいいから」

リサがベニヤ板の扉を開けるといきなり天井の電気が点いて、テーブルの前に座る九人の仲間たちが、

「リサ、お誕生日おめでとう！」

外にまで響くほどの大きな声でリサを祝福した。

壁には『リサ姉ちゃんお誕生日おめでとう』と書かれた紙が貼られている。地味ではあるが幼い子どもたちの愛情が込められていた。

仲間たちからの祝福に驚くリサは肩を叩かれ振り返った。

「おめでとうリサ」

ミカが満面の笑みで言った。

「おいコウキ、黙ってないでお前も何か言ったらどうだ?」

リーダーであるタクミがそう言った。

コウキは口が悪くて気性が荒いが人一倍照れ屋でもあった。タクミはそれを知っていてあえてコウキにおめでとうを言わせようとしたのだ。

コウキは赤くなった鼻をかきながら、

「まあ、その、あれだ、よかったな」

と結局おめでとうは言わなかった。

「じゃあ今日の主役から一言貰おうか」

タクミに振られたリサは、

「何となく今日はみんなの様子が変だと思ったんだ。ミカとコウキが私を連れ出したのもこうして準備をするためだったんだね」

ミカはへへへと笑って、

「あったりい」

と言った。リサは呆れるように息を吐いた。

「まったく、こんな大事な日に現金調達なんてさせるんじゃないよ。今日私が捕まったらどうするつもりだったんだい」

仲間たちはクスクスと笑っている。

「俺が一緒にいるんだ。捕まるわけねえだろ」

リサはコウキを指差して言った。

「私はあんたが一番心配だよ」

「何だと？」

すかさずタクミが止めに入った。

「まあまあ二人とも。そんなことよりほら、誕生日パーティを始めようじゃないか」

リサとコウキは目が合うとフッと笑ったのだった。

リサがビニールシートの上に胡座をかくとタクミは幼い子どもたちに合図した。

子どもたちは皿にご飯をよそうと、その上にカレーをかけてテーブルの上に置いた。

リサはカレーライスを見て、

「旨そうじゃないか」

と言った。

具はジャガイモだけだがリサたちにしてみればこれでもご馳走だった。

今日はリサが主役だからみんなよりも少しジャガイモが多かった。それを知ったリサは思わずクスッと笑った。

「なあタクミ」

リョウタがタクミを呼んだ。

「やっぱりよ、カレーライスだけじゃ寂しくねえ？　もうあれ出しちゃおうぜ」

「分かった。そうしよう」

タクミが承知すると、先ほどまで食料調達に出ていたリョウタたちが冷蔵庫の中からイチゴのショートケーキを取り出した。リョウタたちはそれを全員の前に並べた。

ケーキなんて滅多に食べることができないから幼い子どもたちは大喜びだった。

「これだけはちゃんと買ってきたんだぜ。女に盗んだケーキは食わせられねえからよ」

タロウが自慢げに言った。

「買ってきたって……高かったろう？」

リサは本気で心配した。

「実は昨日よ、買い物してるババアから財布を盗んでよ、その中に一万円も入ってたんだ。だから心配すんな」

タロウはそう言って、ポケットの中からお釣りを取り出しそれをリサに渡した。数えると三千三百四十円だった。

「かなり減っちまったけどよ、今日くらい金の心配はすんなよ」

隣にいるカズヤがうんうんとうなずいた。

「そうだよ、なあタクミ」

「ああ、今日は特別な日なんだからいいじゃないか、リサ」

リサはケーキをじっと見つめる幼い子どもたちを見た。こんなにも喜んでいるのだから今日くらいはいいかとリサも納得した。

「ああ、そうだね」

準備が整うとタクミはパンパンと手を叩いた。

「じゃあケーキも出たところでバースデイソングでも歌おうか」

リサは慌ててタクミを止めた。

「おいおい、もうガキじゃないんだから歌はいいって」

タクミは手を叩いて笑った。

「そう言うと思ったよ」

赤面するリサは口をとがらせて言った。

「まったく、からかわないでくれよ」

「ごめんごめん、じゃあもう一度みんなでおめでとうを言おうか」

タクミがせーのと号令をかけると仲間たちは一斉におめでとうと叫んだ。リサはあまりのうるささに耳を塞いだ。

「リサ姉ちゃん」

七歳のタクがテーブルの下からリサの似顔絵を出すと、それをリサに手渡した。

「これ、私かい？」

グチャグチャで誰か分からないがリサはタクの気持ちが嬉しかった。

「リサ姉ちゃん、いつもいつもありがとう」

「珍しいね、タクが私にありがとうって言うなんてさ」

リサなりの照れ隠しだった。

「私からもプレゼント」

今度は九歳のリエがサザンカで作った花冠をリサの頭の上に載せた。

「リサお姉ちゃん、いつもご飯作ってくれてありがとう。あと洗濯もしてくれてありがとう」

リサはリエに頬ずりした。

「うまく作ったなリエ。ありがとな」

その後、十歳のエリからは花のネックレスを、十一歳のユウタからは盗んだカメラを使ってついこの間撮った写真を、そして十三歳のユカからは感謝の気持ちを綴った手紙をプレゼントされた。

エリから貰った花のネックレスをつけるとリョウタが指差して言った。

「リサが急に女の子っぽくなったぞ」

リョウタにからかわれたリサはまた顔を真っ赤にした。

「おい、それどういう意味だ」

「まあまあ」

カズヤがなだめると今度はタクミがテーブルの下から茶色い紙袋を出した。リサは何が入っているのか見当すらつかなかった。

「これは俺たち六人からのプレゼントだ」

六人とは、タクミ、コウキ、リョウタ、カズヤ、タロウ、そしてミカのことである。

「みんなでお金を出して買ったんだ。安もんだけど許してくれよ」

タロウが言った。

袋の中を見ると白いマフラーが入っていた。

リサは手に取り早速首に巻いてみた。

「似合ってるじゃんリサ」

ミカは自分のことのように嬉しそうに言った。リサは白い衣類をほとんど着たことがないから何だか小恥ずかしかった。

「そ、そうかい？」

「どうだ、暖かいか？」

リサはコウキにああとうなずいた。

「良かったなリサ。みんなに祝ってもらえて。最高の誕生日だな」

タクミが優しい笑みを浮かべて言った。

「ああ、その、えっと、嬉しいよ」

リサはみんなに見つめられると緊張してしまい、改まってお礼を言うことができないが、内心では今年もみんなが忘れずに誕生日を祝ってくれたことが涙が出そうになるくらい嬉しかった。

リサの実際の生年月日とは違うが、リサが公園で拾われたのが十二月二日なのでこの日を誕生日としているのだった。

サトシとトモコに拾われてから今日でちょうど十四年が経ったのである。

リサは今、心の底から幸せを実感している。いや今だけではない。仲間たちと過ごしてきたこの十四年間、毎日幸せであった。

世間はストリートチルドレンを害虫呼ばわりし、また惨めな生活をしていると見下している。だがリサは自分が不幸だとか生活が不自由だとか卑屈に思ったことは一度もなかった。

リサはむしろ、何不自由なく生活している人たちよりも自分のほうが何倍も幸せだと思っている。だってこれだけ多くの家族がいて全員からこんなにも愛されているのだから。果たしてこれ以上の幸せがあるだろうか。

確かにお金はないし食料や衣服にも困っている。でも仲間たちだってこの境遇を苦痛に感じたことはないはずだ。顔を見れば表情豊かで幸せであることが分かる。

そもそもこの生活が嫌であればみんなここにはいないだろう。親に捨てられた幼い子どもたちですら、児童養護施設に逃げ出さずにいつもニコニコ笑っているのだ。

リサは十四年間で一度も自分を不幸だと思ったことがないから、自分を産んで捨てた人を憎んだことはないし、自分の運命を恨んだこともない。幼い子どもたちだってそうだと思う。誰一人として親のことを口にはしない。そんなことより子どもたちは生き抜くことで必死なのだ。

世間は自分たちを害虫と言うが、リサは仲間たちを心から愛し心底誇りに思っている。

リサは自分の命よりも大事な仲間たちとこれからも助け合い、そして死ぬまで一緒に生活していきたいと改めて思った。

昨晩ミカが公衆電話からスマホに連絡をしてきて、明日の夜に仲間の記憶を買ってほしいと言ってきた。

どうやら今日は二人の仲間を連れてくるらしい。

海住真澄は約束の五分前にMOCに到着したが、すでに正門前にはミカと二人の仲間がいた。

この前強く注意したから今日は時間前に着くことを心がけたらしい。なかなか可愛いとこがあるじゃないかと海住は思った。

ビッグスクーターから降りエンジンを切ると、

「お待ちしてました真澄姉さん」

ミカが機嫌を取るように挨拶した。

「今日はちゃんと時間前に来ましたよ」

ミカは褒めてくれと言わんばかりだった。

「私より早く着くのが当たり前なんだ」

海住は冷たく言い放つとミカが連れてきた二人の仲間を交互に見た。少年のほうは背が高くて多少筋肉がついているからまだ健康そうだが、少女はミカと同様背が低くて病的なほど痩せ細っている。ろくに食べていないのだろう。身体中の骨が浮き出ていた。顔は不気味なほどに血色が悪く、恐らく十四、五歳くらいだろうが、十代とは思えないほど肌が荒れていて不健康であった。

「あんたたちもストリートかい？」

ミカが「はい」と返事した。

「コウキとリサです。二人とも浅草に住んでます。よろしくお願いします」

「浅草か。じゃあミカとは一緒に住んでないんだね」

「そうです。でも大親友です」

ミカは嬉しそうに言った。

「今日はよろしくっす」

コウキは髪をかき上げながら軽く挨拶した。リサは会釈するだけだった。

「あんたたち、本当に売れるような記憶持ってるんだろうね。私は時間をムダにしたくはないんだ」

海住が訊くと、

「けっこうあるから大丈夫っす。説明するより見てもらったほうが早いっすよ」

コウキが生意気な口調で答えた。

「あんたは？」

リサに訊いたがリサは黙ったまま口を開かなかった。すかさずミカがフォローするように横から言った。

「すみません、ちょっと緊張してるだけなんです。リサもあるから大丈夫です」

海住はリサをじっと見た。コウキはまだいいとしてリサは気にくわなかった。

「じゃあ早速行くよ」

海住は正門を開けるとビッグスクーターを押しながら中に入った。ミカ、コウキ、リサの三人も盗難バイクを押しながらついてきた。

カードキーで施設の施錠を解いた海住は、階段を上がり削除室に続く扉の前で暗証番号を入力すると削除室の扉を開けた。

三人を手招いた海住はそこで初めて金のことを思い出した。

「そうだミカ、アイって子の記憶が三万円で売れたんだ。ほら、あの子にこれ渡してやりな」

海住は一万円をミカに渡した。

「ありがとうございます」

ミカは一万円をうやうやしく受け取り大事そうにポケットにしまった。

コウキは現金を見るとにわかに興奮しだした。

「俺の記憶がいくらで売れるか楽しみだぜ」

海住が全装置を作動させるとコウキは口をぽかんと開けながらグルリと一周した。

「すっげえな。こんなんで自分の記憶が見れるのかよ」

「そう、すごいでしょ。メモリーチップが全部記憶してるんだから」

ミカはまた得意になって言った。

「とっとと始めるよ。どっちでもいいから早く座りな」

海住がそう言うとミカがリサの肩を軽く押した。

「リサから見てもらいなよ。昨日の話、かなりいいと思うからさ」

リサは海住を一瞥（いちべつ）すると、

「でも、私にはメモリーチップが埋め込まれてないかもしれないからさ」

と言った。

「どうしてだい？」

海住が訊くと、

「赤ん坊のときに捨てられたから」

と無愛想に答えた。

なるほど、それで躊躇っているのかと海住は納得した。

「調べてやるから、ほら座りな」

海住が命令するとリサは小さくうなずいて黒い椅子に腰掛けた。

「動くんじゃないよ」

海住はそう言いながら頭上の装置をリサに被せた。

数秒後、大型モニターにリサの記憶が一日ごとに区切られて表示された。その瞬間コウキが大声を上げた。

「すげえ！　マジすげえよ！」

ここ一ヶ月の記憶がズラリと並び同時再生されている。コウキはモニターに表示されているいくつもの小枠を指さした。

「今俺映った！　あ、あっちでも今俺が映った！」

リサは信じられないというようにじっと画面を見つめている。

「どうやらちゃんとメモリーチップは埋め込まれていたようだね」

海住がそう言うとリサはコクリとうなずいた。

「これマジでリサの記憶だよ。もっと大きくして見てえよ！」

海住はコウキを遮るように、

「よけいな記憶を見てる暇はないんだ。それでいつの記憶を買ってほしいんだい？」

リサに尋ねると、

「確か、十歳の十一月だったような」

「あんた今いくつだい？」

「たぶん、十四歳」

「たぶん？」

「〇歳のときに捨てられたのなら」

海住は合点した。

「ああそういうことかい」

海住は四年前が二〇九一年だと瞬時に計算し、キーボードに二〇九一年の十一月と入力した。

しかしモニターに表示されたのは二〇九一年の十一月ではなく、二〇八一年の十一月であった。二〇九一と打ったつもりが、九と八を間違って入力してしまったので、二〇八一年の十一月が画面に出てしまったのだ。つまり今画面に表示されているのは、実際にリサが十四歳なのであれば〇歳の記憶であった。

私らしくないミスだねと海住は心の中で言いながら、再びキーボードに手を置いた。そのときであった。海住の全身に稲妻のような衝撃が走った。

十一月二十七日の枠に海住がよく知る人物が映っているのである。十四年前なのでかなり若いが間違いない。小枠の中でもはっきりと分かった。

リサの視界には若い女が映っていた。この女がリサを抱いているようだった。恐らくリサを捨てた母親であろう。

「まさか……」

海住はあまりの驚きで金縛りのようになっていた。

海住はリサを見た。リサは怪訝そうに海住を見ている。

「真澄姉さん？　何かあったんですか？」

海住にはミカの声など聞こえていなかった。まだ心臓が暴れている。喉に熱い渇きがきた。

海住は心の中で叫んだ。リサの記憶からこんな大物が現れるとは！

偶然の産物だった。タイプミスからこんなとんでもない過去が出てくるなんて誰が想像したろうか。

海住は十一月二十七日をクリックせず、まずは記録用メモリーチップにこの年の十一月の記憶をコピーした。

海住は三人が帰ったあと、ここに戻ってきてじっくり見ることにしたのである。

コピーし終えた海住は、

「これは相当金になるよ」

とリサを見ながら言った。

カウント4

翌々日の朝、豊洲駅のホームに降り立った荒川義男は改札を出ると、毎朝確かめているコインロッカーを見た。

ほとんど使われていないが海住と取り引きしている『20』番がロックされていた。

荒川は『20』番の前に立ち暗証番号を押した。

するとカチリと音がしてロックが解除された。

どうやらまた新たに記憶を仕入れたらしい。

中には封筒が入っているが荒川は手に取った瞬間違和感を覚えた。

いつもはメモリーチップしか入っていないのに、この日はなぜか一枚の手紙が入っていた。

パソコンで作成されたと思われるその手紙にはこう書かれていた。

『十二月三日の夜、浅草に住むリサというストリートチルドレンから記憶を仕入れましたが、二〇八一年の十一月二十七日にある人物が映っています。見てもらえば分かりますが場合によってはスキャンダルにもつながるとんでもない記憶です。こんなお宝映像は二度と手に入らないと思いますので報酬は一千万以上を希望します』

荒川はその金額に目を疑った。

「一千万だと？」

荒川にしてみれば思わず声が出るほどの大金だった。しかし海住がそこまで言うのである。相当珍しい記憶らしい。一番気になるのは『ある人物』が誰なのかということだ。二〇八一年といえば今から十四年前だ。十四年前にいったい誰が映っているのか。

場合によってはスキャンダルにもつながるとんでもない記憶とは……。

にわかに熱を帯びた荒川は急いでＭＯＣに向かった。

施設に到着した荒川は課長室には向かわず削除室の扉を開け、再生機が保管されている保管庫にカードキーを通し、中から再生機を取り出した。

荒川は気が焦ったがここで映像を見る訳にはいかないので、トイレに移動して洋式の便座に腰を下ろした。

荒川は鞄の中から封筒を取り出すと再生機にメモリーチップを差し込み、二〇八一年の十一月二十七日を入力して再生した。

液晶画面に映ったのは若い女の下顎だった。角度からして抱きかかえられている赤ん坊の視点らしく、どうやらリサというストリートチルドレンが赤ん坊のときの記憶らしい。

メモリーチップは眠りから醒めた瞬間から記録を始める仕組みになっているので、この日、目を覚ましたときには母親に抱きかかえられていたということになる。

どうやら若い女はどこかに向かっている様子だが突然口を動かした。誰かに話しかけたようだが、トイレの中で隠れて見ている荒川は音を消しているから女が何を言ったのか分からなかった。

音量を上げようか。そう思ったときだった。リサがある男を見た瞬間、荒川はカッと全身が熱くなった。

画面に顔を近づけ、やはりそうだと思った荒川は生唾をゴクリと飲み込んだ。

十四年前なのでかなり若いが間違いなかった。海住が言うある人物とはこいつだったのか！

液晶画面に映っているのは荒川が最も憎む男、黒宮猛であった。

二人の会話はまだ聞こえていない状態だが荒川は二人の関係は想像がついた。

荒川はひとりでに拳を強く握っていた。

やった、やったぞ……。

兵藤を楽しませるために記憶を買っていたが、まさかこんな映像を入手できようとは！

でかしたぞ海住。膨大な記録の中からよくぞ見つけてくれた。荒川は叫びたい気持ちを抑え囁くようにして言った。

確かにこれなら一千万、いやそれ以上の価値がある。

海住が言うように、場合によってはスキャンダルになり黒宮を引きずり下ろすことができるかもしれないからだ。

もし黒宮を陥れることができれば一発逆転も夢ではない。

興奮覚めやらない荒川は震える手で兵藤に連絡した。しかし兵藤は電話には出ず留守番電話につながった。

荒川は震える声で言った。

「おはようございます荒川です。兵藤統轄長、今晩お時間を作っていただけませんか。とんでもない記憶を入手したのです！　これは今までのとは訳が違います！　ぜひとも、ぜひともお願いいたします！」

留守電に言葉を残した荒川はいったん映像を止め、今度は音が聞こえる状態で再生したのだった。

小料理屋よし田の個室で兵藤竜一朗の到着を今か今かと待つ荒川は、襖が開いた瞬間サッと立ち上がった。

「荒川さん、兵藤様がいらっしゃいました」

女将は言って兵藤を丁寧に案内した。

荒川は商人のように手を揉みながら何度も頭を下げた。

「兵藤統轄長、今日は急なお願いで申し訳ありません」

兵藤は頭から不機嫌だった。

「私は次の人事で東日本副総監に内定しているのだ。その準備でいろいろと忙しいのだよ。にもかかわらずこうしてわざわざ君のために時間を作ってやってきたのだ。もし私の期待を裏切れば君承知しないよ」

最後の言葉は妙な威圧感があったが、荒川は動じなかった。

「兵藤統轄長の期待を裏切ることは絶対にありません。さあ、どうぞおかけください」

兵藤は座布団に座るとすぐにタバコを咥えた。荒川はサッとライターを取り出して兵藤のタバコに火を点けた。

「女将、まずは酒を用意してくれ」

荒川はいつになくせかせかしていた。

「かしこまりました」

いつもは料理も一緒に頼むのだが、荒川は一刻も早く兵藤に例の記憶を見せたかった。

少しして酒を運んできた女将から銚子を受け取った荒川は兵藤の杯に酒を注いだ。兵藤は荒川を待たず酒をグイッと飲み干した。

「ささ、もう一杯どうぞ」

兵藤は二杯目も一口で飲んだ。

早くも顔が桜色に変わってきた兵藤は、

「それで、とんでもない記憶というのはなんだね?」

何だかんだ言いながら兵藤もかなり気になるようだった。荒川は待ってましたと言わんばかりに急いで鞄から再生機を取り出し、封筒にしまってあるメモリーチップを挿入した。

「実は、浅草に住むリサというストリートチルドレンからある記憶を入手したのですが、そこに驚くべき人物が映っていたのです」

「ほう。その人物とは?」

「ご覧ください」

荒川は二〇八[illegible]年の十一月二十七日を入力して目的の場面を再生させた。

兵藤は映像が始まるとすぐに、

「誰かねこの女は？」

と訊いた。

「リサの母親です。リサはこのときまだ赤ん坊と思われます」

「この女がいったいなんだっていうんだ？」

荒川はあえて返事しなかった。この直後に十四年前の黒宮が登場するからである。

『猛さん――』

女がそう呼ぶと黒宮猛が画面に映った。その後ろにはかすかではあるがＭＯＣ神奈川支部の門が映っている。女は黒宮が出勤してくるのを待ち伏せしていたのである。

画面に映る男を見た兵藤は目を細め、

「うん？　もしやこれは黒宮くんではないか？」

「そうです。驚くべき人物とは彼なのです」

高ぶる荒川は思わず声が大きくなった。しかし兵藤は何も返さなかった。ジッと画面を見据えている。

黒宮はリサを見ると目をギョッと見開いた。

『おい、まさか』

『そうです。あなたの子です』

黒宮は信じられないというように首を振った。

『堕ろしたんじゃなかったのか』

『いいえ。産みました。元気な女の子よ』

『ふざけるな！』

黒宮の怒声が響いた。

『あれほど堕ろせと言ったろう！　なのに君は！』

黒宮は叫んだあと納得するようにうなずいた。

『そうか、ずっと俺の前に姿を現さなかったのはそういうことか』

『どうしてもあなたの子を産みたかったの。どうしてもあなたと一緒になりたかったのよ』

女はすがるような声で言った。

『何度言えば分かるんだ。俺と君はもう別れたんだ。関係ない』

『あなたはこの子の父親なのよ？　それでも関係ないって言えるの？』

『ああ関係ないね。いやそもそも、本当にその子は俺の子か？　君のことだ。他の男との子どもを俺の子どもだと偽っているんじゃないのか？』

黒宮の冷酷な言葉に女は堪えきれず泣き叫んだ。

『どうしてそんなひどいことを言うの？　この子はあなたの子よ。あなただって分かっているでしょう』

『仮に俺の子だとしても俺は何度も堕ろせと言ったんだ。俺に責任はないよ』

『じゃあこの子はどうなるの。私一人で育てる自信なんてないわ！』

黒宮は辟易したように言った。

『知るかよ。育てる自信がないのなら捨ててしまえばいいんだ。捨てるのが嫌なら児童養護施設に放り込めばいいんだよ』

女は絶望したように、

『そんな……』

と声を洩らした。

『いいか、二度と俺の前に姿を見せるな。目障りなんだ』

黒宮は吐き捨てるように言うと画面から消えた。女はしばらく黒宮の背中を追ったが、門の閉まる音が聞こえるとその場で泣き崩れた。

荒川はそこで画面を停止した。

「この女は彼と一緒になりたいがために強引に子どもを産んだようですが、それでも無理だと分かった女は四日後にリサを捨てました。自分の腹を痛めて産んだ子どもだというのに狂ってますね。ただの道具としか思っていなかったのですから」

「荒川くん」

ずっと黙っていた兵藤がおもむろに口を開いた。

「はい」

荒川は勝ち誇った顔で返事をした。

「黒宮くんがこの子どもの父親だというのは分かったが、だから何だというのかね？」

荒川は拍子抜けした。期待していた反応とあまりにかけ離れていた。

「彼がストリートチルドレンの父親であったという事実が大問題だと思いまして」

「しかしね、黒宮くんも言っているように本当に父親かどうかは分からないよ」

兵藤は黒宮をかばうように言った。しかし荒川は負けなかった。

「いや、この様子を見る限り女は嘘をついてはいないでしょう。彼が本当の父親のはずです。調べれば分かることです」

兵藤は眉をピクリとつり上げた。

「調べる？」

「いや、もちろんそこまではしませんが、仮に、仮にですよ」

「仮になんだというのだ？」

「リサはストリートチルドレンです。いずれ何らかの罪で逮捕されるのは確実でしょう。そのときに彼が父親だったという事実が公になったら、兵藤統轄長の名を汚すことにもなるのではないでしょうか」

兵藤の動作が一瞬停止した。

「だからといって君を本部長に推すことはないよ」

兵藤は巧みに話を変えた。

荒川は表情には出さなかったが槍で胸を貫かれた思いだった。兵藤は迷わず本部長に推すことはないと言い切ったのである。

荒川はこれで本部長の夢は絶たれたと思った。

一瞬目の前が真っ暗になったが荒川はすぐに気持ちを切り替えた。

ならば黒宮を引きずり下ろすことだけに集中する。

黒宮が本部長に昇格しなければ自分は左遷を免れる。東京本部の課長という地位だけは死守しなければならない。

「それは重々承知しております。私は兵藤統轄長の名が彼によって汚されるのが許せないのです。先ほども言いましたように、リサが罪を犯して逮捕されれば彼が父親だということが絶対に公になります。それが分かっていてあえて彼を本部長に据えるのは危険すぎると思います」

兵藤は涼しい顔をして酒を飲んだが、荒川の煽（あお）りに動揺しているに違いなかった。

荒川は心の中で、もう一押し、もう一押しだと叫んだ。と同時に、リサの母親がリサを捨てる前にメモリーチップを埋める手術をしてくれていたことに心から感謝した。

ＭＯＣの通常業務は十七時までと定められており、この日相馬は定刻どおり業務を終えたが、ロッカールームにいるのは相馬ただ一人だけだった。

今日は法務省で各支部部長級の報告会があり、東京本部からは次期本部長と目される黒宮が選ばれて午後一で出かけたのだが、操作官は業務が終了しても帰宅せずに黒宮が戻ってくるのを待っているのだった。

森田本部長を蔑ろにして黒宮のご機嫌ばかりうかがっている課員たちが情けなく、また哀れでもあった。

次期東京本部長が決まる十二月九日が三日後に迫り、過熱する出世争いはだんだん醜さを増している。本分を忘れている操作官たちに、相馬はバカバカしいと怒りを込めてつぶやくとロッカールームを後にした。

今朝から降り出した雨は夕方になっても変わらぬ調子で降り続いていた。

折りたたみ傘を差して施設を出た相馬は、

「ちょっといいですか」

といきなり声をかけられた。

振り向くとハンチング帽を被った小柄な男が立っており、

「ＭＯＣの方ですね？」

と強い口調で尋ねてきた。

年の頃は四十代前半だろうか。ギョロッとした目が特徴的で頬と顎には無精髭（ぶしょうひげ）を生やしている。男は右手にボールペンを持ち左手にはメモ用紙を持っていた。

「あの、失礼ですが」

相馬が怪しむような視線を向けると、男はポケットから曲がった名刺を取り出しそれを相馬に渡した。真っ白い名刺には会社名や役職などは書かれておらず、『河合直也（かわいなおや）』とだけ書いてある。裏には携帯番号とメールアドレスが書いてあった。

「フリーライターをしている河合です」

河合は簡単に挨拶をすませると、

「ちょっと訊きたいことがあるんですがね」

目をギラギラとさせて言った。

相馬が黙っていると、

「お宅は何年くらいＭＯＣに勤めていらっしゃるんですか？」

不躾（ぶしつけ）に訊いてきた。

「いったい何ですか？」

相馬が不快感を露わにしても河合はまったく遠慮がなかった。

「つい先日、隣にある豊洲刑務所の内部者から特ダネを摑んだんですが、密接なご関係にあるＭＯＣ東京本部でも何かネタがないかと思いましてね」

豊洲刑務所でいったい何が起こったのだろうか。相馬は気になったが訊くことはしなかった。

「何かあるでしょ？　例えば受刑者の記憶を勝手に見たりとか不正に操作したりとか。あとは記憶の売買も考えられる。MOCの人間なら何でもできるでしょ？」

河合は詰問するように尋ねてきた。

「もちろんタダで教えろとは言いませんよ。それなりの報酬はお支払いします。だから何か教えてくださいよ」

相馬はこのとき黒宮たちの顔が浮かんだが、フリーライターに話す気などまったくなかった。フリーライターに密告するくらいなら今頃上層部と戦っている。だが今は長尾に止められているから静かにしているのだ。

「何もありません」

河合は記者独特の疑わしい目を向けた。

「またまた。本当はあるでしょ」

「いい加減にしてください。失礼します」

「ちょっと待ってくださいよ」

河合はしばらく後を追ってきたが相馬が走り出すとすぐに諦めた。

相馬は安心した一方で恐怖感と罪悪感を抱いていた。相馬自身は一切不正を行っていないが、疑惑を抱いているにもかかわらず黙って逃げたのである。それは相馬にとっては罪でありとても辛く苦しいことだった。

しかし自分が密告せずとも、黒宮たちが行っていると思われる違法操作が露呈するのは時間の問題だなと思った。MOCを嗅ぎ回るあのフリーライターがいつか不正を暴くに違いない。

相馬はふと立ち止まり後ろを振り返った。フリーライターはまだ睨みつけるように相馬を見据えていた。

この日の晩、黒宮猛は急遽菊谷の一室を押さえた。

黒宮は出迎えた女将たちには横柄な態度を取っていたが、内心落ち着かなかった。

法務省での報告会で会った兵藤から、

『今晩八時に菊谷へ来たまえ』

と直接言われたのだった。それ以上用件を告げることはなく、しかもいつになく深刻な声であったから、黒宮は何か起こったのではないかと胸騒ぎを感じているのである。

兵藤は三十分も遅れて到着した。

兵藤と女将の声が聞こえてくると、黒宮はサッと立ち上がり襖のそばに立って深く一礼した。

「お待ちしておりました」

兵藤は普段、ややあ黒宮くんと機嫌良く挨拶するが、この日は険しい表情を浮かべていた。

黒宮はこのとき、やはり兵藤の身の回りで問題が起こったのだと確信した。違法な記憶の操作が世間に発覚したのではないだろうか。黒宮はそれくらいしか心当たりがなく、まさか十四年前の出来事が自分の首を絞めることになるなんて想像すらしていなかった。

兵藤は黒宮と一度も目を合わせず席に座った。

「女将、まずは酒を持ってきてくれ」

「酒などは後だ」

兵藤は黒宮を叱るように言った。女将は険悪な気配を察知すると失礼しますと小声で言って襖を閉めた。

黒宮は重苦しい沈黙に堪えきれず、

「兵藤統轄長」

自分でははっきりと声を出したつもりだが緊張のせいで声が震えた。

すると兵藤は黒宮に視線を向け、

「黒宮くん、君を呼んだのは他でもない」

黒宮は生唾を飲んだ。

「はい」

「次期東京本部長の件だがね」

その言葉だけで黒宮の全身から冷たい汗が噴き出した。

「場合によっては君を推すことができなくなる」

その瞬間黒宮は頭の中が真っ白になった。

想像すらしていなかった言葉に混乱する黒宮は、相手が兵藤にもかかわらず大きく身を乗り出した。

「兵藤統轄長、それはいったいどういうことでしょう。もしやこれまでの取り引きが問題となったのでしょうか」

「いやそのことではない」

「では、いったい」

黒宮には見当すらつかなかった。

「黒宮くん、君は十四年前ある女を身ごもらせ、その女と子どもを棄てたね」

黒宮は仰天した。と同時に、脳裏には赤田光子(あかだみつこ)の顔が浮かび十四年前の忌々(いまいま)しい出来事が鮮明に蘇った。

「いえ、そんな過去は、ありません」

黒宮は必死に隠そうとしたがムダであった。

「正直に話したまえ。私はすべてを知っているのだ」

そう言われると黒宮は認めざるをえなかった。うつむきながらうなずくと、

「はい。おっしゃるとおりです」

絞り出すように声を出した。

「しかしなぜ兵藤統轄長がそのことを……」

「三課の荒川だよ」

「荒川、でございますか」

黒宮はますます分からなくなった。

「荒川は裏で記憶の売買をしていて見知らぬ人間から購入した記憶を私に見せていたのだ」

簡単な説明であったが黒宮はすぐに兵藤の言葉と荒川の意図を理解した。

荒川はノンキャリのくせに東京本部長の座を狙っている。しかし財力の乏しい荒川は、見知らぬ人間の、恐らく珍しい記憶などを安い金で買い取り、それを兵藤に賄賂(わいろ)として見せていたのだろう。

財力も政治力もない男の考えつきそうな策である。

まったく身のほど知らずの男だ。それで本部長に昇格できると本気で思っていたのであろうか。

何とも滑稽な策である。

しかし黒宮は笑っている場合ではなかった。

兵藤は言葉を重ねた。

「その荒川が昨晩、ある少女の十四年前の記憶を入手して私に見せてきた。そこには少女の母親と君が出てきたのだ。

それがどんな映像だったのかこの先言わなくても分かるな?」

黒宮は小さな声で「はい」とうなずいた。赤田光子がいきなり赤ん坊を抱いて自分の下にやってきたときのものに違いない。それ以降、赤田光子とは会っていないのだ。

黒宮は荒川に対し腸が煮えくりかえった。

と同時に、赤田光子とその娘を恨んだ。

黒宮は一点を見つめながら兵藤に十四年前の出来事を話した。

「その女は赤田光子といって赤坂のクラブでホステスをしていました。私が神奈川支部の一課の主任に内定したとき当時の課長にクラブへ連れて行かれたのですが、そのときに私についたのが赤田でした。私は最初から遊びだったのですが不覚でした。ある日赤田が私の子どもを身ごもり——」

「その子どもは確実に君の子なのかね」

「間違いないと思います。当時赤田は私との結婚を望んでおり、自分で言うのも何ですがかなり本気でした。他の男の気配はまったくありませんでしたし何より私自身心当たりがあります」

　黒宮は包み隠さず正直にしゃべった。

　兵藤は一つ息を吐き、

「そうかね」

　と言った。

「私は何度も中絶手術を受けるよう言いました。そして赤田に別れを告げたのです。なのにあの女は……」

「待ちたまえ」

　兵藤が話を遮った。

「君にしては珍しく軽率な行動だったね。その後の処理も甘すぎる」

　黒宮は最後、恨みを込めて言った。

「申し訳ありません」

「女は君に捨てられた四日後、子どもを棄てたそうだよ。つまり女は子どもを使って君と一緒になろうとしたのだ」

赤田にとって子どもは結婚にこぎ着けるための道具であったことは黒宮も分かっていたが、まさかその直後に棄てたとは……。

兵藤は続けて言った。

「君たちに棄てられた子どもが今どこで生活しているか分かるかね？」

黒宮は小さく首を振った。

「いえ」

「浅草で、同じように親に棄てられた子どもたちと共同生活をしている」

黒宮はサーッと血の気が引くのを感じた。

「まさか」

「ストリートチルドレンだ」

黒宮は目の前が真っ暗になった。兵藤が最初に、場合によっては君を推せなくなる、と言った理由を知ったからである。

「君も知っているとおり東京都は未成年者の犯罪率が常にトップで、ストリートチルドレンがその大半を占めている。奴らのせいで治安状況は年々悪化し東京都は多大な被害を受けている。私たちからすればいわば害虫のような存在だ」

黒宮は同調するように大きくうなずいた。

「はい」

「君の娘が何らかの罪で逮捕されるのは時間の問題だろう。そのときに君の娘であったことが世間に知れたらどうなるかね。東京本部だけでなく君を推した私の名にも傷がつく」

黒宮は返す言葉が見つからなかった。

「私がリスクを背負ってまで君を本部長に推す理由があるかね？　私に何の得があるのかね。え？」

黒宮は脱力した。今まで積み上げてきたものが音を立てて一気に崩れていく。

黒宮は再び荒川に怒りが沸き立った。

荒川の狙いはこれなのだ。本部長に内定していた自分を引きずり下ろすために兵藤に工作したのだ。

ノンキャリの分際で狡(こす)い真似しやがって！

単なる恨みか。いや、地方に飛ばされるのを恐れて阻止しようと必死なのだ。

いずれにせよ一つ言えるのは、天は荒川に味方したということである。

逆に黒宮は運が悪いとしかいいようがなかった。

荒川が最初から黒宮の娘だと知ってそのストリートチルドレンに近づいたなんてありえない。偶然と偶然が重なって十四年前の記憶を手に入れたのだ。

黒宮は荒川以上に赤田とその娘を呪った。

赤田が子どもを産まなければ、そして棄てられた子どもがストリートチルドレンにならなければ窮地に立たされることはなかった。

まさかあの日の記憶が出てこようとは！

子どもにメモリーチップが埋め込まれていなければこんなことにはならなかった。

赤田は子どもを道具としか見ていなかったが、厳しい罰則を恐れてメモリーチップの埋め込み手術をさせたのだろう。

黒宮は赤田光子と関係を持ったことを今さらながら後悔した。

しかし赤田とその娘もまた黒宮を恨んでいるに違いない。

今になってその恨みが襲ってきた。

なぜこんな大事な時期にと項垂れる黒宮に、兵藤が突然優しい目を向けた。

「しかし君とは特別な付き合いだ。これからも君が私のためにいろいろと尽くしてくれると信じているよ。だからできることなら君を本部長に選びたいと思っているのだよ」

黒宮は兵藤の言葉に演技ではなく心底感動した。

「兵藤統轄長！」

「しかし今のままでは君を推すことはできん」

「私は、いったいどうすれば」

兵藤は当たり前のように平然と言った。

「浅草のストリートチルドレンをすべて消してしまえば、君が父親という事実は発覚しないのではないかね？」

その瞬間、黒宮に緊張が走った。

口を開こうとする黒宮の喉がゴクリと唾で鳴った。

「つまり、集団虐殺するということですか？」

兵藤はフフフと笑った。

「君、それだと聞こえが悪いじゃないか。粛清だよ。国民のために害虫を駆除するんだよ」

「赤田が棄てた子どもを探し出し、問題の記憶を削除すればそれで済むのでは……」

黒宮は自分の子どもではなく赤田の子どもと言い、あくまで自分とは無関係だということを強調した。

「君、記憶を削除すれば削除履歴が残るんだ。もしその子どもが罪を犯して警察がメモリーチップを調べたら、それこそＭＯＣの不祥事になる。個人的な都合で削除したとね。

そう考えるとやはり粛清に限るよ。奴らは共同生活をしているから、一人だけやっても証拠が残る可能性が大きいし騒ぎ立てるだろう。そもそも私はその子どもの顔を知らないんだ。君を陥れようとしている荒川が重要な子どもの身元を教えるはずがない。浅草を拠点にしていることしか分からない以上、襲うとなるとやはり一気にやるしかあるまい」

兵藤はあえてリサという名を言わなかった。棄てられたあとに名付けられたリサの名前を黒宮はもちろん知るはずもない。

「東京都は未成年者の犯罪率が最も高いから注目されているが、それは不名誉なことなんだ。少しでもストリートチルドレンが減れば、犯罪率、再犯率、ともに低下する。MOCの評価も上がるし都民も喜ぶ。一石二鳥ではないか」

黒宮は口には出さないが、やはり赤田の子どもを見つけ出して問題の記憶を消す方法がベストだと考えている。ストリートチルドレンを集団虐殺するなんてあまりにリスクが大きすぎる。

なのに兵藤はあくまで粛清にこだわる。浅草のストリートチルドレンを消した程度では犯罪率は低下しないのにである。

黒宮はこのとき、もしかしたら兵藤はストリートチルドレンを撲滅すべく計画に乗り出したのではないかと思った。

だとすれば、他の部下にもストリートチルドレンを闇に葬らせている可能性がある。

兵藤はストリートチルドレンがいなくなれば犯罪率は低下しMOCの評価が上がる

と言うが、兵藤自身そんなことはどうでもいいはずだ。なのに兵藤がリスクを背負うのはさらなる高みに上りたいからである。つまり兵藤もまた誰かに指示されている？

兵藤は不安を抱く黒宮を安心させるように言った。

「心配するな。君が直接手を汚すことはない。君は部下に指示すればいいだけだ。部下たちは証拠が残らぬよう始末すればいい」

黒宮はすぐにピンときた。

「遺体を燃やすのですか」

「そうだ。すべて燃やしてしまえばメモリーチップは消滅するから証拠は残らん。あとは君が部下に指示を出した記憶と、部下たちが粛清を行った記憶を消せばいい。もちろんこの会話もな。すべて消してしまえば証拠は残らないし、罪の意識も消える。何も怯(おび)えることはないんだ」

「しかし燃やした遺体はどうすれば」

「ＭＯＣの敷地内に埋めればいい。危険なようだがＭＯＣは関係者以外立ち入り禁止だからかえって発見されることはないだろう。まあ、そもそも始末するのはストリートチルドレンだから、行方不明者届が出されることはないしむろん警察が捜査することもない」

兵藤は一つ間を置いて、

「どうかね黒宮くん」

と決断を迫った。

いくら兵藤の指示とはいえ黒宮はすぐに決断できなかった。しかし黒宮にはストリートチルドレンはおろか、自分の娘を殺すことへの迷いや罪悪感すらなく、あくまで自分自身の心配しかなかった。

「本部長になりたいのであれば君に選択肢はないのだよ。何も迷う必要はあるまい。この仕事を終えれば本部長に就任だ」

兵藤の言うとおり本部長の地位を掴みたい黒宮には選択肢はなかった。もしここで拒否すれば、本部長の地位を失うばかりか森田と同じようにどこか地方に飛ばされるだろう。そんなバカバカしいことはなかった。六年間も課長というポストに甘んじ、本部長の地位を得るために兵藤に尽くし、幾度となく危ない橋を渡ってきた。苦労の末やっと本部長の座に手が届いたというのに、こんなつまらないことで地方に飛ばされてたまるか。

これまで苦労して積み上げてきたものを失うわけにはいかない。

黒宮は心の中で言った。

俺は将来MOCのトップになる男なんだ。こんなところで足を踏み外すわけにはいかない。

ならば粛清を実行するしかないのである。

危険すぎる橋ではあるが、この橋を渡れば本部長に就任することができる。

危険とはいえ兵藤の言うとおり遺体を敷地内に埋めれば発見されることはないし、そもそも相手はストリートチルドレンだから捜索されることすらない。万一発見されたとしても証拠をすべて消しておけば殺人罪に問われることは絶対にない。

むろん自分の記憶も操作すれば罪の意識も消えるから、一切悩まされることはないし暗い過去を背負うこともない。

だんだん黒宮の表情が狂気に染まっていく。

黒宮は兵藤の目を真っ直ぐに見つめ、

「分かりました。粛清を実行いたします」

と決意に満ちた声で返事をした。

兵藤は鷹揚にうなずくと、

「黒宮くん」

いつもと変わらぬ声の調子で呼んだ。

「はい」

「それと君にはもう一人、消してもらいたい人間がいるんだが」

兵藤はまるで雑務を頼むように簡単に言ったのだった。

黒宮はこの瞬間背筋に冷たいものを覚え、つくづく兵藤の恐ろしさを感じた。

兵藤は胸ポケットの中から一枚の名刺を取り出して黒宮に渡した。

表には『河合直也』とだけ書かれている。裏には携帯番号とメールアドレスが記されていた。

「行政機関の記事を専門とするフリーライターだ。実は三日前、その男が私の下にやってきて、記憶データから作ったのだろう静止画のプリントアウトを見せてこう言ったのだよ。豊洲刑務所内で看守が受刑者に虐待行為を行っているネタを摑んだ。公にされたくなければこの映像のデータと引き替えに五千万円を払えと」

統轄長は所轄内の刑務所の責任者でもある。黒宮は虐待行為の噂すら聞いたことがなかった。

「豊洲刑務所内で虐待が行われているなんて、事実なんですか？」

「調べたところそのようだ。どうやら内部者がそのフリーライターにネタを売ったらしい」

「しかしそれこそ、その男の記憶を削除してしまえばよいのではないですか？」

「黒宮くん、相手は専門のフリーライターだよ。映像のデータを巧妙にどこかに隠しているはずだから削除してもムダだよ。記憶を調べても隠し場所も分からないだろう」

兵藤は言葉を重ねた。

「調べたところ、河合はもう一人の男とＭＯＣの大阪支部を訪れていることが分かった。確認すると大阪支部でメモリーチップが一枚紛失していたよ。おそらく河合が豊洲刑務所のネタ元の男を連れていったのだろう。小金を積んで所員を買収し記憶をコピーしたと思われる。もしこれが公になれば関東の刑務所を管轄している私の立場は危うくなる。仮に金で解決しても、味をしめて新たなネタがないか嗅ぎ回り一生私につきまとうだろう。もしＭＯＣに目をつけ君が行っている不正行為が発覚したら、君だって立場はないよ」

兵藤は黒宮を脅すように言った。

「しかしこの河合という男、この私を脅すとはなかなかの度胸だねえ。身のほど知らずとはこのことだ」

兵藤は余裕の表情で言ったが急に目を鋭く光らせてこう言った。

「これから多くの子どもを殺すんだ。一人や二人増えても同じだろう」

黒宮は再び全身が凍り付いた。

「私はね、邪魔な人間は消さないと気がすまない性格なんだよ黒宮くん」

兵藤は不気味な笑みを浮かべて言った。

兵藤の命令を拒否することは許されなかった。黒宮は渋々ではあるが、

「かしこまりました」

フリーライターの殺害も引き受けたのだった。

「手順はすべてストリートチルドレンと同じだ。しっかり映像データも回収してくれたまえよ。遺体を燃やしMOCの敷地に埋めて、証拠となる記憶を削除すれば問題ない。ただし奴の自宅まで手を回す必要はない。豊洲刑務所の看守から不正流出した記憶はMOC以外ではコピーすることはできない。データさえ手に入れれば、あとはどんなメモを残していようが決定的な証拠にはならないからな。とはいえ記憶を売った看守は早々に見つけ出して制裁する必要があるがね」

兵藤はそう言ってニヤリと笑った。

「分かりました」

黒宮は慇懃に礼をしたが、内心では兵藤という男はつくづく恐ろしい人間だと思った。自分にとって邪魔な人間とはいえ何の躊躇いもなく殺害を命令する。この様子だと今回だけではないはずだ。兵藤は今までに何人もの邪魔な人間を排除しているに違いない。

菊谷を出たのはそれから二時間後のことだった。

兵藤が乗るセンチュリーを見送った黒宮は、厄介なことになったと思った。

ストリートチルドレンの粛清。さらには河合というフリーライターまで始末することになろうとは。

これまでの依頼とは訳が違う。一歩でも間違えれば一巻の終わりである。

黒宮は決意したとはいえ、ストリートチルドレンの大粛清とフリーライターの殺害に不安と緊張を隠しきれなかった。

しかし本部長の地位を得るには兵藤の命令を実行するしかないのである。

しかも次期本部長を決める選挙が三日後に迫っているから早速動き出さなければならなかった。

黒宮はスマホを手に取ると新郷庄一のスマホに連絡した。

黒宮は大粛清を決意したときすぐに新郷の顔を思い浮かべたのだった。

「新郷くんか」

こんな夜中に連絡するなんて滅多にないから新郷は心配した声で電話に出た。

「黒宮課長、こんな時間にどうされましたか」

「今は家か」

「はい、そうですが」

新郷は上野駅から徒歩で十五分ほど離れた築四十年のアパートに住んでいる。

「急だがこれから出てこられるか。君に大事な話があるんだ」

新郷は深刻そうな声で、

「何か問題でもありましたか」

「ああ、ちょっとな」

新郷は迷わず答えた。

「分かりました。どこへ行けばよろしいですか」

人目がなく絶対に会話を聞かれない場所といえばＭＯＣくらいしか考えつかなかった。

「ではＭＯＣでどうだ」

「はい。すぐに準備して向かいます」

新郷は力のこもった声で返事をして電話を切った。


黒宮と新郷が落ち合ったのはそれから一時間後のことだった。新郷はよほど急いで出てきたのだろう。ダウンジャケットの下はジャージ姿だった。

施設に入りエレベーターで四階に上がった黒宮と新郷は、一課のミーティングルームに入った。

黒宮が椅子に腰かけると、

「失礼いたします」

新郷は深く低頭して向かいの椅子に座った。

新郷は席につくなり、

「黒宮課長、いったいどうされたんですか。大事なお話とはなんでしょう」

会話を聞いている人間など誰もいないのに大げさなくらい声を潜めて言った。

「ちょっと厄介なことになってな」

「厄介なこと、といいますと？」

「次期本部長の件だが急に危うくなった。それどころか地方に飛ばされるかもしれん」

そんなつもりはさらさらないが、黒宮はあえて人事の話を持ち出し新郷を煽った。

黒宮が思ったとおり新郷は愕然とし、そしてひどく慌てた。

「黒宮課長、それはいったいどういうことですか。そんなの納得できませんよ！」

「落ち着きなさい。まだそうなると決まったわけではないのだ」

「しかしなぜ急に。次期本部長は黒宮課長で内定していたではないですか。まさか兵藤統轄長の考えが急に変わったのですか」

「いや、変わったわけではない」

新郷は二度三度うなずいた。

「兵藤統轄長にまた何か依頼されたのですね」

新郷は黒宮に間を与えず続けて言った。

「黒宮課長、私に何かできることはありませんか。黒宮課長のためなら何でもお手伝いいたします」

「いや、しかし、今回ばかりは簡単に頼める内容ではないんだ。君には相当な迷惑がかかるよ」

黒宮はすぐに内容を話すのではなく新郷の身を案じる芝居をした。

案の定、新郷はその言葉に心を打たれたようだった。

「そんな寂しいことおっしゃらないでください。私なら大丈夫です。ご心配にはおよびません。どんなことでも必ずお力になります」

黒宮は申し訳なさそうな表情を浮かべ、

「悪いな新郷くん。では今回も君に頼むよ」

新郷は力強く、

「はい」

と返事をした。

「それで、どんな依頼なのです？」

黒宮は大きく腕組みをし、口を開いた。

「実は……」

黒宮は兵藤との会話を細かく説明した。ただ自分の名誉のため、赤田光子とその娘のことは言わず、兵藤がストリートチルドレンを撲滅する計画に乗り出したと伝えた。

「そこで君にはフリーライターの始末と、ストリートチルドレンの粛清の際の陣頭指揮をしてもらいたいんだが」

黒宮はそう言って兵藤竜一朗から受け取った名刺を新郷に渡した。

依頼の内容が殺人であっても新郷は動揺せず、少し考えるだけですぐに決心したのだった。

「分かりました、私にお任せください。黒宮課長のご指示どおり実行いたします」

「フリーライターに関しては君一人だから心配はしていないが、問題はストリートチルドレンの粛清だ。大勢を一気に始末するとなると君一人では無理だ。一課の操作官を使うことになるが、果たして君のように実行に移すか」

「何が何でも実行させます。もっとも黒宮課長の命令とあれば逆らう者はいないでしょう。それがたとえ殺人であっても逆らえばどうなるか全員分かっていますからね。しかし万が一拒否する者がいれば脅しをかければいいのです。それでもダメならば指示した記憶を消してしまえばいいでしょう」

「しかし私の名や兵藤統轄長の名は伏せてほしいのだが」

万が一失敗しても新郷の命令だということにできるからである。そのためにはこの会話の記憶も消さなければならないが。

「分かりました。ではお二人の名前を出さずうまく圧力をかけます」

新郷は言われたことはすべて忠実にこなすが、それでも黒宮は心配だった。

「粛清を終えたら君は部下たちの記憶をすべて消すんだぞ」

「はい」

「しかし君の記憶まで消してはならない。君は私に報告しなければならないからな」

さすがの新郷もそれくらいは分かっているだろうが黒宮は念のために確認した。

「承知しております」

黒宮は最後にもう一度念押しした。

「新郷くん、本当に大丈夫か」

「はい。必ず成功させてみせます」

新郷が深々と頭を下げたとたん、黒宮は見下すような目を向けて満足するようにうなずいた。

黒宮は新郷がどんな命令でも決して逆らわず忠実に実行すると確信していた。たとえそれが殺人であってもだ。

黒宮は心の中でつぶやいた。

新郷は私に憧れの念を抱き心から尊敬し、そしてまるで神のように崇(あが)めているのだから当然だと。

　もう一つは単純に出世したいのだろう。新郷は同い年であるがノンキャリだから未だ平操作官で、どうしても次の人事で主任になりたいのだ。

　その二つの理由があって、新郷は洗脳されているかのように黒宮の命令に忠実に動くのである。

　黒宮は新郷に安堵した表情を見せた。

「新郷くん、助かるよ。私が本部長に昇進したら君を必ず主任に引き上げるよ」

　新郷は目を輝かせて礼を言った。

「ありがとうございます。これからも黒宮課長のために精一杯尽くさせていただきます」

「それで決行日なんだが、次期本部長を決める選挙まであまり時間がない」

「分かっております。早速明日フリーライターのほうから始末し、その翌日ストリートチルドレンの粛清を実行いたします」

「当事者の記憶は消せるが万が一目撃者があったら一巻の終わりだ。くれぐれも慎重に行ってくれよ」

「かしこまりました」

　黒宮はこのとき、新郷が一つのミスもせず完璧に仕事を終えてくれることを心から願った。
しかし一方では屈辱を感じていた。
ノンキャリの新郷に人生の鍵を握られているからである。
本部長になれるかどうか、まさかこの新郷に運命を委ねることになろうとは……。
黒宮はこんなにも屈辱的なことはないと思った。

カウント5

翌日、新郷庄一は、インターネットカフェのパソコンを使い、河合直也のスマホにメールを送った。新郷は河合に対し、

『突然のメールで失礼いたします。事が事だけに名乗れませんが、四日前にご依頼の件で準備が整いました。ＭＯＣ東京本部の正門前に本日二十三時に例の物を持ってきていただきたい』

と書き記したのである。

金が手に入ると知った河合はすぐに『了解した』とだけ返信をよこした。

新郷は自宅でそのときを静かに待った。河合を殺害する準備はすでに完了している。あとは約束の時間を待つだけであった。

午後十時ちょうどに自宅を出た新郷はＭＯＣに向かう前に、一課の新人山根裕太の自宅に向かった。この時間、山根が家にいることはあらかじめ確認済みだ。

山根が住むマンションは汐留(しおどめ)駅から徒歩わずか五分のところにあり、新築で新郷が

住むボロアパートとは雲泥の差があった。

新郷は自動ドアをくぐり、インターホンに『307』と押しチャイムを鳴らした。間もなく山根の幼い声が聞こえてきた。

「どちら様ですか」

「新郷だ。開けてくれ」

「新郷さんですか？」

先輩である新郷がいきなりやってきたものだから山根は声が裏返った。

「今開けます」

新郷は中に入るとエレベーターで三階まで上がり307号室の扉をノックした。

山根は相当慌てていたらしく、扉が開いたときには足の小指を痛そうに押さえていた。

「大丈夫か」

「すみません、足ぶつけちゃって」

山根はまるで子どものように言った。

「相変わらず落ち着きがないなお前は」

黒宮に見せる態度とは一転、新郷は後輩には冷たく厳しかった。

「ところで新郷さん、急にどうなさったんです？　外じゃ寒いんで中に入ってください」

「いや、ここでいい」

「でも」

「山根、お前車持っていたよな」

急に車の話になったので山根は少し反応が遅れた。

「え？　車ですか？」

「そうだ」

山根は怪訝そうな表情を浮かべ、

「ええ、一応。でも軽ですよ」

「そんなことはどうでもいい。一晩貸してくれ」

新郷は有無を言わさぬような言い方をした。

山根は目を大きく見開いた。

「え？　車をですか？」

「そうだ」

「いや、でも、その」

山根は悩んだ末、

「ええ、分かりました」

主任の麻田よりも恐れられている新郷に逆らうことができず、渋々ではあるが了承した。

山根は玄関の棚に置いてある車のカードキーを新郷に渡し、

「マンションの裏が駐車場になってます。四番が僕の車です」

「分かった」

「あの新郷さん」

山根は今にも泣きそうな顔で弱々しく言った。

「実は車買ったばかりなんで、安全運転でお願いしますね」

「ああ分かった」

新郷はうるさそうに返事すると礼も言わずに扉を閉めた。

一階に降り裏の駐車場に回った新郷はすぐに山根の車を発見した。赤い軽自動車である。

ドアを開けて狭い車内に乗り込んだ。

買って何ヶ月か知らないが、まだ車内には新車の香りが漂っている。

新郷は取り出した腕時計を左腕に巻きカードキーをモニターにかざしてエンジンをかける。もちろん自動運転も可能だったがあえてすべてのＡＩを切って手動で車を発進させた。

新郷は約束の十五分前にＭＯＣに到着したが、正門前ではなく外壁の陰に隠れて河合が来るのを待っていた。

山根の軽自動車はすでにＭＯＣの敷地内に停めており、新郷の右手には目出し帽とサングラスが、左手には白いハンカチが握られていた。

いつもながら夜中のＭＯＣ周辺にはまったく人気がなく車すら通らない。東京湾の細波（さざなみ）の音が聞こえるほどあたりは静まりかえっていた。仮にこの場で河合を殺害しても目撃者が現れることはないだろう。

新郷は先ほどまで自分でも驚くくらい心が静かだったが、河合が現れてからの流れを念入りに組み立てているとにわかに緊張し始めた。

落ち着くことである。冷静に仕事をこなせば問題ないのだから。

新郷は左腕に巻いている時計を見た。

このとき新郷は腕時計を見る動作に新鮮さを感じ、と同時に違和感を覚えた。

貧しい家庭で育った新郷は今まで自分専用の腕時計など一つも持ったことがなく、今回が初めてだった。幼い頃は洋服すらあまり買ってもらえなかったからいつもみすぼらしかった。

高校を卒業しＭＯＣの操作官になってからも生活はほとんど変わらなかった。

入所して二十三年が経つが、ノンキャリだから給料は低く、今まで一度も贅沢をしたことがなかった。車を運転するのも久々である。

新郷は左腕に巻いている腕時計を見ながら、初めて買った腕時計なのに今後一切つけることはないと思うと切なくなるのだった。

腕時計を大切そうに眺める新郷はふと顔を上げ目を鋭く光らせた。

約束の時間まで十分あるが河合直也が現れたのである。

河合はハンチング帽を被っているから顔がよく見えないが、金のことが頭の中を支配しているのであろう。落ち着きがなかった。

どうやら電車で来たらしく新郷は安堵した。もし車やバイクでこられたら処理が面倒だからである。

新郷は辺りに誰もいないか確かめると、右手に持っていた目出し帽を頭に被りサングラスをかけた。そして左手に持っている白いハンカチをギュッと握りしめた。

このハンカチには麻酔薬を染みこませてある。

麻酔薬は以前黒宮が入手したもので、兵藤から初めて記憶の操作を依頼されたときに用いた物であった。

外壁の陰に隠れていた新郷は河合に気づかれぬよう気配を殺しながら忍び寄った。

河合はずっと背を向けていたが、あと三、四歩のところで気配を察知し振り返った。

新郷は自分の姿を捉えられた瞬間、素早く河合の顔にハンカチを当てて河合を気絶させた。

新郷はあらかじめ、MOC大阪支部から紛失したメモリーチップの番号を聞いていた。河合が持っていたバッグの中にそれがあることを確認すると、新郷は急いで正門を開けて地面に倒れている河合を山根の車のそばまで引きずった。そして駆け足で正門まで向かい、門を閉めて外から見えなくすると、車に置いてある鞄の中からワイヤを取りだして河合の首に巻き付けた。

ハッと意識を取り戻した河合は激しく悶えた。目出し帽にサングラスの男に首を絞め付けられている！

MOCの正門前で突然襲われ、ハンカチのような物を顔に当てられた映像がフラッシュバックした。

今朝取り引きを申し込んできた男に違いなかった。

不覚である。あのメールは誘き出すための罠だったのだ。

兵藤竜一朗が刺客を差し向けたのだ。

メールには兵藤竜一朗の名は一切記されていなかったが、メールの内容からしてこの男が代理人であることは容易に想像がついた。しかし今思えば、兵藤竜一朗の名を記さなかったのは最初から殺すことが目的だったからである。

男はフフフッと笑った。不気味な機械音だった。ボイスチェンジャーで声を変えているのだ。

「貴様……！」

河合は逃れようと必死にもがくが、さらに強く絞められると動きが急に弱々しくなった。

身体中が痺れ、脳が機能障害を起こし始めた瞬間、河合の鼻から血が噴き出た。

河合は男を恨みのこもった目で見ているが、男の姿ははっきりと捉えておらず、目に映る物がだんだんと薄らいでいく。

河合は意識が朦朧（もうろう）とする中で最後の力を振り絞り男に攻撃した。しかし引っ掻く程度でまったくダメージを与えられなかった。

手足が痙攣（けいれん）しだし急にこれまでの人生が走馬燈のように蘇った。

そのとき男が何かをしゃべり出したが虫の息の河合には理解できなかった。

辛うじて目を開けているが、手足の痙攣がピタリと止まったと同時にスーッと目の前が暗くなっていった。

ただただ無念であった。

豊洲刑務所内の不祥事は兵藤にとって進退問題に発展する可能性があるとはいえ、

まさか殺されようとは河合は夢にも思っていなかったのだった。

兵藤は恐ろしい男である。

自分にとって少しでも不都合なことが起こると、邪魔な人間を平気で闇に葬り去るのだから。

これは人生最大のスクープであるが時すでに遅かった。

河合は意識がプツリと切れる間際、兵藤竜一朗を敵に回したことを心底後悔した……。

相馬誠は終電の一本前の電車に乗り豊洲駅で下車した。

約束の十二時まであと十分を切ったが、相馬の足取りは重かった。

三時間ほど前に新郷庄一からスマホに連絡があり、大事な話があるから十二時にMOCのミーティングルームに来るようにと命令されたのだ。

時間も時間だし明日にしてほしいと言ったのだが、いいから命令どおりに来いと新郷は怒鳴るように言うと、有無を言わさず電話を切ったのである。

いくら大事な話とはいえこんな夜中に呼び出すのは異常であった。

普段衝突ばかりしている新郷だからよけいに不気味である。

新郷があえて十二時を指定したのはなぜか。そんなに大事なのであれば、もっと早い時間に呼び出すのが普通ではないか？

相馬はまったく見当がつかないが妙に胸騒ぎを感じるのである。

ＭＯＣに到着した相馬はカードキーで正門を開け敷地内に入った。

建物の入り口にはなぜか中型のマイクロバスが停まっている。いつも受刑者の護送に使っているものだった。

新郷が用意した車に違いないが、もしやあのバスを使ってどこかに移動するのか。

しかしこんな夜中にいったいどこへ行くというのか？

相馬が正門を閉めようとしたときだった。赤い軽自動車がやってきて正門前に停車した。

扉が開くと中から山根裕太が降りてきた。

「君も呼ばれたのか」

「ええ、新郷さんに突然。電話が来たときは友人と食事していたのでそのまま車で来ちゃいました」

山根は腕時計を見ると安堵したように息を吐いた。

「良かった。ぎりぎりセーフですね。遅れたら新郷さん怖いですもんね」

「君は何か聞いているのか？」

「いや何も教えてくれませんでした。ていうか、昨日から新郷さん、ちょっと変なんですよね」

相馬は山根の今の言葉が妙に気になった。

「変、とは？」

山根は新郷が近くにいないか確かめると憚（はばか）るようにして話した。

「実は昨日の夜、僕の家に突然やってきて車を貸してほしいって言ってきたんです。結局帰ってきたのは明け方の四時ですよ。寝てるところを起こされて大変だったんですから」

なぜ新郷はわざわざ山根に車を借りたのか。新郷の言動には謎が多すぎる。相馬はますます嫌な予感がしてきた。

山根は正門を閉めると、

「相馬さん、行きましょう」

と言った。

「ああ」

施設の中に入った二人はエレベーターで四階に上がりミーティングルームの扉をノックした。

「はい」

中から新郷の声が聞こえると相馬は扉を開けた。

ミーティングルームには黒宮を除いた一課の記憶操作官が全員集まっていた。新郷が先頭に立ち、他の十一人は椅子にも座らず整列している。新郷よりも立場が上の麻田主任も立たされていた。

「やっと来たか」

山根はミーティングルームをグルリと見回して、

「黒宮課長はいらっしゃらないんですか？」

と訊いた。すると新郷は、

「今日は黒宮課長のご指示ではない」

と厳しい口調で言った。

「下にマイクロバスが停まっていますが、なぜですか？」

今度は相馬が尋ねた。新郷は一層厳しい声で、

「そんなことは後だ。さっさと整列しろ！」

と命令した。

新郷が大声を上げると、山根は肩をビクッと弾ませ慌てて列の最後尾に立った。相馬は不満ではあったが一応言われたとおり整列した。

「新郷さん、こんな夜中に、しかも全員を集めるなんて、何か問題でも起こったのですか？」

主任の麻田が恐る恐る訊いた。三十三歳の麻田はキャリア組で新郷よりも職階は上だが、一課では黒宮の腹心である新郷のほうが立場が上とされているのでみな新郷を恐れている。真っ向から立ち向かうのは相馬一人だけだった。

「今日はこれからみんなにある仕事を行ってもらう」

「仕事、ですか？」

麻田が怪訝そうに訊き返した。

新郷は一人ひとりの顔を見ながら堂々とした口調で言った。

「これより、ストリートチルドレンの粛清を行う！」

粛清という言葉が出た瞬間、麻田たちはざわついた。相馬は新郷の言葉が信じられずただ立ち尽くしているだけだった。

しかし下に停まっているマイクロバスのことを思い出した相馬は身体中が熱くなった。

いったい何を考えているのだこの男は……。

「あの、粛清って何です？」

異様な緊張感の中、山根が意味を尋ねた。隣にいる角田が不安を帯びた顔で、

「集団虐殺ってことだよ」

囁くようにして言った。

「集団虐殺……」

山根は意味を知ったとたん顔がサーッと青ざめた。

新郷はすぐに訂正した。

「虐殺ではない。ストリートチルドレンは都民に多大な被害をおよぼす害虫なのだからあくまで粛清だ」

粛清は正義なんだと言わんばかりだが、相馬にしてみれば粛清も虐殺も意味は同じである。

「まさか本気で言ってるんじゃないでしょうね」

相馬は詰問した。新郷は表情一つ変えず、

「本気だよ」

と答えた。

相馬は怒りで声が震えた。

「冗談じゃない。あなたは今自分が何を言っているのか分かっているんですか。虐殺だなんて頭が狂っているとしか思えない」

新郷の目が険しく光った。

「何だと？」

「これは黒宮課長の命令ですか？」

相馬の言葉に全員の背筋が凍り付いた。

「違う。あくまで私の命令だ」

新郷はそう言うが黒宮の命令に違いなかった。他の課員もそれくらいは分かっているはずだった。

「今すぐに発言を撤回したほうがいい。あなたの将来のためです」

相馬の忠告を新郷は鼻で笑った。

「何を偉そうに、この若造が」

「いくらストリートチルドレンが多大な被害をおよぼすとはいえ、そんなことが許されるはずがない！　黒宮課長の命令とはいえ——」

「黒宮課長の命令ではないと言ったろう！」

「とにかく僕は許しません。僕だけじゃない。誰もあなたの命令は聞きませんよ。そんなことをすれば大変なことになる」

相馬は言って新郷に背を向けた。

「失礼します」

「誰も拒否することはできないぞ！」

新郷は叫ぶように言った。相馬は足を止めて振り返り新郷を睨みつけるようにして見た。新郷は麻田に視線を移し不敵な笑みを浮かべた。

「麻田主任、あなたは長年の苦労の末やっと一課の課長になろうとしている。せっかく東京本部の、しかも注目されている一課の課長になれるというのに、地方に飛ばされてもいいんですか？　地方に飛ばされたら一生這い上がってはこれませんよ」

麻田の額から一筋の汗がこぼれた。

「それは……」

「君たちだってそうだ。この命令に背けば地方に飛ばされる。最悪クビの可能性もあるぞ。今まで積み上げてきたものをムダにしたいのか？」

新郷の脅しに全員が動揺し始めた。

新郷は相馬に冷ややかな視線を向けると、

「もちろんお前もな。将来を失いたくなければやるしかないんだよ」

新郷は続けて言った。

「この仕事を成功させれば将来が約束される。逆に従わなければ森田本部長のように転落する。どちらが利口かな？」

相馬が口を開こうとしたが新郷は間を与えなかった。

「心配することはない。今回この計画を実行するにあたってすでに警察と取り引きできている。警察もストリートチルドレンには手を焼いているからぜひ協力させてくれとのことだ。だから粛清を行っても絶対に捜査されることはない」

相馬は信じられるはずがなかった。

「そんなバカな！」

実行を決意させるための嘘に決まっている。

新郷は相馬を無視して続けた。

「仮に遺体が発見されたとしてもメモリーチップの中身を確かめられることは絶対にない。殺害後遺体を燃やしてメモリーチップの記録を消滅させるからな」

新郷の計画に相馬は鳥肌が立ち足下から震えが襲ってきた。

しかし麻田たちはお互いの顔を見合っている。先ほどまでの不安は消え少しずつ心が動いているようだった。

決め手はこの言葉だった。

「もちろん君たちの記憶も削除する。つまり、まったく証拠が残らない上に罪悪感すら消えるというわけだ。

どうだ、君たちにはまったくリスクがないのだよ。それで将来が約束されるんだから迷う必要はないだろう。それとも地方の施設で落ちぶれた人生を送るか？」

このとき課員たちの脳裏には黒宮の顔がちらついたに違いない。

新郷の巧みな扇動（せんどう）に麻田はうつむきながらではあるがしっかりと手を挙げた。

「分かりました、やります」

　一人が手を挙げると集団心理が働いて次々と手が挙がった。

「やります」

「私もやります！」

「僕も！」

　室内は異様な熱気と緊張感に包まれ、麻田たちはだんだんと鬼気迫る表情に変わっていった。

　決意表明をしていないのは相馬と山根の二人だけとなった。しかし山根は今にも手を挙げそうである。ただ他の操作官たちとは違い、山根は新郷を恐れているだけで本当は命令には従いたくないはずである。

　純粋な心を持つ山根には人を殺めることなどできるはずがなかった。

　山根の人間性を知っている相馬は叫んだ。

「山根！　惑わされるな！」

　しかし心が弱い山根は新郷たちの脅すような視線に負けてとうとう手を挙げてしまったのだった。

　相馬は新郷の横に立ち、

「正気ですか。新郷さんの命令に従えばそれこそ将来を失いますよ」

　誰も相馬と目を合わせようとしなかった。

「おい山根！」

山根は一瞬目が合ったがすぐに顔を伏せてしまった。

相馬は呆れるように首を振った。

「みんなどうかしてる。出世とか派閥とか名誉とか、そんなもののためにあなたたちは幼い子どもたちを殺すんですか！　そんなことが許されると思っているんですか！

いい加減目を覚ましてください！

出世なんてどうだっていいじゃないですか。地方に飛ばされたっていいじゃないですか。それ以上に大切なものがあるはずです」

「知ったような口を利くな！」

突然麻田が叫んだ。

「お前に私の何が分かる。私がこの十年間どんな思いで——」

相馬はその先を言わせなかった。

「最後にもう一度言います。この男の命令に従えば本当にすべてを失いますよ」

相馬は新郷をこの男と言った。新郷は呆れたように薄く笑った。

「人を殺すなんて人間のすることじゃない。今ならまだ間に合います。お願いですから目を覚ましてください。もし実行すれば必ず事件は発覚します。証拠をすべて隠滅してもムダです。罪を犯した者は必ず逮捕される」

相馬の必死の説得も虚しく結局最後まで考え直す者は一人もいなかった。いや、山根だけはここから逃げ出したいに違いないがそんな勇気がないのである。

「相馬、さっきから一人で騒いでいるが、お前も行くんだよ」

相馬は新郷を真っ直ぐに見て言った。

「ふざけるな！」

「命令に背けばどうなるか分かっているな？」

「僕はどこに飛ばされたってかまいません。むしろもうこんなところにはいたくない。僕は出世とか派閥とか、そんなものはどうだっていい。真剣に日本の将来を考える操作官たちと働ければそれでいい」

新郷は納得するようにうなずいた。

「そうか、分かった。ならその前に今日のこの記憶を消させてもらう」

相馬は何となく予測していた。最後まで拒否する課員がいればその者の記憶を消すのではないかと。だからこそここを集合場所に選んだのだ。

新郷の思いどおりにさせてたまるか！

相馬は新郷を突き飛ばすとミーティングルームを飛び出した。

「追え！　絶対に相馬を捕まえろ！」

新郷の声は階段にまで響いた。

相馬は全力で階段を降り一階の廊下を走った。

上階から操作官たちの足音が迫ってくる。

相馬は外に飛び出し正門に向かった。

カードキーを差したとき、建物から七人の操作官たちが飛び出してきた。

正門を開け敷地内から出た相馬は再び走った。しばらくすると正門が開き操作官たちが狂ったように叫びながら追ってきた。

相馬は、ここからすぐ近くにある豊洲駅に向かうか、それとも少し離れた大通りに逃げるか、どちらが得策か迷ったが、すぐに大通りに出ることを選択した。

すでに最終電車は行ってしまっただろう。だが大通りに出ればタクシーが走っている可能性が高い。

相馬が予測したとおり夜中の十二時を過ぎてもまだ車は多少走っていた。間もなく空車のタクシーを見つけ、相馬はタクシーを停めると自らドアを開けて乗り込んだ。

運転手はかなり驚いていたが、

「とりあえず走ってください」

そう言うと、

「は、はい」

と返事をして車を走らせた。後ろからは、

「待て相馬！」

と操作官たちの声が聞こえたが、相馬は振り返ることもせず真っ直ぐに前を見つめながら重い吐息をついたのだった……。


相馬を乗せたタクシーはレインボーブリッジを渡り都道316号線をあてもなく走るが、四、五キロほど離れた八千代橋交差点に差し掛かったとき、

「停めてください！」

相馬は突然運転手に言った。

運転手は条件反射でブレーキを踏み車を急停止させた。

相馬は、逃げている場合ではない！　と頭の中で叫んだ。

重要な記憶を削除されてしまうという危機感から冷静さを失い操作官たちから逃げたが、本当に新郷がストリートチルドレンの集団虐殺を実行するのだとしたら子どもたちを助けなければならないではないか！

しまったと相馬は拳をシートに叩きつけた。

「運転手さん、すみません、Uターンして MOCに向かってください」

運転手はかしこまりましたと言って交差点でUターンをし、MOCに向かった。

相馬は祈るように両手を合わせ「間に合ってくれ」とつぶやいた。

その頃、新郷は課員たちをマイクロバスに乗せて浅草のストリートチルドレンの拠点に向かっていた。

ハンドルを握る新郷はバックミラーに映る十二人の操作官たちを見ると、全員に聞こえるように舌打ちし「バカどもが！」と痛烈な怒りをぶつけた。

このバカどものせいで相馬を逃がした。

捕まえていればミーティングルームでの記憶をすべて消すことができたのに！

新郷はもう一度操作官たちを睨むように見た。

相馬を呼ぶことは新郷にとってリスキーであったが、新郷はいつも衝突を繰り返している相馬をどうしても服従させたかった。そして子どもを殺している姿をこの目で見てみたかったのだ。

いつも正義漢ぶっている相馬が権力に屈し、人間を殺めている姿を見られたらどれほど快感だったか。

「新郷さん、本当に大丈夫でしょうか」

後ろから麻田の声が聞こえた。バックミラーに映る麻田はまるで死人のように青白くなっていた。

「相馬のことだから、警察に……」

「心配ないと言ったでしょう」

新郷は麻田を遮った。

「警察は今回の粛清を容認している。相馬が騒ぎ立てたところで警察は動きませんよ」

「それなら、安心ですが……」

麻田にはそう言ったが新郷は内心では麻田と同じことを考えていた。

おそらく相馬は警察に行くであろう。しかし警察もそんなとっぴな話をまともに取り合わないだろう。

大丈夫だ。新郷に中断という選択肢はなかった。

どんな犠牲を払ってでもストリートチルドレンを始末する。

それよりも心配なのは不安を抱えている操作官たちである。警察が容認していると言ってもやはり相馬の動きが気になるようだ。もし気が変わって逃げられたりでもしたら粛清は失敗する。

それだけは絶対に阻止しなければならない。

操作官たちの考えが変わらないうちに実行させることである。実行に移せばもう後には引けないのだから。

新郷は時速七十キロで都道を走っていたがさらにアクセルを踏み込んだ。

二十分後、ＭＯＣに到着した相馬はここで待っていてくださいと運転手に告げてタクシーを降りた。

正門前には未だ山根の赤い軽自動車が停まっている。相馬は祈るような気持ちで正門を開けた。

しかし先ほどまで停まっていたマイクロバスはそこにはなかった。

相馬は足下から崩れ落ちた。絶望したと同時にとてつもない恐怖感が襲ってきた。子どもたちが、殺される……。

まだ出発していなければ後を追って助けることができたが、もう間に合わない。新郷がどこの拠点を襲うか明確に告げていれば今からでも間に合うが、新郷はただストリートチルドレンの粛清を行うとしか言わなかった。

ストリートチルドレンの拠点は東京中に存在する。相馬に見当がつくはずがなかった。

いや諦めてはならない。相馬は立ち上がり再びタクシーに乗った。こうなったら自分が知っているストリートチルドレンの拠点をしらみ潰しに回るしか方法はなかった。

警察に協力を要請しようと思ったが、事件が明るみに出ていない状況ですぐに警察が動いてくれるはずがない。かえって時間のロスになる。そもそもまともに聞いてくれるかどうかも疑問だし、まともに聞いてくれたとしても、事情を話したり手続きしている間に子どもたちは殺されてしまう。

今は一刻を争う状況なのだ。

相馬はまず品川の拠点に賭けた。

「運転手さん、ＪＲの品川駅まで。できるだけ急いでください」

相馬は品川の拠点にマイクロバスが停まっていることを祈った。しかし品川の拠点にはマイクロバスは停まっておらず、拠点には灯りが点いており子どもたちの笑い声が聞こえてきた。

新郷たちはどこへ行ったんだ。

この間にも子どもたちが……。

相馬は悪い予感を振り払い再びタクシーに乗り込んだ。しかし次の目的地次第で狙われた子どもたちの運命が分かれると思うと、焦りが募るばかりでなかなか決断することができなかった。

浅草のストリートチルドレンの拠点は橋脚をぐるりと囲むように建てられていた。

使われている素材は段ボールやベニヤ板だが想像していたよりもしっかりとした造りだった。

新郷は川沿いに車を停めると操作官を全員降ろした。新郷たちは覆面を被り手には麻酔薬を染みこませたハンカチが握られている。

拠点にはうっすらと灯りが点いているが中から話し声は一切聞こえてこない。どうやら灯りを点けたまま寝ているらしかった。

新郷は辺りに人がいないことを確認すると、

「やるぞ」

と抑揚のない声で言った。

「さっさと車に運ぶぞ。いいな」

麻田たちは手足を震わせながらうなずいた。

「これからやることは正義だ。何も躊躇うことはない。この仕事を終えれば君たちの将来は約束される。逆に裏切れば、分かっているな?」

新郷の言葉に操作官たちの表情がだんだんと殺気立っていった。

「行くぞ」

新郷たちは足音を消して拠点に近づき扉の前で足を止めた。

新郷は目撃者がないかもう一度確認すると、ドアを蹴破ろうと右足を上げた。

しかしそのときだった。気配を察知した一人の少年が扉を開けたのである。

「何だお前ら!」

その瞬間新郷は少年を引きずり出し顔にハンカチを当てた。そして操作官たちに、

「やれ！　グズグズするな！」

叫ぶように命令した。

操作官たちが突入すると拠点内には悲鳴と怒号とが交錯した。操作官たちは中にいる子どもたちを次々と昏睡（こんすい）させていく。

暴れる少年を眠らせた新郷も中に突入した。

拠点には子どもたちが十人近くおり、年長と思われる少年と十三、四歳くらいの少女が最後まで暴れていたが、力尽きるようにダラリと倒れた。

新郷は辺りに人がいないか確認すると操作官たちに合図した。操作官たちはストリートチルドレンを急いで車内に運び通路に寝かせた。その中には十歳にも満たないだろう子どももいた。

ほんの数分で作業を終えた新郷たちはバスに乗り席についた。だが山根だけは未だ車に乗らず頭を抱えてうずくまっている。

新郷たちがストリートチルドレンを襲っている最中、山根だけは実行できずずっとうずくまっていたのだった。

新郷はエンジンをかけると山根に命令した。

「山根、何をしてる。早く乗れ！」

山根は立ち上がると泣きながら車に乗った。

「この役立たずが」

新郷は山根に言い放つと、アクセルを踏みその場から急いで去った。

昏睡する子どもたちがＭＯＣの裏庭に並べられる。新郷たちはロープを手にするとそれぞれ子どもたちの前に立った。

子どもたちのすぐそばには穴を掘るためのシャベルが五本。遺体を燃やすための灯油がポリタンク五個分。そして燃やした跡を隠すための砂がひと山用意されている。

新郷は最年長と思われる少女を見下ろした。満足に食べていないのであろう貧弱な体つきである。首もすぐに折れそうなほど細い。これならすぐに終わりそうであった。

最年少らしき男の子の前には麻田が立っている。しかし麻田は子どもには目をやらず顔を背けている。

山根は新郷たちに背を向けて子どものようにギャアギャアと泣いている。新郷はあれでは使い物にならないと山根には指示しなかった。

「さっさと始末するぞ」

麻田たちは蒼白い顔で「はい」と弱々しく返事した。

「心配するな。終わったらすぐに記憶を消してやる」

新郷は冷酷に言うと、いよいよ操作官たちに粛清の合図を出した。

新郷たちは子どもの首にロープを巻くと思い切り絞め上げた。

新郷が手を下す少年は河合のようにハッと目を見開き苦しみもがいた。

「やめろ！　離せ！」

掠れる声でそう叫び少年は激しく暴れるが、新郷の力には敵わず少しずつ弱っていく。

「離せ、離せ、この野郎……」

裏庭は子どもたちの悲鳴と呻き声で支配された。

「タクミ兄ちゃん、リサ姉ちゃん、苦しい……助けて！」

「コウキ兄ちゃん苦しいよ」

「タク！　リエ！」

新郷と戦う少年は仲間の名を呼ぶ幼い子どもたちの名前を叫んだ。

子どもたちは必死に助けを求めるが、だんだんその声は弱く小さくなっていく。早くも痙攣を起こす子どももいた。

麻田たちは現実から逃げるようにずっと目を閉じていた。

新郷が手を下す少年は新郷の服を掴み、身悶えしながら何とか危機から脱しようとあがく。しかし突然目をギョッと開けると空に両手を伸ばした。少年は新郷ではなく

夜空を見つめ、

「みんな……みんな!」

最後の力で叫んだ。

少年の両手がバタリと落ちると新郷はロープをほどき立ち上がった。

麻田たちも立ち上がったが、死んだ子どもたちには一瞬たりとも視線を向けず顔を背けていた。山根は相変わらず泣きじゃくっている。

新郷は操作官たちに穴を掘るよう命じた。操作官たちはシャベルを手に取り樹木の周りに穴を掘り始めた。

新郷は次に遺体に灯油をかけるよう命じた。

残りの操作官たちは遺体に灯油をバシャバシャとかけた。裏庭は灯油の臭いで充満した。

あとは火を点けて遺体を埋めるだけである。

新郷はポケットからライターを取り出すと遺体の衣服に火を点けたのだった。

タクシーで新郷たちの行方を捜し続ける相馬はすでに十ヶ所近く回ったが、拠点が荒らされた様子はなくすべて外れであった。

気づけば東の空はうっすらと明るみだしている。時計を見ると朝の五時半を回っていた。

運転手はさすがに疲れた声で、

「お客さん、申し訳ないんですが、そろそろ営業所に戻らないといけないんですが」

タクシーのメーターは十万円にも上っており、相馬はカードで精算すると車から降りた。

凍てつく寒さの中、渋谷の繁華街に一人茫然と佇む相馬は、警察に行くことを決意した。

しかしすぐに待てと自分を止めた。

新郷は警察とつながっていると言っていたが、もし本当に警察を抱き込んでいるとしたら、重要な記憶を削除されて事件は闇に葬り去られてしまう。

ストリートチルドレンの虐殺命令を下したのは黒宮猛に違いない。その背後には黒宮と特別な関係を持つ兵藤竜一朗が潜んでいる可能性が非常に高い。

あの二人なら警察を抱き込むくらい訳ないのではないか。

そうだとしたら慎重に行動しなくてはならない。

ならばどうするべきか。

相馬の脳裏に、長年慕ってきた長尾正の顔が浮かんだ。長尾なら的確な指示を与えてくれるに違いない。

相馬はまだ五時半であるが長尾に連絡した。

一分近くコールすると、ようやく長尾が電話に出た。

「どうしたんだ相馬くん、こんな時間に」

長尾は起きたばかりの声で言った。

相馬はすがるような声で叫んだ。

「長尾さん助けてください。大変なことが起こったんです！」


渋谷駅から山手線に乗り十分後、品川駅で降りた相馬は長尾が住むマンションに急いだ。相馬はこれまでに二回ほど長尾の自宅にうかがったことがあるので迷うことなく到着した。

品川駅周辺には高層マンションがいくつも建ち並ぶが、その中で最も規模の大きいマンションの十五階に長尾は住んでいる。

自動ドアをくぐりインターホンを押そうとしたとき、心配して長尾が一階まで降りてきた。

「長尾さん」

長尾は相馬の顔を見るなり言った。

「どうした、ひどく顔色が悪いじゃないか」

真冬にもかかわらず、相馬の顔には玉のような汗が噴き出ていた。

「とにかく、うちへ来なさい」

早朝であるが今の相馬には遠慮する余裕がなかった。

長尾は十五階でエレベーターを降りると、内廊下を真っ直ぐに歩き突き当たりの部屋の前で足を止めた。

扉には『NAGAO』と表札が出ている。

長尾は扉を開けると、

「さあ入りなさい」

相馬を中に通した。

「失礼します」

靴を脱いでいると長尾の妻・雅子がエプロン姿でやってきて、

「相馬さん、こんな朝早くにどうなさったの？」

迷惑そうな態度は一切見せず相馬のことを心底心配した声で言った。

「申し訳ありません」

相馬の顔を見た雅子は「やだ」と声を洩らし口に手を当てた。

「ものすごい汗。顔色も良くないわ。熱でもあるんじゃないかしら」

「タオルを持ってきてくれ」

長尾が言うと雅子は急いでタオルを持ってきた。

「これ使ってください」

「すみません、ありがとうございます」

タオルで顔を拭いていると奥から五歳の息子・翔太がやってきて、

「あ、お兄ちゃんだ」

と嬉しそうな声で言った。しかし今の相馬は微笑んでやることすらできなかった。

「翔太、これから大事な話があるんだ。あっちへ行ってなさい」

翔太はつまらなそうに、

「なんだ、せっかくお兄ちゃんと遊べると思ったのになあ」

とつぶやいて奥の部屋に戻っていった。

「相馬くん、私の部屋で話そう」

相馬は長尾に連れられて長尾の部屋に入った。リビングや寝室はフローリングだが長尾の部屋だけは和室となっており、十畳ほどある部屋にはコタツと桐ダンスと本棚が置かれ、床の間には滝の絵が描かれた掛け軸が垂れている。

窓からは品川の街が一望でき部屋には清々しい朝陽が入り込んでいた。

長尾は座椅子を示し、

「さあ座って」

と言った。

「失礼します」

相馬が座椅子に座ると雅子が静かに襖を開けて、

「お茶どうぞ」

上品な声と動作で相馬の前にお茶を置いた。

「ありがとうございます」

「ではごゆっくり」

雅子は一礼して部屋を出た。慎ましさと聡明さを併せ持つ雅子は、MOCで大変な事態が起きたことを想像しているが、不安そうな表情は一切見せなかった。これまでもそうだ。長尾が問題を抱えて家に帰ってきても、長尾が話すまで何も訊かず、不安そうな態度は一切見せず、黙って長尾を支えてきた。

ただそんな気丈な雅子でも今回ばかりは内心悪い予感を抱いている。いつも冷静な相馬が異常ともいえるくらい混乱しているからだ。

MOC東京本部が今どんな状況か知っているだけに雅子は二人の身に何事も起こらないようただただ祈るばかりだった。

長尾は襖が閉まると早速訊いた。

「相馬くん、いったいどうしたというんだ。まさかまた黒宮が違法な操作をしたんじゃないだろうな」

黒宮が不正な操作を行った現場を見たわけではないからあくまで疑惑でしかないが、長尾は断定した言い方をした。

「違います。それよりも、もっと大変なことが……」

相馬は鉛のように重いため息を吐き言葉を重ねた。

「僕が判断を誤ったせいで、多くの子どもたちが殺されたかもしれない……」

長尾は生唾をゴクリと飲んだ。

「おい、それはいったいどういうことだ」

「実は……」

相馬は昨晩から今朝にかけての出来事を長尾に事細かに説明した。

聞けば聞くほど長尾の顔は青ざめていき、話が終わると信じられないというように首を振った。

「本当に、新郷たちはストリートチルドレンを」

「信じたくありませんが、恐らくあの様子だと実行したと思います」

長尾は放心したように一点を見つめていたが、だんだんと怒りに震え、

「許せん!」

拳をテーブルに叩きつけた。

相馬は長尾に頭を下げた。

「すみません、僕のせいです」

「君のせいじゃない。君は何も悪くない」

「ですが」

相馬は幼い子どもたちが殺されたかと思うと心が締め付けられ涙が滲んだ。

「私も黒宮の命令だと確信しているが、なぜ黒宮はストリートチルドレンを」

「理由は分かりません。新郷はただ粛清すると言っただけで」

「何が粛清だ！」

「僕は兵藤統轄長も今回の件に関係しているんじゃないかと思います」

長尾は腕を組み二度三度うなずいた。

「その可能性は十分にある」

「長尾さん、やはり警察に行くべきだったでしょうか？」

「いや、君の言うとおり、もし本当に警察を抱き込んでいるとしたらＭＯＣの黒幕に引き渡されて重要な記憶を消されてしまうだろう。下手に警察に駆け込むことはできない。慎重に動かなければ危険だ」

「警察が信用できないとなるとどうすればいいですか？」

「黒宮は必ず君の記憶を消そうとするだろう。恐らく施設から逃げたあとの記憶も調べるはずだ。そうなれば私の記憶だって消されてしまう」

「もし僕たちの記憶を消されたら本当に事件は闇に葬り去られてしまいます」

長尾は強い語調で言った。

「そんなことは絶対にさせない。黒宮がどんな手を使おうが必ず真相を暴いてやる」

長尾は自分にも言い聞かせているようだった。

相馬の脳裏をふと森田本部長の顔が掠めた。

「長尾さん、森田本部長にも協力してもらったほうがいいのではないですか？」

長尾は首を振った。部下がストリートチルドレンの粛清を実行した可能性があると知ったら森田はどう思うだろうか。森田は黒宮たちの件で相当なショックを受けている。長尾はこれ以上辛い思いをさせたくはなかった。

「いや、森田本部長に迷惑をかけるわけにはいかない。私たちで解決しよう」

相馬は納得し、

「そうですね」

強くうなずいた。

「相馬くん」

長尾は決意に満ちたような声で相馬を呼んだ。

「はい」

「私は子どもたちが殺されていないことを願っている」

「僕もそうです」

「しかし万一、新郷たちが実行に移したのだとしたら……」

長尾は怒りと悔しさを込めて言った。

「僕は絶対に許しません」

長尾はああとうなずきさらに付け加えた。

「何とか事件をうやむやにしないためにまずは君の記憶をコピーしに行こう。黒宮の裏をかく策といえばそれしか思いつかん」

長尾は意気込んで言ったが相馬は表情を曇らせた。

「コピー、ですか」

「コピーしておけばいつでも記憶を取り戻すことができるじゃないか」

長尾はさらに力強く言って言葉をつないだ。

「コピーしたあと、今度は君の昨夜の記憶と君がここに来てからの我々の記憶を削除する。そうすれば黒宮に捕まったとしても君が私の下にやってきたことは分からない。どう仮に黒宮が私を怪しみ私の記憶を調べたとしてもコピーしたことは分からない。どうかね相馬くん、違法行為だということは重々承知しているが事が事だ。やむを得ないだろう」

相馬も個人的な記憶の操作は絶対に許せないが、今回ばかりは仕方がないと思った。それ以上に重大な事件なのだ。

迷っている時間はなかった。

「分かりました。しかし黒宮のことです、記憶が削除されていたとなればコピーしたと考えるのではないですか」

確かに相馬の言うとおりであった。

「私に考えがある」

長尾はそう言って立ち上がった。

「急いで準備する」

長尾はいったん部屋を出てすぐにスーツに着替えて戻ってきたが、なぜか封筒と便箋とボールペンを持っていた。

「これから手紙を書く。もう少し待ってくれ」

相馬には長尾の意図が読めなかった。

「手紙、ですか」

「ああ」

長尾は便箋に文章を綴りそれを封筒にしまった。

「相馬くん、急ごう」

「はい」

部屋を出た長尾は玄関に向かい、見送りに来た雅子を振り返って言った。

「雅子、俺はもしかしたら東京本部から異動することになるかもしれん。最悪MOCを辞めることになるだろう」

長尾は淡々と言ったが相馬は胸を貫かれた思いだった。

相馬はこのとき初めて長尾の家族まで巻き込んでしまうことを知ったのである。

相馬は冷静さを失っていたため後先も考えずに長尾のところにやってきたが、冷静に考えれば長尾の家族の将来にも関わるのだ。

相馬は責任の重さを痛感しそして罪悪感を抱いた。

長尾は雅子に先ほど書いた手紙を差し出した。

「俺はこれから自分の記憶を削除する。これは〝自分への手紙〟だ。もし俺が左遷されるようなことがあったら、その後これを俺に渡してほしい」

自分への手紙……。

心の中で復唱した相馬は、そうかと手紙の意味を理解した。

長尾から封筒を受け取った雅子は薄い封筒をじっと見つめた。

自分の記憶を削除するという長尾の言葉は心配だが、雅子は長尾を信頼しているからあえてその意味を問うことはしなかった。

誰よりも長尾という人間を知っている雅子はどんな覚悟もできている。長尾の言葉に雅子は一切動じず、

「分かりました」

と返事をしたのだった。

ＭＯＣ東京本部の施設内に到着した二人は急いで三階に上がり削除室に向かった。裁判所の許可なくこの扉を開けることに長尾は大きな罪悪感を抱くが、今回ばかりは仕方がないんだと自分に言い聞かせて暗証番号を入力した。

長尾は『№1』と書かれた削除室の施錠を解くと、相馬と一緒に入室して扉を閉め全装置を作動させた。

さらに各課長に渡されているカードキーで保管庫を開けメモリーチップを取り出す。むろん記録用メモリーチップは受刑者と同じ数だけ配布されるので、私用目的で抜き取れば紛失もしくは破損届けを出さなければならない。その際始末書だけですめばいいが最悪処分が下される場合もある。しかしいちいちそんなことを気にしている場合ではなかった。

「相馬くん、早速記憶をコピーしよう」

長尾は昨夜の出来事をこの目で確かめたかったが、長い時間ここにいる訳にはいかなかった。黒宮たちに発見される前に相馬とは別れなければならない。

「分かりました」

相馬は中央の椅子に腰かけ一つ大きく息を吐いた。長尾が帽子状の装置を被らせると大型モニターにここ一ヶ月のチャプターがズラリと並んだ。

長尾は大型モニターの前に立ち記録用メモリーチップを専用装置に挿入すると、相馬が新郷から連絡を受けた昨日の午後八時半から翌朝五時半までの九時間分の記録をコピーした。つまり長尾宅に行くことを決意する直前までの記憶である。

相馬は記憶の操作を行う長尾の背を黙ってジッと見つめていた。

記憶をコピーし終えた長尾は、今度は昨晩八時半から今現在までの記憶を選択した。

準備を終えた長尾は、

「相馬くん、これより記憶を削除する。いいね？」

相馬に確認した。相馬は緊張した面持ちではあるがしっかりと返事した。

「お願いします」

長尾は相馬に目で合図すると『削除』のスイッチを押した。

削除する記憶はわずか十一時間なので処理は速く、あっという間に百パーセントに達した。その瞬間相馬の身体にビリッと衝撃が走った。

茫然とする相馬は長尾に装置を外されると、まるで記憶喪失に陥ったかのように削除室を見渡しにわかに不安の色を浮かべた。なぜ長尾と削除室にいるのかすら分からないのである。

しかし記憶を削除されたという認識は漠然とある相馬は、長尾に厳しい視線を向けた。

「長尾さん、これはいったいどういうことです。なぜ僕たちが削除室にいるのですか」

ほんの数十秒前とは打って変わって相馬は長尾に詰問した。

記憶を削除されたのではないかという恐怖感を抱く相馬は長尾を信じられないというような目で見た。

「長尾さん、ちゃんと説明してください」

相馬がこのように混乱するのは最初から分かっていたことである。

長尾は冷静に説明した。

「相馬くん、落ち着いて聞いてくれ。今は事情を話せないが私たちにとってとても重要な記憶をコピーし削除した。しばらくすればその答えがすべて分かる」

相馬は身震いした。削除された記憶とはいったいどんな内容なのか。自分の身に何が起こったというのか……。

相馬は不安を掻き消すように叫んだ。

「しかしだからと言って不正な操作は絶対に許されませんよ！」

「それは重々分かっている。しかしそれ以上に重大なことが起こったのだ。相馬くん、私を信じてくれ。決して君を裏切るような行為はしていない」

長尾とは絶大な信頼で結ばれているからすぐに落ち着きを取り戻すことができたが、もし目の前に立っているのが黒宮であったら相馬は半狂乱に陥っていたに違いない。

しかし相手が長尾とはいえ、相馬はまだ呑み込めないといった表情であった。

「それより相馬くん、今度は私の記憶を削除してほしい。今朝の五時半から今までの二時間だ」

混乱する相馬はすぐに返事ができなかった。

「相馬くん、時間がないんだ。頼む」

相馬は罪の意識を振り払うことができずなかなか決断できなかったが、悪を絶対に許さない長尾が不正な記憶の操作を行ってまで必死になるということは相当な訳があるのだと理解した。

「分かりました」

声は低いが了承した。

長尾は入れ替わるように椅子に腰かけた。相馬は戸惑いながらも長尾の頭に装置を被らせると大型モニターに歩みを進めた。

「本当に削除するのですか？」

「そうだ、頼む」

相馬は考えた末、

「分かりました」

つぶやくようにして返事した。

相馬は今日の日付をクリックすると、長尾に言われたとおり五時半から今までの二時間の記憶を選択した。

相馬は削除する前にもう一度確認した。

「本当に、いいんですね？」

長尾は迷わず「ああ」と答えた。

相馬は大型モニターに向き直り削除スイッチを押そうと手を伸ばした。しかし罪の意識が働いてなかなか押すことができない。

相馬はもう一度長尾を振り返った。すると長尾は相馬を見据え力強くうなずいた。

相馬は目をきつく閉じ、勢いで削除スイッチを押したのだった。

数秒後、長尾の記憶も削除され、装置を外された長尾は相馬と同様茫然とした表情を浮かべながら削除室を見渡した。

相馬よりは落ち着いているが、長尾も恐怖と混乱を隠せない様子だった。

「相馬くん、これはどういうことだ？　私の記憶を削除したのだな？」

長尾は相馬に間を与えずに言った。

「なぜ記憶を削除したんだ。どんな記憶を削除したんだ？」

迫るように尋ねた。

相馬は首を振った。

「分かりません。長尾さんが、今朝の五時半から今までの二時間を削除しろと。また長尾さんも僕の記憶を削除したのです」

長尾は意外そうに、

「私が、相馬くんの？」

と訊き返した。

「そうです。私たちにとって重要な記憶をコピーし削除したと。それに、重大なことが起こったと、長尾さんは」

そうであろう。そうでなければ許可なく削除室に入るわけがないし、不正な記憶の操作を行うはずがない。

自分たちの身にとんでもない事件が起こったのだ。

長尾は自分の身体をペタペタと触り、胸ポケットに記録用メモリーチップがあることを知った。

　この中にいったいどんな記憶が記録されているのか。

　相馬の言うようによほど重大なことが起こったのだと長尾は理解したが、メモリーチップの中身までは想像がつくはずがなかった。

　お互いの記憶を削除した二人は、長尾の妻・雅子が持つ手紙だけが頼りとなった。しかし二人はその手紙のことすら知らないのである。

　メモリーチップを内ポケットにしまった長尾は突然立ち上がり、

「ここから、出よう」

と相馬に言った。急に悪い予感が脳裏を掠めたからであった。長尾だけではなく相馬も妙に嫌な予感を抱いていたのだった。

「分かりました」

　長尾は装置の電源を切ると、削除室を出ようとすぐ目の前にある扉を開けたのである。

　しかしその先には黒宮と新郷が二人を待つようにして立っていた。

「ここにいてくれてよかったよ」

　黒宮は相馬を見て言った。運良く相馬と長尾を見つけたが黒宮の表情に安堵はなかった。

「思ったとおり記憶をコピーしたか。しかしお前だけでは削除室には入れんからな」

黒宮は長尾に視線を向けた。

「黒宮！」

長尾は唇を噛みしめた。

黒宮は相馬たちが警察に通報したかと気が気でないが、それは本人たちの口から聞くまでもなかった。これから二人の記憶を調べれば分かることである。

黒宮が新郷に合図すると、新郷は長尾の顔に白いハンカチを当て長尾を昏睡させた。

「お前ら……」

相馬は後ずさるがもう逃げ道はなかった。新郷にハンカチを当てられるとスーッと意識が遠ざかっていった。

黒宮と新郷は二人の身体を探り、黒宮が長尾の内ポケットからメモリーチップを探り当てた。これで相馬と長尾が記憶を取り戻すことはない。あとは二人が警察に通報したかどうかだ。

「まずは相馬を削除室に運ぶぞ」

黒宮は不機嫌な声で言った。

三階の削除室を使えれば楽だが、二課の暗証番号を知らない黒宮は四階まで運ぶしかなかった。さすがに新郷一人では無理なので黒宮は相馬の足を持ったが、相馬の上半身を持つ新郷に怒りの目を向け、この能無しが！　と心の中で言った。

相馬を№１の削除室へ運んだあと、休憩を挟むことなく長尾を№２の削除室へ運んだ黒宮は、大きく息を吐いたとたん眩暈（めまい）がして足がふらついた。

新郷が相馬を呼び出しさえしなければこんな手間にはならなかったし、こんなに冷や冷やすることもなかった。

新郷から連絡を受けたのはつい一時間前のことだった。新郷は悠長にもすべての仕事を終えたあとに連絡してきたのである。

黒宮は新郷から細かい報告を受けたが、最後に相馬を逃がしたと聞いたとき度肝を抜かれた。なぜ長尾派である相馬をわざわざ呼び出したのか、黒宮には理解できるはずがなかった。相馬を呼び出せば危険な状況に追い込まれるのは目に見えているではないか。いくら無能な新郷でもそれくらいは心得ていると思っていたから、黒宮は相馬の名前すら出さなかったのだ。

厳しく問い詰めると新郷は、いつも衝突している相馬をどうしても従わせたかった、従わなければ記憶を消すつもりだったと弁解したのである。それを聞いた黒宮は怒りを抑えられず怒鳴った。君のプライドなんてどうだっていい。そんなつまらない理由で事件が発覚したらどうするのだと。

黒宮は一巻の終わりだと崖から突き落とされたような思いであったが、まだ望みはあった。新郷は課員たちに粛清を決意させるために、今回の粛清は警察の容認を得ていると言い聞かせたらしい。相馬がそれを鵜呑みにすれば、警察を避けて慎重に動くのではないかと黒宮は思った。

相馬は惑わされればきっと長尾の下へ行く。粛清計画を聞いた長尾は記憶を削除されることを恐れ、まずはコピーすることを考えるはずだ。

黒宮はそう望むしかなかった。黒宮は相馬と長尾がＭＯＣにいることに賭け、新郷とともにＭＯＣに向かったのである。

しかし運良く二人を捕まえられたとはいえ、記憶を見るまでは安堵できない。

黒宮は疲労困憊(こんぱい)になりながら新郷に吐き捨てるように言った。

「まったくとんでもないことをしてくれたな」

新郷は顔面蒼白となり何度も頭を下げた。

「申し訳ありませんでした黒宮課長」

「すべてを任せた私がバカだった」

黒宮は新郷を無視するように冷たく言い放った。

相馬と長尾を東京本部から飛ばすのは元より、新郷も一緒に飛ばしてやろうかと思った。

新郷はそれを恐れたのかすがるような声で言った。

「そんな、黒宮課長、どうかお許しください。これからも黒宮課長のために」

「もういいよ！」

黒宮は煩わしそうに遮った。

「それより君は長尾の記憶を調べろ。私は相馬の記憶を確認する」

新郷はおどおどと黒宮の顔色をうかがうと、

「分かりました」

泣きそうな声で返事した。

黒宮は№1の削除室へ戻り相馬の頭に装置を被らせると、大型モニターに視線を向けた。

しかし相馬の重要な記憶はすべて消されていた。この様子だと長尾の記憶も消去されているだろう。望みは長尾がコピーしたメモリーチップのみである。

黒宮は相馬が長尾に記憶を消去されたあとの記憶を削除した。相馬の身体にかすかな衝撃が走ったが目覚めることはなかった。

これで相馬はメモリーチップを奪われたことはもちろん、記憶を削除されたという認識すら残らない。

相馬を見下ろす黒宮はふと、相馬の記憶を全削除してやろうかと思った。全削除して一から教育して新郷みたいに奴隷のように従わせるのだ。

本当に全削除などしてしまえば後々厄介なことになるので実行することはないが、黒宮はそれくらい相馬に怒りが沸き立った。

間もなく新郷が削除室に入ってきた。

「黒宮課長、長尾の記憶は消去されていました」

黒宮は新郷の言葉にいちいち苛立った。

「それは分かっている。消去したあとの記憶は消したのか」

「いえ、それはまだ」

「早く消してこい！」

「申し訳ありません」

新郷は一礼すると慌ててNo.2の削除室に戻った。

バカが！　黒宮の奥歯がギリギリと音を立てた。あんな能無しに自分の将来を委ねただけでも屈辱なのに、さらにハラハラさせられようとは。黒宮は腸が煮えくりかえる思いだった。

新郷は五分もしないうちにNo.1の削除室に戻ってきた。

「記憶の削除、完了しました」

新郷はダメージが大きいらしく弱々しい声で報告した。しかし黒宮は容赦しなかった。

「新郷くん、フリーライターとストリートチルドレンのほうは本当に一つのミスもなく始末したんだろうな。君のことだからどこかでミスしたんじゃないのかね」

新郷はハッと顔を上げて必死に説明した。

「ご安心ください。先ほども申し上げましたとおり、河合もストリートチルドレンも一切の証拠を残すことなく始末しました。遺体を燃やしたあと裏庭に埋めました。目撃者も絶対にありません」

黒宮に説明する新郷の脳裏にふと、

『どうか私からお願いします！』

という麻田の声が蘇った。

ストリートチルドレンの遺体を埋めたあと新郷たちは削除室に向かったのだが、まず最初に記憶の削除を希望したのが麻田だった。早く悪夢を忘れたいというように麻田は必死だった。

「その後、操作官たちの記憶もすべて消しました。狼狽してましたがいらぬ詮索はするなと強く言い含めてあります。ですからまったく証拠は残っておりません」

黒宮は新郷の目を見て納得するようにうなずいた。にもかかわらず新郷はハッとなり黒宮にこう訴えたのである。

「私の記憶を見ていただければご安心いただけると思います」

黒宮はその言葉が癪だったが滑稽だというように鼻で笑った。

「君の記憶を見る必要はないよ。君は操作官たちに私の指示だということは告げていないな？」

「もちろんです」

「だったら事件が発覚しても捕まるのは君と操作官たちだけで私には一切関係のないことだよ。君の記憶を消去すれば私が指示した証拠はなくなるからね」

それは事実そうであった。黒宮が心配しているのは相馬たちが警察やマスコミに通報したのではないかということ、ただその一点であった。なぜなら相馬と長尾は全て分かっているからだ。黒宮猛の指示だということを。警察に黒宮猛と名を告げるだけで警察は疑いの目を向ける。状況証拠だけで捕まることは絶対にないが、疑惑を持たれるだけで将来に大きく影響するのである。

新郷は「もちろんです」と言ってうなずいた。

「絶対に黒宮課長に迷惑をかけるようなことはありません」

「当たり前だ。すべて君の責任なんだからな」

黒宮に突き放すように言われた新郷は少し悲しげな表情で返事した。

「はい」

黒宮は相馬を一瞥して言った。

「相馬と長尾を削除室から出しミーティンググルームに運ぶぞ」

「かしこまりました」

黒宮と新郷は昏睡したままの相馬をそっと抱き上げ、削除室から四階のミーティンググルームに運び出し、椅子に座らせるとそのまま放置して部屋を出た。その後、長尾を三階のミーティンググルームに運び出した黒宮と新郷は再び削除室に向かった。

黒宮は新郷を中央の椅子に座らせて頭上の装置を被らせた。黒宮のその動きには妙に落ち着きがなかった。

黒宮は一刻も早く長尾が持っていたメモリーチップの中身を確かめたいのである。

大型モニターには新郷のここ一ヶ月の記憶がズラリと並ぶが黒宮は未だ新郷を見下ろしていた。

「黒宮課長？」

新郷は怪訝そうな表情を浮かべた。その惚(とぼ)けたような顔が黒宮をまた苛立たせた。

黒宮は何も言わずに新郷のポケットをまさぐり、麻酔薬が染みこんでいるハンカチを取り出すと有無を言わさず新郷の顔に強く当てた。

「黒宮課長……」

新郷はモゴモゴと声を洩らしたが、だんだんと動きが弱くなりやがて意識を失った。

新郷までも眠らせたのは記憶を削除された認識を残さないためではない。黒宮猛に記憶を削除されたという記憶を残さないためである。仮に新郷が捕まれば警察に記憶を確かめられることになるが、そこに自分が記憶を削除している映像が残っていれば事件に関与していたことが露呈する。今回の事件が明るみに出てもあくまで自分は無関係なのだ。

黒宮は大型モニターに視線を向けるとキーボードに手を伸ばした。

黒宮は新郷に殺害を指示した十二月六日から今現在までの記憶だけでなく、初めて兵藤に違法な記憶削除を依頼された二〇九四年四月五日を選択すると、違法な記憶削除に関連している記憶を検出し、今日までの危険な記憶をすべて一気に削除したのである。

新郷の記憶が削除されると、黒宮はきびすを返して隣の削除室に入った。そしてメモリーチップを挿入して映像を再生したのである。

コピーされていたのは相馬の記憶であり長尾の記憶は記録されていなかった。とはいえ記録時間は九時間に上るので、黒宮は早送りしながら相馬がマスコミや警察に通報していないかを確認した。

モニターに映し出されるのは相馬が長尾に会う前のもので問題ない。気になるのはこのあとだった。

この時点で朝の五時半を過ぎているから恐らくこのあとすぐに長尾に会っているはずだ。相馬は長尾に事情を話しMOCにやってきた……。

逆算すれば警察署に向かっている時間はない。

相馬と長尾の性格からすれば、すぐに警察に通報するはずだしMOCで不正な記憶の操作を行うはずがない。なのにコピーしたということはやはり新郷の言葉に惑わされ警察を避けたのである。

相馬と長尾が警察に通報していないと判断した黒宮は魂が抜けてしまいそうなほど大きな息を吐いた。

何も怯えることはない。俺は最後の橋を無事に渡りきったのだ。仮に事件が発覚したとして、現場に物的証拠が残っていたとしても、殺人罪に問われるのは新郷たちで俺は安全である。

黒宮は身震いした。これで念願の東京本部長に就任することができる。

感動する黒宮であったが脳裏にふと荒川の顔が掠めた。荒川は黒宮の忌々しい過去を知っているだけでなく、今も重要なメモリーチップを握っている。奴のことだ。保身のためにコピーしたものを持っているのは間違いないと思った。黒宮は荒川の記憶を削除しメモリーチップを破棄しようかと考えたが、その必要はないと判断した。手荒なまねはせず荒川は地方に飛ばすだけでいい。

赤田の娘を始末したのだから自分が父親だったという過去は絶対に明るみには出ないし、仮に荒川がマスコミにメモリーチップを持っていって騒いだとしても、その子どもがストリートチルドレンであるかなんて誰も分からないのだ。それは娘の母親である赤田にも言えた。

黒宮は荒川や赤田の記憶を削除する必要はないと判断したと同時に、自分の記憶も削除しないことを決めた。

粛清計画を知った相馬や長尾、そして粛清を実行した操作官たち、全員の記憶を削除したので物的証拠が出ない限り事件が露呈するとは思えない。仮に何か火種が出てきたときに自分まで忘れていると対処できずとんでもない過ちを犯す可能性がある。記憶なんていつでも消去できるのだから今の段階では残しておく。

黒宮は堂々とした足取りで削除室を後にした。

やるべき仕事はすべて終えた。あとは本部長が決まるその時を待つだけである。

削除室の大型モニターに未成年受刑者の記憶がズラリと表示された。

受刑者の名は南聖夜(みなみせいや)。年齢、十五歳。

犯罪記録ファイルには罪名『女性暴行』とある。

新郷は裁判所から指定された年月日を入力し削除する準備を進めていく。

受刑者の後ろにはこの日確認役を務める山根裕太が立っている。

山根は大型モニターに視線を向けているがソワソワと落ち着かなかった。

仕事に集中しなければならないことくらい分かっているのだが、自分はいったいどのような記憶を削除されたのかが気になって仕方がないのだ。

今朝、この削除室で新郷に記憶を削除された。気づいたらこの部屋にいて目の前には新郷が立っていた。時計の針はなぜか午前三時三十分を指しており、記憶の削除が終わると強制的に部屋から追い出された。何を訊いても新郷は曖昧にしか答えず、仕方なく施設を出たのだが、外には川田、室井、亀田が立っていた。その三人も新郷に記憶を削除されたらしく、山根たちはいったいどの記憶を削除されたのだろうと話し合った。むろん山根たちには見当すらつかず、結局解決しないまま帰宅することになったのだが、不思議なことに自分の軽自動車が正門前に停まっていた。どうやら車でＭＯＣに来たらしいが山根はそのことすら憶えていないのだった。

山根は車に乗って自宅に戻ったのだが、怖くて眠るどころではなく出勤時間よりも少し早くＭＯＣに向かったのである。

受刑者をこの削除室に連れてくる前に山根はもう一度新郷に尋ねたが、新郷も記憶を削除されているため意味が分からないと一蹴されてしまった。

本当にそうなら安心だが山根は妙に悪い予感がするのである。

何か見てはいけない物を見てしまったとか、知ってはいけないことを知ってしまったとか、とにかく記憶を削除されるということは重大な出来事が起きたからなのだ。しかしそれが何なのか分からないから山根は不気味なのである。

いくら考えても思い出せるはずがないのだが、山根はどうしてもそればかりが気になって何も手に付かない状態だった。あまりの恐怖で頭がどうにかなってしまいそうである。

気づけば受刑者の記憶は削除され新郷に確認のサインをするよう命じられた。山根は新郷が記憶を削除する際、誤りがなかったかまったく確認していないが、ポケットからペンを取り出すと名前を記した。

「あとは頼んだぞ」

新郷はそう言って部屋を後にした。本来なら記憶を削除した者が身元引受人に受刑者を引き渡すのだが、一番下っぱの山根は確認役の日であっても引き渡しを任されるのであった。

「分かりました」

山根は弱々しい声で返事すると受刑者とともに削除室を出た。

施設から出た山根は受刑者を連れて正門へと向かった。その間受刑者にどんな記憶を消したんだと乱暴な口調で訊かれたが、削除後に受刑者と会話するのは禁止されているし今の山根には受刑者の声など聞こえてはいなかった。

正門を開けるとその先には受刑者の母親が心配そうな顔で立っており、母親は山根に向かって深く頭を下げた。

「お世話になりました」

山根はお辞儀するだけで何も言葉はかけず、また見送ることもせず、正門を閉じた。いつもは気遣うように一言声をかけて受刑者たちが見えなくなるまで見送るのだが、今の山根に受刑者たちを気遣っている余裕はなかった。

ミーティングルームに戻ると山根は麻田から記憶削除証明書を渡された。そこには午前中に一課の他の組が担当した未成年受刑者のデータと削除した記憶の詳細が記されている。これを一日に二回課長に届けるのも山根の仕事だった。

「頼んだぞ」

麻田は雑務をこなしながら山根に言った。

「はい」

山根はミーティングルームから少し離れた課長室に向かった。

扉の前に立ちノックしようとしたとき中から黒宮の声が聞こえてきた。

「ご安心ください兵藤統轄長。詳しくは後ほどお伝えしますが兵藤統轄長のご指示どおりすべて問題なく解決いたしました。

はい、そうです。河合というフリーライターと浅草のストリートチルドレン、どちらも新郷に実行させました。もちろんデータも焼却いたしました。

ええ、その辺もご心配なく。兵藤統轄長にご迷惑をかけることは絶対にありません。

ありがとうございます。はい、では今日の七時に菊谷でお待ちしております。失礼いたします」

黒宮と兵藤の会話を偶然聞いてしまった山根だが、記憶を削除されているためその意味がまったく分からないのであった。

ただ山根にはとても気になる箇所があった。『河合というフリーライターと浅草のストリートチルドレン、どちらも新郷に実行させました』と黒宮は言ったが〝実行〟とはいったいどういうことだろうか。

山根はこのとき、聞いてはならないことを聞いてしまったのではないかと思ったが、すぐに今自分が抱えている謎のヒントにつながるのではないかと感じた。

そうだ。今の会話は今朝新郷が自分を含めた一課の操作官の記憶を削除したことと関係しているのだ。

つまり自分たちは新郷が〝実行〟している現場を見た、もしくは今のように偶然聞いてしまったのだ。

新郷は秘密を知られたことに気づき慌てて記憶を消した……。

そうだ、そうに違いない。

しかし新郷はいったい何を実行したというのか。

記憶を削除された山根には答えが出るはずがないが、まさか実行が殺害という意味であり、さらに自分たちが事件に関与しているとは夢にも思わなかった……。

カウント6

聖坂(ひじりざか)を山手町に向かって上り港の見える丘公園を越える。住宅街を抜けると洋風の古い屋敷が見えてきた。

門柱には『森田』と表札が出ている。

運転手は門をくぐると百五十坪を超える広い敷地に車を停めた。

山手の高台に堂々と建つ屋敷からは横浜港や横浜ベイブリッジが一望でき、環境、眺望、ともに抜群の立地である。山手には古くからの歴史があり多くの著名人が住んでいることでも有名だが、特にこの場所は坪単価が二百万以上もする超がつくほどの一等地であった。

運転手が車から降りると、森田の妻・紀子(のりこ)が着物姿で外に出てきた。運転手は六年間にわたり森田の送り迎えを務めてきたが、朝から紀子の着物姿を見るのは初めてのことだった。

運転手は慇懃に礼をした。

「おはようございます奥様」

「おはようございます。今日はずいぶんとお早いですのね」

先月五十路を迎えた紀子は柔らかい物腰で言った。

「申し訳ありません奥様。今日は特別な日なのでつい早く来すぎてしまいました」

いつもより三十分も早い到着であった。しかし紀子は迷惑に思うどころか彼の気持ちがとても嬉しくありがたかった。

紀子は「ご苦労様です」とお辞儀して運転手に言った。

「ちょっと待ってくださいね。主人に急ぐよう伝えますから」

その言葉に運転手は慌てた。

「とんでもありません。どうか私のことはお気になさらず、いつもどおり八時に出発させていただきますとお伝えください」

「ありがとうございます。ではそうさせていただきます」

紀子は丁寧にお礼を言うとリビングダイニングに戻った。

四十畳もあるリビングダイニングは床一面大理石で、天井には豪華なシャンデリアが眩いほどの光を放っている。飾り棚には高価な置物が並べられ壁には有名画家が描いた絵が掲げられている。

ソファとテーブルはイタリア製で壁には暖炉が設けられていた。

森田は部屋に戻ってきた紀子に言った。

「もう迎えにきたのか？」

「ええ。あまり待たせたら悪いですよ」

紀子はいつもと変わらぬ態度で言った。森田はその心遣いが嬉しかった。

「そうだな。では急ぐことにするか」

食卓にはトースト、スクランブルエッグ、マッシュポテト、サラダ、アメリカンコーヒーが並べられている。森田家の朝は必ず洋食と決まっていた。

いつもと違うのは一人娘の幸枝（さちえ）が隣の椅子に座って朝食を食べていることだった。二十七の幸枝はピアニストとして活動している。とは言っても名ばかりで、知名度は低く安定した収入を得ているわけではないが、自立心が強く今は代官山のワンルームマンションで一人暮らしをしている。

幸枝は何かと忙しく滅多に家には帰ってこないのだが、今日は森田の東京本部長としての最後の日だから父を見送るために昨晩帰ってきたのだ。

誰に似たのか男勝りの幸枝は、それを言葉や態度には出さないが、いつも家族のことを思い、特に家族を支えてきた森田には感謝と尊敬の念を抱いている。だからどんなに忙しくてもこうして父を見送りにきたのである。

森田自身にもその思いは伝わっていた。やはり言葉や態度には出さないが娘の温かい心遣いに感謝しているのだった。

娘と久々に朝食を食べる森田はふと、ＭＯＣの試験に合格した日のことを思い出した。念願のＭＯＣ記憶操作官になり、最初は神奈川支部の一課に配属された。それから三十四年間ＭＯＣに尽力してきた。結果、東京本部の本部長にまで昇進したが森田は地位や名誉などどうだってよかった。それよりも大事なのはＭＯＣ記憶操作官としての本分を忘れないことである。

森田は三十四年間信念を貫き、日本の未来のために真剣に仕事に取り組んできた。なのにこんな形でＭＯＣを去ることになろうとは……。

無念であるがそれ以上に東京本部の将来が心配であった。

今日は後任の本部長が決まる日でもある。引き継ぎの時間がまったくないのはあまりにもおかしいが、そんな強引な左遷に上層部の自分への圧力を感じずにはいられなかった。黒宮が本部長に選ばれるのは決定的だが、今のままではＭＯＣの将来はない。とはいえ森田にはもう東京本部を変える力などない。黒宮自身が改心してくれるのを祈るしかなかった。

「どうなさったのあなた、そんな暗い顔して。最後くらい明るい顔して召し上がったらどうですか」

紀子は叱るように言った。紀子と目を合わせた森田は苦笑した。

「ああ、そうだね。すまんすまん」

森田はずっとそばで支えてくれた紀子にも心底感謝している。

有名な華道家の一人娘である紀子は、顔立ち、言葉遣い、立ち居振る舞い、すべてが上品で、一言で言えばお嬢様である。ただそこら辺のお嬢様にはない、どんな困難にも負けない芯の強さと聡明さを持ち合わせている。

森田は紀子がいてくれたからこれといった病気もせず仕事に情熱を注ぐことができた。仕事に真面目な森田は家庭のことを忘れ子育てなどすべてを紀子に任せていたが、文句一つ言わず黙ってついてきてくれた。また仕事のことで悩み事があったときは真剣に悩み、落ち込んだときは持ち前の明るさで慰めてくれた。

今回の森田の決断にもまったく動じず、むしろ気持ちよく分かりましたと受け入れてくれたのである。

紀子と結婚して二十九年。今まで照れ臭くて一度も礼を言ったことがないが、今日帰宅したらありがとうの一言を言おうと思っている。

朝食を食べ終えた森田は時計を見ると静かに立ち上がった。

「では、そろそろ行ってくるよ」

その声にはどこか寂しさが感じられた。

紀子は一言、

「はい」

と返事して、上着と鞄を手に見送りに出た。

「あなた、行ってらっしゃい」

紀子から上着と鞄を受け取った森田はもう一度、

「行ってくるよ」

と告げた。すると今までずっと黙っていた幸枝が、

「お父さん」

と口を開いた。森田は優しい目を向けた。

「うん？　何だね？」

幸枝は父の目を真っ直ぐに見て言った。

「今日の夜はどうしても帰ってこられないから今言います。お父さん、三十四年間本当にお疲れ様でした。お父さんのおかげで私たちは何不自由なく生活ができたし私はずっと夢だったピアニストにもなることができました。本当に感謝しています。がんばってピアニストとしてもっと成功することで恩返しします」

娘の感謝の言葉に森田は熱いものがこみ上げた。森田は幸枝に微笑み、

「幸枝、ありがとう」

涙を見られないよう振り返り迎えの車に乗った。

「よろしいですか？」

運転手はバックミラー越しに森田を見て尋ねた。森田は「ああ」とうなずいた。

車は門を出ると聖坂に向かって走った。

「森田本部長」

運転手は何かに気づいたように声をかけた。

「何だね？」

運転手がバックミラーを見ていることに気づいた森田は振り返った。

森田が気づいたときには紀子と幸枝は門の前でありがとうございましたというようにお辞儀していた。二人は車が見えなくなるまでずっとその姿勢を崩さなかった。

森田を乗せた車はいつもどおり九時ちょうどにＭＯＣ東京本部の正門前に到着した。

施設の入り口前には、朝礼の日でもないのに長尾をはじめ数人の操作官が立っていた。期待していたわけではないが、最後もやはり黒宮たちが出迎えることはなかった。

森田はどこまでも派閥にこだわる操作官たちに心を改めてもらいたいと切に思った。派閥や地位などどうだっていいではないか。そんなつまらないこだわりは捨て、みなが一丸となって操作官の本分を尽くさなければならないのだ。

運転手は入り口前に車を停めると、降車して後部座席のドアを開けた。

「森田本部長、行ってらっしゃいませ」

六年間森田の送り迎えを務めた運転手は力を込めて挨拶した。

「ありがとう。では行ってくるよ」

ゆっくりと車を降りると長尾たちは慇懃に一礼した。

「おはようございます、森田本部長」

森田は長尾、相馬、山根、高橋、箕輪(みのわ)、前園(まえぞの)、一人ひとりの顔を見て、

「おはよう」

と穏やかな声で挨拶した。

森田は不本意な形でＭＯＣを去ることになったが、本物のＭＯＣ記憶操作官が、わずかこれだけとはいえいてくれるだけで救いであった。

「では、行こうか」

森田は言って施設の中に入った。左遷が決まるまでは操作官たちの足音が廊下中に響いていたが、最後のこの日は寂しい光景であった。

　午前の業務を終えた黒宮は急いで課長室に戻り兵藤からの報せ(しら)を待った。

黒宮はこの日、朝から落ち着かなかった。もうじき念願の東京本部長に昇進するのである。六年間の苦労がようやく報われるのだ。冷静でいられるはずがなかった。

今頃法務省では後任本部長を決める投票を行っているはずだ。候補者は四人と聞いているが、選定者全員が『黒宮猛』と記入することになっている。しかしそれは当然のことなのだ。

本部長の座を得るために兵藤竜一朗に取り入り、出された命令はすべて忠実にこなしてきた。

最後の最後、荒川のせいで危機に陥ったがそれも何とか切り抜けた。黒宮は意地と執念で本部長の椅子を勝ち取ったのである。他の候補者の何倍も苦労し幾度の危機を乗り越えてきた。選挙工作すら行っていない他の候補者に負けるはずがなかった。

黒宮は部下に、フリーライターと浅草のストリートチルドレンを殺害させたが、まったく恐れを抱いてはいなかった。

未だ行方不明の報道すらされていないし警察が捜索したとしても見つからないだろう。仮に見つかり万が一物的証拠が出てきたとしても、新郷に指示した証拠は消している。相馬と長尾の記憶も綺麗に削除した。長尾が持っていたメモリーチップも焼却したのだ。たとえ火種が出てきても自分だけは絶対に罪に問われることはない。削除履歴だけは残っているが発覚すらしていない今、気にすることはないだろう。何も恐れず堂々としていればよいのである。

黒宮は連絡を受ける前から結果は分かっているが、それでもやはり落ち着かなかった。

黒宮のスマホが鳴ったのはそれから三十分後のことだった。画面には『兵藤関東統轄長』と出ている。

黒宮は一つ息を吐き電話に出た。

「はい、黒宮です」

かすかに声が震えた。

課長室を出た黒宮はミーティングルームの扉を開いた。新郷たちは素早く立ち上がり低頭した。しかし相馬だけは無視するように黙々と雑務を行っている。黒宮は相馬の態度が非常に不快であった。

課員たちは緊張した面持ちで黒宮を見つめている。黒宮が厳しい表情を見せているから課員たちの顔に不安の色が掠めた。

「黒宮、課長……」

麻田が恐る恐る声をかけた。新郷も心配そうに、

「黒宮課長」

と声を洩らした。黒宮は一人ひとりの顔を見ながら言った。

「たった今兵藤関東統轄長から連絡があり、正式に東京本部長に昇進することが決まった」

黒宮は当たり前のように言ったが、手には汗が滲み心臓の音が聞こえるほど興奮していた。

黒宮の言葉を聞いた操作官たちはまるで自分のことのように喜んだ。

「黒宮課長、おめでとうございます」

「おめでとうございます」

麻田は安堵したように息を吐いた。

「黒宮課長、脅かさないでください。厳しい表情をされていたので一瞬ヒヤリとしました」

黒宮は薄く笑った。

「何だ、君は結果が不安だったのか」

黒宮の意地悪に麻田は弱った顔を見せた。

「いえ、黒宮課長が本部長に昇進されるのを固く信じておりました」

麻田は必死に取り繕い、

「黒宮課長、本当におめでとうございます」

改まって奉祝（ほうしゅく）した。

黒宮は鷹揚にうなずいた。

「ありがとう。君たちのおかげだ」

心にもない言葉であったが、新郷はその言葉を鵜呑みにして嬉しそうに顔を赤らめた。黒宮は穏やかな表情を見せているが勘違いする新郷に呆れ果てた。

「いいかみんな」

黒宮は操作官たちに真剣な目を向けて言った。

「明日から正式に東京本部は新体制でスタートする。私が本部長に昇進したことにより一課の体制も見直す必要がある」

黒宮は麻田に視線を向けた。

「これからは麻田くんに一課の課長を務めてもらう」

課員たちは麻田に注目した。

「課を取り纏める重要なポストだが君に任せて大丈夫か？」

麻田は姿勢を正しうやうやしく一礼した。

「光栄です。一生懸命務めさせていただきます」

「次に主任だが」

黒宮は期待に胸を膨らませている新郷を見た。

「新郷くん、君に主任を務めてもらおうと思う」

新郷がフリーライターとストリートチルドレンの殺害を引き受けたとき、必ず主任に引き上げると約束したが、新郷はその日の出来事をすべて記憶から削除されているので本来なら履行する必要はないのである。

黒宮は新郷を無能な人間だと見下し、内心では主任のポストを与えるほどの能力などないと思っているが、それでも新郷を主任に引き上げるのはさらなる忠誠を誓わせようと思ったからであった。

新郷は感動したように目を潤ませ、

「ありがとうございます、ありがとうございます」

しつこいくらいに何度も頭を下げてお礼を言った。

「しっかり麻田くんをサポートしてくれよ」

新郷は力強く返事した。

「分かりました」

黒宮は他の課員たちにも言葉をかけた。

「君たちにも期待している。私は君たちの将来についてもちゃんと考えているからより一層仕事に励んでくれよ」

課員たちは目をぎらつかせ威勢良く返事した。

「はい！」

黒宮は満足そうにうなずいたがふと山根の様子が気になった。新郷をチラチラと見ながら何かを考え込んでいるのである。

「どうしたんだ山根」

声をかけると山根はハッと顔を上げ狼狽した。

「いえ、何でもありません」

新郷に記憶を削除された山根はどの記憶を削除されたのかが気になっているに違いなかった。

黒宮は小バカにするように笑った。いくら考えても思い出せるはずがないのにいつまでも悩んでいるからである。

黒宮はそれ以上気に留めず課員たちに視線を戻した。

「私はこれから兵藤統轄長の下へ向かう。麻田くん、後は頼んだぞ」

「かしこまりました」

そのとき、ずっとそばで会話を聞いていた相馬が椅子から立ち上がり、不愉快だと言わんばかりに部屋を出ていった。課員たちは相馬を白い目で見ていたが黒宮は余裕の笑みを浮かべた。

エレベーターで一階に降りた黒宮は憫笑（びんしょう）した。前方から長尾がやってきたのである。

黒宮は長尾に爽やかな笑みを見せ、

「やあ長尾くん」

と軽く手を上げた。普段は『くん』など付けないが、黒宮は余裕の態度、というよ
り見下した態度で接した。長尾は立ち止まったが返事はしなかった。

「ああ、そうだ長尾くん、先ほど正式に本部長に昇進することが決まったよ」

黒宮は最初からそれを告げるつもりだったが、白々しく今思い出したかのような感
じで言った。

「そうか」

予想どおり長尾は素っ気ない態度だった。

「おいおい、そうかはないだろう。君と僕は長年の仲じゃないか。君に喜んでもらえ
ると僕も嬉しいんだが」

長尾は呆れたように首を振った。

「心にもないことを。俺は君のような卑怯な人間は絶対に許さない。本部長に昇進し
たところで意味はないよ。君に将来はない」

長尾は以前から黒宮が行っている違法な記憶操作のことを言っているのだった。

「なぜ僕が卑怯な人間なのだ？」

黒宮は惚けるように言った。

「胸に手を当てて考えてみろ」

黒宮は卑怯と言われても涼しい顔を崩さなかった。ただの負け犬の遠吠えにしか聞こえなかった。

「まあそうカリカリするなよ。それとも僕が君よりも上に立つことが悔しいのか？」

長尾は呆れるのを通り越し黒宮がだんだん哀れに思えてきた。

「まさか、俺は出世になど興味はないよ。俺は自分のやるべきことをやるだけだ」

黒宮は長尾をからかうように言った。

「君はＭＯＣ操作官の鑑(かがみ)だな」

「当たり前のことを言っただけだ」

「君は昔からそうだったな。考え方や性格は正反対だが僕は君を素晴らしい操作官だと思っているよ」

黒宮は長尾を賞賛したが長尾は辟易したように重い息を吐いた。

「なあ黒宮、今からでも遅くはない」

長尾は違法な記憶操作を止めるよう説得しようとしたが、

「君と初めて神奈川支部で会ってからもう何年になるか」

黒宮は長尾を遮り、急に長尾との過去を懐かしんだ。

「早いものでもう十五年以上が経つんだな。お互い苦労してきたよな」

「君の苦労と俺の苦労とでは意味合いが違うよ」

黒宮はうんうんと相づちを打っていたが急に目を光らせてこう言った。

「しかしこれまでのように毎日顔を合わせられなくなると思うと寂しいよ」

黒宮は暗に左遷を匂わせたが長尾はまったく動じなかった。すべて覚悟していたことである。

「俺はどこに異動させられたってかまわないよ。俺のやるべきことはどこに行ったって一緒だからな」

長尾は黒宮に間を与えずに言った。

「これ以上君と話す気はないよ。失礼する」

「待てよ」

黒宮は引き留めた。

「長尾くん、いがみ合ったまま別れるのは何とも悲しいことだ。最後は握手して別れようじゃないか」

黒宮はそう言って右手を差し出した。しかし長尾はそれに応じず、黒宮に背を向けてその場を去っていった。

長尾の背を見据える黒宮は唇に冷笑を浮かべた。

この日相馬は定刻の五分前に業務を終わらせると一階のエレベーター前で森田がやってくるのを待った。

左隣には長尾、高橋、山根が立ち、長尾と高橋は花束を抱えている。

右隣には三課の箕輪と前園、そして海住もいた。最後くらい挨拶しろと相馬が引っ張ってきたのだ。

間もなくエレベーターが作動し五階から一階まで降りてきた。

扉が開くと森田の表情が綻(ほころ)んだ。

「君たち」

長尾と高橋は一歩前に出て、

「森田本部長、六年間本当にお疲れ様でした」

長尾と高橋は感謝の言葉をかけ森田に花束を差し出した。森田は照れ臭そうに受け取り、

「どうもありがとう」

みなに頭を下げた。

「この六年間、本当に多くのことを学ばせていただきました。栃木支部に行ってもどうかお元気で」

長尾は改めて感謝の言葉を贈った。しかし森田は一瞬複雑な表情を見せた。相馬は

このとき悔しい想いが表情に出たのだと思った。

相馬も一歩前に出て一礼した。

「森田本部長、お疲れ様でした。私は森田本部長の下で働けたことを心底誇りに思っております。また森田本部長には大事なことをたくさん教えていただきました。ありがとうございました」

森田は相馬に優しい笑みを見せた。

「ありがとう相馬くん」

相馬は森田にお辞儀したあと海住に、黙ってないで何か言え、というように視線を送った。

海住はこういう挨拶が苦手らしくみんなの目を気にしながら、

「お疲れ様でした。お元気で」

何とも気持ちの籠もっていない挨拶をした。相馬は海住に腹を立てると同時に森田に申し訳ない気持ちで一杯になった。

失礼な挨拶ではあったが森田は海住にフフッと笑って、

「ありがとう。海住くんも元気でな」

と気持ちを込めて言った。

「すみません森田本部長」

相馬が代わりに謝ったそのときであった。

「森田本部長」

後ろから黒宮の声がした。その瞬間険悪な空気が流れた。

相馬は振り返り黒宮を睨むような目で見た。

黒宮は堂々とした足取りで歩み寄り森田の前で立ち止まると、

「間に合ってよかった」

と安心した口調で言った。

みんながハラハラと見つめる中、黒宮は意外にも深々と一礼した。

「森田本部長、八年間お疲れ様でした。突然の辞令でいろいろと大変でしょうがお身体には十分お気をつけて」

黒宮は最後チクリと刺すように言った。

「黒宮くんが来てくれるとは思わなかったよ」

森田は嫌みではなく本心から言った。しかし黒宮は、

「森田本部長、東京本部は私にお任せください。栃木支部は全国で一番規模の小さい施設ですのでお心落としでしょうが、これまでのようにＭＯＣのため尽力なさってください」

たっぷりの嫌みを込めて言った。さすがの森田も平然としていられず、

「黒宮くん、私は君に本部長の、いやMOC操作官の資格はないと思っているよ」

表情は穏やかだが黒宮の胸をグサリと突き刺すように言った。しかし黒宮は余裕の態度を崩さなかった。

「それは森田本部長の個人的な考えでしょう。私はこれまでの功績が認められて本部長に選ばれたのですよ」

森田は呆れたように言った。

「功績か。確かに功績かもしれんね」

黒宮は自信を持ってうなずいた。

「はい」

「ただ黒宮くん、君のやっていることは上層部に対しては通用しても世間には絶対通用しない。あんなことを続けていればいつか大変なことになるよ」

含みのある言い方にうすうす気づいている海住たちは顔を見合わせた。

黒宮は白々しく首を傾げた。

「さあ、何のことをおっしゃっているのか分かりませんね」

「黒宮くん、私はただ君に改心してほしいだけなのだよ」

「森田本部長」

黒宮は森田を遮るように口を開いた。

「そろそろ口を慎んでいただけますか」

その言葉に森田の眉がピクリと反応した。

「何だと？」

「同じ部長でも私のほうが地位が高いのですから」

森田は黒宮を哀れむような目で見ると、

「黒宮くん、私は今から辞表を提出しに行こうと思っているんだよ」

突然胸の内を告げた。その決意に黒宮だけでなく相馬たちも愕然とした。森田が辞めるなんて予想すらしていないことだった。

「森田本部長、待ってください」

長尾が引き留めるように言ったが森田は首を振った。

「長尾くん、何も言うな。もう決めたことなんだよ」

森田は栃木支部に異動するのが不満なのではない。またMOCに絶望したわけでもない。むしろ長尾や相馬のような操作官が多くいることを信じている。

辞表を提出するのは、違法な記憶操作が行われているのではないかと疑惑を抱きながら、勝てる見込みがないと不正を暴く前に引き下がった自分へのけじめであった。

「森田本部長……」

相馬は森田にどうか考え直してくださいと言おうと思ったが、森田の決意に満ちた表情を見たらその先を言うことができなかった。

「君たちは私を卑怯だと思うかもしれないが、私なりに考えて出した結論だ」

森田は黒宮を見て諭すように言った。

「いいか黒宮くん、これからは良い意味で一丸となって、MOC操作官としての本分を尽くすのだよ。私は心からそう願っている」

黒宮は返事せず森田をじっと見据えていた。

森田は相馬たち一人ひとりの顔を見て優しく微笑んだ。

「今日は私なんかのためにわざわざ見送ってくれてどうもありがとう。本当に嬉しかった。私は君たちに出会えたことを誇りに思っている」

そう言うとみんなに軽く手を上げた。

このとき、三十四年間も尽くしてきたMOCに裏切られた森田の横顔を、去っていく者の寂しい翳(かげ)りが掠めた。

「じゃあ」

森田は相馬たちに別れを告げると廊下を静かに歩いた。森田の寂しげな背中はだんだんと小さくなりやがて消えていった。

MOC東京本部の操作官は、黒宮新本部長の到着を前に慌ただしく準備していた。

九時十分前になると各課の操作官たちは一斉にミーティングルームを出て急いで階段を降り施設の入り口前に整列した。

本来なら三十四人の操作官が出迎えるはずだが、相馬、長尾、荒川の三人は黒宮に対する反発心から出迎えにはいかなかった。

黒宮新本部長の到着を待つ操作官は、正門が開いた瞬間姿勢を正して緊張で表情を強張らせた。

黒宮を乗せた黒い車は正門をくぐると、出迎えた操作官たちの前で停車して運転手がドアを開けた。

黒宮はゆっくりと車から降り威厳に満ちた態度で操作官たちの前に立った。

操作官たちはまるで軍隊のように一斉に一礼した。

「黒宮本部長、おはようございます」

麻田が挨拶すると、

「おはようございます！」

今度は全員が声を揃えて挨拶した。

黒宮は精悍な顔つきで全体を見渡すと、鷹揚にうなずき操作官全員を引き連れて施設に入った。

操作官たちの足音が廊下中に響き渡る。

行列の先頭を歩く黒宮は堂々と一歩一歩踏みしめていく。

エレベーターの前に着くと新郷がボタンを押して扉を開けた。

エレベーターには黒宮だけでなく麻田と新郷も同乗したが、黒宮は二人を無視するように一言も発しなかった。

五階に到着すると新郷が本部長室の扉を開けたが、黒宮はやはり声をかけることはしなかった。

黒宮が中に入ると麻田と新郷は、

「失礼します」

と丁寧にお辞儀して扉を閉めた。

黒宮は三十坪もある本部長室を見渡したあと部屋から見える東京湾を眺めた。四階の課長室から見える景色と見え方にはほとんど変わりはないが、やはり最上階から見る景色は格別なものがあった。

景色を堪能した黒宮はようやく椅子に腰かけ座り心地を確かめた。

黒宮はこのとき、いよいよ東京本部の頂点に立ったんだと身震いした。

しかしこの地位で満足するようでは三流である。黒宮はさらに高みに上ることを心の中で誓った。

四十一歳という異例の若さで東京本部の本部長にのし上がった黒宮猛の表情は自信

に満ち溢れる。黒宮はこの結果に「当然だ」とつぶやくと、不敵な笑みを浮かべたのだった。

第二幕

Act 2

カウント7

宇都宮刑務所に隣接するMOC栃木支部の中庭には梅の紅い花が咲いている。今年は厳しい寒さが続いたがようやく春の足音が聞こえ始めていた。

一ヶ月半前、東京本部から栃木支部の二課に異動してきた相馬誠は、女性受刑者とともに三階に上がると№1の削除室に入室した。

受刑者の名は相川加奈子（あいかわかなこ）。三十五歳、主婦。罪名は窃盗である。世間で言う万引きであるが、すでに五度目の逮捕であること、本人がまったく反省の色を示さないことからMOC栃木支部にて記憶削除法を適用するとある。

相馬は怯える受刑者を中央の椅子に座らせると頭上にある装置を被らせた。

「ではこれより記憶削除を執行します」

相馬が真剣な口調で告げると受刑者は一層不安な表情を見せた。

相馬は受刑者の目線まで腰を落とすと、

「心配いりません。痛みはほとんどありませんし脳には一切影響ありませんから」

優しく声をかけて受刑者の不安が治まるよう努力した。

受刑者は少し落ち着いたらしく小声ではあるが返事をした。

「はい」

相馬は大型モニターに視線を向けて犯罪記録ファイルのページを繰ると、記載内容を確認していった。

受刑者の後ろには相馬よりも二回り近く上の長野晋太郎主任が立ち、これから行われる記憶の削除に誤りがないか厳しい目で見張っている。

二課の古株である長野晋太郎は四十九歳とは思えぬほど活気があり、頭は白髪だらけだが年の割には体格がよく肌艶もいい。

厳めしい顔をしているので一見近寄りづらい感じがするが、実際は人当たりが良く冗談を言うのが好きで、昼食時にはいつも同僚の操作官たちを笑わせている。そんな長野であるが仕事になると人が変わったようにガラリと厳しい顔つきになる。

長野よりも二つ下の麻生課長はのんびりとした性格で頼りない存在だが、長野は統率力があり的確な指示を与えるので、操作官たちからの信頼は厚く非常に慕われている。普段は少々いい加減なところがあるので、相馬は最初この人が主任で大丈夫かなと心配したが、今では最も頼れる人物だと思っている。

犯罪記録ファイルをすべて確認した相馬は、次に裁判所から指定された日付を次々と入力していった。

削除する記憶は少ないので念入りに作業してもほんの数分で終わるが、相馬は神経質なまでに確認するのでかなりの時間を要した。しかし東京本部の人間たちとは違い、長野は不満そうな態度は一切見せずむしろ感心するような目で相馬を見ている。

準備を終えた相馬は記録用メモリーチップに記憶をコピーし、犯罪記録ファイルにしまうと受刑者を振り返り告げた。

「それでは記憶削除法第九条に則り刑を執行します」

受刑者はうつむき加減のまま「はい」と小さく返事した。相馬は長野と目を合わせると一つうなずき、再び大型モニターに向き直った。そして受刑者の様子をうかがいながら削除スイッチを押した。

数秒後、受刑者の身体に衝撃が走ると同時に選択した記憶が削除された。

窃盗に関するすべての記憶を消去された受刑者は落ち着かない様子で大型モニターを見つめている。

「相川さん、大丈夫ですか？」

受刑者は混乱しながらもコクリと首を動かし、

「はい」

と返事したが、急に目を見開いて、

「私、いったいどんな罪を犯したんですか。まさか重い罪じゃないですよね?」

必死に問い詰めた。相馬はこのとき、本当は軽犯罪なのに重犯罪なのではないかと悩む受刑者を気の毒に思ったが、それには一切答えることができないので、

「相川さん、行きましょうか」

と言って相川を立たせると長野と一緒に削除室を出た。

もしかしたら重い罪を犯してしまったのではないかと恐怖感を抱く受刑者は一人では歩けず、相馬と長野は受刑者を支えながら正門に連れていった。その途中、何人かの操作官と顔を合わせたが、全員が「ご苦労様です」と立ち止まって挨拶した。

東京本部の操作官も黒宮が通るたびに慇懃に挨拶していたが、栃木支部の操作官は彼らのように媚びた態度ではなく、みな顔つきが真剣で純粋な挨拶である。赴任して一ヶ月半が経つので今では当たり前のことと感じているが、赴任当初は東京本部との大きなギャップを感じたのだった。

正門を開けるとすぐ先には受刑者の母親が立っており、険悪な表情を浮かべていた。

母親は温かく迎えることはせず万引きの罪で捕まった娘を、

「この恥さらし!」

と罵(ののし)った。普通ならショックを受けるはずだが、受刑者はそれどころではなく今にも泣きそうな顔で、

「お母さん、私、どうして捕まったの！」

叫ぶように問うた。受刑者は記憶を削除されているのでそう訊くのも無理はないが、冷静ではない母親には無神経に聞こえたのであろう。

母親は激昂し、

「あんな恥ずかしいことしておいてよくもそんなことが言えるね！」

受刑者はよけいに混乱し、

「あんな恥ずかしいことって何？　ねえ何よ！」

すがるように尋ねた。

母親は憎悪に満ちた顔で、

「このバカ娘！　あんたとはもう縁を切るわ！」

身元引受人は相馬たちには一瞥もくれず、また挨拶もせず、受刑者を置いていくようにして去っていった。受刑者もまた二人に挨拶することなく泣きながら母親を追っていった。

長野はその後ろ姿を見ながら、

「あの様子じゃ、記憶を削除した意味もなくなっちまうな」

相馬は長野の横顔を見た。

「長年の勘だけどよ、何だかんだ言ってあの母親は娘に甘そうだから、思い悩む娘が可哀想になって結局すべてを話しちまうんじゃねえかな？　あんたのしたことはたかが万引きなんだよってな」

相馬は納得したようにうなずいた。

「確かにそんな雰囲気はありますね」

「ＭＯＣで記憶を消したってよ、周りの協力がねえと意味ねえんだけどな」

長野の言うとおりである。一番大事なのは記憶を削除された受刑者の心のケアなのだ。

相馬は身元引受人の背中を見ながら言った。

「そうですよね」

長野は書類にサインをすると、

「ほれ」

相馬に手渡した。相馬が受け取ると長野はポケットからタバコを取り出し火を点けた。相馬はすかさず長野を止めた。

「ちょっと長野さん、勤務中ですよ」

「まあそう固いこと言うな。施設内じゃ吸えねえからな」

「でも次の受刑者が」

「分かってる。すぐに終わらせるよ」

長野はうるさそうに言うと胸ポケットから携帯灰皿を取り出し中に灰を落とした。相馬は呆れたように息を吐き長野が吸い終わるのを待った。

長野は遠くのほうを見ながら口を開いた。

「それよりどうだ、栃木支部にはもう慣れたか？」

「そうですね。みなさん良い人たちばかりなのですぐに打ち解けることができました」

相馬は無理して言ったのではない。それは本心であった。

「お前さんは、ずっと一課だったんだろ？　東京はストリートチルドレンを中心に未成年犯罪者の数がものすげえから、毎日大変だったろうなぁ」

相馬は首を振った。

「いえ、大変なんて思ったことは一度もありませんよ」

相馬は答えたあと、仕事に関しては、と心の中で言った。

「東京本部と比べて栃木支部は受刑者が少ねえから、暇に感じちまうんじゃねえか？」

相馬は思わず苦笑いを浮かべた。

「いえ、暇なんてことは」

栃木県は東京都と違い、二課が担当する十七歳から五十九歳までの犯罪率が最も高いので、栃木支部では二課の操作官数が七名と一番多いが、それでも東京本部にいた頃と比べると毎日が平和に感じてしまうくらいであった。

長野は空に煙を吐くと言った。

「しかしまあ、お前さんのようなまともな操作官が来てくれてよかったよ」

相馬は長野が何を言いたいのか瞬時には理解できなかった。

「それはどういう意味ですか?」

「人事異動の時期でもねえのに東京本部から、しかもエリートが飛ばされて来るって聞いたときは正直厄介だって思ったぜ。だってよ、エリートが地方に飛ばされるってことは相当訳ありに違いねえからな」

長野は二度も〝飛ばされる〟を強調した。

「別に、特別な理由はありませんよ」

長野は愉快そうに相馬の肩を叩いた。

「分かってる分かってる。お前さんは特に問題を起こしたわけじゃなく、ただ上のモンに嫌われただけなんだよな」

相馬はハッと顔を上げて長野を見た。長野は図星だろと言うように黄色い歯を見せて笑った。

「東京本部は昔から海千山千の操作官ばかりで、欲望渦巻く伏魔殿だからな。お前さんのような曲がったことが許せねえ気骨のある人間は煙たがられちまうんだよなあ」

相馬は動揺したが否定はしなかった。

「詳しいですね」

「そりゃあ長年ＭＯＣの操作官やってるからなあ」

長野はそう答えると急に鋭い語調で言った。

「黒宮ってのは相当腹黒い男なんだろうな」

相馬の動作が停止した。

「いくらエリートでもあの若さで東京本部の本部長に選ばれるってことは、上層部に莫大な金を積んだか、そうでなければ幾多の修羅場をかいくぐってきたか……」

長野は相馬が何か知っているのではないかと踏んで黒宮の話題を出したらしいが、相馬は黒宮の違法な記憶の操作について話すことはしなかった。

「まあそんなことはどうでもいいな。汚ねえやり方で出世したってすごくも何ともねえ。別にこれはノンキャリのひがみじゃねえぞ」

最後は冗談らしいがキャリアの相馬は笑えなかった。

長野はタバコを携帯灰皿に捨てると真顔で言った。

「良かったな相馬。栃木支部に飛ばされてよ」

長野は不器用ゆえ皮肉っぽい言い方になってしまったが、長野なりに相馬を思いやった言葉だった。

「東京本部とは違って、ここには派閥とか権力闘争とか、そんな煩わしいものはねえ。ここはノンキャリばかりだからお前さんみたいなキャリアからしたらのんびりしてるかもしれねえけどよ。みんな純粋でよけいなことなんて一切考えず真剣に仕事に取り組んでる。

ここじゃあ出世は望めねえけど、お前さんみたいな不器用でバカ正直な人間には田舎の施設のほうが合ってるよ」

ぼんやりと遠くの景色を眺めながら長野の言葉を聞いていた相馬は、施設を振り返った。栃木支部は東京本部と比べると三分の一の規模であり、完全に出世コースから外れたことを意味するが、相馬にはそんなつまらないこだわりはない。

長野の言うとおりここにはくだらない争いは一切なく、本物の操作官が集まっている。

それゆえ仕事に集中できるので、相馬自身栃木支部に異動になってかえって良かったと思っている。だから異動させられたことに関しては黒宮を恨んではいない。

ただ黒宮の悪行を思い出すと今も怒りが沸き立つ。突然吹き荒れた前東京本部長・森田派の一斉異動。おそらく黒宮が行ってきた裏工作の数々を快く思わない人々への報復だろう。自分がまったく予想もできない悪行もあるに違いない。

黒宮に怒りを抱く相馬であるがふと脳裏に長尾の姿が浮かんだ。

同じ日に埼玉支部の三課に異動となった長尾は今頃どうしているだろうか。そういえば異動してから一度も連絡を取っていないのである。

相馬は三課の課長として精勤する長尾を想像した。

長尾さん、元気にしていますか？

相馬は心の中で長尾に言葉を送った。

長尾の朝はいつも翔太の元気な呼び声から始まる。翔太はベッドに乗っかると、耳元で大声を出ししつこく身体を揺すった。どんな目覚ましよりも強力なので長尾はスパッと目を覚まし上半身を起こした。

「おーい、お父さん、朝だよ、起きて！」

雅子から課せられた任務を終えた翔太は満足そうな表情を浮かべると長尾の膝の上に座った。

「おはよう、翔太」

翔太は元気な声で挨拶した。

「おはよう、お父さん！」

翔太はすでに洋服に着替えていた。頭には幼稚園の黄色い帽子を被っている。

「お母さんがもうそろそろ朝ご飯できるって！」

「よし、じゃあ行くか」

長尾は翔太を抱き上げ部屋を出た。

キッチンでは雅子が朝ご飯の準備をしていた。

「おはよう」

雅子は振り返り、

「おはようございます」

上品に返した。

「もう少しでできますからね」

雅子はまるで高級旅館の女将のように柔らかい物腰で言った。今年四十になる雅子は夫の目から見ても幽艶(ゆうえん)であり何事に対しても余裕と落ち着きがあった。

長尾は翔太を抱いたままリビングに行き、窓の前に立つと青く澄み切った空を眺めた。

長尾が現在借りている部屋は二階なので品川の高層マンションから見える派手な景色と比べると平凡であるが、ここから見える景色には都会にはない穏やかさがあり、また心が落ち着くので長尾は気に入っている。

一番目立っているのはマンションの目の前にある大きな公園である。隣には老人ホームが建っており、その先には翔太が通う幼稚園が見える。

ベランダに出て住宅地に目をやると、犬の散歩をしている老人がゴミ出しに出た主婦に声をかけて談笑し始めた。しばらくすると近所の主婦がもう一人加わりその笑い声は長尾の耳にまで届いた。

その光景に長尾はほのぼのとした気分になった。

ずいぶん楽しそうに話しているものだから長尾はついつい三人を見つめてしまったのだが、一人の主婦がふと長尾に気づき笑顔で挨拶してきた。すると隣の老人ともう一人の主婦も愛想良くお辞儀した。

長尾は丁寧におはようございますと挨拶し、翔太にもしっかりと挨拶をさせた。

気持ちのよい挨拶を交わすととても気分が良く、長尾はこのとき、まだ一ヶ月ちょっとで不慣れではあるが、埼玉に越してきて良かったなと、つくづく思った。

長尾が越してきたのは川越(かわごえ)市中心街から五キロほど離れた田舎町なので、長年東京に住んでいた長尾からすると不便なことばかりだが、今みたいに田舎は人が温かく都会よりも空気が綺麗で環境も断然良い。長尾は埼玉に越したのは家族にとっても良かったのかなと感じている。

仕事に関しても埼玉支部に異動になって良かったと思っている。

埼玉支部は規模が小さく東京本部に比べると設備も不十分だが、東京本部とは違い煩わしいことなど一切なく、操作官たちはみな仕事に熱心だから毎日よけいなことを考えずに仕事に集中できる。

東京では派閥や権力闘争、そして黒宮の違法行為に毎日悩まされていたが、東京での出来事が嘘のように今は平和な日々であった。

黒宮の企みにより突然埼玉支部に異動になったのだが、今回何よりありがたかったのは雅子と翔太が嫌な顔一つせずについてきてくれたことである。特に翔太は偉かった。友達と別れることになっても涙一つ見せず、むしろ前向きに友達が増えるから嬉しいと言ったのである。

東京本部にいた頃は課長として残業が多かったので家族との時間が満足に作れなかったが、埼玉支部は受刑者の数が少ないので必ず定時に帰れる。これからはたくさん家族サービスをして恩返しするつもりだ。

長尾は公園に植えられている桜の木を見ながら雅子に言った。

「公園の桜が咲いたら久々に花見に行こう」

雅子は振り返り上品に微笑んだ。

「ええ、そうね」

翔太は桜の木を見ながら長尾に訊いた。

「ねえねえお父さん、桜っていつ花が咲くの？」

「あと一ヶ月半もすれば満開になるだろうな」

翔太はつまらなそうな表情を浮かべ、

「なんだ、まだまだ先じゃん」

そう言うと長尾のパジャマを引っ張った。

「お父さん、明日お休みでしょ？　どこか連れてってよ」

この一ヶ月間、引っ越しやいろいろな手続きなどで忙しかったからまともに翔太の相手をしてやれなかった。明日は平日だがようやく一段落ついたので有給休暇を申請していたのだった。

長尾はよしとうなずくと、

「分かった。じゃあ明日は動物園に連れていってやろう」

翔太に約束した。翔太は床に降りると飛び跳ねて喜んだ。

雅子は翔太に微笑むと、

「翔太、お椀(わん)をテーブルに運んでちょうだい」

と言った。機嫌の良い翔太は素直に返事して雅子の手伝いをした。

食卓には朝食が並べられ三人は椅子に座ると手を合わせて箸を手に取った。

長尾は家族三人で食事しているときが一番幸せに思うのだった。

黙々と食事する長尾であるが、ふと相馬と森田の顔が思い浮かんだ。栃木支部に異動した相馬は元気にやっているだろうか。ＭＯＣを辞職した森田さんはどうしているだろうか。今日帰ったら二人に電話してみようか。

食事を終えた長尾は寝室に移動しクローゼットを開くとスーツを手に取った。

キッチンからは水の流れる音が聞こえ、リビングからはアニメのキャラクターの声が聞こえてくる。

スーツに着替えた長尾は鞄を手に取った。

そのときである。キッチンにいたはずの雅子が部屋に入ってきた。

雅子はなぜか、先ほどとは打って変わって深刻な表情を浮かべている。

「どうした雅子、何かあったか？」

尋ねると、雅子は無言のまま一枚の封筒を渡してきた。宛先も何も書かれていない封筒だが、中には便箋が入っているようである。

長尾は怪訝そうに、

「なんだ、これは？」

と問う。すると雅子はこう言ったのである。

「あなたから預かった手紙です」

「俺から？」

長尾はまったく身に覚えがなかった。

「十二月九日の朝、あなたは家を出る際、俺はこれから自分の記憶を削除するけど、左遷されるようなことがあったらこれを渡してほしいと言って、私にその手紙を預けたのです」

十二月九日の記憶を削除している長尾は雅子の言っている意味が理解できるはずもなく、雅子がどうかしてしまったのではないかと思ったくらいだった。

「おい雅子、何を言ってるんだ」

しかし雅子は冷静に、

「その日の早朝、相馬さんが家にいらしたのですが、あの冷静な相馬さんが異常なくらい混乱していて、私はすぐに大変なことが起こったのだと分かりました。あなたと相馬さんは部屋で話し合い、部屋から出るとあなたは私に、もしかしたら東京本部から異動することになるかもしれない、最悪ＭＯＣを辞めることになるだろうと言い――」

「ちょっと待ってくれ雅子」

長尾は頭が混乱してしまい雅子の言葉をいったん止めた。

「東京本部から異動？　辞める？　本当にそんなことを言ったのか？」

「ええ。そう言ったあと私に手紙を渡し、これから記憶を削除するからしばらくしたら手紙を渡してほしいと。それ以上詳しいことは聞いていません」

長尾は信じられるはずがなかった。いかなる理由があっても自分が違法な行為をするなんてありえないのだ。

「事実、十二月九日の記憶がないということはあなたはＭＯＣで自分の記憶を消したのでしょう。あなたがそこまでするのですからよほど重大な何かが起こったのだと思います。恐らく、ＭＯＣで……」

雅子の言うとおり十二月九日の朝に起こった出来事を長尾は一つも憶えていない。

長尾は苦悩するように頭を抱えた。俺は本当に自分の記憶を削除した……。

長尾は自分が違法行為をしてしまったことに大きなショックを受けた。

「私は正直、あなたに手紙を渡すべきなのか迷いました。その手紙にはきっと十二月九日のことが書かれています。

これはあくまで私の勘ですが、あなたと相馬さんが異動になったのは何か重大な事実を知ってしまったからではないですか？

もし手紙の中身を知ったら大変なことに巻き込まれてしまうのではないか。最悪ＭＯＣを辞めさせられてしまうのではないかと心配だったんです。

でもあなたにとって重大なことに変わりはありませんから、やはり渡さなければならないと思って……」

埼玉支部に異動になったのは特別な理由からではなく、黒宮の単なる私的感情によるものだと思っていたが、雅子の言うとおり重大な事実を知ってしまったからなのか？

それより、十二月九日にいったい何が起こったというのだ。

一番の謎は、なぜ十二月九日の記憶を消さなければならなかったのか、である。

そのときだった。長尾の全身に衝撃が走った。

長尾は二ヶ月ほど前、目が覚めるとなぜかミーティングルームにいたという不思議な体験をしたのだが、あの日こそ十二月九日ではなかったか！

九日の朝、自分たちの記憶を削除したのならば削除したという認識があるはずだ。

それがないのはなぜか……。

長尾の脳裏にふとある場面が浮かんだ。

何者かに襲われて意識を失い、その間に重要な記憶を削除された？

その後、ミーティングルームに運ばれた……？

だから記憶を削除したという認識すらないのではないか？

長尾は手に持っている封筒を開けて便箋を取り出した。

一目見て自分の書いた字であることが分かった。

便箋にはこう書かれていた。

『未来の私へ

今は十二月九日の朝六時十五分。緊急事態が起こり私はこれから相馬くんの記憶をコピーしたうえでここ数時間の我々二人の記憶を削除する。この手紙を読んだ私はその時点では意味が分からないだろう。しかしネクタイの裏を探りすべてを思い出してくれ。そうすれば自ずと進むべき道は開けるはずだ』

「ネクタイの裏……」

自分への手紙を読み終えた長尾は、すぐにクローゼットの中の何十本ものネクタイをまさぐった。するとお気に入りの一本の真ん中の辺りに何か硬い手応えがあり、ネクタイの裏側の隙間からメモリーチップが出てきた。

長尾は自分がコピーしたと思われるメモリーチップを見て鳥肌が立った。このメモリーチップにいったいどんな記憶が記録されているのか。まったく想像がつかないだけに不気味であった。

長尾はメモリーチップを封筒に入れて鞄にしまうと部屋を出た。

「勇気を出してよく話してくれたな。ありがとう。行ってくる」

長尾は雅子に　言そう言い飛び出すようにして家を出た。

雅子はどんなことがあっても必ず毎日玄関まで見送りに出るが、この日は寝室に立ち尽くしたままであった。

ＭＯＣ埼玉支部に到着した長尾は三課の削除室に入室した。そしてメモリーチップを再生するための再生機が保管されている保管庫にカードキーを通した。

業務以外で使用するのはむろん違法行為だが確認しないわけにはいかなかった。

長尾は椅子に座って再生機をテーブルに置くと、メモリーチップを挿入して『再生』を押した。

映像はリビングでニュースを観ているところから始まった。長尾はすぐに相馬の記憶であることが分かった。独り言が聞こえたのだがその声は確かに相馬であった。

間もなくスマホに電話があり、液晶画面に『新郷庄一』と出た。

相馬は出るのを躊躇ったが結局電話に出て、

『もしもし、相馬です』

相手が新郷だから頭から不審そうな声であった。

『今、家か？』

新郷は挨拶もせず不躾に尋ねた。

『ええ、そうですが』

不機嫌な声である。

『お前に大事な話があるから、今日の十二時にMOCのミーティングルームに来い』

新郷は高圧的な態度で言った。

長尾はこのとき胸騒ぎを感じた。夜中の十二時に、MOCで何をしようと言うのだ。

勝手な命令に相馬はさらに不機嫌になった。

『時間も時間なので明日にしてもらえませんか』

しかし新郷は許さなかった。

『いいから命令どおりに来い！』

新郷は怒鳴るように言うと有無を言わさず電話を切った。

長尾はここでいったん時計を見た。あまり時間がないので約束の十二時まで時間を飛ばした。

再生を押すと相馬は山根裕太と合流しており、二人はミーティングルームに入室した。すると一課の操作官が黒宮以外全員集まっており、映像で観ても不穏な空気が漂っている。

これからいったい何が始まるというのだ。長尾は手にじっとりと汗をかき画面を凝視した。

『やっと来たか』

先頭に立つ新郷が言った。

『黒宮課長はいらっしゃらないんですか？』

山根が新郷に尋ねた。

『今日は黒宮課長のご指示ではない』

『下にマイクロバスが停まっていますが、なぜですか?』

今度は相馬が質問したが、長尾は相馬と山根がミーティングルームに入室する場面から再開させたから、マイクロバスが下に停まっている事実を初めて知った。

「マイクロバス……」

長尾は復唱した。全員でどこかに移動するつもりであろうか。

新郷は一層厳しい声で、

『そんなことは後だ。さっさと整列しろ!』

と命令した。

新郷が大声を張り上げると山根は最後尾に立った。相馬も一応言われたとおり整列した。

『新郷さん、こんな夜中に、しかも全員を集めるなんて、何か問題でも起こったのですか?』

主任の麻田が訊いた。新郷よりも地位は上だが敬語である。

『今日はこれからみんなにある仕事を行ってもらう』

『仕事、ですか?』

麻田が怪訝そうに訊き返した。

すると新郷は堂々とした口調でこう言ったのである。

『これより、ストリートチルドレンの粛清を行う！』

その瞬間、画面を凝視している長尾の顔はみるみるうちに青くなっていった。

「粛清……だと」

何を言っているのだこの男は……。

『あの、粛清って何です？』

張り詰めた緊張感の中で山根が意味を尋ねた。山根は隣にいる操作官に意味を聞いたらしく、

『集団虐殺……』

怯えたような声で言った。

『虐殺ではない。ストリートチルドレンは都民に多大な被害をおよぼす害虫なのだからあくまで粛清だ』

『まさか本気で言ってるんじゃないでしょうね』

相馬は詰問した。新郷は表情一つ変えず、

『本気だよ』

と答えた。

『冗談じゃない。あなたは今自分が何を言っているのか分かっているんですか。虐殺だなんて頭が狂っているとしか思えない』

『何だと？』

『これは黒宮課長の命令ですか？』

『違う。あくまで私の命令だ』

『今すぐに発言を撤回したほうがいい。あなたの将来のためです』

『何を偉そうに、この若造が』

『いくらストリートチルドレンが多大な被害をおよぼすとはいえ、そんなことが許されるはずがない！　黒宮課長の命令とはいえ——』

『黒宮課長の命令ではないと言ったろう！』

再生機からは相馬と新郷の怒鳴り合いが響いているが、混乱する長尾の耳には届いてはいなかった。

長尾は自分を落ち着かせるために映像をいったん停止させ、メモリーチップを抜くと再生機を保管庫にしまった。もうじき業務が始まるので業務が終わってから続きを確認しよう。

削除室を出た長尾は動揺を隠すのに必死だった。

長尾は蒼ざめた顔で「なんてことだ」と声を洩らした。

まさかストリートチルドレンの殺害命令が記録されていたとは！

肝心なのはあの後である。悪い方向に進まなければいいが……。

長尾は操作官たちが実行に移さなかったことをただただ祈るばかりだった。

業務を終えた長尾はいったん施設を出たが、一時間後、当直スタッフ以外いなくなったのを確認して再び施設に戻った。

削除室に入った長尾は、保管庫から再生機を取り出して続きを確認した。

長尾は操作官たちが新郷の命令に従わないことを願うが、長尾の願いとは裏腹に粛清命令を下された操作官たちは新郷の卑劣な脅しで次々と実行を決意し、最後まで反対したのは相馬だけであった。しかし新郷は余裕の態度を崩さなかった。

長尾は新郷が相馬の記憶を消そうとしていることくらい容易に想像がついた。

案の定、新郷は相馬の記憶を削除しようとしたが相馬はその場から逃げた。操作官たちが必死に追いかけてきたが相馬はタクシーに乗り込み何とか危機を脱したのである。

しかし相馬は、逃げている場合ではなくストリートチルドレンたちを助けなければならないと思ったのであろう。急いでＭＯＣに引き返したが時すでに遅く、新郷たちはマイクロバスで出発していた。

相馬は再びタクシーに乗り込んだが新郷たちが向かった先が分からない。品川の拠点を調べに行ったが被害を受けた痕跡はなく、その後、四時間以上も調べ回ったが結果は同じであった。

映像は相馬がタクシーから降りとうとう諦めたところで終了した。

恐らくこの直後に相馬は自分に連絡してきたと思われる。

映像をすべて見終わった長尾はなんてことだと頭を抱えた。

この様子だとストリートチルドレンの殺害を実行した可能性は高い。

大変な事件であるが、未だ報道されていないのは遺体が見つかっていないからである。遺体が見つからなければ警察は捜索すらしないだろう。警察からすればストリートチルドレンが失踪しても事件ではないからだ。むしろありがたいと思うだろう。

いや待て。

長尾はふともう一つの可能性があることに気づいた。

新郷は途中、警察は今回の粛清を了承していると言っているが、それがもし本当だとしたら……。

長尾は悪い想像を振り払うように首を振った。

そうだ。まだ子どもたちが殺されたとは限らない。絶望してどうする。

自分にそう言い聞かせた長尾は脳裏に黒宮の顔を浮かべた。

黒宮の指示だ。長尾は心の中で言った。

新郷は黒宮の指示ではないと言っているが新郷の独断のはずがない。理由は分からないが黒宮の指示だと断言できる。

長尾はもう一つ確信した。

自分は黒宮たちに記憶を削除されたのだと。

いや自分だけではない。相馬も削除されているはずだ。あの相馬が事実を隠しておくはずがないのだから。

相馬から事の一部始終を知らされた自分は、恐らく黒宮たちに記憶を消される前に相馬の記憶をコピーし、二人の記憶を削除することを提案したはずだ。

相馬の記憶を削除する理由は言うまでもない。相馬の記憶を確かめられたら自分たちが会っていたことが分かってしまう。

しかし黒宮は削除されているとなれば自分を疑い、そしてコピーしたことにも気づくだろう。だから手紙にも書いてあるように対策を打ったのだ。恐らく一枚目は見つかったのだろうが、さすがの黒宮もネクタイの中にもう一枚入っているとまでは気づかなかったようだ。

その策を知られないために自分の記憶も削除した。相馬がタクシーを降りたところまでしかコピーしなかったのもそのためであろう。

黒宮にダミーのメモリーチップを奪われた自分たちは、気絶させられたかもしくは眠らされたのであろう。黒宮は部下を使って自分たちの記憶を削除したあとミーティングルームに運んだ……。

そうだ、そうに違いない。黒宮は自分たちの記憶を削除したので安心しただろう。まさか記憶を取り戻したなんて夢にも思っていないはずだ。

長尾は再生機からメモリーチップを抜き取ると大事に封筒にしまった。

とにかく、まずは相馬にこの映像を見せなければならない。

時刻は夜中の十二時を過ぎているが長尾はスマホを手に取った。

しかし長尾は一瞬、相馬に連絡することを躊躇った。

すべての記憶を削除された相馬は平和な日々を過ごしているに違いない。

この映像を見せれば相馬を事件に巻き込むことになるのだ。

相馬を心配する長尾であるが、すぐに隠すことは無意味であることを知った。

このメモリーチップを警察に見せればいずれにせよ相馬は事情聴取を受けることになる。むしろ見せておかなければ後々混乱することになるのだ。

長尾は相馬のスマホに連絡した。遅い時間であるが相馬は十秒もしないうちに電話に出た。

「相馬くんか、すまないねこんな遅くに電話してしまって。

元気にしてるかい？　そうか、それはよかった。

栃木支部はどうだい？　ああ、私もみんなとうまくやってるよ。

ところで相馬くん、明日は何か予定あるか？　実は大事な話があってね。

いやそれじゃ悪いよ。私が栃木まで行くよ。

そうかい？　だったら東京駅で待ち合わせしよう。時間はできるだけ早いほうがいいんだが。

分かった。午前十一時に東京駅で。

ああ、では明日」

相馬と明日会う約束をした長尾は良心が咎めたが、再生機を鞄の中にしまい削除室を後にした。

明日は翔太と動物園に行く約束をしていたが今回も守ることができなかった。がっかりする翔太の顔が目に浮かぶ。長尾は心の中で『すまない』と息子に謝った。

翌日、相馬と長尾は東京駅一の待ち合わせスポット・銀の鈴で落ち合った。

二人が会ったのは約束どおり十一時であったが、相馬はこの日、長尾と会うのが楽しみで、ＭＯＣに休むことを連絡するとついつい予定よりも早く家を出てしまい、実は約束の四十分も前に東京駅に到着していたのだった。

長尾は相馬に軽く手を挙げ、

「久しぶり、でもないか」

穏やかな表情で言った。相馬は長尾の顔を見ると不思議と心が落ち着いた。

「長尾さん、お元気でしたか？」

長尾は相変わらず不健康そうな顔色ではあるが、

「ああ」

と返事した。相馬はこのとき少し違和感を抱いた。長尾にしては素っ気ない返事だったような気がしたからだ。

「それは良かったです」

相馬は笑みを見せているが、内心長尾の〝大事な話〟というのが心配であった。昨晩の電話ではそこまで深刻そうな感じではなかったが長尾の様子を見ると、良い話ではなさそうである。

「相馬くん、少し早いがお昼でも食べないか」

相馬は賛成した。

「そうですね。どこで食べますか？」

すると長尾は言った。

「あまり人目がないところがいいな」

その言葉が妙に気がかりだった。

「人目が、ないところですか」

「適当に探してみようか」

長尾はそう言って駅を出るとスタスタと前を歩いた。相馬は長尾の背を心配そうに見つめた。

どうやら絶対に聞かれてはならない話らしいが、いったいどんな内容だろう。相馬はだんだん悪い予感がしてきたのだった。

長尾は大通りから一本外れた道に入ると、いかにも流行(はや)っていなそうな喫茶店に入った。案の定客は一人もおらず、カウベルが店内に鳴ると頭も髭も真っ白の店主がカウンター越しに、

「いらっしゃい」

やる気のない態度で挨拶した。

長尾は店の一番奥に腰かけた。相馬は一礼してその向かいに座った。

店主はのんびりとした足取りでやってきて二人の前に水を置くと、メニューを差し出した。

「相馬くん、何にする」

「長尾さんから決めてください」

相馬は長尾を気遣ったのだが、

「私は相馬くんと同じ物でいい」

長尾から昼食に誘った割にはそれどころではないといった様子だった。

相馬は困惑しながらも、

「では、オムライスとコーヒーをください」

長尾は店主を一瞥し、

「同じ物を」

店主はメモ用紙にオーダーを書き取ると、

「少々お待ちください」

カウンターに戻っていった。

相馬は店に着いたら長尾の近況を訊こうと思っていたが、そんな雰囲気ではなかった。

「相馬くん、急に呼び出したりしてすまなかったね」

「いえ、とんでもありません」

「栃木の暮らしにはもう慣れたかい？」

長尾のほうから近況に触れた。

「そうですね。ずいぶん慣れました。宇都宮はとてもいいところですよ。思っていたよりも栄えているので住みやすいです」

「そうか。こっちは田舎町だから少々不便だが、でも子どもにとっては良い環境だよ」

「翔太くんは元気ですか？」

長尾は困ったように、

「ああ、元気すぎるほど元気だよ」

と言った。

長尾は一口水を飲み、

「仕事のほうはどうだ？」

真剣な口調で訊いた。

相馬は満足そうにうなずいた。

「東京本部とは違い派閥はないですし、醜い争いもありませんので栃木に異動になって良かったと思っています」

「そうか、それは良かった」

「埼玉支部はどうですか？」

長尾も同じようにうなずいた。

「みんな受刑者のことを第一に考えて熱心に仕事に取り組んでいる。それが本来の操作官の姿なんだが、ずっと東京本部にいたせいか安心している自分がいたよ」

相馬も同じ気持ちだった。

「そうですね」

それから二人は黙りこんだ。長尾は何かを考え込んでいる。相馬は意を決して長尾に尋ねた。

「ところで長尾さん、大事な話とは何でしょうか」

うつむいて何かを考えていた長尾であったが、顔を上げると突然鞄の中から一枚の封筒を出してテーブルに置いた。

「昨日、妻から渡されたんだが、読んでみてくれ」

「よろしいんですか？」

長尾はうなずいた。

相馬は封筒を手に取り中に入っている便箋を抜き取った。

手紙には、

『未来の私へ』

と書かれていた。全体的に謎だが相馬は特に最初の一文が気になった。

「『緊急事態』とはどういう意味ですか？」

「それは私自身が書いた手紙だ。そのとき君も一緒にいたはずだ」

「僕も、ですか……」

相馬は憶えているはずがない。また長尾の言葉は意味不明であり、最後はなぜか曖昧なので相馬は頭が混乱した。

「あの、おっしゃっている意味が、よく分からないのですが……」

長尾は分かっているというようにうなずくと、

「相馬くん」

鋭い目をしてあたりを憚るような低い声でこう言った。

「大変な事件が起こったかもしれない」

長尾はまた曖昧な言い方をした。相馬は長尾の言葉の意味が理解できるはずがなかった。しかし事件という言葉に相馬は緊張した。

「どういうことです？」

すると長尾は鞄の中から、本来持ち出してはならないメモリーチップと、それを再生するための再生機を取り出したのである。

いくら長尾であってもそれだけは許せず相馬は長尾を問い詰めた。

「長尾さん、これは何ですか？」

しかし長尾は冷静に、

「観れば理解してくれるはずだ」

そう言うとあたりに注意しながらメモリーチップを再生機に挿入し、『再生』を押したのだった。

メモリーチップには約九時間分の映像が記録されているので、長尾は要所の場面を相馬に見せていった。

それでも二時間以上にもおよんだのだが、自分の記憶を見終えた相馬はしばらく声を失っていた。顔は青ざめ悪寒が止まらなかった。

十二月九日の未明、まさかこんな大変なことが起こっていたとは。

ストリートチルドレンたちは殺害されてしまったのか……。

しかしなぜ自分はこんな肝心な記憶を失っていたのか……。

「信じられないかもしれないがこれは紛れもない事実なんだ」

長尾の言うとおりこれはフィクションではない。現実に殺害命令が下されて新郷たちはストリートチルドレンを殺害したかもしれないのだ。

「こうして再生機を持ち出したのはこの映像を見せなければならなかったからなんだ。分かってくれるね？」

相馬はあまりの衝撃で反応できなかった。

「長尾さん……」

相馬は再生機に視線を向けたまま口を開いた。その声はかすかに震えていた。

「子どもたちは、どうなったのでしょう」

長尾はうつむき首を振った。

「分からない。殺害が実行されていないことを願うが正直否定もできない」

相馬はきつく目を瞑り拳を握った。

「相馬くん、君も分かっているとは思うがこれは黒宮の指示だ」

相馬もそれは最初から気づいていた。

「僕もそう思います。でもどうしてストリートチルドレンの殺害を命令したのでしょう」

「動機は分からない。しかしどんな理由があるにせよ狂ってる！」

相馬はこのとき、黒宮の背後に兵藤竜一朗の姿を思い浮かべた。兵藤が裏で糸を引いているのかもしれないと思った。

「許せない……幼い子どもたちの命を奪うなんて！」

「君はこのあと私の家へやってきて、私にことのすべてを話した。私は黒宮に君の記憶を消されてしまう前に重要な記憶をコピーして、二人の記憶を削除することを決意したんだと思う。その証拠がこのメモリーチップだ。私は念のために二枚にコピーして、その手紙にも書いてあるとおりネクタイに隠した」

相馬は長尾の言葉を映像にして思い浮かべた。

「相馬くん、十二月九日の朝のことは憶えていないか」

「九日の、朝ですか……」

「君は黒宮に記憶を削除されているはずだ。その認識がないのは、気絶させられたか、もしくは眠らされたか、いずれにせよ君の意識がない状態で記憶を削除されたんだ。きっと俺も同じ手口で記憶を削除されている」

相馬はすぐにあることを思い出した。目が覚めるとなぜかミーティングルームにいたことがあるのだが、不思議なことにミーティングルームに至るまでの経緯がまったく思い出せず、それどころかその前夜のことまで空白で恐怖心すら抱いたことがあった。まさか記憶を削除されたなんて想像すらつかず結局うやむやのままそのこと自体も忘れ去ってしまっていた。

そう言われてみればあれが十二月九日だったような気がする！

相馬はにわかに熱を帯びた。

証拠は何もないが長尾の推理は当たっているような気がする。

相馬は再び黒宮に怒りを燃やした。

居ても立ってもいられなくなった相馬は立ち上がり長尾に言った。

「長尾さん、警察に行きましょう。そして黒宮たちを告発するんです」

長尾は力強くうなずいた。

「そのつもりだ。だが今のままでは警察は動かないだろう」

「なぜです！」

相馬は思わず叫んだ。

「警察もストリートチルドレンを邪魔者だと思っているからだ。物的証拠があるならともかく、このメモリーチップに記録されているのはあくまで状況証拠で殺害を実行したかどうかも分からん。遺体が見つからない限り仮にストリートチルドレンが失踪したことが明らかになったとしても警察は捜索すらしないと思う」

「そんな……」

「しかし私がそれ以上に恐れているのは、途中で新郷が言った言葉だ。新郷は警察の了承を得ていると言っている。万が一それが本当だとしたら、警察に告発してももみ消され、下手すれば再び記憶を削除されるかもしれない。そんなこと絶対にあってはならないことだが黒宮ならやりかねない。だから慎重に動かねばならない。

君もそれを危惧して警察に行く前に私の下へやってきたんだと思う」

「では僕たちはどうすればいいんです」

「やはり物的証拠が出てくるか、自分たちで決定的な証拠を探すしかない。まずは東京中のストリートチルドレンの安否を調べることだ」

「そんな時間をかけなくても物的証拠ならあるじゃないですか。新郷たちの記憶を調べればいいんですよ」

相馬は冷静さを欠いているがゆえに肝心なことを忘れていた。

「残念だが、黒宮は一課全員の記憶を削除しているに違いない。そして黒宮もまた、重要な記憶を削除しているだろう。捜査が入れば不正な記憶操作で逮捕されるが殺人罪に問われることはない」

相馬は脱力して椅子に崩れ落ちた。

長尾は追い打ちをかけるように言った。

「今回の事件は非常に難しい。仮に事件が発覚して新郷たちの罪が明らかになったとしても、やはり黒宮は罪には問われない。なぜなら新郷に殺害を指示した記憶を消しているからだ」

「では今回の事件をすべて解決することはできないのですか！」

相馬は長尾に怒りをぶつけるように叫んだ。

長尾は首を振ると相馬の目を真っ直ぐに見て断言した。

「いや、それは絶対にあってはならない。罪を犯した者はいつか必ず報いを受けるときが来る！」

その夜、黒宮猛は突然兵藤竜一朗に呼び出されて菊谷のいつもの奥座敷を取った。

本部長に就任して二ヶ月ほどが経つが、就任後は各方面への挨拶回りや引き継ぎなど何かと忙しく黒宮の身体は少々疲れ気味であった。それゆえ今夜は早々に退出して読書や音楽鑑賞をしてのんびりと過ごし身体を癒そうと思っていたのだ。それだけに黒宮は兵藤の突然の呼び出しに不満を抱き、もちろんおくびにも出さないが兵藤と向かい合っている今もひどく機嫌が悪かった。

恰幅のいい兵藤はドテッと垂れた腹を触りながら、座敷から見える景色を楽しんでいる。

女将がお手ふきを用意すると、兵藤はまず最初に脂で光る顔を拭き、次に禿げ上がった頭を拭き、そして最後に手を拭いた。順序がおかしいがその動作は決まって同じであった。

景色を眺める兵藤はずっと沈黙している。その横顔からは何も読み取ることができない。黒宮は兵藤が何を考え、これからいったいどんな命令を口にするのか不気味であった。

酒が運ばれてくると兵藤は正面を向きタバコを咥えた。黒宮はうやうやしく火を点けて兵藤の杯に酌をした。

兵藤は杯を持ったまま黒宮に酒を勧めた。

「ありがとうございます」

兵藤は乾杯というように軽く杯を上げると一口で飲み干した。黒宮は空になった杯を置くと再び兵藤に酒を注いだ。

兵藤は二杯目も一気に飲み早くも顔色が桜色に変わった。

兵藤は杯を置くと急に笑みを浮かべて言った。

「本部長に就任して何かと忙しかったようだが、どうだ、少しは落ち着いたかね？」

機嫌の良さそうな声であった。

「ええ、就任直後に比べるとだいぶ落ち着きました」

「君は私の力で本部長になったのだから、これまで以上に尽くしてもらわなければ困るよ」

兵藤はそう言うと豪放に声を上げて笑った。

兵藤の機嫌が良いのは、今週東日本副総監に就任することが正式に決まったからである。五十五歳の若さで法務大臣、東西の総監に次ぐナンバー4の座を手に入れた兵藤は、将来確実に総監の地位まで上り詰めるだろうと黒宮は思った。

黒宮は姿勢を正し深く低頭すると、

「その節は本当にありがとうございました。何もかも兵藤副総監のおかげでございます」

兵藤に深謝した。しかし黒宮は言葉ではそう言ったが、内心では俺は本部長になるべくしてなったんだと、恩着せがましい兵藤に怒りにも似た感情を抱いた。

兵藤は鷹揚にうなずくと、

「ああ、そうだ黒宮くん」

何かを思い出したように言った。

「忘れていたがね、明日の水曜日、東都新聞社が君を取材したいそうだ。時間は午後三時。場所は法務省で行うから空けといてくれたまえよ」

黒宮は怪訝そうに、

「東都新聞社が、私をですか？」

「君は運がいいな。まだごく一部にしか発表していないが、法務省が各都道府県の犯罪率および再犯率を調べた結果、東京都は今年度、犯罪率、再犯率、いずれも二十年ぶりに低下する見込みであることが分かったのだよ。その結果を受けて東都新聞社が東京本部長である君を取材したいそうだ。これでまた君の株が上がるってわけだ」

黒宮はあの一件以来、兵藤がストリートチルドレン撲滅計画を始動させたのではないかと考えていた。すでに多くの部下を使って殺害させているのではないかとも推測している。

今回それがデータとなって表れたのではないか。

兵藤は未だフリーライターおよびストリートチルドレンの殺害を指示した日の記憶を消去していないので、黒宮はいよいよ全貌が明らかになったのではと焦ったが、兵藤はその件に関して触れることはなかった。

「かしこまりました。明日の三時、法務省にうかがいます」

「それと黒宮くん、明後日木曜日、小野田東日本総監のお嬢様とその息子さんが東京本部に行くからよろしく頼むよ」

兵藤は憚ることなく当たり前のように言った。

黒宮はすぐに、用件は〝記憶の消去〟であることを理解した。

「小野田さんのお孫さんは現在中学三年で名門私立高校に入学することが決まっているんだが、どうやら本命の高校に落ちたらしくてね。その失敗がどうしても許せないんだそうだ」

兵藤はあえてその先は言わなかった。

黒宮はいちいち相づちを打ち、いかにも真剣そうに聞いていたが、本部長である自分にそんなバカバカしい依頼をしてくるなと兵藤に憤りを感じていた。

「かしこまりました。お任せください」

当然のように了承すると兵藤はタバコを灰皿に押しつけ、

「さて黒宮くん、ここからが本題なんだがね」

急に真剣な顔つきに変わった。黒宮はまたストリートチルドレンの殺害を命令されるのではないかと思い息が詰まった。

「はい」

「実は三日前、小野田さんと食事をしたんだが、その際あることを頼まれてね」

黒宮の脳裏に小野田哲治の姿が浮かんだ。

三年前、西日本総監を経て東日本のトップに立った男である。

これまで兵藤の口から小野田の話題はあまり出たことはなかったが、あらためて小野田とのパイプが相当強いことを思い知らされた。

「あることとは、何でしょう」

訊くと兵藤はなぜかフフフッと鼻で笑った。

「小野田さんが米年定年を迎えることくらい君も知っているだろうが、たかだか定年で弱気になったのか私にこう言ったのだよ」

兵藤は一つ間を置いて、

「いつ死ぬか分からないから、今のうちに自分のクローンを作っておきたいとね」

想像すらしていなかった言葉であった。

「クローン、ですか」

「いや、正確に言うとクローンではない。小野田さんは自分の全記憶を若い人間にコピーしたいと言うのだよ。それを繰り返せば永遠に小野田さんの記憶が残る。だからクローンと言ったのだろう」

確かにそれは可能である。記録用メモリーチップに記憶をコピーして記憶を受け継がせたい人間に全記憶を送るのだ。

　兵藤は可笑しそうに言った。

「小野田さんも面白いことを考えついたものだ。しかしその気持ちは分からないでもない。クローンでも不老不死ではないが、記憶を受け継がせていくイコールその者が永遠に生き続けるという意味でもあるからな」

　黒宮は一切顔色を変えずに兵藤の話を聞いていたが、実は背筋がゾクゾクするほど興奮していた。

　小野田総監は面白い発想をするものだ。

　自分はまだ四十一歳なのでその必要はないが、自分も将来全記憶を残したいと思うようになるだろう。なぜならＭＯＣのトップにまで上り詰めるからだ。頂点に立ったら輝かしい栄光と軌跡を消したくない。後世にまで残したいと思うのは当然である。

「小野田さんは、記憶を受け継がせるのは容姿端麗の若い男で、しかもその男の全記憶を消去したいと言うのだ。まったく欲張りな人だ」

　つまり、まったく別人の自分を作りたいということか……。

　聞けば聞くほど黒宮は身体が熱くなってきた。

「黒宮くん、そんな都合の良い人間はいるかね」

　黒宮は即答した。

「ストリートチルドレンの中から選ぶというのはどうでしょう。ストリートチルドレンなら拉致(らち)したって捜索はされませんし、全記憶を消去したところでまったく問題ないですから」

兵藤は納得したようにうなずいた。

「言われてみればそうだな」

「早速明日、新郷に容姿端麗の若い男を探させますよ」

黒宮は珍しく心底熱心に提案した。

全記憶を受け継がせる瞬間を実際にこの目で見てみたかった。あくまで記憶を受け継がせるだけなので、その人間がどういった行動を取るのかまでは予測不能なのだ。下手をすれば本人に害をおよぼす可能性もある。

つまり黒宮にとって小野田はいわば実験台のようなものであった。

カウント8

午前九時に黒宮を出迎えた操作官たちはその後各課でミーティングを行う。

三つの課の中で一番早くミーティングを始めるのは三課だった。なぜなら他の課よりも下の階にあるので、課員たちの戻りが早いからである。

陽の当たりが非常に悪い二階のミーティングルームには三課全員が集まり、山口純一課長が一日の流れを九人に告げている。

右端には海住真澄がおり、海住は山口に視線を向けてはいるが話はまったく聞いていなかった。長い話はいいからさっさと終わらせろと心の中で山口に文句を言っていた。

「おい海住、真剣に聞いているのか」

山口は海住をきっと睨みつけて叱責した。

「聞いてますよ」

海住は反抗的な態度で返した。

山口はムッと気色ばんだが、海住の迫力に押されてそれ以上は何も言わなかった。海住は「情けない奴だねえ」と聞こえないようにつぶやくと山口を軽蔑したような目で見た。

二ヶ月前、群馬支部に飛ばされた荒川に替わりこの山口が群馬支部から課長として赴任してきたわけだが、海住は山口のことが気にくわなかった。

エリートの山口は普段偉そうな態度で部下には高圧的な態度を取るくせに、本部長である黒宮にはヘコヘコとするのだ。

荒川も上の者には弱かったが、山口とは違い部下に高圧的な態度をとることはなかった。特に海住には甘かった。海住とは取り引きをしていたので弱みを握られているという意識があったのだろう。だから海住は何かとやりやすかったし、単純に裏で金が稼げなくなったことが残念だった。何せ最後の取り引きは四百万円もの値がついたのである。当初一千万円を要求していたが、何とか工面できる金額が四百万と知りやむなく手を打った。とは言え海住にとっては良い取り引きだった。あれ以上のネタはもう二度と出てこないだろうが、あの仕事は夢があったし特大スクープでなくても小遣いになった。そういう意味で今回の人事異動は海住には痛手だった。

ミーティングが終わると山口は削除室に通じる扉を開けて№1と№2の部屋の施錠を解いた。

この日確認役を務める海住は、No.１の削除室の前に立って担当者と受刑者がやってくるのを待った。

海住は帽子を取り艶っぽく髪をかき上げると悠然と腕を組んだ。

しかし海住は内心鬱々とした気分だった。これからやってくる鎌田ミツ受刑者は殺人を犯したのだが、海住が同情するほど事件には複雑な背景があった。

現在八十三の鎌田は二年半前、重度の認知症と下半身の障害を持つ夫の介護に疲れ果てて殺意を抱き、眠っている間に絞殺し逮捕されたのだ。二年続いた裁判の末、鎌田は高齢で懲役に堪えられないので記憶の削除が言い渡され、昨日ＭＯＣに移されたのである。

海住はまったく感情移入しない性格だが、海住にも五年前まで重度の認知症の祖母がいたので鎌田の心情が分かるのである。

海住家は家族全員で介護していたがそれでも大変だった。

鎌田の場合はもっと大変だっただろう。夫は認知症だけでなく下半身にまで障害を持っていたのだからその苦労は想像を絶する。本来なら老人ホームという選択肢もあるのだが金銭的に厳しかったのであろう。鎌田はたった一人で介護し続けていた。

海住はその状態がどれくらい続いたかまでは把握していないが、心身ともに相当追い詰められた鎌田を想像した。

愛する夫とはいえふと頭の糸が切れてしまったのだろう。

海住の横目に担当操作官である吉田と鎌田受刑者の姿が映った。

鎌田を見た海住は胸が強く締め付けられたような気分になった。

八十三の老婆は杖をついており痛々しいほどに背が曲がっている。ストレスのせいか髪の毛は薄く黒髪は一本もなく真っ白で、顔は放心しているかのようにボーッとしている。

まるで病人のようであった。

夫を殺した鎌田には独特な翳があり一人で夫を介護した苦労が全身から滲み出ていた。

鎌田は無言のまま削除室に入室した。吉田操作官は鎌田を中央の椅子に座らせると頭上の装置を被らせた。鎌田にとってすべてが初めてのことで、ほとんどの者が不安に感じるのだが、鎌田はやはり無言のままだった。後ろに立つ海住には表情が分からないが鎌田はずっと寂しそうにうつむいている。

もしかしたら殺してしまった夫のことを考えているのかもしれなかった。

「これより準備を始めます」

吉田操作官は簡単に告げると大型モニターに視線を向けた。

鎌田の後ろで見つめる海住は真剣な目で大型モニターを見た。

普段はいい加減な態度であるが今日はしっかり見届けようと思ったのだ。

吉田操作官は夫を殺害した記憶はもちろん、事件に関するすべての記憶を検索していく。裁判所から指定された項目は多くその作業にはかなりの時間を要した。その間鎌田はほとんど動かずボーッと下のほうを見つめていた。

記憶削除の準備を終えた吉田操作官は記録用メモリーチップに記憶をコピーすると、犯罪記録ファイルにそれをしまい鎌田を振り返った。

「では記憶削除法第九条に則って刑を執行します」

鎌田はかすかに首を縦に動かすと初めて顔を上げた。

吉田操作官は海住を一瞥して大型モニターに向き直った。そしてキーボードに手を置いた。

そのときであった。

廊下から銃声のような音がしたのである。海住が振り返るともう一度パンと乾いた音がした。

「何が起こった⁉」

吉田操作官は叫ぶように言った。海住が吉田を振り返ったとき、扉のすぐ先で三度目の音がして男の呻き声が聞こえてきた。

海住はまさかと思いとっさに扉を開けた。するとNo.2の削除室の前で金井操作官がおびただしい血を流して倒れていたのである。

恐怖の色を浮かべる海住の横目に二人の男女が映った。

素早く視線を向けた海住は愕然となった。

侵入したのは若い男女で両方とも拳銃を持っているのだが、よく見ると浅草のストリートチルドレンであるコウキとリサではないか！

二人は海住の顔にハッとしたがコウキは海住に銃を向け、

「ぶっ殺してやる！」

と叫んで銃の引き金を引いた。弾は削除室のドアに当たり海住は一瞬動作が停止したが、とっさに扉を閉めて鍵をかけた。

吉田操作官は震えた声で言った。

「おい、何が起こったんだ……」

海住は反応できずドアの前で茫然と立ち尽くした。

どうしてコウキとリサが襲撃に……。

海住はコウキとリサが走り去っていった気配を感じたが、すぐにまた銃声が響いた。

間もなく施設内に非常ベルが鳴った。

あれからどれくらいの時間が経ったろうか。施設内には未だ非常ベルが鳴り響いているが銃声はまったく聞こえなくなった。リサとコウキは逃走した模様である。

海住は冷静さを取り戻すともう一度削除室の扉を開けた。

廊下に倒れている金井はもう息をしていない様子だった。海住は恐る恐る廊下を歩き三課のミーティングルームの扉を開けた。

海住の目に凄惨な光景が映った。床や壁には鮮血が飛び散っている。ミーティングルームに残っていた課員三人が血を流して倒れているのである。

軽傷なのはたったの一名で、見る限りでは二人の操作官が死んでいる。

海住はミーティングルームを出ると階段に向かった。一階に降りる途中一課と二課の操作官が一人ずつ倒れており、一人は腕を撃たれもう一人はピクリとも動かない状態だった。

踊り場に立つ海住はふと上階を見上げた。

職員の騒ぎはまったく聞こえず不気味なほどに静かである。

この様子だと三階と四階も修羅場と化しているのではないか。

海住は足を震わせながら一階に降りた。

すぐ先には一課の角田が仰向けで倒れており胸部からは大量の血が流れている。

角田は呻吟しながら助けを求めるように海住に手を伸ばしたが、はっきりとした言葉を出すことはできない状態だった。

海住は廊下から外を見た。どうやらコウキとリサは逃げ去ったようである。

海住は信じられないというように首を振った。

なぜコウキとリサはＭＯＣを襲撃したのか。

海住はリサと記憶を取り引きした日の出来事を思い出した。

あの日、偶然と偶然が重なってリサの父親が黒宮だという事実が発覚したわけだが、海住はまさかそれが引き金となり大事件が起き、今回の襲撃につながっているなんて思いもしなかった。

「コウキ……リサ！」

海住は無意識のうちに二人の名前を声に出したがこれが思わぬ災いを呼んだ。

騒ぎを聞いて駆けつけた黒宮は、海住真澄が言ったその名前を聞き逃さなかった。

「どういうことだ海住！」

振り返った海住は息を呑んだ。

すぐ後ろには黒宮猛と新郷庄一が立っていた。

海住はコウキとリサの襲撃に混乱してそのことばかりに気を取られており、その上非常ベルが鳴り響いているので足音が聞こえず、まさか黒宮と新郷が一階に降りてきたなんて気づかなかったのだ。

「お前は今確かに『コウキ』『リサ』と言った。奴らのことを知っているのか！」

海住は激しく動揺した。記憶の取り引きがきっかけで二人と知り合ったなんて言えるはずがない。

海住はうまく言い逃れようとするが、この状況でとっさに嘘など思いつかなかった。

「なぜ黙っている。奴らのせいで多くの死傷者が出ているんだぞ！」

黒宮は一課の状況しか知らないが、麻田をはじめ二人の操作官が胸を撃たれ三人が軽傷を負った。恐らく二課も同じくらい死傷者が出ていると思われる。

「海住！」

黒宮は強く迫った。海住は悩んだ末、

「浅草の、ストリートチルドレンです」

黒宮に下手な嘘は通用しないと思い、彼らがストリートチルドレンであることだけは正直に答えた。

それを聞いた瞬間黒宮の顔から血の気が引いた。

浅草のストリートチルドレンだと？

そんなはずはない。奴らは全員始末したはずではないか！

狼狽する黒宮の身体に強い衝撃が走った。

ふとある疑念が浮かんだのである。

新郷たちが浅草の拠点を襲撃したとき拠点に全員はいなかったのではないかと。

ストリートチルドレンの粛清を終えて新郷から連絡があったとき、新郷は、『九人全員』始末しましたと報告した。黒宮は浅草のストリートチルドレンが何人かまでは知らなかったので新郷の報告に一切疑問を抱くことはなかった。それよりも新郷が相馬を呼び出したことに対しての怒りで頭がいっぱいだったのだ。

あのとき浅草のストリートチルドレンを全員始末したと思い込んだが、実際は九人ではなかったのだ！

奴らがＭＯＣを襲撃した動機は考えるまでもない。殺された仲間の復讐だろう。つまり新郷たちは拉致現場を見られていたのだ。

いつから目撃していたのかは定かではないが、確かなのは新郷たちが子どもたちをＭＯＣに運んだ場面を確認しているということだ。そうでなければ新郷たちがＭＯＣの人間だなんて分からないのだから。

しかし実行犯だけでなく無差別に襲ったのは、新郷たちの顔までは分からなかったからだろう。そう考えると奴らは新郷たちが拠点を出発する間際、拠点の異変に気づいたのではないか。その後新郷たちが乗るマイクロバスを尾行し、仲間がＭＯＣに連れ去られたことを知った。

奴らがどの段階で仲間を殺されたと確信したのかまでは分からないが、恐らく仲間が閉じ込められているＭＯＣを長いこと張っていたに違いない。しかし仲間は帰ってこず、殺害されたのだと確信してMOCの人間に復讐の念を抱いた……。

黒宮は新郷に怒りの視線を向け、この能無しが！　と頭の中で叫んだ。こいつがミスを犯したせいでストリートチルドレンの粛清が明るみに出ようとしている。

しかし記憶を削除されている新郷は何が何だか分からないといった様子である。

黒宮は今にも新郷に殴りかかりそうな勢いであるが、ちょっと待てと自分に言った。

それにしてもなぜ海住は襲撃犯が浅草のストリートチルドレンであることを知っているのか。赤田の娘のことを知っている荒川ならともかく……。

黒宮はまさかと海住を見た。

「海住、お前はなぜ奴らが浅草のストリートチルドレンであることを知っている？」

海住は再び動揺の色を浮かべ顔を伏せた。

「お前まさか、荒川とつながっていたんじゃないだろうな」

海住はこのとき、例の記憶を巡って黒宮と荒川の間に何かトラブルがあったことを悟った。そうでなければ黒宮がここまで推理できるはずがないのだ。

しかし海住はそれでも白状しなかった。

黒宮はいよいよ核心に迫った。

「そのリサというストリートチルドレンからある記憶を手に入れたのはお前か？」

黒宮の運命を決める重要な質問であった。直感を頼りに質問する。黒宮はその直感が外れていてくれと強く願った。しかし海住は言葉を発することはなかった。それは暗に直感が正しかったことを意味していた。

黒宮は赤田の娘の名が『リサ』だということを知った瞬間、目の前が真っ暗になった。

何てことだ。よりによって一番の邪魔者が生きていたのである。

動揺する黒宮は新郷に、奴らを追えと命令しようとしたがグッと我慢した。

新郷たちの犯行を知る奴らが警察に捕まれば粛清を実行したことが発覚する。つまり新郷はいつ捕まってもおかしくない状況にあるのだ。

ここで下手に指示を出してその指示の記憶を消す前に新郷が捕まったら自分にまで嫌疑がかかる。

そうでなくても今自分は危機に立たされているのだ。襲撃犯が赤田の娘でなければ新郷たちが殺人罪で捕まるだけなので恐れることはなかった。しかし赤田の娘が捕まりもし生まれたばかりの頃の記憶を調べられたら、何らかの関係があるのではないかと重要参考人として呼ばれ、最悪ストリートチルドレンである娘が邪魔になったから殺害を指示したのではないかと嫌疑がかかるかもしれない。

黒宮の全身からじっとりとした嫌な汗が噴き出た。

何としても奴らが警察に捕まる前に身柄を押さえて危険な記憶を削除しなければな

らぬ！　新郷が相馬たちに言った警察との裏取引など実際にはないのだ。もしリサの記憶が調べられたら……。

　しかし今の黒宮には逃亡するリサたちを捕まえる術はなかった。

　そのとき遠くのほうからサイレンの音が開こえてきた。混乱する黒宮はその音でさらに慌てた。

　追い込まれた黒宮は急いで外に出てスマホを取り出し兵藤に連絡した。

　すぐに兵藤は電話に出たがＭＯＣが浅草のストリートチルドレンによって襲撃されたことなど知るよしもなく、

「黒宮くんか、どうした」

　のんびりした声で言った。

　黒宮は周りを確認し、

「兵藤統轄長、お助けください。大変な事態になりました」

　人目を憚るような低い声ではあるが必死にすがった。

　一方その頃、リサとコウキは二台のバイクで逃走していた。

　都道463号線の反対車線からは警察車両と救急車両が次々とやってくる。今頃ＭＯＣ東京本部は大混乱となっているに違いない。

先を走るリサは誕生日に仲間からプレゼントされた白いマフラーを強く握りしめた。リサの脳裏に殺された仲間たちの顔が次々と浮かぶ。リサは九人の仲間の命を奪ったMOCの奴らに復讐したんだと思うと胸が熱くなり思わず涙が浮かんだ。

しかしまだ終わりではない。非常ベルの音に気が焦りいったん拠点に引き返すことを決意したが、MOCの奴らをみな殺しにするまでは自分たちの復讐は終わらない。時機を見てもう一度MOCを襲撃する。

ただ復讐を果たしても後悔の念は一生消えることはないだろう。リサは毎日悪夢にうなされ、目が覚めると深い後悔が襲ってくる。あの日、自分たちが違う行動を取っていれば仲間たちは殺されずにすんだかもしれない。そう思うと今度は自分に怒りが沸き立つのだった。

十二月八日の夜、リサとコウキは両国の拠点に住むミカたちと遊びに出かけており、その後両国の拠点で夕飯を食べ、夕飯のあとはトランプをしたり他愛ない会話で盛り上がったりついつい帰るのが夜中になってしまったのだ。

その夜はバイク一台で出かけていたのだが、運転していたコウキが拠点から少し離れた場所にバイクを停めると、拠点のほうを指差し『バスが停まっている』と言ったのである。

バスのすぐそばには一人の男が頭を抱えてうずくまっていた。リサたちには声が聞こえなかったが、何かを命令されたらしく男はハッと立ち上がるとバスに乗り込んだ。悪い予感がしたリサは急いで拠点に戻るようコウキに言ったのだが、バスは走り去り暗闇に消えていった。

リサとコウキが拠点に戻ると、拠点には誰一人としておらずひどく荒らされていた。

リサとコウキは仲間が拉致されたことに気づき急いでバスを追ったのだ。

二人はすぐにバスを発見したが気づかれぬようかなりの距離を取って尾行した。しかしその選択が結果的に仲間たちを死に追いやったのである。

バスがMOC東京本部に到着すると一人の男が下車して門を開けた。その時点でまだ百メートル以上も離れた場所にいたリサとコウキは、仲間たちが施設内に運ばれるのを阻止することができなかった。

もしあのとき中に突入していたら仲間たちは助かっていただろうか……。

九人の仲間を一気に拉致できるほどの数がいると思ったら、慎重というよりは正直恐怖心を抱いてしまったのである。自分にとって仲間たちは命よりも大事な存在のはずなのに……。

閉め出されたリサとコウキは仲間たちを助けたいと思いながらも、見えない敵に怖じ気づき、足が竦み、叫び声を上げるどころか門を叩く手にもまったく力が入らなかった。

恐らく奴らは武装しているはずだ。丸腰の二人が彼らに勝つことは不可能であった。もし戦っていれば証拠隠滅のために殺されていたのは明白である。

リサとコウキが仲間の死を予感したのはそれから約一時間後のことだった。MOCから黒煙が昇り灯油が燃える独特の臭いが鼻をついたのである。

もしや仲間が殺され燃やされたのではないか。最悪の展開を想像したリサとコウキだが、それでも何もすることができずその場に崩れ落ちたのだった。

その後初めて門が開いたのは午前三時頃だった。最初に現れたのは背の高い男である。しかしリサとコウキは陰に隠れたままその場からは動かなかった。

リサとコウキは仲間の安否がどうあれ、このとき復讐することを決意していた。だからMOCの人間が門から出てきても下手には動かずずっと様子をうかがっていたのだ。

リサとコウキは仲間たちの死を確信した。MOCに運ばれた仲間たちが無事であることを強く願ったがその後も拠点に帰ってくる者はいなかったのである。

帰ってくるといっても、リサとコウキは浅草の拠点で生活はせず隣町の上野公園に拠点を移していた。なぜなら、再び浅草の拠点が襲われるかもしれないと思ったからだ。復讐を果たす前にやられるわけにはいかなかった。

仲間たちがＭＯＣに連れ去られてからちょうど一週間後の朝、リサとコウキは上野の拠点に住むアキラという仲間の下に向かった。アキラは暴力団とつながりがあり、二人は拳銃を二丁と実弾を三十発用意できないかと相談した。するとその翌日三十万円で売るという返答があり、リサとコウキはその日から金集めを始めた。主にひったくりと車上荒らしだが、焦る気持ちとは裏腹に思いどおりに金が入らず、一日でも早く仲間の仇を取りたい二人は食費まで削りコツコツと金を貯めていった。

親友であるミカや他の仲間たちに声をかければもっと早く集まったろうが、一切力を借りなかったのは迷惑をかけたくなかったからだ。最悪事件に巻き込むことになる。そして何より自分たちだけで決着をつけたかったのだ。

むろん警察に通報するという選択肢は最初からなかった。通報すれば事件が発覚し仲間を殺した奴らは捕まるかもしれないが、法的に罰したって意味はない。仲間たちと同じ痛みや苦しみを味わわせなければ自分たちの恨みは晴れなかった。そもそもストリートチルドレンの自分たちの話など真剣に聞いてくれないようにも思う。

暴力団から拳銃を手に入れたのは昨日のことだった。一昨日三十万円がようやく集まりアキラを通して拳銃と弾を用意してもらったのだ。

いよいよ復讐のときを迎え、リサとコウキはこの日九時半にＭＯＣに到着し、正門が開いた瞬間ＭＯＣの人間を撃ち施設を襲撃したのである。

先ほどの襲撃でリサとコウキは多くの職員を殺傷したが、まだ復讐を果たしたとは言えない。ＭＯＣにはまだ生きている人間がいる。みな殺しにしなければリサとコウキの怒りと恨みは消えない。それに何より死んだ仲間たちに申し訳なかった。

みんな、必ず仇を取ってやるからな。

リサは九人の仲間たちに心の中で誓った。

隅田川を渡って上野方面に向かって逃走する二人は、秋葉原の万世橋交差点に差し掛かろうとして赤信号で停まった。リサとコウキは停まっているのがもどかしいが、横方向からは猛スピードで車がやってくる。二人はここまで赤信号であろうと突き進んできたが、さすがにこの状況で横切るのは無謀であった。

横に並ぶコウキはぼんやりとした表情で信号を眺めている。顔色は真っ青で呼吸は荒く、疲れているというよりは身体がひどく辛そうだった。

「大丈夫かい？　コウキ」

コウキはリサを見て、

「ああ、なんてことねえよ」

無理に笑みを浮かべて言った。

リサはうなずくとコウキに気づかれぬよう重い息を吐いた。

リサも決して弱音は吐かないが、コウキと同じく心身ともに限界に来ている。愛する仲間たちを失った二人は極限状態の中で二ヶ月もろくに食べずに金を集め、MOCをたった二人で襲撃したのである。荒波を生き抜くストリートチルドレンとはいえ、リサたちは普通なら中学生や高校生なのだ。心身ともに困憊するのも無理はなかった。

しかしリサとコウキは拠点に戻ったらすぐに資金調達に出なければならなかった。二人は暴力団から弾を三十発購入したが、確認してみると二人合わせて六発しか残っていなかった。復讐を果たすには六発では足りない。また金を集めて弾を補充しなければならなかった。

前方の信号機が青く光ると二人はスロットルを捻(ひね)った。しかしその刹那、タイミングが悪いことに前方から警察車両が現れる。警察官はすぐさまサイレンを鳴らして、

「君たち、停まりなさい」

強い口調で指示した。リサはバイクを急停止させると舌打ちした。警察官は自分たちを襲撃犯だと知っているのか、それともただのノーヘルで捕まえようとしているだけなのか定かではなかったが、いずれにせよこんなところで捕まるわけにはいかなかった。

リサとコウキは左折して都道405号線を走った。警察車両は一般車両を端に移動させながら追走してくる。二人は急に左折すると、すぐさま今度は交差点を右に曲が

り警察を撹乱した。しかし警察はしつこく追ってくる。

リサとコウキは赤信号であっても強引に突き進み警察との距離を離す。が、原付と警察車両の力の差は歴然ですぐに距離を縮められてしまう。リサが危機感を抱いたとき運良く前方が渋滞していた。

早く撒かなければ応援が到着して囲まれてしまう。

リサとコウキは車の間を縫うようにして走る。警察官は一般車両に端に移動するよう指示を出すが、すぐに道は開かず追うのを諦めたようだった。

だが油断はできなかった。応援を呼んでいるはずだからまだまだ遠くに逃げなければならない。

リサは細道に入り再び国道を走った。

それからどれくらいの距離を走っただろうか。『新宿区』と標識が出てもうそろそろ大丈夫だろうとリサはサイドミラーを確認した。

その瞬間リサはブレーキを握った。後ろを走っていたはずのコウキがいないのである。リサはしばらくその場で待ったがやってくる気配はない。

リサはコウキがついてきているとばかり思っていたし、何より逃げることに必死でサイドミラーを見る余裕がなかったのだ。

いったいどこではぐれたのか……。

スマホがあれば居場所が分かるのだが、むろんリサたちはスマホなど持っていない。

まさか捕まってしまったのではないか……。

悪い予感が脳裏を掠めリサはコウキを捜そうとスロットルに手をやった。しかしすぐに思い直した。いやコウキは絶対に捕まってはいない。コウキも捜しているはずだから下手に動かず拠点に戻るほうがいいのではないか。

しかし自分が拠点に戻ったことに気づかずコウキが私を捜し続けたらどうする。コウキは今憔悴しきっている。私を捜している最中に何かあったら……。

どうするべきか迷うリサであるが決断する前に再びサイレンの音が聞こえてきた。

警察車両は後方からやってきており方向からして応援車両に違いない。リサは左車線に変更して赤信号の交差点を左折すると、最高速力で逃走した。だが今度は前方から警察車両がサイレンを鳴らしながらやってきたのだ。

このときリサは自分たちは襲撃犯として追われているのだと確信した。たかがノーヘルだけでここまで執拗に追ってくるはずがない。

挟まれたリサは再び左折し歩行者天国となっている商店街に入った。

リサはクラクションを鳴らしながら商店街を突っ切る。むろん警察は追ってこられずリサは大通りに出ると再びスピードを上げた。

リサは警察を警戒しながらコウキの姿を捜した。自分たちは今襲撃犯として追われている。コウキも同じように危機に陥っているのではないか。コウキは今判断力や注意力が鈍っている状態だ。何台もの警察車両に追われたら捕まってしまう。

不安にかられるリサだがふと前方に注目した。百メートル以上先の交差点からノーヘルの男が現れたのだ。遠いし背を向けているので断定はできないが、髪形と黒いジャンパーはコウキに非常に似ている。

リサはコウキであることを切に願い速度を上げた。しかしすぐにコウキではないことが分かった。

見間違いか……。

そう思ったときだった。注意散漫になっていたリサは併走する軽自動車が左にウィンカーを出したことに気づかず、反応したときには巻き込まれていた。

リサは道路に吹っ飛ばされ横倒しとなった。幸い頭は打たなかったが所々を強打し激しい痛みが襲ってきた。特に足の痛みがひどく折れてはいなそうだが大量に出血している。

軽自動車を運転していたのは中年の女性で、扉を開けると青い顔をしてリサに近づいた。女性は口を開くが恐怖のあまり声が出ないようだった。

リサはあまりの痛みでしばらく起き上がることができなかったが、何とか立ち上がるとすぐさまバイクを起こした。周りにはたくさんの野次馬がいる。一刻も早くここから立ち去らなければ警察が来る。

しかしバイクは激突した際にハンドルがねじ曲がりガソリンも漏れていた。リサはそれでもエンジンをかけようとしたが案の定かかることはなかった。

リサはカッと頭に血が上り無意識のうちに腰に手を当てていた。銃を抜き取り女の車を奪って逃走しようと思ったのだ。しかし最後のところで思いとどまった。

リサは車の運転には慣れているが、車はバイクと違って追われたら終わりだ。しかもナンバーが分かっているのですぐに発見されてしまうだろう。

リサは無言のまま女に背を向けて歩き出した。周囲からはどよめきが上がり、警察を呼べ、救急車を呼んでやれ、という声もあった。

リサはその声に怯え痛みを堪えて歩調を早めた。しかし一歩踏むたびに激痛が走りリサは地面に屈(かが)んだ。

そのときだった。

死んでいった仲間たちの声が遠くから聞こえてきたのだ。

『リサ姉ちゃん頑張れ！』

『リサ姉ちゃんファイト！』

幼い子どもたちの声が耳に響く。

先頭に立つタクミが、

『リサ、負けるな！』

叫ぶように言った。

リサは首に巻いている白いマフラーを握りしめ、力を振り絞って立ち上がった。

私は負けない。

こんなところでくたばってたまるか！

リサは逃げるようにして事故現場から去った。

この状態ではコウキを捜すのは不可能だ。拠点に戻ったらコウキがいることを願おう。

ここから上野公園まで四、五キロはあるが、何が何でもたどり着いてみせる。

コウキ、私は必ず拠点に戻るよ。

だからコウキも捕まらずに絶対に戻ってこい。

リサは足を引きずりながら、一歩一歩ゆっくりではあるが確実に前に進んでいった……。

一方その頃、森田和樹は自家用車で都道302号線を走っていた。森田が運転する車は九段にある会館に向かっている。森田は外国ブランドのスーツをビシッと着こなし、助手席に座る妻の紀子はこの日のために仕立てた辻が花の着物を着ている。

今日午後一時から、娘の幸枝が出演するオーケストラのコンサートが開催されるのである。ピアニストとして活動する幸枝はこれまでジャンルを問わず様々なコンサートで演奏してきたが、ここまで大きなものは初めてであった。

幸枝は五歳の頃からピアノを始め小学生の頃からずっとピアニストになるのが夢だった。早くから実力と才能を認められて英才教育を受けた幸枝は音大に入学し、卒業後はプロの道に進んだのである。しかしプロの道は想像以上に厳しく、幼い頃から将来を有望視されていた幸枝でさえなかなか芽が出ず、貰えるのは小さな仕事ばかりで森田は正直娘の将来が不安であった。

幸枝にピアノを習わせなければ幸枝はこんなにも苦労することはなかったのではないか。プロの道に進まなければ、結婚して子どもを産んで幸せな日々を送っていたのではないか。森田はそう思うときもあった。

幸枝は負けん気の強い性格だから森田は一度も弱音を聞いたことがないが、なかなか世間に認めてもらえないことに対して悔しさを抱き、時には辛いと思うこともあっただろう。それでも幸枝は純粋にピアノを弾くのが好きだから、この五年間懸命に活動してきたのである。

森田は娘の苦労を知っているから、このコンサートが決まったときは胸が熱くなりこの日が来るのをずっと楽しみにしていたのだ。

しかし森田も紀子もその表情は暗かった。

家を出る直前、東京本部で起きた事件を知ったのである。

そのニュースを観た瞬間森田は愕然とした。今朝、二人の少年少女が東京本部に侵入し職員を次々と殺傷していったというのだ。

現在確認されているだけでも六人が死亡、五人が重体、十二人が軽傷を負い、少年たちは今も逃走している。

その際監視カメラの映像も流れたのだが、中学生くらいの二人の手には銃が握られており二人とも人間とは思えぬほど恐ろしい形相であった。

むろん施設内の様子は映されなかったが、外は警察や報道陣などで大混乱であった。

森田はハンドルを握りながら凄惨な光景を想像した。これ以上死亡者が出なければいいが。

それにしてもなぜあんなに幼い子どもが東京本部を襲撃したのか。

車内に流れるラジオから再び事件の詳細が告げられた。

『繰り返しお伝えいたします。本日九時四十二分頃、江東区豊洲のＭＯＣ東京本部が何者かに襲撃されました。目撃者の話では犯人は少年少女の二人組でそれぞれ拳銃を所持。施設内に突入し乱射したとのことです。犯人はその後バイクで逃走し警察が行方を追っています。少女のほうは白いマフラーを巻いており――』

紀子は深いため息を吐き、

「どうしてこんな残酷な事件が起こってしまったんでしょうか」

森田は言葉を返さなかった。

彼らが東京本部を襲撃した動機は何だ？

恐らく金品を目的とした犯行ではない。金が目的なら単純に金のある場所を襲うはずなのだ。

他の動機を考える森田はふと一つの可能性を思い浮かべた。

少年たちの仲間が東京本部で記憶を全消去されて、その復讐のために襲撃したのではないか？

普通では考えられないことだが襲撃したのは未成年者だという。自分のことよりも仲間のことに熱くなる年齢だから、その可能性は十分にある。

森田はその後も他の動機について頭を悩ませた。この様子だと幸枝の演奏にも集中できそうにない。紀子はそれを悟り、

「あなた、東京本部に行かれてはどうですか？」

と提案した。森田は意外そうに、

「これからかね？」

紀子ははいとうなずいた。

「みなさんのことが心配でしょう」

紀子の言うとおり東京本部の職員たちが心配である。森田は紀子を会場に送ったあと東京本部に行こうか悩んだ。

森田は前方を見てはいるがまったく運転に集中できずにいた。未だに決断がつかない森田であるが、

「ねえあなた」

紀子の低い声でハッとなった。

「どうした」

紀子は歩道に視線を向けており、

「どうしたのかしら」

心配そうに言った。

森田は前方を気にしつつ歩道を見た。

すると通行人が輪を作っており、その真ん中にベージュのジャンパーを着た少女の姿があった。少女は今にも倒れそうなくらいフラついており、よく見ると茶色いジーンズはビリビリに破れ膝から下が血で染まっていた。にもかかわらず通行人は助けるどころか不気味そうに眺めているのだ。

「大変だ」

森田は車を端に寄せると運転席から降り少女の下に走った。

森田は通行人をかき分けて少女の肩を支えた。

「大丈夫か、君」

少女は意識が朦朧としており、

「触るな。離せ」

その声は弱々しく森田を振り払おうとするがまったく力が入らないようだった。

少女は怪我をしているだけでなくひどく憔悴している。すぐに命にかかわるほどではないが安静が必要と思われた。

「動いてはならない。とにかく」

病院に行こう、そう言おうとしたときだった。森田は少女が巻いている白いマフラーに注目した。

ニュースでは犯人のうち少女は白いマフラーをしていると言っていた。

改めて少女の顔を見た森田は息を呑んだ。

間違いない。MOCを襲撃した少女である。

「君……」

少女は森田を振り払い前に進もうとする。

「動いてはいけない」

森田が力で押さえると少女は身の危険を察知したようにハッと目を開け、腰から銃を取り出して森田に銃口を向けた。その瞬間通行人は悲鳴を上げて後ずさった。

少女は獣のような鋭い目で森田を睨む。森田はこのとき足が竦んでしまって動くことができなかった。

「離さねえと殺すぞ」

掠れながらも絞り出すように言った瞬間だった。少女はスーッと意識を失った。森田は慌てて少女を支えた。顔色は真っ青だが首の辺りが異常に熱く額に手をやると熱があった。

森田は少女を抱き上げると車へ向かい後部座席に寝かせた。少女は意識を失っているというのに銃をしっかりと握りしめている。無意識の中でも戦っているようであり絶対に捕まらないんだという執念を感じた。

森田は少女の手から銃を取ると運転席に座った。

紀子は怯えたような声で、

「あなた、まさかこの子」

森田は冷静にうなずき、

「間違いない。MOCを襲撃した少女だ」

紀子は激しく動揺した。

「いったいどうするつもりですかあなた。早く警察に連絡を」

「まずは病院に連れていくほうが先だ」

森田は紀子を遮り決意に満ちた表情で言った。

「志村先生のところへ連れて行く」

志村とは、森田の自宅から二キロほど離れた本牧で内科医院を営んでおり、森田の二十年来の掛かり付けの医師であった。

「わざわざ志村先生のところに連れていかなくても」

東京本部の内情を思うと適当な病院に行くより志村先生の所のほうがいい。幸い少女の怪我は少々の移動には堪えられそうだった。

「志村先生ならきっと私の気持ちを汲んでくれるはずだ」

森田の最後の言葉に紀子は一層不安が増した。

「あなた、何を考えているんですか」

そのときだった。後ろで寝ている少女が無意識の中でつぶやいた。

「コウキ……もう少し、もう少しで着くから、待っててくれよ」

コウキとはMOCを襲撃した少年のことであろう。なぜ二人が離ればなれになってしまったのかは分からないが、どうやら少女は彼と約束している場所に戻ろうとしていたらしい。

森田は向き直ると紀子に言った。

「君は幸枝のコンサートに行ってやってくれ」

興奮する紀子は、

「この状況で行けるはずがありません」

気持ちを抑えられず強い口調で言った。

森田は分かったというようにうなずくと、

「心配ない。回復したら警察に連れていくつもりだ」

紀子を安心させるように言った。紀子は少し落ち着いたらしく「はい」と返事した。

森田はもう一度少女を振り返った。

自分でも意外な行動であった。

いずれ警察に連れていかなくてはならないことは分かっているが、警察に引き渡す前にどうしても直接東京本部を襲撃した動機を訊きたかったのである。こんな子どもが起こした凶行だ。何か裏があると感じたのだ。

森田はそのために志村医師のところへ連れていくことを決意したのだ。二十年来の付き合いである志村医師ならそのあたりを斟酌（しんしゃく）してくれるだろうし、小さな診療所だから患者数は少なく落ち着いて話すことができる。

彼女たちと東京本部の人間との間に何らかのトラブルがあったに違いないのだ。

自分は元本部長としてそれを知る義務がある。いや義務というより使命感が湧き上がっていた。

森田はパーキングからドライブにシフトをチェンジすると横浜方面に車を走らせた。

志村内科クリニックは本牧大里町の住宅街の一角に建っている、延べ床面積二十坪ほどの小さな医院である。

医師は志村一人だけで看護師も三人しかおらずベッドも三床と少ない。

少女は現在唯一の個室で治療を受けている。患者は他に二人しかおらず診療所内は静かであった。

森田と紀子は受付の前の椅子に座り少女の治療が終わるのを待った。

治療が開始されてから三十分後に若い女性看護師がやってきて、

「森田さん、先生がお呼びです」

と告げた。少女が襲撃犯であることは志村医師しか知らず、看護師たちは襲撃事件のことは知っているだろうが誰も少女の正体には気づいていない様子だった。顔なじみの森田が連れてきた患者だから疑ってすらいないだろう。

森田と紀子は立ち上がり個室の扉を静かに開いた。

ベッドのそばに立つ志村医師は振り返ると「どうぞ中へ」と低い声で言った。

志村医師は百八十センチ近い長身で、五十五とは思えないほどがっしりとした体軀をしている。顔つきは厳めしくさらに頭は丸坊主なので一見近寄りがたい雰囲気であるが、物腰は柔らかで人間味溢れる心の熱い医師である。

志村医師が営む診療所は総合病院などに比べると設備は充実していないが、それでも森田が志村医師を掛かり付けにしているのは、志村医師が患者のことを第一に考え熱心に診察するその姿勢が信頼できるからだった。

「失礼します」

ベッドに歩み寄ると少女はぐっすりと眠っており右腕には点滴が打たれている。点滴のおかげで少し回復したらしく、少女の顔色は先ほどよりは良くなっていた。

森田と紀子は志村医師に深々と頭を下げた。

「先生、このたびは無理なお願いをして申し訳ありません」

志村医師は一礼すると容態について説明した。

「ひどく身体が弱っていたので点滴を打ちました。若干熱もあったので解熱剤を投与しています。じきに回復するでしょう。

足の怪我は恐らくバイク事故によるものですね。五針ほど縫いました。そのほかにも数ヶ所打撲の跡が見られました。今はまだ相当な痛みがあるでしょうがしばらくすれば良くなります」

森田はもう一度深くお辞儀した。

「ありがとうございます」

志村医師は腕を組むと少女を見つめながら言った。

「しかし驚きました。まさかＭＯＣを襲撃した少女が運ばれてくるとは」

「志村先生なら受け入れてくださると思ったのです」

志村医師は厳しい口調で言った。

「森田さん、私は医師として一人の患者を救っただけで受け入れたことに特別な意味はありません。彼女が回復するまでは目を瞑っていますが回復したらすぐに警察に連れていくことです」

「もちろんそのつもりです」

志村医師はうなずくと再び少女に視線を向けて重いため息を吐いた。

「森田さん、この子の身体を見てください。恐らく体重は三十キロほどしかないでしょう」

少女の身体は異常なまでに痩せ細っており森田は気の毒で目を逸らした。

「この身体を見ただけでも彼女の生活がうかがい知れます。よほど貧しい家庭なのか、それか両親に虐待を受けているのか、もしくはストリートチルドレンか……」

森田は復唱した。

「ストリート……チルドレン」

「なぜこんな幼い子がMOCを襲撃したのか……」

そのとき部屋の扉がノックされた。

「はい」

志村医師が返事すると、先ほどの若い看護師が扉を開き申し訳なさそうに言った。

「先生、次の患者さんを診ていただけますか？」

「ああ分かった。すぐに行く」

志村医師は看護師にそう告げると森田に向き直り、

「では森田さん、私は別の患者の診察がありますので何かあったら呼んでください」

「分かりました。ありがとうございます」

志村医師が部屋から出ると森田は少女のそばに椅子を二つ並べた。しかし紀子は椅子には座らず、

「私、何か食べ物を買ってきます」

点滴中ではあるが、紀子も少女が気の毒に思いそう言ったのだった。

「ああ、よろしく頼む」

紀子が部屋から出ると、森田は重い腰を下ろして心配そうに少女を見つめた。

少女が目を覚ましたのは、それから約四時間後のことだった。

まず気づいたのは紀子だった。

「あなた」

森田はとっさに顔を上げ立ち上がった。

少女はうっすらと目を開けると、ここはどこだろうというように首を左右に動かし、自分がベッドで寝ていることに気づくとハッと目を開けて上半身を起こした。森田と紀子は少女の身体を支え、

「まだ動いたらいけない」

と言い聞かせたが、少女は森田の腕を強く摑み、

「ここはどこだ！」

蒼白い顔で厳しく問うた。森田は落ち着いた声で、

「病院だよ」

と答えた。少女は激しく興奮し、

「なぜ病院なんかに連れてきたんだ！」

「君は危険な状態だったんだ」

少女の顔を不安の色が掠めた。

「警察は呼んでないだろうな」

少女は一瞬安堵すると、腕から延びる管を強引に剝がしてベッドから降りようとした。受け答えの様子から、リサは森田が事情をすべて知っていることを悟り逃げようとした。しかし森田はすかさず止めた。

「どこへ行くというんだ」

「離せ！　こんなところにいる暇なんかねえんだ。私には行くところがあるんだよ」

「仲間のところだな」

少女は森田をキッと睨みつけた。

「お前に関係ないだろ。離せ！」

激しく暴れる少女は眩暈を起こして一瞬身体をフラつかせた。

「今の身体では無理だ。足だって怪我してるんだぞ」

「こんなのどうってことねえよ」

「仲間とどこで会う約束をしているのか知らないが、ここは横浜なんだぞ」

少女は倒れた場所から程近い病院にいるものだと思っていたらしく、

「横浜だと？」

一瞬動作が停止したが、

「今何時だ」

慌てて訊いた。

森田は腕時計を確認し、

「五時十分だ」

と伝えた。気を失ってから六時間ほどが経っていることに気づいた少女は脱力した。

「コウキ……」

少女の心配を察した森田が、

「まだ仲間は捕まっていないようだ」

そう言うと少女は安堵の息を吐いた。

「君の名前を教えてくれないか」

少女は森田を一瞥し、

「関係ないだろ」

低い声で言った。

「君は大変なことをしてしまったんだぞ。少なくとも六人が死んでいる」

少女の顔に罪悪感はなく、

「だから何だ」

平然とした表情で返した。

「教えてくれないか。なぜ君はＭＯＣ東京本部を襲撃したんだ」

森田は核心に触れた。

「だから何度も言ってるだろ。お前には関係のないことだ」

「いや、関係ある」

森田は遮るようにして言った。

「私は東京本部の本部長だったんだ」

その瞬間少女の顔は憎悪に満ち、

「何だと！」

部屋中に響くほどの声で叫んだ。

「私は、君たちと東京本部の間に何があったのか知らなければならない」

我を失っている少女には森田の言葉は通じず、

「殺してやる。殺してやるぞ」

恨みを込めて何度も殺すとつぶやいた。

森田は鞄の中にしまってある銃を取り出すと少女に差し出した。

「あなた！」

紀子は銃に手を伸ばしたが遅かった。少女は銃を奪い取ると、

「ぶっ殺してやる！」

森田に銃口を向けた。紀子は顔を背けたが森田は一切表情を変えなかった。

「殺したければ殺せばいい。しかしその前に君たちがなぜ東京本部を襲撃したのか、お願いだから教えてくれ」

少女は引き金を引く寸前であったが、森田の覚悟に負けたように銃を下ろした。少なくとも森田は復讐をする相手ではないと直感で感じたようだった。

肝の据わっている紀子もさすがに腰が抜けてしまい椅子に尻餅をついた。

少女はしばらく考えたあと、

「殺されたんだよ」

力無く声を洩らした。森田はその言葉に過敏に反応し、

「何だって？」

訊き返すと少女は顔を上げ、

「九人の大事な仲間が、ＭＯＣの奴らに殺されたんだ！」

涙声でそう叫んだのだった。

東京本部の職員を殺傷した動機や事件があった昨年十二月九日から今日までの行動、すべてを知った森田と紀子は言葉を失った。

森田はあまりのショックで立っていられなくなり椅子に落ちた。

東京本部の職員が浅草のストリートチルドレンを拉致し、殺害した……。

事件が起こったのは十二月九日の未明。自分がMOCを去る直前だった。

森田は頭を抱えた。

「なんてことだ……」

信じられないが、現に少女は九人の子どもたちが東京本部の職員に拉致された現場を見ている。確信がなければ少女たちが危険を冒して復讐を実行するはずがないのだ。殺害された現場は見ていないが子どもたちは東京本部から出てきていない。少女たちはそれも確認している。

操作官が子どもたちを施設内で殺害して埋めたということか……？　もし本当に実行されたのだとしたら恐らく事務職員でなく統制の取れた記憶操作官の仕業だろう。施設に運ばれてからおよそ一時間後、施設から黒煙が立ち昇っているのだ。子どもたちを殺害したあと遺体を焼いた？

少女は怒りを込めて言った。

「まだ復讐は終わってないぞ。みな殺しにしなければみんなの恨みは晴れねえ。だからまだ捕まるわけにはいかねんだよ」

森田は心痛の思いであった。まだ十三、四の少年少女が復讐のために殺人罪を犯したのだ。

「なぜ警察を頼らなかったんだ」

森田の悲痛な叫びが部屋中に響いた。

「警察なんて信用できるか！　それに法で裁いたって意味がねえからだよ。同じ痛みを味わわせなければ死んでいった仲間たちは納得しねえ」

森田は違うというように首を振った。

「君の仲間は復讐なんて望んではいなかったはずだ。なぜなら今度は君たちが殺人者になるからだ。仲間にとってそれはとても悲しいことじゃないか」

その言葉が強く響いたらしい。少女は森田を鋭い目つきで見ているが何も言葉を返さなかった。

「しかしなぜ彼らは君の仲間を……」

「決まってるだろ。奴らは私たちの存在が邪魔だったからだよ」

そんな理由ではないと森田は思った。

確かにストリートチルドレンは都民から邪魔者扱いされている。中には害虫と呼ぶ者もいるくらいだ。しかしそんな理由で殺害などするはずがない。

なぜ操作官はそんなに多くの子どもたちを……。

森田は立ち上がると個室を出た。そして廊下の壁に頭をつけて鉛のように重いため息を吐いた。

いったい誰が子どもたちを……。

九人もの子どもたちを一気に拉致したのだ。少人数では不可能だ。森田の脳裏に黒宮猛の顔が浮かんだ。しかし何の根拠もないのに疑うことはできない。森田はすぐに黒宮の顔を打ち消した。

すると今度は長尾正の顔が浮かんだ。

長尾くん、私はいったいどうするべきだろうか？

森田は少女から動機を聞いたあと警察に引き渡すつもりだったが、動機を知った森田は自分の手で引き渡すことができなくなっていた。少女を殺人者にしたのは東京本部の操作官である。つまり本部長であった自分の責任でもあるのだ。

多くの職員を殺傷した少女には、ストリートチルドレンということもあり記憶の全削除判決が下される可能性が高い。初めに襲撃事件を引き起こしたのはＭＯＣ東京本部の操作官たちなのにである。

しかし少女を警察に引き渡さなければすべての事件は解決しない。

森田は気づくとスマホを手にしていた。

一番の謎は彼らはなぜストリートチルドレンを殺害したかである。

いや、そもそもそれは事実なのであろうか。

長尾が関与しているはずがないが、浅草のストリートチルドレンと東京本部の操作官との間にトラブルがあったとか、そんな噂を聞いたことがないだろうか。

時刻は五時半を回ったところである。MOCの業務は終了しているが長尾は電話に出るだろうか。

長尾のスマホに連絡すると長尾はすぐに電話に出た。

「長尾くん。今少しいいかな。

君も今朝の事件は知っていると思うが、以前、東京の操作官と浅草のストリートチルドレンとの間にトラブルがあったとか、そんな噂を聞いたことがないかね？

ああ、実はね……」

森田は、娘のコンサートに向かう途中で襲撃犯である少女を偶然発見し、その場で倒れた少女を病院に運んで現在一緒にいることを説明した。その後、少女が東京本部を襲撃した動機についても話した。

すると長尾の口から驚くべき事実が伝えられたのだ。

森田はそれを聞いた瞬間崩れ落ちそうになった。

「相馬くんが十二月八日の深夜に新郷くんにストリートチルドレンの殺害を命令されただと……」

長尾は大まかに説明したあと、相馬に連絡して今すぐに横浜に向かいますと言った。

森田は最後、自分が何と言って電話を切ったのか分からないくらいに動揺していた。

茫然と個室に戻った森田は蒼い顔で紀子に言った。

「たった今長尾くんと話した。十二月八日の深夜、相馬くんが新郷くんにこの子の仲間の殺害を命令されたそうだ」

その事実を知った紀子は愕然とし、横で聞いていた少女は怒りに震えた。

「しかし勘違いしないでほしい。相馬くんは命令には従っていない。断固拒否して新郷くんに止めるよう説得したに違いない」

「その新郷って奴はまだ生きてんのか」

森田は少女が眠っている際に部屋のテレビで一度ニュースを確認したが、死亡した者の中に新郷庄一の名は入っていなかった。しかし森田はそれを伝えなかった。

森田が黙っていると少女は再びベッドから降りようとした。森田はすかさず身体を押さえ、

「どこへ行くんだ」

語気を強めて言った。

「決まってるだろ。コウキが待つ場所に戻るんだよ」

「また東京本部を襲撃するためにか」

「当たり前だろ。全員ぶっ殺してやるんだ」

森田は少女の目を真っ直ぐに見て言った。

「それは絶対にさせない。これ以上君たちに殺人を犯してほしくないのだよ」

「お前に私たちの気持ちが分かってたまるか！」

森田は暴れる少女にこう言った。

「いったん私の家に来なさい」

「あなた」

森田は紀子を無視するように続けた。

「ここに長くいれば志村先生の迷惑になる」

少女は森田を振り払って叫んだ。

「ふざけるな。なんで私が」

「これからその相馬くんも来る。相馬くんは、なぜ君たちの仲間が犠牲にならなければならなかったのかすべてを知っているはずだ。君にはそれを知る義務があるのではないかね」

森田がそう言うと、少女は暴れるのを止めて深く考え込んだ。

少女はうつむき加減で言った。

「裏切ったら、マジで殺すぞ」

「裏切ることはしないよ。少なくとも私の手で警察に引き渡すことはしない」

それが森田の出した答えだった。

「でも、コウキが」

「長尾くんと相馬くんが着いたら迎えにいこう」

少女は無言でうなずいた。

森田は紀子を振り返り、

「紀子すまない、もう少しだけ私に時間をくれないか」

森田の決意に、紀子も覚悟したように「分かりました」と返事した。

「では、支度をしよう」

森田はそう言ったあとすぐに肝心なことに気づいた。

「そうだ、まだ君の名前を聞いていなかった」

森田が尋ねると少女はそっぽを向きながらも、

「リサ」

と低い声で言った。

「私は森田と言う。そして妻の紀子だ」

森田は自分の名を告げると支度を始めた。


支度を終えて受付で手続きを済ませた森田は先に紀子とリサを車に乗せた。外まで見送りに出てくれた志村医師に深く頭を下げると、

「志村先生、この度はご迷惑をおかけして申し訳ありませんでした。これから彼女を

山手警察署に連れていきます」

と嘘をついた。

志村医師は後部座席に座る少女を見つめながら、

「そうですか」

と言い、

「ここにも警察が来ることになるでしょうが、うまく事情を話しておきます」

森田はこのとき罪悪感で胸が痛くなった。

「ありがとうございます。では失礼します」

運転席に座った森田はエンジンをかけると志村医師に一礼してアクセルを踏んだ。

バックミラーにはまだ志村医師の姿が映っている。

森田はバックミラーを見ながら、志村先生、嘘を言って申し訳ありません、と心の中で深く詫びた。


長尾から連絡を受けた相馬は横浜に急行し、十九時三十分に元町・中華街駅で降りると停留しているタクシーに乗った。森田の自宅まで徒歩十五分の距離だが相馬は一刻でも早く到着したかった。

長尾から連絡があったのはロッカールームで私服に着替えた直後で、今朝東京本部を襲撃した少女と森田が一緒にいると聞いたときは愕然とした。

相馬は事件を知ってから、なぜ二人の少年少女が突然東京本部を襲撃したのか、その動機について一日中頭を悩ませていた。

まさか二人がストリートチルドレンで仲間を殺された恨みを晴らすために東京本部を襲撃したとは。

その事実を知った瞬間、相馬の中でかすかな希望が消えた。

相馬は新郷たちがストリートチルドレンの殺害を実行していないことを祈っていたが、その祈りは通じず子どもたちが犠牲となったのだ。

それが浅草のストリートチルドレンだったとは……。

残されたメモリーを見る限り、あの夜は多くの拠点を回っていたが、浅草にストリートチルドレンの拠点があることすら知らなかった。もし知っていて急行していれば、子どもたちが犠牲になることはなかったのではないか……。

大きな自責と後悔、そして罪悪感を抱く相馬は森田が住む屋敷に到着した。敷地内にはすでに長尾の自家用車が停まっている。相馬は玄関の前に立ってベルを鳴らした。

間もなく紀子が扉を開き、

「相馬さん？」

と尋ねた。相馬は慇懃に礼をして、

「初めまして、相馬です」

と挨拶した。

「ご苦労様です。さあどうぞ」

紀子は相馬をリビングダイニングに案内した。

ダイニングテーブルには森田と長尾が座っており、リビングのソファには少女が座っていた。

少女は野生で育ったかのように鋭い顔つきをしており、その表情には力が漲っている。しかし血色は悪く身体は気の毒なくらいに痩せ細っていた。

「お久しぶりです、森田本部長」

森田は穏やかな声で、

「相馬くん、遠い所よく来てくれたね」

労うように言った。

森田は少女を振り返り、

「相馬くんだ」

と紹介した。そして今度は相馬に向かい少女の名を告げた。

その後森田は、リサを掛かり付けの病院に運んだ理由や、リサから動機を知らされた直後の感情の変化、そして最後に自宅に連れてきてからのことを説明した。

森田は自宅に着くと、リサに娘の洋服を着させて食事を与えたそうだ。そのため病院にいたときよりもずっと体力が戻ったと森田は言った。

リサは相馬をじっと見据えている。怒りとも恨みともつかない鋭い眼光である。

長尾は複雑な表情で相馬に言った。

「相馬くん、新郷たちはやはり……」

長尾はリサの手前、その先は言わなかった。

今度は森田が口を開いた。

「十二月九日の未明、東京本部の操作官が彼女の仲間たちを拉致し、東京本部にまで運び……」

森田から一部始終を聞いた相馬は新郷たちに憤懣し、そして助けてやることができなかった自分が許せなかった。

リサは仲間が殺害される現場こそ見ていないが、その後誰も東京本部から出てきていないのである。相馬も諦めざるをえなかった。

もう一つ明らかになったのは、子どもたちの遺体が東京本部のどこかに埋められているらしいということである。しかも自分が異動する何日も前からである。

「長尾くんからすべての話は聞いたが」

森田は相馬に尋ねた。

「新郷くんから命令された際、その動機については何も知らされなかったそうだね」

相馬はリサを一瞥し、

「メモリーチップに記録されている映像を見る限りでは、何も……」

そう答えるとリサは急にソファから立ち上がり相馬に詰め寄った。

「何で奴らを止めなかったんだよ。お前が止めれば仲間たちは死ななかったんだ！」

リサが相馬の胸ぐらを摑むと長尾が後ろから止めに入った。

「やめないか」

相馬は反論せず、

「君の言うとおりだ。本当に申し訳ない」

リサに心から詫びた。長尾は違うというように首を振った。

「君は悪くないよ」

森田が後に続いた。

「そうだよ相馬くん、自分を責めてはならない」

森田は相馬に言ったあとリサに視線を向けた。

「相馬くんは必死に彼らを止めたんだ。その彼を責めるのはあまりにも酷じゃないかね」

リサは手を離したが言葉を発することはなかった。長尾はリサをソファに座らせると森田に訴えた。

「森田本部長、殺害を指示したのは黒宮です」

森田は口を開かずじっと考え込んでいる。何の根拠もないのに疑うことは許されないと思っているからである。

「証拠はありませんが、新郷の独断とはどうしても考えられないのです。他の者ならまだしも新郷は黒宮の右腕です。絶対に黒宮の指示です。森田本部長も内心ではそう思っておられるのではないですか？」

長尾が問うても森田は発言を避けた。それでも長尾はかまわずに続けた。

「しかし残念ながら、殺害を実行した者たちの記憶はもちろん、新郷に指示した記憶など、危険なものはすべて削除されているでしょう。彼女の記憶は決定的な証拠ですが、今のままでは黒宮だけは何の罪にも問われません」

それからしばらくの沈黙となり長尾はリサに尋ねた。

「君は本当に何の心当たりもないのか？　何の理由もなく君たちを狙うはずがないのだが」

「そんなものあるわけねえよ。奴らは私たちが邪魔で――」

そこまで言ったときリサの表情に変化があった。何かを思い出したように固まっているのだ。

「どうした？」

するとリサはこう言ったのである。

「あのときか……」

長尾はリサの横に立ち、

「あのときとは何だ？」

と訊き返した。

「けっこう前に東京本部で記憶を売ったことがある」

相馬は過敏に反応した。

「記憶を売ったとはどういうことだ⁉」

「両国のミカって友達から誘われたんだ。東京本部に記憶を買ってくれる操作官がいるって」

相馬は間髪容れずに訊いた。

「名前は分かるか？」

「ミカは『真澄姉さん』って言ってた」

森田と長尾は顔を見合わせて相馬はため息を吐いた。

「海住……」

海住までもが不正な記憶操作を行っていたというのか。

相馬は海住が同期で、長い付き合いだからこそよけいに許せなかった。

「バカが……」

リサはその後、記憶を売った日の出来事を相馬たちに詳細に話した。

「本当は四年前の十一月の記憶を売るつもりだったんだけど、操作を間違えたのか何なのか分からねえけど、たぶん生まれたばかりのときの記憶が画面に出たんだ。そしたらなぜか急に興奮し出して、ミカが呼んだら慌てて何か作業を始めて」

相馬は作業とは何だと考えた。すると長尾が横で、

「その記憶をコピーしたのかもしれないな」

とつぶやいた。

「いったいどんな記憶だったんだ」

長尾が尋ねるとリサは首を傾げた。

「最初若い女の顔が出てきて、その次に若い男の顔が出てきた。その先は映像を止められちまったからよく分からねえよ」

若い女と、若い男……。

長尾と顔を見合わせた相馬はスマホを取り出し海住のスマホに連絡した。海住はいったい何を見たというのだ。

しかし大事なときに限って海住は電話に出ない。もう一度かけたが同じだった。

「彼女が生まれたばかりの記憶ですから、十四、五年も前のことでしょう。そんな昔の記憶が事件に関係しているのでしょうか」

相馬は森田と長尾に意見を求めた。

すると長尾が決意に満ちた表情で森田にこう言ったのだ。

「森田本部長、これから埼玉支部に行って彼女のその記憶を確かめましょう。もちろんそれだけが目的ではありません。その後彼女の重要な記憶をすべてコピーするのです」

森田は困惑した。

「しかし長尾くん、それは……」

すでに辞めているとはいえ、元上司という立場上森田はすぐに容認することはできなかった。

「もちろん違法であることは重々承知しております。しかしそれ以上に重要なことなのです。恐らく黒宮は必死になって彼女たちを捜しています。一番恐ろしいのは、黒宮と警察がつながっている可能性があるということです。仮にそうだとしたら、捕まれば彼女の記憶は削除されてすべては闇に葬られます。万が一のことを考えて今からコピーしておくのです」

「しかし不正な操作をすれば君たちの立場だって」

「それ以上に大事なことなのです。もっとも事情はどうあれ、私たちはすでに不正な操作を行っています。それが発覚するのは時間の問題でしょう。覚悟はできています」

森田は意思を確かめるように相馬を見た。相馬は森田に強くうなずいた。

森田はしばらく考えた末、仕方ないというように、

「分かった。ではこれから埼玉支部に行こう」

了承すると、ずっと横でやりとりを聞いていたリサが立ち上がった。

「ちょっと待ってくれ。その前にコウキの所へ行ってくれ」

長尾はリサを振り返り、

「分かった」

と返事した。

森田は立ち上がると相馬たちに言った。

「では行こうか」

相馬はこのとき思った。

森田とリサが出会ったのは偶然なようで実は偶然ではなく、運命だったのだと――。

相馬たちは長尾の車に乗り込み長尾がリサに行き先を尋ねた。

後部座席に座るリサはバックミラーを見ながら、

「上野公園でコウキは待っている」

それを信じるように長尾に伝えたのだった。

リサとコウキが拠点にしている上野公園は美術館や動物園もある巨大な公園である。しかしその中でも不忍池の北側は静かで拠点にするにはうってつけだった。

出発してから約一時間後、車を降りた相馬たちは中に入ったが、周辺には誰一人としておらず辺りはシンとしていた。

周辺には滑り台と鉄棒の他に、家のような造りをした小さなアスレチック遊具があるが、リサ曰く二人はその中に段ボールを敷いて生活をしていたそうだ。

しかしそこにもコウキの姿はなかった。

リサが心配そうにつぶやいたとき、

「どこ行ったんだよコウキ」

「リサ」

どこからか小さな声が聞こえた。

リサが振り返ると草むらの中からコウキが現れたのだ。

リサと同様異常なほどに痩せており、リサ以上に血色が悪く、暗闇の中で確認しただけでも憔悴しきっているのが分かる。

「コウキ、やっぱりここに戻ってきてくれたんだな。遅くなって悪かった。あれからいろいろとあったんだ」

コウキはそれには答えず、腰から銃を取り出すと相馬たちに銃口を向け、

「リサ、そいつら誰だ⁉」

警戒しながらゆっくりと歩み寄った。

「コウキ落ち着けよ」

「誰だって訊いてるんだ」

リサはコウキに経緯を説明するが、相馬たちがＭＯＣの人間だと知った瞬間コウキは激昂し、

「どういうつもりだリサ、そいつらは仲間たちを殺したんだぞ！」

我を失い喚（わめ）いた。

「殺してやる、ぶっ殺してやるぞ！」

相馬と長尾と森田の三人は銃口を向けられても臆することなくコウキを真っ直ぐに見つめた。

「待てコウキ、ＭＯＣの人間でもこの三人は敵じゃない」

リサは必死に説得した。

「ふざけるな。俺たちにとってＭＯＣの人間は全員敵だろ！」

「ああそうだよ。でもこの三人はちげえよ」

「何でそんなこと言い切れんだよ」

　リサは一瞬言葉に詰まったが、

「うまく説明できねえけどそう思うんだ」

　しかしコウキはそれでも銃を下ろそうとはしなかった。

「俺は信用しねえぜ」

　コウキがそう言ったとき森田が口を開いた。

「もし私たちが裏切ったときは引き金を引いてくれてかまわないよ。私たちは事件の真相を究明したいだけなんだ」

　コウキは言葉を返さず森田の心の内を読むようにじっと見据えている。

「コウキ、仲間たちがなぜ殺されたのか、もしかしたらそれが分かるかもしれねえんだ」

　コウキは銃を向けたまま言った。

「どういうことだよ」

「私たちが記憶を売ったときがあるだろ。そのとき私が赤ん坊のときの記憶が画面に映ったじゃないか」

　リサはその後海住の態度が急変したことを話した。

「もしかしたらそのときの記憶に何かあるかもしれねえんだよ。それを今から確かめにいくんだ」

コウキはその口の出来事を思い返しているようだが、あまりピンと来るものがなさそうだった。

「私たちは、なぜ仲間たちが殺されたのか知る必要があるんだよ」

コウキはしばらく考え込むとようやく銃を下ろし、

「分かった。そういうことなら行ってやるよ」

リサにそう告げると今度は相馬たちを見て言った。

「いいか、少しでも変な行動を取れば全員殺すからな」

相馬は迷うことなくうなずいた。

「分かった」

長尾はリサとコウキを見て言った。

「よし、埼玉支部に急ごう」

相馬たちは車に向かいドアを開けた。

森田が助手席に座り、相馬、リサ、コウキの三人が後部座席に座った。

これから埼玉支部で、リサの記憶に何が隠されているのか、それが明らかとなる……。

長尾はエンジンをかけると再び高速に向かって車を走らせる。その間、車内は緊迫していた。相馬の隣に座るコウキが三人の動きに怪しい気配がないか、ずっと銃を向けて見張っていたからである。

それから再び一時間後、相馬たちを乗せた車は埼玉支部がある川越市に到着した。

コウキは未だ相馬たちに銃を向けている。

車内にはほとんど会話がなく重苦しい沈黙が流れているが、リサがふとコウキに尋ねた。

「そういえばコウキ、どうしてあのとき急にいなくなったりしたんだよ」

コウキは銃を下ろすとおもむろに口を開いた。

「逃げてる途中、三人の子どもたちが二人の不良どもに絡まれていてよ。三人とも十歳くらいで、身なりや雰囲気で〝ストリート〟だって分かったんだ。そのとき死んでいった幼い子どもたちの顔が浮かんでよ。どうしても放っておくことができなくて助けにいったんだ」

相馬はこのとき、コウキは実は心の優しい少年であることを知ったと同時に、その話に胸が痛んだ。

「そうだったのか。それで子どもたちは大丈夫だったのか?」

「ああ、そいつらをぶっ飛ばしたときにはいなくなってたけどな」

コウキは言ったあと、

「どいつもこいつも俺たちを害虫扱いしやがって」

つぶやくようにして言ったがその声には強い恨みが込められていた。

相馬は言葉を探したが、何不自由なく生活してきた相馬が何を言っても同情にしか聞こえなそうで、言葉をかけることができなかった。

長尾も同じ気持ちらしく、

「そろそろ埼玉支部に着くぞ」

苦し紛れにそう言ったのだった。

MOC埼玉支部に到着すると長尾がカードキーで正門を開けた。東京本部への襲撃のニュースによりMOC各支部は警戒を強めていたが、課長の長尾は何くわぬ様子で警備員をやりすごした。長尾は施設の入り口付近に車を停めるとエンジンを切り、

「行きましょう」

と森田に言った。

不正な記憶操作に罪悪感を抱く森田は、

「分かった」

そう返事をしたが、未だ葛藤に苦しんでいるようであった。

施設内に入った相馬たちは三課がある二階に上がり、削除室に通じる扉の前に立った。

長尾は扉を開ける前に森田に深く頭を下げた。

「森田本部長、申し訳ありません」

森田は仕方ないというようにうなずいた。長尾は扉に向き直ると暗証番号を入力し扉を開け、№1の削除室の施錠を解いた。

長尾は部屋の明かりを点けると、次に装置を作動させてリサを中央の椅子に座らせた。そして頭上の装置を被らせると大型モニターを振り返りキーボードに手を置いた。

しかしそこで長尾の動作が止まった。

「ところで海住はいつの記憶を見たんだ」

リサとコウキは顔を見合わせ、二人とも分からないと答えた。とにかくリサが赤ん坊のときの記憶だったと言うのだ。

「チャプターを調べていくしかなさそうだな」

長尾はそう言ってキーボードに手を置いた。

ちょうどそのときであった。相馬のスマホに海住真澄から着信があったのである。

「もしもし」

相馬は厳しい声で電話に出た。

相馬の隣に事件を起こした二人がいるとは夢にも思っていない海住は、

「事件のことで電話してきたんだろ？」

と訊いた。しかし相馬はそれには答えず、

「海住、君には失望したよ」

と言った。

「君に記憶操作官の資格はない。即刻ＭＯＣを辞めるべきだ」

厳しく言い放つと海住は怪訝そうに、

「どういうことだい？」

「いつからか知らないが、君は裏で記憶の売買をしていたそうだな」

不正を暴かれた海住は言葉を失った。

「俺は今、東京本部を襲撃した二人と一緒にいるんだ」

海住はさらに混乱したようだった。

「リサとコウキかい」

「ああそうだ」

「どうしてあんたが」

「事情を話している暇はない。君はリサの記憶を買う際、恐らく操作を誤ったんだろう。彼女が赤ん坊のときの記憶を見ているな。そのとき君の態度が明らかに変わったってリサは言っている。君はいったい何を見たんだ」

海住は黙っている。相馬はこのとき、やはり事件に関係しているのだと悟った。

「ひょっとしたらその記憶がすべての事件の引き金となったのではないかと俺は考えているんだ」

浅草のストリートチルドレンが虐殺されたことを知らない海住は、

「すべての事件っていったいどういうことだい」

動揺した声で訊いた。

「それは後だ。君はいつの記憶を見たんだ」

「あんた、まさかＭＯＣにいるのかい」

相馬は答えずもう一度海住に訊いた。

「いつの記憶を見たんだ！」

海住はしばらく黙っていたが、ようやく観念し、

「二〇八一年の、十一月二十七日だよ」

相馬は復唱して長尾に伝えた。長尾は素早く年月日を入力するとリサの記憶を再生した。

大型モニターに若い女が現れる。リサは女に抱かれているようだった。

相馬はモニターを見ながら、

「何が始まるんだ」

海住に訊いた。海住は深刻そうに、

「すぐに分かるさ」

と答えた。

相馬たちは真剣な目つきで大型モニターを見据える。

間もなく若い男が現れたのだが、その男を見た瞬間、相馬、長尾、森田の三人は驚倒した。

顔はかなり若く、髪形も少し違うが間違いない。黒宮猛である。

リサが言った若い男がまさか黒宮だったとは！

「黒宮……」

相馬の声を聞いた海住は、

「そうだ。リサの父親は黒宮だったんだ」

相馬はリサを見て信じられないというように首を振った。しかし黒宮と女の会話がそれを物語っている。

長尾は森田を振り返って言った。

「森田本部長！」

森田は茫然としながらもうなずいた。

「長尾くん」

「まさか彼女の父親が黒宮だったとは！」

長尾は思わず叫ぶように言った。

相馬はスマホを左手に持ち替えて海住に訊いた。

「海住、この映像を黒宮に見せたのか」

森田と長尾は相馬に注目した。

「直接は見せていない。でも荒川によってその事実を知ったはずだ」

相馬はなぜ荒川義男の名が出てくるのか理解できなかったが、この際後回しだ。相馬が長尾にうなずくと長尾は森田に言った。

「やはり子どもたちの殺害を指示したのは黒宮です。恐らく黒宮はスキャンダルを恐れ、彼女たちを……」

「しかし長尾くん、それなら彼女の記憶を消すだけですむのではないかね？　なぜ彼は彼女の仲間全員を殺害しようと思ったのかね」

あらゆる可能性を考えた長尾は、

「子どもたちに騒ぎを起こさせないためでしょうか」

そう答えたが自信はなさそうだった。

「とにかく本部長、これで黒宮に殺害動機があることが分かりました。物的証拠はなくあくまでも状況証拠のみですが、黒宮が指示したのはほぼ間違いないでしょう」

これまでそのことについては発言を避けてきた森田であったが、強く拳を握ると、

「過去の過ちを消すために九人もの子どもたちを殺したというのか！」

涙声で叫んだ。

相馬は黒宮に激しい怒りを抱きながら海住に言い放った。

「海住、君の責任は重大だぞ。この記憶がきっかけで九人もの子どもたちが新郷たちに殺されたんだ！」


十二月九日の未明に起こった事件や、リサとコウキが東京本部を襲撃した動機について など、すべてを知った海住は大きなショックと自責の念を感じ、何も言葉を発することができなくなった。相馬は怒りのあまり一方的に通話を切った。

「おい、さっきから黒宮黒宮って、お前らさっきの男のこと知ってるのか」

リサが興奮しながら訊いた。大型スクリーンにはすでに黒宮の姿は映っておらず黒宮に捨てられた女はその場で泣き崩れている。

「黒宮は――」

長尾が口を開き、包み隠さず説明した。

「君の父親は、ＭＯＣ東京本部の現本部長だ」

それを聞いたコウキは愕然としリサは大きなショックを受けた。

「マジかよ……」

コウキは信じられないというようにつぶやいた。リサは茫然とした表情を浮かべ、

「私の父親が、仲間たちを殺すよう指示したってことか」

相馬と森田は辛くて顔を伏せたが、長尾はリサの目を真っ直ぐに見つめ、

「私はそう思っている」

残酷ではあるがはっきりと告げた。

椅子に座るリサは脱力し、

「嘘だろ」

消え入るような声で言った。

「私の記憶のせいで、みんな、殺されたのかよ……」

リサの瞳から大粒の涙がこぼれ落ちた。

リサはうつむいたまま叫んだ。

「私のせいでみんな死んだのかよ！」

リサは急に震えだし、

「黒宮って奴はまだ生きてるのか⁉」

鋭い口調で長尾に確認した。長尾は正直に答えた。

「ああ」

「そいつの所へ連れていけ」

リサは椅子から立ち上がると長尾に銃を向けて命令した。

「そいつが父親だろうが関係ねえ。ぶっ殺してやる！」

興奮するリサとは対照的に長尾は冷静な口調で言った。

「ダメだ」

「何だと、殺されてえのか！」

「これ以上君に罪を犯してほしくないからだ」

「関係ねえ！　お前に私の気持ちが分かるかよ！　私のせいでみんなが殺されたんだぞ！」

「落ち着くんだ。君のせいではない。自分を責めてはいけないよ」

「うるせえ！　いいから連れていけ！　マジでぶっ殺すぞ！」

リサが引き金に指をかけても長尾は命令には応じなかった。

「ダメだ。君に黒宮は殺させない。黒宮だけではない。どんな理由があっても殺人は許されない。罪を犯した者は法で裁かれなければならないんだ」

リサは長尾の首元に銃口を当てたが、最後のところで引き金を引くことができず、洋服を摑むと泣きながら懇願した。

「なあ頼むよ、せめてそいつだけは！」

長尾は首を振った。

「君は勘違いしている。黒宮を殺したって君の仲間たちは喜びはしない。むしろ悲しむだけだ。みんなこれ以上君に罪を犯してほしくないと思っているはずだよ」

長尾がそう諭すとリサはその場に崩れ落ちて泣いた。

「辛い気持ちは分かるが復讐したって何も解決はしないんだ」

長尾はそう言うとリサを立たせて再び椅子に座らせた。そしてリサの目線まで屈み、

「君の仲間たちを殺した者は必ず法で裁かれ罪を償うときが来る。それだけでは君の気持ちは収まらないかもしれないが、仲間たちはそれを望んでいるはずだ」

リサはむせび泣きコウキはリサのそばに立ち尽くしている。二人の脳裏には死んでいった仲間たちの姿が浮かんでいるようだった。

「これから君の重要な記憶をすべてコピーする」

長尾はそう言うと再び頭上の装置をリサの頭に被らせた。いつ黒宮にこの証拠を握り潰されるか分からないからだ。そして内ポケットの中から封筒を取り出すと、その中から相馬の記憶が記録されているメモリーチップを取り出した。

長尾はそれを記録用装置に挿入するとリサを振り返った。

「バスを発見したのは何時くらいだ」

リサはまだ答えられる状態になく、代わりにコウキが口を開いた。

「確か、夜中の一時くらいだったと思う」

念のためその一時間前の十二月九日の○時を入力すると、リサとコウキがバイクを二人乗りしている場面から始まった。

相馬たちは緊張の面持ちでモニターを見つめる。

しばらくするとコウキが土手にバイクを停め、拠点のほうを指差しバスが停まっていることをリサに告げた。

そのバスは相馬が東京本部の敷地内で確認したバスと同じであった。

さらによく見ると、バスのそばには一人の男が頭を抱えてうずくまっている。

顔はまったく見えないがあの様子からして山根であろうか？

相馬が山根裕太の姿を思い浮かべたとき男の右手首が柔らかい光を発した。それを見た相馬はやはり山根だと確信した。今光ったのは山根の腕時計であり、山根がいつもつけている腕時計は三十分ごとに光を発するのである。相馬は過去に二度ほど同じ光を目にしている。

いずれも、相馬が確認役で山根が受刑者の記憶を操作している際、今と同じ光を発したのだ。時計が光を発するものだから相馬は条件反射で腕時計を確認したのだが、一度目のときは長針が六を差しており二度目のときは長針が十二を差していた。

頭を抱えてうずくまる男が山根だと確信した相馬は、

「あれは山根です」

隣にいる長尾に囁いた。

山根は車内から呼ばれたのであろう。ハッと立ち上がると急いでバスに乗り込んだ。すでに襲撃はすみ子どもたちは車内に運ばれたあとのようだ。

相馬はこのとき、なぜバスに乗ったのだと心の中で山根に言った。逃走していれば事件に巻き込まれることはなかったのだ。

この様子だと山根も東京本部に戻っているが、果たして山根も子どもたちを殺害してしまったのであろうか。

相馬はそれはないと信じたかった。山根は新郷が怖くて仕方なくバスに乗ったが子どもたちは殺害していない。山根に人を殺めることなどできるはずがないのだ。

拠点の前からバスが去るとリサとコウキは急いで拠点に戻った。しかしいるはずの仲間が全員消えており部屋の中はひどく荒らされていた。

リサとコウキは気づかれぬようにバスを追うとバスは東京本部の前で停車した。このとき新郷たちとはまだかなりの距離があり、一人の操作官が出てきて門を開けるとバスは敷地内に入っていった。

閉め出されてしまったリサとコウキは、仲間たちの名を呼ぶが恐怖のあまり大声が出ず門を叩く力も弱々しかった。

それから約一時間後のことである。敷地内から真っ黒い煙が上空に昇ったのである。

　黒い煙を見た相馬は、新郷がミーティングルームで発した言葉を思い出した。

『仮に遺体が発見されたとしてもメモリーチップの中身を確かめられることは絶対にない。殺害後遺体を燃やしてメモリーチップの記録を消滅させるからな』

　子どもたちが殺害され遺体が燃やされたのだと悟った相馬は怒りで身体中が震えた。

　モニターに映るコウキも仲間の死を悟りその場に泣き崩れた。

　削除室には二人の泣き声が響く。相馬たちの目には涙が溢れ、相馬はこれ以上見ていられず顔を伏せたのだった。


　長尾はリサの記憶をコピーすると、記録用メモリーチップを封筒にしまい内ポケットの中に入れた。

　椅子に座るリサは涙が涸れ果てたように泣き止んだが、今度は茫然としたような表情を浮かべている。隣に立つコウキはそんなリサを心配そうに見つめていた。

「長尾くん、これからどうするつもりかね？」

　森田が長尾に訊いた。長尾は森田を一瞥すると、

「はい……」

　と返事をしたが、その先の言葉が出てこなかった。

　殺された子どもたちの遺体が東京本部の敷地内に埋められていることは明白であり、

リサと相馬の記憶は決定的な証拠となるが、黒宮は殺害を実行した新郷たちの記憶を消去しているはずだから、実際に誰が子どもたちを殺害したのか立証するのは非常に難しい。

二つ目の問題は黒幕である黒宮の罪をどう立証するかである。

仮に新郷たちが殺人罪で逮捕されたとしても、今の段階では黒宮を罪に問うことはできない。

黒宮がリサの父親であることは分かったが、あくまで父親という事実だけであり殺害を指示した物的証拠にはならないのだ。

どこかで黒宮がミスをしていない限り、黒宮の罪を立証するのは困難である。

何か、決定的な証拠につながるものはないのか……。

相馬はもう一つ悩んでいることがある。いずれにせよリサとコウキを警察に引き渡さなければ捜査が始まらないということだ。相馬とリサの記憶を入れたメモリーチップを警察に送りつける手もあるが、新郷が言うようにもし警察と裏でつながっていたら握り潰されてしまう。警察に頼らず黒宮の関与を立証しなければならない。

いずれリサとコウキを警察に引き渡すのは相馬たちの義務である。それは分かっているが、リサとコウキは多くの人間を殺傷し、なおかつストリートチルドレンであるという理由から記憶全削除の判決が下される可能性が非常に高い。

相馬はリサとコウキが東京本部を襲撃した動機についてすべて知っているだけに、簡単に決断できないでいた。

長尾も同じ気持ちなのであろう。この場では決断せず、

「とにかくここから出ましょう」

と森田に言った。

「そうだな」

森田はそう返事すると、リサを立たせてやり肩を支えながら削除室を出た。次にコウキが出たのだが、長尾はそれを確認すると相馬に目で合図して、

「これから森田本部長を自宅まで送る。これ以上、すでに退職されている森田元本部長に迷惑をかけることはできないからな」

森田たちには聞こえないように小さな声で言った。相馬は長尾の気持ちを理解し、

「分かりました」

と返事したのだった。

施設を出た相馬たちは車に乗り込み埼玉支部を後にした。長尾がテレビを点けると明日の天気予報が伝えられたが、それが終わると東京本部襲撃事件についてのニュースが流れた。長尾は二人を気遣ってすぐにテレビを消した。

車内はシンと静まり返り重い空気が流れている。リサは未だ落ち込んでいる様子であるが、相馬たちはそっとしておいてやろうと言葉をかけることはしなかった。

車を運転する長尾は東京方面に車を走らせるが、一時間半後、高速の分岐で横浜にハンドルを切ったことで森田は長尾の意図に気づき、

「長尾くん、どこへ行くんだね」

と尋ねた。長尾は前を見ながら、

「森田本部長のご自宅です」

と言った。

「それは、どういうことだね」

「森田本部長にはこの件から降りていただきます」

長尾はきっぱりと言い切った。森田は長尾の横顔を見つめ、

「長尾くん……」

とつぶやいた。

「これ以上我々に関わるのは危険です。ここから先は私と相馬にお任せください」

森田は相馬を振り返り、

「相馬くん」

と口を開いた。相馬は森田に深く一礼した。

「しかし長尾くん、それでは」

「森田本部長」

長尾は森田を遮った。

「もともと森田本部長は事件とは関係がなかったのです。私はこれ以上森田本部長に迷惑をかけたくないのです」

「迷惑だなんて。私は最後まで君たちと」

「いいえ。そういうわけにはいきません。お願いします森田本部長。どうかご理解ください」

森田は承諾していないが、長尾は横浜山手の聖坂を上ると森田の自宅前で車を停めた。

長尾は運転席を降りると助手席の扉を開けた。

「森田本部長」

長尾が呼ぶと森田はようやく受け入れた。

「分かったよ長尾くん」

森田はそう言いながら車を降りた。相馬もドアを開けて降車した。

「すみません森田本部長」

長尾は深々と頭を下げると内ポケットから封筒を取り出し、それを森田に差し出した。

「代わりと言ってはなんですが、これはぜひ森田本部長に預かっていただきたいのです。黒宮はどんな策を打ってくるか分かりません。万が一我々の身に何かあったときはよろしくお願いします」

森田は封筒を見つめながら、

「分かった」

と強くうなずいた。

「仮に黒宮に捕まったら、森田本部長がメモリーチップを持っていることまでもが発覚してしまいます。それを防ぐために我々はもう一度埼玉支部に行き――」

「その必要はない」

森田は強い口調で言った。

「これ以上、君たちには不正な記憶操作を行ってほしくないのだ。どんな理由があってもね」

「しかし、森田本部長」

「心配ない。どんなことがあっても絶対にこれは死守する」

森田は表情と言葉に力を込めて言った。長尾は森田を信じ、

「分かりました。お願いします」

と言った。

「ところで、これからどうするつもりかね」

森田の問いに相馬が答えた。

「車中考えていたのですが、朝になったら山根宅を訪ねたいと思います」

森田は意外そうな表情を見せた。

「山根なら話を聞いてくれるはずですから」

「しかし黒宮くんは、事件に関わった全員の記憶を削除しているのだろう？」

「恐らく削除しているでしょう。それでも当たってみます。可能性はゼロではありませんから」

「そうだね。希望を捨てたらそこで終わりだからね」

「森田本部長」

長尾が真剣な口調で言った。

「これ以上、黒宮の思いどおりにはさせません」

森田は鋭い顔つきで、

「ああ」

とうなずいた。

「長尾くん、相馬くん、何かあったらすぐに私に連絡をくれ。何でも力になる」

相馬と長尾は森田に深くお礼を言った。

「ありがとうございます」

最後に森田は後部座席の扉を開けてリサとコウキに言葉をかけた。

「真実は必ず明らかになる。決して君たちを悪いようにはしない。我々を信じてくれ」

リサとコウキは言葉を返さなかったが心には届いたはずであった。

「では森田本部長、失礼いたします」

相馬と長尾は一礼して車に乗り込んだ。長尾はもう一度頭を下げてアクセルを踏んだ。

サイドミラーには森田の姿が映っている。森田は車が見えなくなるまでその場から動かず心配そうに見守っていた。

カウント9

相馬たちはその後、山根のマンションのすぐそばにあるファミリーレストランで束の間の休息をとり、七時半になると相馬だけが山根のマンションに向かった。リサとコウキには東京本部の人間と会うことは言っていない。山根が事件に関わっていると知れば心火（しんか）を燃やして山根を殺しかねないからだ。

二十分後、出勤するためにマンションの正面玄関から痩身短軀の山根裕太が姿を現した。自宅のインターホンを押せばどこに連絡されるか分からないため、あえて出てくるのを待ったのだ。首には包帯を巻いている。昨日の襲撃事件による怪我に違いなかった。

「山根」

声をかけると山根は声を上げて驚いた。

「相馬さん！　どうしてこんなところに？」

「久しぶりだな」

山根は腕時計を見ると急かすように言った。

「相馬さん、もうこんな時間ですよ。こんなところにいたら仕事に間に合いませんよ」

相馬はそんなこと百も承知である。このあと栃木支部には欠勤の連絡を入れるつもりであった。

「首の怪我、大丈夫か」

怪我を気遣うと山根は急に青ざめ、

「はい、僕は幸い軽傷で済みましたが……」

山根は凄惨な光景を思い出したらしく身震いを起こした。

「君はなぜ東京本部が襲撃されたのか心当たりはないのか？」

不意に訊くと、山根は素早く顔を上げてブルブルと首を振った。

「ありませんよ。どうして僕にそんなこと訊くんですか」

山根が嘘をついているようには見えなかった。しかし今の質問だけでは山根の記憶が削除されているかどうか判断はつかない。山根は襲撃犯が浅草のストリートチルドレンであることは知らないのだから。

「今日君を訪ねたのはいくつか確認したいことがあるからなんだ」

山根は恐る恐る言った。

「何でしょうか」

「突然だが、君は昨年十二月九日の未明から翌朝までの出来事を憶えているか？」

「十二月九日の未明から翌朝まで、ですか？」

「そうだ」

「そんな二ヶ月も前のことなんてすぐに思い出せませんよ」

「なら質問の仕方を変えよう。君は昨年十二月八日の深夜、新郷から連絡を受けて東京本部に呼び出されているんだが、憶えていないか？」

山根は怪訝そうに相馬を見た。

「相馬さん、何を言っているんですか。どなたかと勘違いされているんじゃないですか？」

相馬は山根の目を見たがやはり嘘をついているとは思えなかった。

この様子だと山根はやはり記憶を削除されている。そう判断したときだった。相馬は山根の表情に一瞬の変化があったのを見逃さなかった。

「どうした山根」

山根は明らかに狼狽しているがその理由は言わず、

「相馬さん、十二月九日にいったい何があったのですか？」

相馬はこのとき思った。山根は記憶を削除された認識がありそれを思い出したのだと。

「十二月八日の深夜、一課の操作官全員が新郷に呼び出され、浅草のストリートチルドレンを殺害するよう命令されたんだ」

事実を告げると山根は怯えたような目つきになり、

「殺害……」

声を震わせて言った。

「俺はそれを拒否し東京本部から抜け出したが、君は新郷が用意したバスでストリートチルドレンの拠点に行き九人の子どもたちを拉致して殺害――」

「嘘だ！」

山根は目を剝き出して叫んだ。

「落ち着け山根。確かに君はバスに乗ったが君は子どもたちを殺害していないと俺は信じている。君にそんなことができるはずがない」

パニックに陥った山根はその場に崩れ落ちガタガタと震え出した。相馬は山根を立たせたが山根は一人では立っていられない状態であった。

「東京本部の敷地内で子どもたちを殺害したあと、君たちは新郷に記憶を削除されたと思われる。事実、君には新郷に記憶を削除された認識があるんじゃないのか？」

山根はただ首を振るだけだった。

「昨日東京本部を襲撃したのは浅草のストリートチルドレンなんだ。二人は新郷たちが仲間を拉致する現場を見ていて、仲間の仇を取るために職員を殺傷したんだ」

山根は放心しているかのように遠くを見ながら、

「嘘だ、嘘だ」

繰り返しつぶやいた。

「よく聞け山根。俺たちに殺害を直接命令したのは新郷だが、ストリートチルドレンの殺害を計画したのは黒宮だ。なぜなら黒宮は――」

その先を言おうとした瞬間だった。山根は黒宮の名に過敏に反応し突然痙攣し出すと、

「黒宮本部長に限ってそんなこと絶対にありえません！　僕たちは子どもたちを殺してなんかいない！」

怒号を放つと相馬を突き飛ばし走り去っていった。

地面に倒れた相馬は、

「山根！　待ってくれ！」

何度も叫んだが山根は振り返ることすらしなかった。

立ち上がった相馬は山根の身を案じた。山根は気弱な性格だから自分を追い詰めて自棄（やけ）を起こさなければいいが。

誤算だったのは山根が黒宮をあそこまで崇敬していたことである。山根はこれまで黒宮の良いところばかりを見てきたため本性を知らないのだ。

早くそれが誤信であると気づかなければ、山根はいいように利用されて最悪地獄の底にまで突き落とされる。

黒宮は保身のためなら手段を選ばない。自分の娘でさえ簡単に殺そうとしたのだから。

通行人をかき分けながら走る山根は頭の中で叫んだ。

嘘だ、嘘だ嘘だ嘘だ嘘だ！　相馬の言ったことは全部嘘だ！

しかしそれは山根の願望であり、十二月九日の未明に浅草のストリートチルドレンが殺害されたことは事実であると認めざるをえない状況であった。

浅草のストリートチルドレンが東京本部を襲撃したのもそうだが山根は十二月九日の正午前、黒宮と兵藤が電話で話しているところを偶然聞いている。そのときの黒宮の言葉が証拠であった。

『ご安心ください兵藤統轄長。詳しくは後ほどお伝えしますが兵藤統轄長のご指示どおりすべて問題なく解決いたしました。

はい、そうです。河合というフリーライターと浅草のストリートチルドレン、どちらも新郷に実行させました』

山根はこの言葉を聞いたとき、〝実行〟が〝殺害〟だとは夢にも思わず、また記憶を消されたのは聞いてはならないことを聞いてしまった、あるいは新郷の〝実行〟を目撃してしまったからで、自分は何も関与していないと当たり前のように思っていたのだ。

河合というフリーライターを殺害したのは新郷であろうか？　それは定かではないが、相馬の話を信じるなら浅草のストリートチルドレンを殺害したのは一課の人間である。

新郷が削除したのは、一課の操作官が浅草のストリートチルドレンを殺害した記憶だったのだ！

兵藤から黒宮に、そして黒宮から新郷に殺害命令が下され、新郷は一課の人間を集め殺害を実行した……。

心底敬服している黒宮が新郷に殺害を指示したことは山根の中で非常にショックであった。

山根は黒宮に恐怖心を抱いたが、それ以上に恐ろしいのは自分自身の行動である。

自分も子どもを殺害してしまったのだろうか。

いやありえない。自分は絶対に殺していない。自分に人を殺す勇気なんてないのだ。

相馬もそう言っていたではないか。

でも待て。新郷に脅されて、あるいは我を失って殺してしまった可能性もある。相馬は安心させるように言っただけで、実は殺したことを知っているのではないか。

十二月九日の未明から朝までの記憶を削除されている山根は、だんだん自分が信じられなくなり疑心暗鬼に陥った。

万が一殺していて殺人罪で逮捕されたら人生終わりだ。場合によっては無期懲役、最悪死刑や記憶全削除の可能性もある。

絞首刑で死ぬ自分の姿を想像した山根は狂乱した。地面に屈み悲鳴にも似た叫び声を上げた。

嫌だ、それだけは絶対に嫌だ！

捕まりたくない。牢屋になんて入りたくない。絶対に死にたくない！

頭を抱えて怯える山根は、待てと自分に言った。

なぜ相馬は東京本部を襲撃した犯人が浅草のストリートチルドレンであることを知っているのだ。そんなことニュースでは一切報道されていないではないか。

相馬はさらにこう言った。襲撃犯は新郷たちが仲間を拉致する現場を見ており復讐のために襲撃したと。

なぜ相馬がそこまで事情を知っているのだ。

胸騒ぎを感じた山根は走ってきた道を全力で引き返した。

しかし相馬はマンションの前にはおらず、山根はどこに行ったんだと周囲を見渡した。

諦めかけたそのとき山根の瞳が相馬の姿を捉えた。相馬はすぐ近くにあるファミレスの駐車場におり、黒いワゴン車に乗り込むと駐車場を出ていった。運転しているのは埼玉支部に異動になったはずの長尾であった。

どうして長尾と一緒にいるのだろう? 疑問を抱く山根だったが後部座席に座る男女を見た瞬間心臓が止まりそうになった。

昨日、東京本部を襲撃した少年と少女に違いなかった。

山根は混乱し、焦燥し、そして再び恐怖心を抱いた。

なぜ相馬と長尾が襲撃犯と一緒にいるのだ。相馬と長尾は襲撃犯を連れてどこへ行くつもりなのか。

襲撃犯がもし二ヶ月前の殺害現場を見ているとしたらそれが決定的な証拠となるが、彼らの頭に埋め込まれているメモリーチップの中に自分が子どもを殺している姿が映っていたら……。

山根は頭を抱えてうずくまり「嫌だ、嫌だ」と叫んだ。

錯乱する山根は自分の無実を信じるのではなく、どうにか助かる方法はないか必死の形相で思案した。

ふとある方法が思い浮かんだ瞬間、山根の表情が狂気に染まった。

そうだ。自分が新郷にされたように長尾と相馬、さらに少年少女四人の記憶を削除すればすべての証拠は消えるではないか。

助かるにはそれしか方法はない。

相馬たちが警察に捕まる前に何としてでも四人を捕まえなければ！


山根は気づけば本部長室の前にいた。黒宮に恐怖心を抱く山根はできることなら関わりたくはないというのが本音であるが、事件の全容を知っている黒宮も襲撃犯を捕まえて記憶を削除したいと思っているに違いないのだ。それを実行できるのは黒宮しかおらず山根は黒宮を頼るしかなかった。

黒宮には何が何でも相馬たちを捕まえてもらわなければならない。

すでに黒宮は襲撃犯の行方を追っているだろうから、朝の情報だけを告げたところで状況はさほど変わらないだろう。が、それでも山根が黒宮の下に来たのは相馬たちの行方、もしくは居所を知る人物に心当たりがあるからだった。

扉をノックすると中から黒宮の声が聞こえ、山根は怖々扉を開いた。

「失礼します」

あまりの緊張で声が裏返った。

「山根くんか、どうした？」

黒宮にはいつもの余裕はなく心が落ち着かない様子だった。

「黒宮本部長にお伝えしなければならないことがありまして」

「何だ」

「実は先ほど相馬さんと長尾さんが一緒にいるところを見かけたのですが――」

黒宮は目を見開き椅子から立ち上がった。

「相馬と長尾が？」

「はい。二人は車に乗り込むと、すぐに行ってしまったのですが……」

その先を言いづらそうにしていると、

「何だ」

黒宮は苛立った口調で先を促した。

「後部座席に東京本部を襲撃した二人が乗っていまして」

「何だと？」

黒宮は動揺した様子を見せると山根の前に立った。

「それは間違いないのか？」

「はい、確かにそうでした。声をかけようとしたのですが間に合わず……」

山根は相馬から事件の全容を知らされたことや、黒宮と兵藤の密談を偶然聞いてしまったことは話さなかった。

なぜなら、それを話せば黒宮は再び新郷を使って自分の記憶を削除させるからである。

記憶を削除されれば、後の周りの状況から邪推が邪推を呼び、地獄のような苦しみと恐怖を味わうことになる。それだけではない。ストリートチルドレンの殺害事件が明るみに出ても何も把握できず、身に覚えがないのに殺人罪で逮捕されるのだ。

そんな恐ろしいことはなかった。

黒宮と兵藤の密談の記憶こそ相馬たちが欲している決定的な証拠だが、山根は今回の事件に関して知っていることはすべて、死ぬまで胸に留めておくことを心に誓った。

「相馬たちはどこにいたんだ？」

黒宮の問いに山根はすぐに答えた。

「汐留駅の真向かいにあるファミリーレストランの駐車場です」

自宅のすぐ近くと言えば実は相馬と会っていたのではないかと疑われると思い、山根はそう嘘をついたのだった。

黒宮は山根の情報に動転した。自分では冷静さを装っているつもりだが、口元は強張り全身から冷たい汗が噴き出ていた。

相馬と長尾が一緒にいるだけでも不可解なのに、その上ストリートチルドレンもともに行動しているという。

相馬と長尾のどちらかが奴らと顔見知りだったというのか。それとも偶然が重なり奴らに出会ったのか。

いずれにせよ、相馬と長尾は奴らが東京本部を襲撃した動機を知っている。

リサが生存しているだけでも危機だというのにさらに事態は悪化した。

錯乱する黒宮だったが急に硬直した。

「黒宮本部長?」

山根が心配そうに声をかけるが黒宮にはまったく聞こえていなかった。

まさか……。

ある一つの可能性が脳裏に浮かんだ黒宮は心臓が暴れ出すのを感じた。

十二月九日の朝、相馬と長尾の記憶を削除し、さらに長尾から記録用メモリーチップを奪い取った。それゆえ黒宮は安心したがそれで安堵するのは甘かったのではないか?

長尾はあのとき記録用メモリーチップを内ポケットの中に入れていたが、もしもう一枚忍ばせていたとしたら……。

あれがダミーだったら最悪だ。相馬と長尾はリサたちの動機だけでなく、十二月九日の未明から朝までの出来事をすべて取り戻したのだから。

相馬と長尾はリサの過去も知ったのか？

いずれにせよ一刻も早く四人を捕まえて記憶を削除せねば大変なことになる！

完全に追い詰められた黒宮であるが相馬たちがまだ警察に捕まっていないのが不幸中の幸いであった。

いやむしろ自分はついているのかもしれないと黒宮は思った。

考えようによっては四人がともに行動しているのは自分にとって好都合なのだ。

リサとコウキだけで行動していればとっくに警察に捕まっていたかもしれない。逃げ延びているのは相馬たちの援助のおかげでもある。それに四人同時なら手間が省けるではないか。

今度は脳裏に兵藤の顔が浮かんだ。すると黒宮は完全に平静を取り戻した。まだ慌てることはない。今晩、兵藤と菊谷で会うことになっているが、どうやら兵藤には策があるようなのだ。

「しかし四人はどこへ行ったんだ」

独りでにその言葉が出てしまったが目の前に立つ山根がボソリと言った。

「もしかしたら、海住さんなら何か知っているかもしれません」

黒宮は素早く山根を見た。

「海住が？」

「はい。相馬さんと海住さんは同期ですし、昼食を一緒に食べている姿を何度も見かけています。かなり親しそうなので、もしかしたら」

山根は自信なさそうに言ったが、黒宮は心の中でそうかと叫んだ。

先ほど三課の課長である山口から連絡があり、海住が病欠であることを伝えてきた。昨日の今日だから精神的に応えたのだろうと黒宮は思ったが、実際は今頃相馬たちと会っているのではないか？

荒川にリサの記憶を売ったのも海住だ。一筋縄ではいかない女だがなるべく早く記憶を調べる必要がある。

「山根くん」

山根は姿勢を正して返事した。

「は、はい！」

「今晩、君に頼みたいことがあるのだが、いいかな？」

黒宮はここでは内容を伝えなかった。山根はその内容に不安を感じているようだが、

「はい」

弱々しく返事した。

黒宮は山根を使って海住を呼び出そうと思ったのである。新郷が連絡しても海住は警戒して呼び出しには応じないだろう。しかし山根に連絡させれば海住は無警戒でやってくるはずである。

今はあえて泳がせておこう。海住の記憶を調べたとき相馬たちの居所が〝記録〟されていることを黒宮は強く期待した。

一方、山根裕太の記憶が削除されていることを知った相馬たちは、他に有力な情報を持っている人物が思い当たらず、ファミレスの駐車場を出るとあてもなく車を走らせた。

都内はリサとコウキを捜す警察がひしめいている。気づけば東京を離れて千葉県の白子という海水浴場として有名な町にいた。しかしシーズンオフのため町に人影はなく閑散としている。適当に車を走らせると別荘として使われていたのであろう廃屋を見つけ、相馬たちはその廃屋に忍び込んだ。

相馬と長尾は昨日から緊張のためにほとんど眠れていなかったので疲労困憊しているが、それ以上にどうすることもできない現状に苦しんでいた。

新郷たちが浅草のストリートチルドレンを殺害したのは間違いなく、また東京本部の敷地内に死体が埋められていることも明白である。しかしリサとコウキは殺害現場を見ていないので、いったい誰が殺害したのか二人の記憶だけではそれを立証できない。誰か一人でも記憶が残っていればそれが明らかとなるが、みな山根のように記憶を削除されているに違いないのだ。

仮に実行犯が明らかになったとしても、黒幕である黒宮の罪を立証する決定的な証拠が摑めていないのですべて解決することはできない。

結局、身を隠すことしか思いつかなかったのである。

相馬は小一時間程度休むと一人で町に買い出しに出かけ、廃屋に戻ると車を隠すように裏に停めた。

老朽化した家屋は埃(ほこり)が充満しており、相馬は咳き込みながら長尾たちがいるリビングダイニングに戻った。長尾は汚れきったソファに前屈みになって座っており、リサとコウキは床に胡座をかいている。

むろん灯りはないので部屋は薄暗く天井には蜘蛛(くも)の巣がいくつも張っている。

部屋のガラスはすべて割られていて、カーテンはひどく汚れており、床はゴミだらけだ。

長年放置された家屋はとても生活できる環境ではない。だがここなら人は来ないだろうから時間は稼げる。

「食料と毛布を買ってきました」

長尾は立ち上がり、

「ありがとう」

相馬から三つのビニール袋を受け取ると弁当をリサとコウキに差し出した。コウキはそれを受け取ると貪(むさぼ)るようにして食べたが、リサは受け取らなかった。

相馬は車に戻ると毛布を四枚運んだ。それを長尾、リサ、コウキに渡した。

コウキは弁当をあっという間に平らげるとお茶も一気に飲み干した。

腹を満たしたコウキは立ち上がってリサの下に行き、床に置いてある弁当を手に取るとリサにそっと差し出した。

「なあリサ、食えよ」

心配そうな声で勧めた。

リサは首を振ると、

「私はいいよ。コウキ、食べなよ」

元気のない声で言った。

「食べないと体に毒だぞ」

長尾が後ろから声をかけたがやはりリサは食べようとはしなかった。

コウキは相馬と長尾を振り返ると、

「おい、これからどうするつもりだよ」

乱暴な口調で言った。態度は相変わらずだがコウキはもう銃を向けることはなかった。

相馬と長尾が黙っていると、

「その黒宮って奴の記憶を調べれば一発じゃねえのか？」

長尾は残念そうに首を振った。

「無理だ。黒宮自身、記憶を削除しているはずだ」

コウキは床を踏み、憤りを露わにした。

「じゃあどうすんだよ。仲間たちの仇、取ってくれるんじゃなかったのかよ」

コウキは皮肉を込めて言った。

「それを今考えているんじゃないか」

相馬の言葉にコウキは呆れたような表情を見せた。

「さっきからそればっかりじゃねえか。こんなことならやっぱり奴らを殺したほうが――」

相馬は鋭い視線を向け、

「まだ分からないのか。黒宮たちに復讐しても何も解決はしない。君たちの仲間だって――」

「分かってるよ！　だからお前らについてきたんじゃねえか！」

声は荒々しいが、相馬はこのときコウキの心境の変化を感じた。コウキは、素直な気持ちを告げたことを誤魔化すように目を逸らすと、

「クソ野郎ども。卑怯な手ばかり使いやがって！」

叫びながら壁を殴りつけた。

相馬と長尾は胸を痛めると同時に、どうすることもできない自分たちに腹を立てた。二人のためにも事件を解決してやりたいが、どうしても良案が浮かばないのである。

それから二時間もどかしい時が流れたが、ふと遠くからバイクらしき音が聞こえてくると家屋の前で停車した。

「おい、誰だ」

コウキは立ち上がり銃を手に取ったが相馬は慌てなかった。

「心配するな」

相馬はそう言い残して玄関に向かった。

扉を開けるとそこには海住真澄が立っていた。

相馬が買い出しに出かけているとき海住から連絡があり、どうしてもリサとコウキに直接謝りたいから少しだけ時間を作ってほしいと頼んできたのだ。相馬は迷ったが、海住の気持ちを理解して二人に会わせてやることにしたのである。

「海住」

海住は相馬を一瞥するとかすかにうなずいた。

「さあ、入れよ」

海住を連れていくとリサとコウキは一瞬氷のように固まった。

すぐにリサはそっぽを向きコウキは恨むような目で海住を見た。

「何しに来やがった」

コウキは海住に銃を向けたが、海住は逃げることはせず覚悟した目でコウキを見た。

「コウキ、落ち着いてくれ」

相馬がなだめてもコウキの怒りは収まらなかった。銃を握りしめる力がさらに強くなる。

海住は二人を見ながら、

「こんなことになったのはすべて私のせいだ」

後悔するように言った。

「ちっぽけな金のために、私は……」

海住はその後、荒川義男との関係について詳細に話した。すべてを知った相馬は
「何てことを」

ため息混じりにつぶやいた。

「昨日、荒川に連絡したんだ。彼女の記憶を黒宮に見せたのかと」

相馬と長尾は顔を見合わせ、

「荒川は何て答えた？」

長尾が期待を込めて訊き返したが海住は首を振った。

「見せてないそうです」

その答えに、相馬と長尾は落胆した。

「黒宮以外の誰かに見せたのかとも訊きました。すると荒川は急に動揺して見せてはないと」

「でもそれは嘘だ。黒宮に見せていないのが本当だとしても、黒宮と関係のある人物に荒川は彼女の記憶を見せている。黒宮は自分が彼女の父親であることを知っていたんだから」

海住は相馬を見て言った。

相馬の脳裏には兵藤竜一朗の顔が浮かんだ。荒川がリサの記憶を見せたのは兵藤だ。そして兵藤が黒宮にもそれを伝えた――。だとしたらやはり兵藤も裏で糸を引いているのか……？

「長尾さん」

相馬が長尾の意見を求めようと思ったときずっと背を向けていたリサが、

「もうそんなことどうだっていいんだよ」

抑揚のない声で言った。

「お前のせいで仲間たちは死んでいったんだ」

海住は胸を貫かれたようにきつく目を閉じた。そして深々と二人に頭を下げた。

「申し訳ないと思っている」

「お前が謝ったって仲間たちは帰ってこないんだ!」

リサは悲痛な叫び声を上げると、

「帰れ。お前の顔なんてもう二度と見たくねえ」

海住にそう言い放った。

相馬は海住に視線を送ると何も言わずにうなずいた。

「分かった」

海住はそう返事するともう一度、

「本当に、申し訳なかった」

二人に頭を下げて部屋を出ていったのだった。

相馬は外にまで見送りに出たのだが、海住はビッグスクーターの前で立ち止まると自分のしてしまったことを深く後悔している様子だった。

「大丈夫か？」

声をかけると、海住は振り返りうつむき加減のまま言った。

「私は本当に、取り返しのつかないことを……」

「ああ」

海住は顔を上げるとつぶやいた。

「これから、どうするつもりだい」

相馬は目を伏せ答える。

「正直、どうしたらいいか分からない。解決につながる決定的な証拠がないんだ」

「そうか……」

「でも必ず解決させるよ」

相馬は力強く言った。

「相馬、何でも力になるから、もし何かあったら連絡してくれ」

「分かった。ありがとう」

海住は手に持っているヘルメットを頭に持っていったが、ふと動作を止めて、

「明日、ＭＯＣに辞表を提出しようと思っている」

相馬は何も言わず納得したようにうなずいた。

「いずれにせよ、ＭＯＣにはいられないから」

海住はリサの記憶が調べられたときのことを言っているのだった。

「俺も今回の事件が解決したらＭＯＣを辞めるよ。リサの重要な記憶を守るためとはいえ違法な記憶操作をしたのは確かだからな」

海住は長い間を置き、

「そうか」

つぶやくように言った。

海住はヘルメットを被るとビッグスクーターにまたがり、

「相馬、くれぐれも気をつけろよ」

海住は黒宮のことを言っている。

「分かってる」

海住はエンジンをかけると、

「じゃあ」

一言別れを告げて走り去っていった。

相馬は心の中で海住に別れを告げると長尾たちの下に戻ったのだった。

午後七時、黒宮猛は料亭菊谷に到着するといつもの奥座敷で兵藤竜一朗の到着を待った。黒宮は女将たちにはいつもどおり堂々とした態度を見せていたが、一人になるとソワソワと落ち着かなかった。

山根から、リサとコウキが相馬たちと一緒に行動していることを知らされてから十時間近く経つが、幸い四人が逮捕されたという情報は入っていない。とはいえいつ捕まるか分からない状況に黒宮は気が気ではなかった。

相馬たちが捕まる前に何としてでも記憶を削除せねばならぬ。そのためには今はまだ相馬たちには逃走し続けてもらわなければならなかった。

自分の運命を握るのは兵藤と海住だが、黒宮は特に海住に期待を抱いていた。相馬と懇意である海住が相馬たちの情報を知っている可能性は高い。黒宮が知りたいのは相馬たちの居所である。

黒宮は新郷と山根を菊谷の近くに待機させており、兵藤と別れたあとに山根を使って海住を呼び出そうと考えている。ただ一つ問題なのは、仮に海住が相馬たちの居所を知っていた場合、新郷たちに向かわせることになるが、果たして新郷たちに四人を捕まえることができるかどうかだ。四人が丸腰なら問題はないがリサとコウキは銃を所持しているのだ。もしもそこで死傷者が出ればまた厄介なことになる。とはいえ黒宮は新郷たちを使うしかない。一切問題を残さずに相馬たちを東京本部に運んでくることができるだろうか……。

黒宮は目を瞑り他に良策がないか思案するが、女将の声が聞こえてくるとその目を開き素早く立ち上がった。

兵藤は不機嫌そうな足音を立ててやってくると、乱暴に襖を開けて黒宮をキッと睨んだ。

「まったくとんでもないミスをしてくれたな黒宮くん」

顔を真っ赤にして厳しく言い放った。兵藤は脇息の横に鞄を置くと座椅子に胡座をかいた。

黒宮は畳に正座して兵藤に深々と頭を下げた。

「申し訳ありません兵藤統轄長」

兵藤は外に視線をやりながら言った。

「もしも四人が警察に捕まれば一巻の終わりだよ」

黒宮は兵藤の怒りをなだめようと口を開いた。

「しかしご安心ください。仮にすべての事件が明るみに出たとしても、兵藤統轄長に捜査の手が及ぶことはありません」

「そういう問題ではないのだよ黒宮くん！」

兵藤は廊下にまで響くほどの声を上げた。

「事件が明るみに出ようとしていることが問題なんだ。ＭＯＣ始まって以来のスキャンダルなんだよ」

黒宮は頭を下げたまま、

「はい」

声を絞り出した。

そこで兵藤はタバコを咥えた。黒宮は急いで火を点けようとしたが兵藤はそれを拒否し自分で火を点けた。それが何を意味するのかは言うまでもなく黒宮は背筋に冷たいものを感じた。

兵藤は蒼い煙を吐くと、

「いいかね黒宮くん。浅草のストリートチルドレンに東京本部を襲撃されたことについては起こってしまったのだからもう仕方がない。ただ浅草のストリートチルドレンを粛清した事実は絶対に闇に葬り去らなければならん。そのためには奴らの記憶を処理するしかあるまい」

つい先ほどまで声を荒らげていたのが嘘のように兵藤は落ち着いた態度で言った。

事実、兵藤にはまだ余裕があるようだった。

東京本部が襲撃された直後、黒宮は兵藤に事件が明るみに出るのは時間の問題だからそろそろ自分たちの記憶を削除したほうが良いのではないかと提案した。しかし兵藤は悠長にも、リサたちが逮捕されてからでも遅くはないと言ったのである。つまり兵藤には問題を解決する策があるという証拠だった。

黒宮は兵藤ににじり寄り、

「兵藤統轄長どうかお助けください」

畳に額をつけて懇願した。

そのときである。女将が部屋にやってきて、

「お連れ様がお見えになりました」

甲高い声で告げた。すると兵藤は立ち上がり賓客（ひんきゃく）を笑顔で迎えた。兵藤のこんな姿を見るのは初めてであった。

「箕浦（みのうら）さん、お待ちしておりました。お忙しい中わざわざ時間を作っていただいてありがとうございます」

その名前を聞き顔を見た瞬間、黒宮は息を呑んだ。

座敷に現れたのは年の頃は五十代前半の男で、額は広く髪の毛はポマードで後ろになでつけており、口元の大きなイボが特徴的であった。

男は黒宮と同様長身でがっしりとした体軀をしており、仕立ての良いスーツを着たその姿からは風格が漂っている。

顔は色艶がよく兵藤と同じように虫も殺さぬような穏やかな目をしている。しかし妙な威圧感を放っている。兵藤には満面の笑みを見せてはいるが、どこか老獪（ろうかい）そうで黒宮は兵藤と同じ〝匂い〟を感じたのだった。

黒宮は箕浦と目が合うと無言で会釈した。

「黒宮くん、こちらは警視総監の箕浦康夫さんだ」

やはりそうか。改めて紹介された瞬間、黒宮は姿勢を正して慇懃に挨拶した。

「失礼いたしました。私、MOC東京本部長の黒宮猛と申します」

警視総監は東京都の警察本部である警視庁のトップだ。都を管轄するという意味では黒宮と同じだが、事情が事情だけに黒宮は慌てた。今、彼が我々の運命を握っている。黒宮は兵藤がそんな人間を連れてきたことに度肝を抜かれた。むろん今最も恐れている組織の人間であるからだ。しかし黒宮は兵藤の意図を悟ると一転にわかに血が沸き立った。

箕浦は黒宮に身体を向けると笑みを浮かべ、

「黒宮さん、あなたの噂は各方面から聞いていますよ。相当優秀なお方だそうで」

箕浦は含みのある言い方をした。黒宮は反応に困りただ一礼した。

兵藤は箕浦を見ながら、

「箕浦さんとは長いお付き合いをさせていただいている。一昨年、四十九の若さで警視庁のトップに立たれた、非常に力のあるお方なのだよ」

嬉しそうに黒宮に説明した。

「もちろん存じ上げております」

黒宮は感動したような声を上げた。

箕浦は謙遜せず、

「まあのときはいろいろと苦労しましたがね」

〝苦労〟にはいろいろな意味が含まれているようであった。

兵藤は自分たちが立って話していることに気づくと、箕浦を上席に座らせた。しかし兵藤自身はすぐに席にはつかず、廊下に出ると女将に酒と料理を持ってくるよう頼んだ。

いつになく兵藤は腰が低く機嫌が良かった。

酒と料理が運ばれてくると黒宮は箕浦に酒を注いだ。箕浦は杯を置くと向かいに座る兵藤に酌をした。兵藤は恐縮しながらも一瞬真剣な目つきになり、箕浦の顔色をチラッとうかがった。

「ありがとうございます」

兵藤は満面の笑みで礼を言った。

箕浦は次に黒宮に酒を勧めた。

「恐縮です」

箕浦に酒を注がれた黒宮は深く低頭した。

「では、箕浦さんのますますのご活躍を祈って」

兵藤が乾杯の音頭を取り、三人は杯を軽く上げるとみんな一気に飲み干した。

箕浦は杯を置くと急に真剣な顔つきになり、向かいに座る兵藤と黒宮にこう言った。

「それにしても昨日は大変でしたな。施設を襲撃したのは、まだ未成年の男女だそうですが、いったい何の恨みがあって、施設を襲撃したのですかね」

箕浦は〝目的〟ではなく〝恨み〟と断定して言った。箕浦は事件の裏側こそ知らないが、東京本部に何らかの疑惑を抱いているのは確かであった。

「しかし安心してください。じきに捕まるでしょう。あんな子どもが長く逃亡できるはずがありませんからね」

兵藤の目が鋭く光ったのはその直後であった。兵藤はかしこまり、

「箕浦さん、実は今日は折り入ってお願いしたいことがございまして」

箕浦はそんなこと百も承知だと言わんばかりに、薄い笑みを浮かべた。

「何でしょう。兵藤さんのお願いですからこちらも覚悟しないといけませんなあ」

言葉とは裏腹に余裕の態度で言った。

箕浦が用件を尋ねると兵藤は箕浦をじっと見据えた。

「東京本部を襲撃した犯人の件で箕浦さんにお力を貸していただきたいのです」

兵藤の言葉に箕浦はフフッと笑った。

「やはりそうでしたか。そのことかなと予感はしていたのですよ」

　簑浦は続けて言った。

「襲撃犯との間に何かトラブルがあったのですね」

「ええ、実は……」

　兵藤はまず、黒宮がリサの父親であるという事実が発覚したところから話し始め、その後、浅草のストリートチルドレンを粛清したことや、現在リサとコウキが相馬たちと一緒に行動していることなどすべてを打ち明けた。黒宮は内心ハラハラしたが、先ほど言っていた〝長い付き合い〟とは相当ヤバい橋もあったのだろうと考え腹をくくった。

　それを知った簑浦は愕然としたような視線を向けたが、黒宮は否定せず兵藤の説明を黙って聞いていたのだった。

　すべてを聞き終えた簑浦はさすがに衝撃を隠しきれず、黒宮に視線を向けると、

「まさか浅草のストリートチルドレンを殺害していたとは……」

　黒宮に対し恐怖心を抱いたようであった。

「簑浦さん」

　兵藤は遮るようにして声をかけると畳に手をつき簑浦に懇願した。

「MOCの不祥事発覚を防ぐためには四人の記憶を削除するしかありません。どうか簑浦さんのお力で、四人を逮捕したあとMOCに一時身柄を渡していただけませんん

か」

黒宮も畳に手をついて頭を下げた。もちろん自分たちで捜し出すのが一番良い。黒宮はこのあとその手はずも整えていたが、万一のときのことも考えておかなくてはならなかった。

「箕浦様、どうか私をお助けください」

箕浦は頭の中を整理するように、

「つまり、四人の記憶を削除したあとで警察署に連行するということですか?」

兵藤は畳に手をついたまま、

「はい」

深くうなずいた。箕浦は困惑した表情を浮かべ、

「しかし、さすがにそれは」

兵藤は脇息の横に置いてある革の鞄を引き寄せると、

「もちろんお礼はさせていただきます」

そう言って紫色の袱紗(ふくさ)をテーブルの中央に置いた。見るからに〝五本〟は包まれていそうである。

箕浦は唾で喉を鳴らすと、

「これは、何ですかな」

白々しく言った。

「箕浦さんのお力をお借りするのですから感謝の証しとお受け取りください」

兵藤はそう言うとさり気なく袱紗を箕浦の前に差し出した。兵藤の巧みな演出であった。

箕浦は自分の心を抑えているようだが、袱紗に何度も視線をやり喉から手が出るほど金が欲しそうであった。

黒宮は緊張の面持ちで箕浦の様子をうかがう。膝に置いている拳は汗でびっしょりと濡れていた。黒宮は箕浦が金を受け取ることを切願する。警察を買収すれば形勢は逆転するのだ。

しかし箕浦はしぶとくなかなか首を縦にふらない。黒宮は内心苛立つが兵藤の表情は不気味なほどに涼しげであった。

「ところで」

兵藤は声の調子を変えて言った。

「箕浦さんは、中田法務大臣と木梨警察庁長官が懇意であることはご存じですね？」

警察庁長官と聞いた瞬間、箕浦は背筋を正し、

「ええ、それはもちろん」

力を込めて答えた。すると兵藤は目を光らせて言ったのである。

「私は中田法務大臣の側近として今度ＭＯＣの東日本副総監となります。中田様にいろいろと助言差し上げることができるのですが……」

その瞬間、箕浦は息を詰めた。兵藤は間を与えず言葉を重ねた。

「今回の件、引き受けてくだされば次のポストへの大きな一歩になりますよ」

兵藤が脅すように言うと箕浦は明らかに動揺しだした。出世欲の強い箕浦は欲望に駆られ、

「分かりました。兵藤さんの言うとおりにしましょう」

とうとう誘惑に負けて兵藤の頼みを引き受けたのである。その瞬間黒宮は全身が熱を帯びるのを感じた。と同時に兵藤のやり方と政治力に舌を巻いた。

兵藤は一瞬ほくそ笑んだが箕浦に安堵した表情を見せ、

「箕浦さんが〝常識〟の通じるお方でよかった」

そう言うと箕浦に深くお辞儀した。黒宮もその隣で深謝した。

「では早速、襲撃犯の身柄を警察が確保したら政治が絡む特殊案件として極秘とし、すぐ私に報告させるよう指示を出そう」

箕浦は二人にそう告げたが急に深刻そうな表情を見せた。

「しかし兵藤さん、二つほど問題があります。まず一つは、先ほど兵藤さんがおっしゃったように、一緒に逃亡しているＭＯＣ操作官が襲撃犯の記憶をコピーしているの

ではないですか？　もしコピーしていれば、四人の記憶を削除しても徒労に終わってしまうのではないですか」

黒宮もそれを懸念しているが弱気な態度は見せなかった。

「大丈夫です。コピーしていたとしても、何が何でもメモリーチップを探し出しますよ」

黒宮は箕浦を見て言ったが長尾に対する挑戦の言葉でもあった。

「二つ目は、東京以外の警察が四人を捕まえた場合です。むしろその可能性が高い。もちろん力は尽くしますが……」

箕浦が兵藤の顔色をうかがったとき黒宮が口を開いた。

「三課に海住真澄という女性操作官がおります。海住は相馬と同期でかなり親しい間柄と聞いております。もしかしたら海住なら相馬たちの居所を知っているかもしれません」

兵藤にも初めて告げた事実であった。すると箕浦は目を輝かせ、

「居所が分かればこっちのものだ。秘密裏に捜査員を派遣して問題が起きないよう処理しますよ」

黒宮は兵藤と箕浦を交互に見ながら言った。

「このあと早速、海住の記憶を調べます」

兵藤が箕浦を買収したことによって大勢の捜査員を手に入れた。あとは海住が相馬たちの居所を知っているかどうかだ。

黒宮は何とか情勢が好転することを祈った。

菊谷を出たのはそれから一時間後のことで、時刻は九時になろうとしていた。

兵藤と箕浦を見送った黒宮はその場でスマホを手に取り、近くで待機している新郷と山根の二人を菊谷に来させるとタクシーで東京本部に向かった。その途中、黒宮は山根に今晩呼び出した理由を初めて伝え、東京本部の正門前に到着すると海住を誘き出す方法を繰り返し聞かせた。

山根は自信なさそうであるが、黒宮と新郷の脅すような視線に怯えてやってみますと返事した。

黒宮は早速、海住の電話番号を山根に教えた。山根はスマホに番号を入力すると、

「では、かけます」

震えた声で言った。

黒宮と新郷は依然山根をじっと見据えている。山根は黒宮と目が合うと顔を伏せた。

電話がつながると山根は最初緊張のあまり声が裏返った。

「もしもし海住さんですか？　突然電話してすみません。山根です。あの、これから

少し会えませんか」

あえて唐突に言った。

海住がその理由を訊くと山根は黒宮の指示どおり憚るような声で、

「昨日の事件のことで大事なお話があるのです。東京本部の人で相談できるのは海住さんしかいなくて」

海住は内容を尋ねたが山根は煽るようにこう言った。

「実は、大変な物を見つけたんです。

はい、ですから直接会って話したいのです。

誰かに聞かれるとまずいですから東京本部でどうですか。

分かりました。

はい、それでは失礼します」

海住との通話を終えた山根は、

「すぐにこちらに向かうとのことです」

蒼白い顔で黒宮に告げた。

黒宮は満足そうにうなずいたが新郷には打って変わって鋭い視線を向けた。

この男がミスをしたせいで自分は窮地に立たされているのだ。

それに対する怒りであった。

しかし新郷は黒宮に記憶を削除されているがゆえ黒宮の怒りの意味が理解できない。

それでも黒宮は、

「今度失敗したら容赦しないぞ」

脅すように言った。


山根裕太から思いも寄らぬ報せを受けた海住は、急いで支度すると家を飛び出しビッグスクーターにまたがった。

山根が見つけた〝大変な物〟とは何か。

浅草のストリートチルドレンが殺害されたのは元より、リサとコウキの人生までも狂わせたのは自分のせいだ。強く責任を感じる海住は事件が解決するかもしれないということで頭がいっぱいで、あれこれ考える余裕がなく山根に指定された東京本部に急いだ。

海住はビッグスクーターを飛ばし、二十分後に東京本部に到着した。

正門前には痩身短軀の山根がポツリと立っている。山根は海住がやってきても会釈すらせずずっと下を向いていた。

ビッグスクーターを停めた海住は山根の目の前に立った。

「山根」

声をかけても山根は海住と目を合わせようとはせずやはり口を開かない。

「どうした、ひどく顔色が悪いじゃないか」

それにどこか怯えているようでもあった。

「山根、大事な話って何だ。大変な物を見つけたと言っていたが……」

「海住さん」

山根は突然海住を遮るように口を開くと、

「すみません海住さん。こうするしかなかったんです」

不可解なことを言ったのである。

そのときであった。悪い予感が脳裏を掠めた瞬間、海住は背後に気配を感じた。素早く振り返ると真後ろから新郷が忍び寄っており、海住は逃げようと思ったが間に合わず顔に白いハンカチを当てられた。

海住は必死に抵抗するが、力が入らずだんだんと意識が薄れていく。

新郷の後ろには黒宮が立っていた。

「黒宮……」

その瞬間、海住の脳裏に昼間相馬たちと会った記憶が鮮明に蘇った。

海住は薄れていく意識の中でしまったと叫んだ。

「山根……騙しやがったな」

意識が途切れる直前、海住は心の中で相馬たちに詫びた。

みんな、すまない。黒宮に記憶を調べられる。頼むから、逃げてくれ……。

黒宮は地面に倒れた海住を見下ろすと、

「削除室に運べ」

新郷と山根に命令した。新郷はすぐに海住の足を持ったが、山根は黒宮のやり方に立ち竦み黒宮の命令が聞こえていないようだった。

「山根早くしろ！」

新郷が怒声を放つと山根はハッとして、

「は、はい」

慌てて海住の上半身を持ったのだった。

黒宮が正門を開けると新郷と山根は海住を慎重に施設まで運んだ。

黒宮は施設の扉の施錠を解いたが中には入らず、いつもどおり新郷に削除室に向かわせて監視カメラを停止させてから四階に上がった。

No.１の削除室に入室した黒宮たちは海住を中央の椅子に座らせ、頭上の装置を被らせた。

大型モニターには記憶が一日ごとに区切られて表示され、黒宮は今日の日付を選択すると『再生』を押した。

黒宮は早送りしながら海住が相馬と連絡を取っていないか、瞬き一つせずギラついた目で映像を追った。

海住が自分の部屋でスマホを耳に当てた瞬間、黒宮は素早く『再生』を押した。

『もしもし、相馬か』

相手が相馬であることを知った黒宮は固唾を呑み、スピーカーから聞こえる会話に集中した。

後ろに立つ山根も、表情には一切出さないが海住が相馬たちの居所を知っていることを強く祈った。黒宮の意図が分からないのは新郷だけであり、新郷はポカンと口を開けながら映像を見つめていた。

『海住、どうした』

『今、どこにいる？』

黒宮は海住がそう問うとひとりでに拳を握っていた。

『訊いてどうする』

相馬は冷めた口調で言った。

『リサとコウキに直接謝りたいんだ。こんなことになったのは私のせいでもあるから』

『君が来たら、リサとコウキは冷静じゃいられなくなる。危険だよ』

『それでもどうしても謝りたいんだ。一分でもいいから二人に会わせてくれよ』

相馬はしばらく考えた末、

『分かった。そこまで言うのなら来たらいい。今俺たちは千葉県白子にある廃屋にいる』

その後相馬は廃屋のある場所を海住に説明して電話を切った。

黒宮は相馬たちの居場所を知ると身体が熱くなった。

黒宮は再び映像を早送りにし、海住が千葉県の白子にある廃屋に到着したところで三たび『再生』を押した。

海住が廃屋の玄関前に立つと中から相馬が現れた。相馬が案内したリビングダイニングには、長尾、リサ、コウキの三人がいた。

黒宮はそこで映像を停止した。みなまで確認する必要はない。肝心なのは相馬たちが今も廃屋にいるかどうかである。一刻も早く箕浦の部下を向かわせなければならぬ。

黒宮はその前に、海住がリサの過去を知った日を検索し、その日から今日までの記憶を何の躊躇いもなく全削除した。

作業を終えると黒宮は新郷と山根を振り返って命令した。

「海住を外に運び出せ。それが済んだらお前たちの今日一日の記憶を互いに消せ」

仮に新郷たちが逮捕されたら言うまでもなく今日の記憶も調べられる。自分が海住の記憶を調べて削除した事実を消さなければ厄介なことになる。そのための削除であった。

新郷は黒宮の命令に、

「分かりました」

何の不満も抱くことなく従ったが、山根は急に青ざめて激しく動揺した。

「どうした山根」

黒宮が厳しい顔つきで問うと、山根は首を横に振った。

「いえ、何でも、ありません……」

黒宮は、分かればいいんだというようにうなずくと、削除室を出て本部長室に入った。そしてスマホを手に取り箕浦康夫に連絡した。

箕浦につながると黒宮は急かすような口調で、

「箕浦さん、相馬たちは、千葉県白子の廃屋にいるようです」

そう告げたあと廃屋の場所を説明したのだった。

箕浦との通話を終えた黒宮はスマホをしまうと大きく息を吐いた。

黒宮は、相馬たちが廃屋に隠れていることを強く祈った。他県ではあるが、箕浦さんなら内々に逮捕してくれるだろう。もしすでに相馬たちが白子から離れていればこれ以上見つける策がない。

天は我に味方するか、それとも地獄に突き落とすか……。

運命の分かれ道であった。


一方、事件解決の糸口どころか八方ふさがりの相馬たちは未だ廃屋に身を潜めていた。

現在、相馬と長尾はソファの上で眠っている。昨日からほとんど眠っていなかった二人は疲労困憊しており、夕食を食べるとさすがに睡魔に襲われたのである。

リサは相変わらず何も食べず床に座ったまま夜空を眺めている。

コウキはリサの小さな背中を寂しげに見つめていた。

リサとコウキの横にはコンビニ弁当が置いてある。相馬は夕食を一緒に食べようと言ったがリサが拒んだのでコウキも我慢したのだ。

コウキは元気のないリサを見ていると胸が痛む。仲間たちを殺した黒宮たちを憎むと同時にリサの運命は残酷すぎると思った。実の父親が仲間たちの殺害を指示していたのだから。

リサは黒宮たちよりも自分の運命を恨んでいるかもしれない。

コウキはリサの痛みが分かるから今までそっとしておいた。しかしこれ以上リサが悲しんでいる姿を見ているのが辛くて、コウキは自分の弁当を手に取るとリサの横に胡座をかいた。後ろからでは分からなかったが、リサは首に巻いている白いマフラーを右手で握りしめており、目の前にはユカから貰った手紙が置いてあった。復讐を誓って以来、あの日の誕生日パーティで貰ったものは肌身離さず持ち歩いているのだった。

コウキは手紙に視線を落とし、

「手紙、読んでいいか？」

優しい声で訊いた。リサは一つ間を置いてうなずいた。

コウキは手紙を手に取り中身を読んだ。

『リサ姉ちゃん

誕生日おめでとう。

毎日ごはん作ってくれたり、洗濯してくれたり、本当にありがとう。

いつもは恥ずかしくて言えないけど、リサ姉ちゃんにはありがとうの気持ちでいっぱいだよ。

私たちはみんな親に捨てられ、本当は辛いはずなのに、幸せに暮らしているのはリサ姉ちゃんたちのおかげだよ。私たちは血はつながってないけど、ここにいるみんなは本当の家族です。

ユカより　』

読み終えたコウキの目に涙が滲んだ。感謝の気持ちを手紙に表したのはユカだが、ユカだけでなくみんなの声が聞こえてきた。

コウキはリサに手紙を返すと、

「なあリサ、元気出してくれよ。リサの気持ちは分かるけど、みんなリサのそんな顔見たくねえって思ってるよ」

コウキはソファで眠る相馬と長尾を振り返り、

「あいつらじゃねえけど、リサがそんな顔してたらみんな悲しむぜ。それに――」

コウキは勇気を出して言った。

「俺だって、すげえ辛いよ」

リサはコウキを見つめ、

「コウキ……」

声を洩らした。

コウキはリサに力強く言った。

「絶対に、奴らが仲間たちを殺したことを証明して、みんなの恨みを晴らそうぜ」

リサは白いマフラーと手紙を見ながら、

「そうだな」

と返した。その言葉に安堵したコウキはリサに弁当を差し出した。

「食おうぜ。食わなきゃ奴らと戦えねえ」

リサは弁当を受け取り、

「ああ」

うなずくとやっと食事を口にした。コウキも箸を手に取りご飯を口に運ぶが、ふと動作を止めると寂しげに言った。

「あとどれだけ、こうして一緒に飯を食べられるのかな」

リサはコウキの横顔を見た。

「俺たち捕まったらどうなっちまうんだろう。もう会えねえよな」

リサは首を振った。

「そんなこと、ねえよ。絶対」

そう言ったときであった。

リサとコウキはほんのかすかであるが、すぐそこで車が停まったような音を捉えた。胸騒ぎを覚えた二人は足音を殺して窓のほうへ向かいそっと顔を出した。

その瞬間、リサとコウキは血の気を失った。いつの間にやってきたというのか。何十人もの警官に囲まれているのだ。

二人は言葉を失くして足下から震えに襲われた。

リサとコウキは姿を隠しながら相馬と長尾のところへ行き二人を起こした。

「おい、起きろ、起きろって」

相馬と長尾は目を覚ましたが意識はまだぼんやりとしている。

「やべえよ、警察に囲まれてる！」

コウキのその言葉に相馬と長尾は衝撃を受けて顔を見合わせた。

二人はそっと立ち上がり、気づかれぬように窓のほうへ行って外の様子を確かめた。

コウキの言ったとおり外には多くの警官が武装して立っており、突入する機会をうかがっているようであった。

その光景を見た瞬間、相馬は絶望の淵に沈んだ。


黒宮はお台場の自宅マンションに戻り、箕浦からの電話を期待と不安を抱きながら待ちわびていた。すると先ほど兵藤から連絡があり相馬たちを包囲したとのことであった。

黒宮は知らせを受けた瞬間脱力し、魂が抜けてしまいそうになるくらいの大きな息を吐いた。しかしすぐにいつもの堂々とした表情に戻ると三十階からの夜景に視線をやりほくそ笑んだ。

もう相馬たちに逃げ場はない。

これから奴らの記憶を調査したうえで削除し、もしメモリーチップに記憶をコピーしていれば徹底的に探し出す。

それが完了すればストリートチルドレンの殺害の件は闇に葬り去ることができる。

俺は必ずこの修羅場を潜り抜ける。

改めて誓ったそのときであった。再び兵藤から着信が入った。相馬たちを確保した際連絡が入ることになっているが、それにしても早すぎであった。

現場で何か起こったのか……。

胸騒ぎを感じた黒宮は恐る恐る電話に出た。

「はい、黒宮です」

「どういうことだ黒宮！」

兵藤は激昂しておりどこか混乱している様子でもあった。

「河合直也の遺体は燃やして東京本部の裏庭に埋めたんじゃなかったのかね！」

黒宮はこのときフリーライター河合直也の件でも大きな問題が発生したことを知った。

「新郷からはそう報告を受けておりますが」

「なぜ河合の遺体が山梨の山中から発見されるんだ！　問題なのは河合の遺体が燃やされていないことだ！」

黒宮は混乱した。新郷は確かに、河合の遺体を燃やして東京本部の裏庭に埋めたと報告してきたのだ。それなのになぜ山梨の山中から発見されるのだ。その上、遺体が燃やされていないとはどういうことだ！

「とにかくニュースを見てみたまえ！」

黒宮は急いでテレビを点けいくつかチャンネルを変えた。するとちょうど目当てのニュースを放送している局があった。

画面には女性アナウンサーが映っており、アナウンサーは深刻な面持ちで原稿を読んだ。

『今日午後四時頃、山梨県西湖畔の鬼ヶ岳山麓で男性の遺体が発見されました。近くのキャンプ場の管理人が施設の二ヶ月に一度の定期点検をしていたところ、国道からキャンプ場に続く私道の斜面に、毛布に包まれた状態で遺棄されていたとのことです。

山梨県警は現場の状況から事件として捜査を開始していましたが、つい先ほど東京都在住のフリーライター河合直也さんと判明しました。現場は普段人気はまったくない場所で……』

黒宮は顔面蒼白となり心臓は破裂しそうなくらいに暴れていた。黒宮はスマホを落としそうになりしっかりと両手で握りしめた。

「警察は河合の記憶を調べているはずだが一切問題はないんだろうな！」

黒宮は自信がなく、

「五分ほどお時間をください。新郷に確認します」

そう言って電話を切るとすぐに新郷のスマホに連絡した。しかしなぜか新郷は電話に出ない。いつもはスリーコールもしないうちに出るのにである。

黒宮はその直後、肝心なことに気づいた。新郷は関係する一切の記憶を削除されているため何を訊いても無意味なのだ。

黒宮はスマホの画面を消すと、

「なぜだ……」

とつぶやいた。

新郷はなぜ虚偽の報告をした。咎められるのが怖くて嘘をついたのか。

いや、それは考えられない。新郷は遺体を燃やしてすらいないのだから。

新郷はあえて燃やさず山梨の山中に遺棄したのだ。

新郷の意図を推理する黒宮は身体が凍り付いた。

まさか新郷の奴、謀(はか)ったか！

身の危険を感じた黒宮は急いで兵藤に連絡をし、

「兵藤統轄長、今すぐに我々の記憶を削除しなければ大変なことになるかもしれません！」

必死の形相で叫んだ。

黒宮は兵藤と東京本部で落ち合うことになったのだが、正門前でタクシーを降りた兵藤は黒宮を見るなり、

「黒宮くん、この責任をどう取るつもりかね！」

鬼のような形相で叫んだ。黒宮は弁解しようと口を開いたが兵藤は間を与えなかった。

「君には失望した。君に任せたのが間違いだったよ。この役立たずが！」

兵藤に散々罵られる黒宮は内心では激しい怒りと屈辱に燃えていたが、グッと気持ちを鎮め、

「申し訳ありません兵藤統轄長」

ひたすら頭を下げた。しかし兵藤の怒りと興奮は収まらず、

「どうやら今日で君との関係は終わったようだ」

これまで兵藤のために尽力してきた黒宮をばっさりと切った。

黒宮は震え上がり、

「兵藤統轄長、こうなったのはすべて新郷のせいなのです。新郷が謀ったのです！」

必死に弁解した。

黒宮はふと思いついたように、

「もしかしたら新郷は我々を陥れるために……」

見下していた人間に陥れられるほど屈辱的なことはないが、その可能性は十分にあった。

「君は新郷の記憶を削除したと言ったがその際確認したのかね！」

兵藤のその問いに、

「それは……」

と黒宮は口ごもった。

十二月九日の朝、黒宮は長尾から奪ったメモリーチップの中身ばかりに気をとられており、また忠誠を誓っている新郷が嘘の報告をしたなんて夢にも思わず、確認せずに削除したのである。

まさか落とし穴が仕掛けられていたとは！

「確認、しておりません」

黒宮は声を絞り出すように言った。兵藤は蔑むような視線を向けると、

「この能無しが！　完全に新郷にはめられているではないか！　この様子だと浅草のストリートチルドレンの件も信用できんぞ！」

吐き捨てるように言った。黒宮は兵藤に対する屈辱感と新郷に対する怒りとで手足が痙攣したが、一方では兵藤の最後の言葉が胸に突き刺さっていた。兵藤の言うとおり、新郷は浅草のストリートチルドレンの件も虚偽の報告をしているかもしれないのである。

「新郷に、私の指示だとは言っていないだろうな！」

兵藤に問い詰められて黒宮は兵藤を見ずに言った。

「はい、しかし安心はできません」

初めて黒宮が兵藤に対して反抗的な態度をとった瞬間であった。

兵藤は奥歯をギリッと鳴らし、

「とにかく記憶を削除する。来い！」

声を荒らげて黒宮に命令した。

黒宮と兵藤は一課の削除室に入室した。

兵藤は黒宮に向かって、

「座れ」

と怒鳴り、中央の椅子に座るよう指示した。黒宮は返事して中央の椅子に腰を下ろした。黒宮はあまりの怒りでこれから記憶を削除されることに対しての不安が薄れていた。しかし頭上の装置を被ると急に不安が募り落ち着かなくなった。

記憶を削除すればむろん事件のことが把握できなくなる。しかし削除しなければ危機に陥る可能性が高い。

複雑な思いを抱く黒宮であるが兵藤は黒宮を無視して作業を進めていく。

兵藤は、これまでの〝危険な記憶〟だけを検出するのではなく、黒宮が初めて絵画を贈ってきた日から今日までの記憶を選択した。そのほうが手っ取り早いし何より確実で安全である。二〇九四年の三月から今日までの約二年間の記憶を全削除しようとした。しかし黒宮にはそれは告げず、黒宮を一度振り返ると様子を確認し、無言のまま削除スイッチを押したのである。

大型モニターにタスクの処理状況が表示されると、十パーセント、二十パーセントと上昇していく。黒宮の不安と緊張はピークに達した。

九十パーセントになったとき戦慄する黒宮は思わず目を閉じた。

百パーセントに達した瞬間、黒宮の身体に軽い衝撃が走った。記憶を削除された黒宮は顔を上げると、ぼんやりとした表情で削除室内を見渡した。

なぜ自分は削除室にいるのだろうか。

一番驚いたのは目の前に関東統轄長である兵藤竜一朗が立っていたことだった。

兵藤とは今まで〝何の接点もない〟のである。にもかかわらず、この状況からして兵藤に記憶を削除されたのだと確信できる。なぜ自分の記憶を削除したのか。兵藤はいったい自分のどんな記憶を削除したのか。

言うまでもなく黒宮はいくら考えても思い出せないのである。

黒宮は真っ青になりながらも立ち上がり、

「兵藤統轄長、でいらっしゃいますね。いったいこれはどういうことでしょうか。なぜ私は……」

恐る恐る尋ねたが兵藤はそれには答えず、

「黒宮くん、私の記憶を削除したまえ」

切羽詰まった様子で言った。

「兵藤統轄長の記憶を、でございますか」

「そうだ。二〇九四年の一月一日から今日までの記憶を全削除したまえ！」

兵藤はひどく興奮しており黒宮を退けると中央の椅子に腰掛けた。

黒宮は二〇九四年の一月から今日までの記憶を全削除しようとしている兵藤に愕然としたが、恐らく自分と兵藤はその間に何かトラブルを起こしたのだと悟った。

「分かりました」

黒宮は頭上の装置を兵藤に被らせると大型モニターに身体を向けた。そして兵藤の指示どおり二〇九四年の一月一日から今日までの記憶を選択したのである。しかしそ

った。

のときであった。黒宮は大型モニターに表示されている今日の西暦と日付を見て固まった。

「二〇九六年、二月九日……」

兵藤に二年間の記憶を丸ごと削除された黒宮は二年間も時間が進んでいることに大きなショックを受けたのである。

兵藤に二年間もの記憶を削除されたことを知った黒宮は身震いし、苦悩の表情を浮かべながら操作盤に両手をついた。しかし兵藤は黒宮を心配するどころか怒声を放った。

「何してる。早くしろ！」

黒宮は混乱しながらも、

「かしこまりました」

慇懃に返事すると削除スイッチを押したのだった。

すると大型モニターにゼロが表示され、十パーセント、二十パーセントと上昇していく。

大型モニターを見据える兵藤は、これでこれまで自分が行ってきたすべての悪行を削除できると安堵した。

記憶を削除したことにより削除履歴が残り、また黒宮の頭に埋め込まれているメモリーチップには、自分が記憶を削除させた映像が記録されている。しかし切羽詰まった兵藤は背に腹は代えられなかったのである。粛清指示の記憶が残るよりはいい。

相馬たちが身を潜めている廃屋を、闇夜のため定かではないが、ざっと数十人の警官が取り囲み突入の機会を狙っている。

絶体絶命の窮地に追い込まれた相馬たちは、足音を立てぬように二階に上がり月の光で仄かに明るい洋室に入った。一階にいるよりは安全であると判断して二階に上がったのだが、いずれにせよ相馬たちが捕まるのは時間の問題であった。大勢の警官は裏口まで固めているのである。銃を二丁持っているとはいえ、相馬たちがこの危機を切り抜けるのは無理であった。

相馬はボロカーテンをめくりもう一度外の様子を確かめた。

盾を持った警官たちは突入の指示を待っている。少し離れた道路には、警察車両は元より三台の白バイが待機している。相馬はリサとコウキの前であるが思わず深いため息を吐いた。

相馬自身、捕まるのは時間の問題であると覚悟しているが、それにしてもなぜ警察は自分たちの居所を知ったのか。

買い出しに出かけたのは自分だけだし、そもそも自分はまだ指名手配されていないはずなのにである。

そのとき相馬の脳裏にふと海住の顔が浮かんだ。相馬は一瞬、海住が警察に通報したのではないかと疑念を抱いたが、帰り際の海住の様子を思い出してそれは絶対にありえないと否定した。

すると相馬の目に黒宮のほくそ笑む顔が映った。

相馬は三人に背を向けたまま言った。

「黒宮です。黒宮が何らかの手を使って海住の記憶を調べたんです。そうとしか思えない！」

コウキは手に持っている拳銃を床に叩きつけた。

「クソ野郎！」

リサは相馬と長尾を交互に見ながら、

「どうする」

すがるように言った。すると長尾がおもむろに口を開いた。

「投降しよう。この状況で逃げるのは無理だ」

相馬も投降せざるをえないと思った。リサは悔しそうであるが反論はしなかった。

しかしコウキだけはそれを認めなかった。

「おい、お前ら何諦めてんだよ！　最後まで諦めないいんじゃねえのかよ！」

相馬と長尾は苦渋の表情を浮かべるが言葉を返すことができなかった。

「おいリサ、お前も諦めるってのかよ。殺された仲間の仇、取るんじゃなかったのかよ！」

リサはコウキを睨み返し、

「諦めちゃいないよ！　でももう仕方ないじゃないか！」

コウキはリサの思いを知るとうなずき相馬と長尾に向けて言った。

「俺は諦めねえぜ。俺が絶対何とかしてやる！」

その言葉にリサは顔を上げた。

「コウキ、何か作戦があるのかい？」

コウキはリサを見つめ、

「俺がお前を助けてやる」

決意に満ちた顔でそう言ったのだった。

相馬はスマホを取り出すと海住に連絡をした。しかしいくらコールしても海住は電話に出ない。相馬は海住の身を案じると同時にますます黒宮への疑念を強めた。

今度は長尾がスマホを手に取り森田に連絡をした。

森田はすぐに電話に出て、

「長尾くんか、どうした？」

気が気ではないといった様子で言った。長尾は面目ないというように、

「森田本部長、申し訳ありません」

森田はとっさに、

「何があったんだ」

叫ぶように問うた。

長尾はまず、千葉県白子にある廃屋に身を潜めていたことを告げ、そして次にこう言った。

「しかし先ほど、警察に包囲され……」

長尾はリサとコウキの手前その先は言わなかった。

森田は愕然として声を震わせながら、

「なんだって、なぜ居場所が特定されたんだ」

「昼に海住が廃屋にやってきたのですが、黒宮が海住の記憶を調べたのかもしれません。もしそうだとしたら黒宮は警察とつながっています。警察は逮捕後、黒宮に私たちを引き渡して記憶を削除するでしょう。そうなれば森田本部長がメモリーチップを持っていることも知られてしまいます」

長尾は続けて言った。

「森田本部長、メモリーチップを持って逃げてください。私たちはそのメモリーチッ

プが最後の望みなのです」

「分かった。メモリーチップは必ず死守する！」

森田との通話を終えた長尾は、

「黒宮の思いどおりには絶対にさせない！」

リサとコウキを見ながら言った。コウキは一つ息を吐くと膝に手を当てながら立ち上がった。

「どうしたんだい？」

リサが訊くとコウキは、

「そんな怖い顔すんな。喉が渇いたから下に行って飲み物取ってくるだけだ」

リサは心配そうに、

「気をつけるんだよ」

「ああ」

コウキはリサに返事して背を向けたが、部屋を出る際、

「じゃあなリサ」

三人に聞こえぬよう囁くようにして言ったのだった。

一階に降りたコウキはリビングダイニングには行かず、銃を腰に忍ばせると玄関の

ほうに歩を進めた。

全滅を避けるためには自分が犠牲になるしかないとコウキは考えたのである。

何としても相馬たちには死んでいった仲間たちの無念を晴らしてもらいたい。

それにコウキはリサを助けてやりたかった。

これ以上リサには辛い思いをさせたくなかった。

コウキは心の中でリサに言葉を送った。

リサ、嘘ついてごめんな。でもお前を助けるためにはこうするしかねえんだ。

お前とは長い時間会えないだろう。それはすげえ寂しいけど、いつかまたどこかで必ず会えるよな。

リサ、最後まで絶対に諦めるなよ。相馬たちと力を合わせて必ず仲間たちの仇を取ってくれよ。

コウキの脳裏には相馬と長尾の姿も浮かんでいた。

最初は相馬たちのことを敵だと思い信用なんてできなかったが、自分たちのために、そして仲間たちのために、自らを犠牲にしてまで必死になって力になってくれた。世間は親のいない集団生活をしている自分たちを害虫扱いするが、相馬たちは違ったのだ。

コウキは素直に相馬たちの気持ちが嬉しかった。

そんな大人、今までいなかったから……。相馬、長尾、それに森田、俺たちのために本当にありがとう。何とか逃げ延びて事件を解決してくれ。

コウキは最後二人に「リサを頼んだぞ」そう言って玄関扉を開いた。

コウキが姿を現すと警官たちは警戒して後ずさった。

コウキは両手を挙げ抵抗しない意思を見せた。しかし警官はなかなか近づいてこない。一人だけが出てきたことに不気味さを感じているようであった。

コウキは嘲るように、

「残念だったな。仲間はもういねえぜ。俺一人だよ」

そう言って両手を差し出した。すると警官たちはすり足でやってきた。

間合いを計るコウキは微動だにせず、しかしその視線は一人の警官に向けられていた。

近づいてくる警官の中で一番背が小さく弱そうな男である。

コウキは的を絞ったが慌てず冷静にそのときを待った。

警官たちがあと一メートルのところまで迫ったときであった。廃屋の中から、

「コウキ！」

リサの声が聞こえてきた。

警察が気を奪われたその瞬間コウキは狙っていた警官に飛びかかった。素早く背後に回ると銃を取り出し警官の首に強く押し当てた。

「動くな！　少しでも動けばこいつをぶっ殺すぞ！」

コウキは本気であることを証明するために夜空に一発弾を放った。

すると警官らは金縛りにかかったように固まった。

コウキは警官の首をグイッと絞めると廃屋にいるリサたちに叫んだ。

「リサ、今のうちに逃げろ！　逃げろ！」

リサがコウキの異変に気づいたときにはすでに遅くコウキは捨て身の策に打って出ていた。

コウキは警官を人質に取り「逃げろ、逃げろ」と叫び続けている。

コウキの名を叫ぶリサの胸にコウキが言った言葉が響いていた。

『俺がお前を助けてやる』

自分を犠牲にして仲間を逃がそうとするコウキの姿に、リサは胸がつまり涙が滲んだ。

「リサ、何してんだ！　早く逃げろ！」

コウキはそう促すがリサはコウキを置いて逃げることができなかった。

自分たちが逃げればコウキは捕まる。

リサにとってコウキは残ったたった一人の仲間であり、そして家族なのだ。そのコウキを置いていくことはあまりにも残酷であった。

決心がつかないリサに、

「逃げよう」

そう言ったのは相馬であった。

「でもコウキが……」

「俺だって辛い。しかし彼の気持ちはムダにはできない」

コウキはリサの名を呼び、

「かまわず行け！」

必死になって叫ぶ。

相馬はきつく目を閉じ、

「仲間の仇を取るんじゃないのか！」

リサに強く言った。

リサはコウキを見つめる。コウキと目が合ったリサは悔しさに震えながら、

「分かった」

絞り出すように言ったのだった。

リサは決意を固めると銃を手に取った。

隣にいる長尾も、

「行こう」

逃げる決心をした。

「コウキ、ごめん」

リサはそう言って玄関に向かうと扉を開けた。リサは警官に銃を向け、

「殺されたくなければ道を開けろ！」

大声で威嚇した。道を塞ぐ警官は渋々道を開けた。

リサはコウキにうなずくと車に進んだ。

しかしそのときであった。

コウキの背後には三人の警官が忍び寄っており、相馬がそれに気づいたときにはすでに遅く、コウキは三人の警官に取り押さえられたのである。

「離せてめえら！」

リサはコウキを振り返り、

「コウキ！」

悲痛の声を上げた。

コウキが夜空に弾を放った瞬間、相馬たちを囲んでいた警官は一瞬の隙をついて相

馬たちを取り押さえにかかった。

相馬は必死に抵抗し、

「リサ！　コウキ！」

二人の名を叫ぶ。

リサは激しく地面に倒され長尾は廃屋の壁に押さえつけられた。

リサ、コウキ、長尾は逮捕され、最後まで暴れていた相馬の両手にもとうとう手錠がかけられた。

その瞬間、夜空に相馬の叫び声が響いた。

カウント10

一方、兵藤竜一朗に二年間の記憶を削除された黒宮猛は、事件のことや相馬たちが箕浦の部下に逮捕されたことなど知るよしもなく、東京本部を後にするとタクシーに乗ってお台場の自宅マンションに向かうよう運転手に告げた。

自宅に到着するまでの間、兵藤に削除された記憶がどんな内容だったのか、そればかりが頭の中を支配していた。

兵藤も黒宮と同様、今頃懊悩(おうのう)しているに違いない。

兵藤は黒宮に記憶を削除された直後、黒宮と同じ反応を見せた。

なぜ自分は削除室にいるのか。

なぜ東京本部の〝一課の課長〟である黒宮が自分の記憶を操作しているのか。

いったいどんな記憶を削除したのかなど。

動揺する兵藤は矢継ぎ早に尋ねた。黒宮は、さっき自分も兵藤に記憶を削除され、

その直後、兵藤が二〇九四年の一月一日から今日までの記憶を削除するよう指示した

のだと伝えた。

するると兵藤はすぐに、身の回りで大変な事態が起きていることを察知したようだが、そのとたん黒宮に憤怒の形相を向け、

「この役立たずが！」

といきなり怒声を放ったのである。

まるで記憶を削除するまでの事態に陥ったのは黒宮のせいだと言わんばかりであった。

兵藤は黒宮を罵ると勝手に削除室を出ていったのだった。

黒宮は兵藤に対し激しい怒りと屈辱に燃えたが、それ以上に不安のほうが大きかった。

自分と兵藤がつながっていたのは確かなようだがいったい何が起こったのか。

記憶を削除するくらいだからよほど重大なことが起こったようだが、見当すらつかないのである。

兵藤に関する何か見てはいけないものでも見てしまったのか。

いや、そうだとしたら兵藤の記憶まで削除する必要はない。

兵藤は記憶を調べられることを恐れて記憶を削除したのだ。

もしや、自分たちは何か罪を犯したのか。

まさかと黒宮は首を振るが、だんだん不安は恐怖に変わっていった。

マンションに到着した黒宮は運転手に料金を払いタクシーを降りた。

蒼い顔でマンションの玄関に向かう黒宮であったが、正面からやってきた三人の中年男にいきなり道を塞がれ、

「黒宮猛さんですね？」

と尋ねられた。あまりに突然だったので黒宮は戸惑った。

すると真ん中に立つ長身で厳めしい顔つきの男が警察手帳を取り出し、それを黒宮の面前に掲げた。

「山梨県警富士吉田署の刑事の丸岡（まるおか）と言います」

黒宮は自分が何か罪を犯したのではないかと考えた矢先だったがゆえ、激しく狼狽した。

厳めしい顔つきの刑事は続けた。

「山梨の鬼ヶ岳から男性の他殺体が発見されたのですが、それはフリーライターの河合直也さんの遺体だということが判明しています。その件でお話をうかがいたいので富士吉田署までご同行いただけますか？」

黒宮は頭の中が真っ白になり全身から嫌な汗が噴き出た。

他殺体とはいったいどういうことだ。

まさか自分が殺したとでもいうのか。

兵藤はその記憶を削除したのか。

「ちょっと待ってください。いったいどういうことですか？　私は何も――」

しかし刑事は取り合わず、

「詳しい話は署でうかがいます」

そう言うと、黒宮の背後に視線をやり合図を送った。

気づけば黒宮の後ろには五人の警官が立っており、警官に両腕を掴まれると警察車両に連れていかれた。

押し込まれるようにして後部座席に乗せられた黒宮は、

「私は殺してなんかいない！　無実だ！」

必死の形相で訴えた。

時を同じくして、山梨県警富士吉田署の別の刑事たちは山根裕太の自宅マンションに到着した。

刑事がインターホンを鳴らすと玄関が開き、中から山根が顔を出した。

山根は強面（こわもて）の男の後ろに立つ警官を見た瞬間血の気が引いた。

刑事は動転する山根に警察手帳を見せた。

「山梨県警富士吉田署ですが、鬼ヶ岳で他殺体で発見された河合直也さんの件であなたにうかがいたいことがあります。署までご同行ください」

自分に何かしらの嫌疑がかけられたことを知った山根は身体中が震え、自分では立っていられずにその場に崩れ落ちた。

先ほど新郷に今日一日の記憶を削除された山根は、なぜ記憶を消されたのか、そしてそれはどんな記憶だったのかと憂悶していたのだが、まさか殺人事件に関与していたとは夢にも思っていなかったのである。

刑事が合図すると、警官は山根を立たせてがっしりと両腕を摑んだ。

奈落の底に突き落とされた山根は急に顔を上げ、

「僕は何もやっていない！　信じてください！」

涙声で訴えたが刑事は取り合ってくれず、

「連れていけ」

警官に指示した。

山根は必死に抵抗し、

「本当です！　僕は河合直也なんて人知らないんだ！」

関与を否定するが、警官は無視するように山根をエレベーターに乗せて一階に降りると警察車両に押し込んだ。

恐怖に震える山根は、

「嫌だ、嫌だ、嫌だ！」

頭を抱えて外にまで響くほどの声で泣き叫んだ。


黒宮猛と山根裕太が山梨県警に連行されたその頃、相馬たちを乗せた車は首都高湾岸線を東京方面に向かって走っていた。

相馬、長尾、リサ、コウキは別々の車に乗せられ、四台の警察車両は極秘裏にMOC東京本部に向かっている。

先頭車に乗るリサは、逮捕されてからしばらくは魂が抜け落ちたように気力を失くしていたが、まだ諦めてはならないと自分に強く言い聞かせ、運転する警官と助手席に座る刑事に訴えた。

「私たちが東京本部を襲撃したのは仲間たちを殺されたからなんだ！　仲間は黒宮たちに殺されたた！　嘘じゃない！　信じてくれ！」

リサは何度も訴えたが、刑事たちは一言も発さず無視するように前をじっと見据えている。

声が嗄れるまで叫び続けたリサは首に巻いている白いマフラーを握りしめ、死んでいった仲間たちに、ごめんみんな、と心の中で詫びた。

相馬と長尾が言うように黒宮と警察がつながっているとしたら、これから自分たちは証拠となる記憶を削除される。

だがリサは絶望していない。

たとえ記憶が消されたとしても森田がいる。最後の希望だ。リサは森田が仲間たちの無念を晴らしてくれると信じている。

助手席に座る刑事のスマホが鳴ったのは、『浦安市』と書かれた標識を通り過ぎた直後であった。

「はい、別府(べっぷ)です。お疲れ様でございます」

刑事は慇懃に挨拶した。

「はい、そうです。これから予定どおり」

刑事は堂々とした口調で言ったが、急に言葉を切ると声の調子が変わった。

「え、予定変更ですか？　それはいったいどういうことでしょうか。ええ！　黒宮さんが山梨県警の任意同行に応じた？」

それを聞いた瞬間リサはハッと顔を上げた。

刑事は腑に落ちないといった様子で、

「そうですか、分かりました。では、これから署に向かいます」

と言って電話を切ったのだった。

リサはすかさず、

「おい、黒宮が任意同行されたって本当か。なぜだ！」

身体を前に乗り出して刑事に尋ねたが刑事はリサの問いには答えなかった。

リサは黒宮たちが逮捕されることを望んでいたが、あまりに突然のことだったので混乱した。

なぜ黒宮は取り調べを受けるのか……。

一瞬森田の顔が浮かんだが、さすがの森田でもこんなすぐに黒宮の罪を立証できるはずがない。

何がどうなっているのかリサには見当がつかなかった。


午前二時五十分、黒宮猛を乗せた車は山根裕太よりも一足早く山梨県警富士吉田警察署に到着した。

黒宮は警官に腕を摑まれながら取調室に連れていかれ、パイプ椅子に座らされた。

兵藤に記憶を削除された黒宮は、事件の詳細すら知らないまま突然任意同行を求められたので、警察署に到着するまでの間ずっと混乱していた。事件に関与しているはずがないと何度も否定したが、一方では記憶を削除された認識があるため今は疑心暗鬼に陥っている。しかし黒宮は不安な表情は一切見せず、とにかく無罪を主張することだと自分に強く言い聞かせていた。

黒宮の向かいには丸岡という中年の刑事が座り、その後ろには若い刑事が睨みをきかせている。黒宮は変な誤解を避けるために、怯んだ様子は見せず堂々と見返した。

黒宮の向かいに座る丸岡は黒宮をじっと見ながら無精髭をいじっていたが、おもむろに口を開き、

「黒宮さん、単刀直入にお訊きしますが、あなたは殺された河合さんとはどのようなご関係だったんですか？」

鋭い視線とは裏腹に穏やかな口調で訊いた。

黒宮はうんざりとした様子を露わにし、

「だから何度も言っているでしょう。私はそんな人知りませんよ。それなのになぜ私が事情聴取されなければならないのです」

丸岡と若い刑事は顔を見合わせると呆れたようにため息を吐いた。しかし二人の表情にはどこか余裕があり黒宮はそれが妙に不気味であった。

「河合直也さんの殺害を指示したのはあなたでしょう？」

丸岡のその言葉に黒宮は啞然とした様子を見せたが身体は嘘をつけなかった。

心臓は暴れ出し額や手の平にはじわりと汗が滲んだ。

殺害を指示した容疑で連行されたことを今初めて知った黒宮は、殺害の指示などし

ていないと自分を信じたいが、記憶を削除されているがゆえ内心では否定しきれない自分がいた。

「いい加減にしてください！　私が殺害を指示するはずがない！　そもそも誰に殺害を指示したのです！」

丸岡はまだそれには答えず余裕の表情でこう言ったのである。

「否認してもムダですよ。こちらには証拠があるんだ」

「証拠？」

「ＭＯＣ東京本部の本部長ともあろうお方が、メモリーチップの存在をお忘れですか？」

丸岡は小バカにするように言ったが、黒宮は〝本部長〟と聞いた瞬間凍りついた。

「ちょっと待ってください。私が、東京本部の、本部長？」

丸岡はやれやれというようにため息を吐き、

「何を惚けているんですか黒宮さん」

嘲笑(あざわら)いながら言った。

丸岡は当たり前のように『本部長』と言うが黒宮はさらに混乱した。

俺が、東京本部の本部長？

何かの間違いではないか？

黒宮はもう一度丸岡に確認しようとしたが思いとどまった。

東京本部に赴任して以来本部長の座を狙っていたが、兵藤に記憶を削除された二年の間に自分は本部長に昇進していたのだ。しかし自らの力だけで本部長になったわけではないだろう。

黒宮はこのとき、自分の記憶を削除した兵藤竜一朗とはただならぬ間柄だったことを確信した。四十代前半で東京本部の本部長に昇進するには、よほどのコネがなければ難しいのである。

本部長の地位を得るため自分は兵藤に近づき様々な工作を行ってきたに違いない。そして兵藤は自分を本部長に伸し上げたのだ。

しかし皮肉にも、その兵藤に自分は陥れられようとしている……。

河合直也の遺体が山梨県鬼ヶ岳で見つかった背景など知るよしもない黒宮は、新郷ではなく兵藤を憎んだ。

丸岡が言うように実際に自分が殺害を指示していたとしても、それは自分の計画ではなく兵藤の命令に違いないのだ。裏で糸を引いていなければ、兵藤竜一朗ほどの大物があんなに慌てて記憶を削除するはずがないのである。

「どうされましたか黒宮さん」

丸岡に声をかけられた黒宮はハッと顔を上げ取り繕った。

「いや、何でもありません」

黒宮は冷静さを装うが丸岡には見抜かれていた。丸岡はフフッと笑うと若い刑事に目で合図した。

若い刑事は丸岡に一礼すると取調室を出た。

五分後、若い刑事が再生機を持って戻ってきた。再生機の中には河合直也の記憶がコピーされたメモリーチップが挿入されているに違いなかった。

丸岡は黒宮に画面を向けると、

「これを見ても果たして無関係と言えるでしょうかねえ」

嫌みたらしく言って『再生』を押した。

黒宮が見せられたのは、昨年十二月七日の二十二時五十分、河合が東京本部に到着した場面からであった。

黒宮は固唾を呑んで画面を見つめる。河合は誰かと待ち合わせをしているらしく、正門前で立ち止まると豊洲刑務所のほうに視線を向けた。しかしどこか落ち着きがなくあちこちと視線を変えている。

それから五分が経過し河合は約束の時間を気にするように時計を見た。

そのときであった。河合は背後に忍び寄る気配に気づいたように突然ハッと振り返った。画面には目出し帽を被った痩身短軀の犯人が映り、河合の目が犯人を捉えた瞬間河合は白いハンカチを顔に当てられ気を失った。

「被害者はこうして犯人に眠らされ……」

丸岡はそう言いながら早送りをし、河合が目を覚ますと素早く『再生』を押した。

意識を取り戻したときにはすでに河合は犯人にワイヤで首を絞められていた。

河合の視界の中心には目出し帽を被った犯人が映っており、端には赤い軽自動車とかすかに東京本部の施設が映っている。

黒宮は犯人の痩せ細った体形からしてこれは新郷ではないかと思った。

もし犯人が新郷であれば自分が殺害を指示した可能性は高い。しかし黒宮は動揺した様子は見せずじっと画面を見つめた。

河合はもがき苦しみ必死に抵抗するがだんだんと力が弱まっていく。

犯人は河合が苦しむ姿を楽しむようにフフフと笑ったのだが、ボイスチェンジャーで声を変えておりやはり犯人の正体は分からなかった。

「問題はここからです。よく聞いていてください」

丸岡は鋭い目で黒宮を見据えながら言った。

犯人は力強く河合の首を絞め続ける。河合は最後の力を振り絞り犯人に弱々しく右手を伸ばした。しかし引っ掻く程度でダメージは与えられずとうとう力尽きようとしていた。

そのときであった。犯人が初めて言葉を発したのである。

『MOC東京本部の黒宮の命令だ。明日には浅草のストリートチルドレンも消し、施設の裏庭に埋める』

それを聞いた瞬間黒宮は硬直した。次いで足下から震えが襲ってきて、

「どういうことだこれは！」

大声を張り上げた。丸岡は黒宮に顔を近づけると、

「それはこちらの台詞（せりふ）ですよ。黒宮さん、これはいったいどういうことでしょうか。男ははっきりとあなたの指示だと言っている」

黒宮は口を開くが丸岡は間を与えなかった。

「男は浅草のストリートチルドレンも殺害し、MOC東京本部の裏庭に埋めると言っていますが、それは本当ですか？」

黒宮は丸岡の目を真っ直ぐに見つめ、

「私は知らない。本当だ。信じてくれ！」

必死に関与を否定した。

実際に黒宮はストリートチルドレンの件も知らず、いったい何がどうなっているのか頭の中は真っ白であった。

「まあその件については、夜が明けたら捜査員が東京本部を調べることになっていま

すのでいったん置いておきましょう」

丸岡はそう言うと黒宮を問い詰めた。

「あなたは河合さんが邪魔になり刺客を差し向けた。違いますか？」

黒宮は放心したような顔つきで首を振り続けていたが、丸岡の言葉に驚き、

「なぜ私が彼を殺さなければならないんですか⁉」

強い口調で訊き返した。

「事件当日の朝、河合さんを殺害した男は河合さんに向けてメールを送っており、そこに、『ご依頼の件で準備が整いました。ＭＯＣ東京本部の正門前に本日二十三時に例の物を持ってきていただきたい』と書き記しています」

「それがいったいなんですか？」

「河合さんの自宅のパソコンから豊洲刑務所の虐待について書かれた記事が見つかりましたよ。残念ながらパソコンの中にはありませんでしたが、〝例の物〟とはその証拠ではないんですか？　河合さんはそれをネタに何らかの要求を突きつけた。だから彼を殺害したんではないですか？」

黒宮からしてみれば、次から次へと新情報が出てくるので頭の整理がつかなかった。

黒宮は混乱したが、とにかく負けてはならないと自分に言い続けた。

「なぜ私が豊洲刑務所の不祥事に怯えなければならないんだ！」

「私どももその辺が納得いかないのです。どうか事情をお聞かせ願えませんか？」

黒宮は憤怒し机に拳を叩きつけた。

「だから知らないと言っているだろう！　私は関係ないんだ！」

熱くなる黒宮とは対照的に丸岡は冷静さを保っていた。

「まあいいでしょう。現在別の捜査班が河合さんの事件発生前の記憶を調べております。過去に遡れば殺害動機などすべてが判明するでしょう」

黒宮は何を言っても通じない丸岡に呆れたようにため息を吐いたが、一方では河合の頭に埋め込まれているメモリーチップに、黒宮猛が黒幕であると計画的に〝記録〟した男に憎しみを抱いた。

黒宮は、河合を殺害した男が言葉を発するまでは新郷庄一が実行犯ではないかと思っていたが、忠誠を誓っている新郷が自分を陥れるはずがないと思い直した。

では実行犯はいったい誰なのか……。

丸岡はそれについて一言も触れないが本当に知らないのだろうか。

「どうされましたか黒宮さん」

黒宮はハッと顔を上げるとすぐに頭を切り換え、自分が無実であることを必死に訴えた。

「そもそもこんな映像だけでは私が殺害を指示したという物的証拠にはならないじゃ

ないか。これは私を陥れるための罠なんだ！」

黒宮の言うとおり河合の記憶だけでは物的証拠にはならない。しかし丸岡たちは動じなかった。

「仕方ありませんね。面倒なことは避けたかったので自供していただきたかったんですが、そこまで言うのならあなたの記憶を調べるしかありませんね」

丸岡の言葉に黒宮は凍り付いた。いずれ記憶を調べられることは分かっていたが、いざそうなると動揺を隠せなかった。

事件に関与したかしなかったかにかかわらず、出世のために犯した不正行為が発覚した時点で罪になり、これまで積み上げてきたものをすべて失うことになる。記憶を消されている黒宮ははっきりと危険を察知できなかったが、分からないぶんもしかしたらという不安に苛まれた。

黒宮は身体を乗り出して迷わずこう訴えたのである。

「私はＭＯＣ関東統轄長である兵藤竜一朗に東京本部に連れていかれ、そこで二年間の記憶を削除されたんだ。私こそ被害者なんだ！」

一方その頃、隣の取調室では山根裕太の取り調べが行われていた。

黒宮と同様、何も把握していない状況で突然任意同行を求められた山根は車中ずっとパニックを起こしていたが、新郷に今日一日の記憶を削除された認識があるゆえ、警察署に到着するとだんだん疑心暗鬼となり、言葉では関与を否定するものの内心自信を失いかけていた。山根の場合、記憶を削除されたのは今回だけでなく二度目なのでなおさらであった。

ただ山根は任意同行を求められた理由として、『フリーライター殺害の件』としか知らされておらず、詳しいことを知ったのは河合直也の記憶を見せられてからだった。

強面の刑事はまず、事件当日の朝に河合のスマホに宛てられたメールの中身を見せ、その後室外から持ち込んできた再生機で河合の殺害場面を再生した。

河合は覆面を被った犯人に眠らされ、意識を取り戻したときにはワイヤで首を絞め付けられていたのだが、河合の視線の端に映る赤い軽自動車と、犯人の腕に巻かれている腕時計を見た瞬間山根は震駭(しんがい)した。

赤い軽自動車と犯人の腕に巻かれている腕時計が、自分の所有している物とまったく同じなのである。

山根は偶然であることを祈ったが、車のナンバーを見た瞬間自分の軽自動車であることを確信した。

山根は河合の首を絞める犯人を見つめながら、

「まさか、この犯人は……」

山根は恐ろしくてその先が言えなかった。刑事は両手で机を叩き、

「そうだ、お前が河合直也を殺害したんだろう！」

山根を脅すような荒々しい声で問い詰めた。すると極限状態の山根はその大声に驚きふらりと気を失ったのだった。

『臨時ニュースをお伝えします。山梨県西湖畔の鬼ヶ岳で発見された河合直也さん殺害の件で、山梨県警富士吉田署が遺体のメモリーチップを調べた結果、同じく東京都在住のKとYから任意で事情を聴いている模様です』

ひどく散らかった四畳半の小さな部屋には新郷庄一が膝を抱えて座っており、真夜中にもかかわらず電灯は消えていてテレビの光が新郷の顔を照らしていた。

新郷は黒宮猛が山梨県警に任意同行を求められたことを知った瞬間血潮が滾り、ニュースを見終えると愉快そうにケラケラと笑った。

新郷は黒宮の青ざめた顔を脳裏に浮かべると、

「ざまあみろ」

囁くような声で言った。

新郷は事件に関する記憶を黒宮に削除されているので、河合直也を殺害した昨年十二月七日のことや、浅草のストリートチルドレンを殺害した昨年十二月九日未明のこ

とは言うまでもなくすべて頭から消えている。

しかし黒宮が連行されたのは自分が策略にかけたからだと新郷は確信していた。

黒宮が事件に関わっているということは確実に自分も関与しているはずなのだ。それなのに自分には未だ嫌疑がかけられておらず黒宮のほうにかけられた。

黒宮はまったくの誤算であったろう。

狡猾(こうかい)で頭の切れる黒宮が自分のミスで捕まるとは考えられず、やはり事件の背景には自分が絡んでいるに違いないのだ。

下手をすれば、黒宮と自分の立場は逆になっていただろう。

黒宮は自分に殺害を命令したのではないかと新郷は考えている。しかし自分はそれを絶好の機会として黒宮を陥れるための罠を仕掛けたのだ。

新郷にはそれを裏付けるものがある。

新郷は長年黒宮を恨んでおり、黒宮を陥れるための計画を毎日のように考えていたのである。

新郷はもう一度黒宮の姿を思い浮かべると心の中で言った。

黒宮くん、僕にはめられたのにまだ気づかないのかい。

僕だよ、小学校六年のときに君がいるクラスに転校してきた田辺庄一(たなべしょういち)だよ。

千葉県銚子市で生まれた新郷庄一は当時坂本姓であったが、小学五年の終わり頃にタクシー会社に勤めていた父が同社で事務員として働いていた女と不倫関係に陥った。そして妊娠までさせ、その事実が発覚すると家族を捨てて出ていったのである。

離婚が成立すると新郷は母の旧姓である『田辺』となり、春休みに入ると母が世間体を気にして隣町に引っ越したことに伴い転校した。

新郷は六年三組で新しい学校生活を送ることになったのだが、そこに黒宮猛がいたのである。

新郷が転校したときにはすでに黒宮は同学年の児童たちからイジメを受けていた。黒宮の父親がサラ金から多額の金を借りており、月末になるとチンピラが金を取り立てにきていたのである。それがイジメの理由であった。

新郷は黒宮を気の毒に思いながらも、仲間と思われるのが嫌で見て見ぬふりをしていた。

しかしある日突然、新郷もクラスのリーダーから目をつけられ、それ以来全員からイジメを受けるようになった。イジメの標的となった原因は親が離婚していることであった。たったそれだけで全員の態度が急変したのである。

突然黒宮と同じ立場となった新郷は一人では心細く、黒宮と友達になろうと思い勇気を出して黒宮に話しかけた。しかし黒宮は冷然とした態度でそれを拒否した。なぜなら黒宮は新郷を蔑んでおり、新郷と手を取り合うことは恥だと思っていたからである。

　二人は同じ立場でも決定的な差があった。それは学力であった。いや学力だけではない。容姿や運動能力など新郷はすべてにおいて黒宮より劣っていた。

　常に学年トップの成績を誇っていた黒宮に対し、新郷はいくら頑張っても結果が出ずに常にクラスの最下位だった。ただそれは生まれ持った能力であるがゆえ仕方がないことだが、新郷が許せなかったのは、黒宮が自分と同じ立場であるにもかかわらず、痛みを分かち合うどころか無能な人間だと見下していたことと、日頃のストレスを自分にぶつけていたことである。

　黒宮はテストのたびに新郷を罵り、それ以外でもことあるごとに蔑んでいるような態度を見せた。

　新郷は黒宮に対する恨みを膨らませていき、子どもながらにいつか黒宮に復讐してやりたいと思うようになった。

　しかし恨みを晴らすことなく卒業を迎え、黒宮と新郷は家が離れていたので別々の中学に入学したのである。

　新郷の前から黒宮が消えたとはいえ黒宮に対する恨みは消えなかった。新郷は黒宮を見返すために中学、高校と必死になって勉強した。しかしやはり思うような結果を出すことができず、劣等感を抱く日々であった。それでもＭＯＣの試験に合格し新郷は茨城支部に配属となったのである。

母が再婚したのはその直前であった。相手は母が勤めていたスーパーで店長を務めていた五十歳の男性で、母の再婚を機に田辺姓から新郷姓に変わったのである。ＭＯＣ茨城支部の二課に配属となった新郷は十三年もの間田舎施設に勤務し、その後は埼玉、千葉と短い期間で異動となり、三十六のときに東京本部に赴任することが決まったのである。

新郷は東京本部の操作官になることが目標だったので、異動が決まったときは喜びと達成感を抱いたが、まさかそこで黒宮と再会を果たそうとは夢にも思っていなかった。

実に二十四年ぶりの再会であったが、新郷はすぐにあの黒宮猛だと確信した。新郷は黒宮の姿を見た瞬間愕然とし、こんな偶然があるのかと信じられない思いであった。実は偶然ではなく運命だったのだと思った。

新郷の脳裏に二十四年前の嫌な思い出が走馬燈のように蘇ったが、それだけではなく黒宮には再び劣等感を味わわされた。

ノンキャリである新郷は三十六になっても平操作官であったが、黒宮はすでに一課の課長だったのである。

新郷は黒宮の部下として働くことに屈辱感を抱いたが、それ以上に許せなかったのは黒宮が新郷にまったく気づいていないことであった。すぐに田辺庄一だと気づいて、あのときは悪かったと一言でも詫びてくれていれば、新郷の気持ちは収まったかもしれない。しかし黒宮は気づかないどころか、ノンキャリだからと蔑んだような態度で接してきたのである。そのとたん新郷は再び復讐心を燃やした。

どんな手を使ってでも必ず黒宮猛を陥れてやると心に誓った新郷は、心服したふりをして黒宮に近づき復讐の機会を狙った。

最初のチャンスが訪れたのはそれから四年後のことであった。当時、関東統轄長に昇進したばかりの兵藤竜一朗に黒宮が近づいたのだが、兵藤が黒宮の実力をはかるように兵藤の秘書の記憶削除を依頼したのである。

黒宮は承諾するとすぐに新郷に話を持ちかけた。すべての内容を聞いた新郷は了承しながらも、底意では警察に暴露すれば黒宮を陥れられると考えていた。しかし新郷は黒宮を失職させるだけでは物足りなかった。奈落の底に突き落とさなければ長年の恨みが晴れなかったのである。

黒宮と新郷が秘書の記憶を削除すると、兵藤は次々と違法な記憶削除を依頼してきた。新郷は依頼を忠実にこなしていったが、内心では、違法な記憶削除にとどまらず、兵藤の依頼がエスカレートすることを祈っていた。しかし新郷の思いとは裏腹に兵藤が依頼するのは違法な記憶削除ばかりで、陥れるどころか黒宮の評価は上がっていく一方であった。

黒宮が兵藤に従うのは本部長の座を得るためであり周りからも確実視されていたが、新郷は黒宮が本部長になる姿を見たくはなかった。何としてでもその前に地獄へ突き落としてやりたかったのだ。

結果的に黒宮は本部長の座をほぼ手中にし、新郷は改めて実力の差を見せつけられた思いであった。しかし黒宮が本部長になる直前、新郷は千載一遇のチャンスを摑み取り罠を仕掛けていたのである。

昨年十二月六日の夜、突然黒宮から呼び出され、河合直也と浅草のストリートチルドレンを殺害するよう命令された。新郷はその内容に一瞬驚きはしたがすぐに激しく昂ぶり、了承したときにはすでに黒宮を陥れる方法を考えていた。

新郷は自宅に戻ると、黒宮を地獄へ突き落とすための計画を必死になって考えた。そして朝方、ようやくその計画を編み出したのである。

それは、山根裕太に成りすまし、河合の頭に埋め込まれているメモリーチップに、殺害は黒宮猛の指示であることを〝記録〟するというものであった。

山根に成りすますことを考えたのは、第一に自分が罪を免れるためであり、体形が一番似ている山根が最適であったからである。

その夜、新郷は山根に軽自動車を借り山根と同じ腕時計まで購入して河合との約束の場へ向かった。

新郷は東京本部の前で待つ河合を眠らせて敷地内に運ぶと、ワイヤで首を絞めて殺害し山梨県の鬼ヶ岳に運んだ。

新郷が鬼ヶ岳のキャンプ場私道に遺体を遺棄したのは、万が一にも兵藤や黒宮の息のかかった警視庁に発見され隠蔽(いんぺい)されるのを避けるためと、遺体がすぐでないにしろ、確実に発見されるようにするためであった。

新郷は最初、河合の遺体はすぐに発見される場所に遺棄するつもりだったが、河合が死ぬ直前に急遽計画を変更したのである。

新郷は当初、河合のメモリーチップにはストリートチルドレンを殺害することまで記録するつもりはなかった。しかし黒宮の罪をさらに重くするために、まだ殺してもいない浅草のストリートチルドレン殺害も黒宮の指示であることを記録したのである。それゆえ、新郷は何としても浅草のストリートチルドレンを殺害し、予告どおり東京本部の裏庭に埋めなければならなかった。

一番の誤算はストリートチルドレンの拠点に向かう前に相馬が逃走したことである。普段衝突を繰り返している相馬を屈服させたかった新郷は、たとえ拒否されても記憶を削除すればいいと安易に考えていたのである。

結果的に、相馬と長尾の記憶を削除して二人がコピーしたメモリーチップも奪うことができたが、新郷はまだまだ安心はできなかった。

一番の難関は、黒宮に記憶を削除される直前、河合直也を殺害した際の記憶を確認されるかどうかであった。もし確認されたらすべての計画が失敗する。しかしそれでも新郷は記録を確認するようあえて黒宮に言った。

新郷からすれば人生最大の賭けであった。結果次第では苦労が水の泡となるのである。

黒宮は蔑んでいる新郷に確認するよう言われたことが気にくわない様子で、滑稽だというように鼻で笑うと、見る必要はないと言ったのである。その瞬間新郷の身体は達成感と興奮で一気に熱を帯びた。

黒宮ほどの慎重な男が重要な記憶を確認しなかったのは、長尾から奪ったメモリーチップを一刻も早く確認したかったのと、まさか新郷が裏切るはずがないと油断したからであった。

五年間敬服しているふりをしていたのが功を奏し、新郷が初めて黒宮に勝った瞬間であった。

新郷庄一は依然膝を抱えながらテレビ画面を見つめているが、取り調べを受けている黒宮の姿を思い浮かべると再びケラケラと笑った。

三十年近い恨みをようやく晴らした新郷は言いようのない快感を得ていた。

まさか河合直也のメモリーチップに、黒宮が殺害を指示したことが記録されているとは夢にも思わなかったのだろう。

一瞬の油断が命取りとなった。無能だと蔑んでいた新郷に陥れられたのだった。

黒宮くん、自業自得だよ。君は小学生の頃僕をイジメ、東京本部で再会しても、謝るどころか気づいてさえくれなかったんだ。罰を受けるのは当然なんだよ。

これから君は長い年月を牢獄で過ごすことになるだろう。

牢獄の中で苦しめばいい。そして僕を恨むんだ。

僕もこれから逮捕されることになるだろう。覚えていないが『違法な記憶削除』でね。でも犯した罪はそれだけだし、君に命令されたと証言するつもりだから執行猶予が付くだろう。

僕は何もかも君に劣るが最後の最後で勝つことができたよ。

黒宮に記憶を削除されている新郷は浅草のストリートチルドレンを殺害したことが頭から消えており、重要な記憶を相馬たちが握っていることなど知るよしもなく、ただ黒宮に勝ったことに満足していた。

ふと気づけば目の前の画面は真っ黒になっている。新郷はテレビを消すと痛快そうに大声で笑ったのだった。

新郷庄一の策略によって濡れ衣を着せられた山根裕太は、殺人の嫌疑がかかっていると知った瞬間大きなショックを受け、刑事に詰問されるとその声に驚き気を失ってしまった。しかし刑事の呼び声によってすぐに意識を取り戻した。

山根はぼんやりとした表情で刑事の顔を見た。すると脳裏に悪夢が蘇り、まるで恐ろしい物でも見たかのように目を見開くと頭を抱えて顔を伏せた。

「山根さん、大丈夫ですか？」

強面の刑事は先ほどとは打って変わって、山根を刺激せぬよう柔らかい口調で声をかけた。

山根は小刻みに震え、

「嫌だ、嫌だ」

消え入るような声で何度も繰り返した。

「もう一度、殺された河合さんの記憶をご覧ください」

刑事に肩を触られた山根はビクッと肩を弾ませて小さな悲鳴を上げた。

「落ち着いてください山根さん」

刑事はそう言いながら再び河合直也の記憶を再生した。

山根は恐る恐る画面を見るが、犯人が河合の首を絞め上げる場面になると山根は戦慄し現実逃避するように目を背けた。

最後に犯人が、河合直也と浅草のストリートチルドレンを殺害するよう命令したのは黒宮猛だと告げたところで、刑事はいったん映像を停止した。

「山根さん、改めてお訊きします。あなたは黒宮猛に命令されて河合直也を殺害しましたね？」

山根は顔を伏せたまま、

「僕は、殺していません」

声は弱々しいがはっきりと否定した。すると刑事は画面に映っている赤い軽自動車を指さした。

「これはあなたの車ですね？」

山根はそれは認めざるをえなかった。

「はい」

刑事は次に犯人が左腕にはめている腕時計を指した。

「この時計はどうですか？」

山根は今腕時計をしてはいないが隠してもムダだと判断した。しかし腕時計に関しては、

「同じ物を、持っています」

あくまで自分の物ではないという答え方をした。

刑事は納得するようにうなずくともう一度軽自動車を指さした。

「あなたの車が映っているということは、この犯人は山根さん、あなたじゃないんですか？」

刑事の口調がだんだんと強くなっていく。

山根は首を振るが今度は否定する言葉が出てこなかった。山根は新郷に二度記憶を削除されているが、一度目のとき、新郷は浅草のストリートチルドレンの一件だけでなく、山根に車を借りた十二月七日の記憶も削除していたのである。それゆえ山根は、新郷が自分に成りすましていることなど想像すらつかないのだ。

しかし山根は、新郷に記憶を削除されたその日の昼に、黒宮猛が兵藤竜一朗に言った言葉を課長室の前で偶然聞いている。パニックに陥っていた山根はそのことが頭から消えていたがようやく肝心な記憶を思い出した。

その瞬間山根は、映像に映る犯人と新郷を重ね合わせた。もしや新郷が自分に成りすましているのではないかと思ったのだ。しかし確信は持てなかった。

黒宮は確かに新郷に〝実行〟させたと言ったが、新郷が自分に命令して殺害を実行した可能性もあるのだ。

山根は悪い想像を浮かべると再び不安になったがすぐにその想像を掻き消した。

いやありえない。自分は絶対に殺していない！　人を殺すことなんてできるはずがないのだ。

これは自分を殺人犯に仕立て上げるための周到な罠だ！

そう確信した山根は、今まで尊敬していた黒宮に怒りが沸き立った。黒宮が新郷に、山根裕太に成りすまして殺せと指示したに違いないのだ。

山根は真っ赤に染まった顔を上げると、

「刑事さん、濡れ衣です。僕は黒宮本部長と新郷主任にはめられたんだ！」

必死に訴えた。

刑事は山根に顔を近づけ、

「それは、どういうことだ」

「十二月九日の記憶を見てもらえばすべて分かります！」

山根は叫ぶように言ったのだった。

取調室を出た山根は強面の刑事とその部下に挟まれながら四階にある『記憶調査室』に連れていかれた。

十五坪ほどの、薄暗い部屋の中央には黒い椅子があり、その上にはメモリーチップの中身を調べる装置が設置されている。

すぐ先には操作盤と大型スクリーンがあり、記憶の削除ができないだけでＭＯＣの削除室と似た造りとなっている。

強面の刑事は山根を中央の椅子に座らせると頭上の装置を被らせた。すると大型スクリーンには山根のここ一ヶ月の記憶が一日ごとにずらりと表示された。刑事は大型スクリーンの前に立つと、山根に言われたとおり『十二月九日』と入力した。

山根は強張った表情で、

「確か、午前十一時半頃だったと思います」

刑事はさらに十一時三十分と入力し『再生』を押した。

大型スクリーンには、山根が麻田に記憶削除証明書を課長室に届けるよう指示される直前の記憶が流れ、山根は麻田から証明書を受け取ると課長室に向かった。

山根は課長室の前で立ち止まり、ノックしようと右手を上げた。

「この直後です！」

山根は二人の刑事に言った。

すると、課長室のドア越しに黒宮猛の声が聞こえてきた。

『ご安心ください兵藤統轄長。詳しくは後ほどお伝えしますが兵藤統轄長のご指示どおりすべて問題なく解決いたしました。

はい、そうです。河合というフリーライターと浅草のストリートチルドレン、どちらも新郷に実行させました。もちろんデータも焼却いたしました。

ええ、その辺もご心配なく。兵藤統轄長にご迷惑をかけることは絶対にありません。

ありがとうございます。はい、では今日の七時に菊谷でお待ちしております。失礼いたします』

黒宮猛の言葉を聞き終えた二人の刑事は愕然とした表情を浮かべ、ゆっくりと顔を見合わせた。

「これは……」

若い刑事が口を開くと強面の刑事は力強くうなずいた。

山根は椅子に座りながら、

「黒宮本部長のこの言葉が証拠です。僕は河合さんを殺してはいない。僕は二人にはめられたんです！」

必死の形相で訴えた。

強面の刑事は山根を一瞥すると部下にこう言った。

「早速この記憶をコピーするぞ」

山根は無意識のうちに両手を合わせており、自分の無実が証明されるのを神に強く祈った。

山根裕太が記憶調査室に入室した頃、隣の記憶調査室では二人の刑事が黒宮猛の記憶を調べていた。しかし黒宮の供述どおり、兵藤竜一朗によって二年間の記憶が丸ごと削除されており、黒宮が記憶を削除された直後、今度は兵藤が黒宮に記憶を削除するよう命じている映像が流れた。

その事実を知った二人の刑事は驚愕した。

丸岡は信じられないというように操作盤をいじるが、二〇九四年の三月から今日まで、どれを選択しても記憶は映されず、大型スクリーンには黒い映像が流れるだけであった。

黒宮は大型スクリーンの前で固まっている丸岡たちに言った。

「これで分かったでしょう。兵藤は私を混乱させるため、そして陥れるために私の記憶を削除し、すべての証拠を消すため私に自分の記憶も削除させたんだ」

内心では、自分も事件に関与しているだろうと思っていたが、何とか罪を免れるために兵藤がすべて仕組んだことなのだと切々と訴え続けた。

「先ほども言ったように、なぜ私が豊洲刑務所の不祥事に怯えなければならない。豊洲刑務所の不祥事を恐れるのは関東の刑務所をも統轄する立場にある兵藤のほうでしょう。私は河合とかいうライターと何の関わりもないし、ましてや殺害なんて指示するはずがない。これは兵藤が仕掛けた罠なんだ。むしろ私は被害者だ！」

黒宮の記憶が削除されたことにより、物的証拠を失った丸岡たちは真実が分からず混乱した。河合直也の記憶には黒宮の指示だという言葉が残されているが、黒宮の言うとおり兵藤が黒宮を陥れたということも考えられるのである。

一方、困惑する刑事たちを見据える黒宮は、あと一押しだと自分に言い聞かせていた。たとえ事件に関与していても必ず無実を証明してみせる。

「河合直也の殺害を指示したのは兵藤だ！　兵藤を即刻逮捕するべきだ！」

黒宮がそう訴えた、そのときであった。

記憶調査室のインターコムが鳴る。丸岡が返事をしロックを解除すると、強面の刑事が再生機を手にしてやってきたのである。強面の刑事は、

「ご苦労様です」

と挨拶すると、丸岡の下に歩み寄りこう言った。

「たった今、山根裕太の記憶を確認してきました」

その言葉に黒宮は愕然とした。記憶を削除されて山根の存在自体を認識していない黒宮だったが、直前に刑事から説明を受けていた。自分の部下で事件に関与している疑いがあるという。

「山根裕太も聴取されたのですか？」

「ああ」

強面の刑事がぞんざいに答えた。黒宮はまさかと思いながらも、

「もしや殺人の容疑ですか？」

今度は丸岡が答えた。

「そうだ」

山根が殺人容疑で事情聴取されたことを知った黒宮は表情が固まった。

河合直也の記憶を見る限り犯人は東京本部の人間ではないかと予想できるが、記憶がないにもかかわらず次々と明らかになる事実に狼狽した。

信じられないというように首を振る黒宮に、強面の刑事が言った。

「その山根の記憶から、黒宮さん、あなたが殺害を指示したことを裏付ける証拠が出てきましたよ」

黒宮は素早く顔を上げた。

「何ですって！」

強面の刑事は再生機の画面を黒宮に向けると、早速映像を再生した。

刑事がコピーしたのは、山根が麻田から記憶削除証明書を受け取り一課の課長室に届けるところからであった。

画面を見る黒宮の喉が唾で鳴る。額や手には脂汗が滲み心臓はもう張り裂けそうであった。

山根が課長室の前に立ち、扉をノックしようと右手を上げた、そのときであった。

『ご安心ください兵藤統轄長。詳しくは後ほどお伝えしますが兵藤統轄長のご指示どおりすべて問題なく解決いたしました。

はい、そうです。河合というフリーライターと浅草のストリートチルドレン、どちらも新郷に実行させせました』

黒宮はみるみる青ざめ、途中で叫び声を上げげた。

「いったい、いったい、何だこれは！」

「静かにしろ！」

これまで穏やかであった丸岡が一転怒声を放った。

『もちろんデータも焼却いたしました。

ええ、その辺もご心配なく。兵藤統轄長にご迷惑をかけることは絶対にありません。

ありがとうございます。はい、では今日の七時に菊谷でお待ちしております。失礼いたします』

山根の記憶に震え上がった黒宮は映像を見終えると目の前が真っ暗になった。

丸岡は強面の刑事に納得したようにうなずくと今度は黒宮に顔を近づけ、

「これは間違いなくあなたの声ですね」

鋭い口調で問うた。

黒宮はまったく覚えがないが紛れもなく自分の声であった。

まさか山根とかいう部下が物的証拠につながる重要な記憶を握っていたとは！

黒宮は、今まで重要な記憶を隠し持っていた山根に対する怒りよりも、自分の愚かさに腹が立った。

廊下を確認せずに報告した一瞬の甘さが、自分自身を死地に追い込んだのである。

自分自身が言っているように殺害を実行したのは新郷だ。警察は何らかの証拠を握り山根を連行したのだろうが、河合直也の記憶に映っているのは山根ではなく新郷だ。

黒宮は心の中でそれを認めると、今度は新郷庄一の顔を脳裏に浮かべた。

新郷は巧みに山根に成りすまし、河合の頭に埋め込まれているメモリーチップに、『殺害を指示したのは黒宮猛だ』と記録したのである。

そうだ、そうに違いない。新郷ならやりかねない。

河合の記憶に映っているのは間違いなく新郷である。

新郷庄一に陥れられたことを知った黒宮は腸が煮えくり返った。

何より許せなかったのは、今まで無能だと蔑んでいた人間にはめられたことであった。

しかしなぜだと黒宮は新郷の動機について考えた。

恨まれていたらしいのは確かだが、黒宮はなぜ恨まれていたのかが分からないのである。

ただ、今になってあることに気づいた。

なぜ新郷は自分に心服しているのかである。

黒宮は新郷を特に可愛がった憶えはない。むしろ無能な男だと蔑んでいたのである。にもかかわらず新郷は自分に近づいてきた。

新郷は最初から自分を陥れるために心服したフリをしていたのだ。

屈辱に震える黒宮は、

「河合を殺したのは山根ではない。新郷だ！」

部屋中に響くほどの声で叫んだ。新郷にはめられたままでは気がすまず、新郷も地獄に突き落とそうと思い丸岡たちに訴えた。しかし丸岡は、

「その件に関しては私どもにお任せください。それより黒宮さん、私の質問に答えていただけますか？」

黒宮を落とすことに必死でまともに取り合ってくれなかった。

「黒宮さん、もう一度うかがいます。この男は確かに、河合直也と浅草のストリートチルドレン、どちらも新郷に実行させました、と言っていますね」

丸岡はあえて〝この男〟という言い方をした。黒宮はそう言われると認めざるをえなかった。

「はい」

「そして実際に河合直也の遺体が上がってきた。これは殺害を指示したという物的証拠につながりますが、これはあなたの声ですね？」

黒宮は何とか言いのがれようと懸命に策を考えるが丸岡はその隙すら与えなかった。

「早く楽になったほうがいい。声紋分析を行えばすぐに分かることなんですよ」

黒宮にはもはや弁解の余地はなかった。

完全に追い詰められた黒宮は顔面蒼白となり、言葉を封じられたかのようにその口を閉じると、とうとう力尽きたように首をダラリと垂れたのであった……。

河合直也の遺体が発見されてから一夜が明けると、山梨県警と警視庁の捜査員はMOC東京本部に向かった。

山梨県警は河合と山根の記憶を元に、そして警視庁はリサとコウキの記憶を元に現場へと向かい、両捜査員は遺体の捜索を開始した。

警視庁の箕浦は山梨県警にまで事件が広がったことを受け、兵藤と黒宮との約束を反古にすることに決めていた。彼らの記憶が調べられても、賄賂のことは彼らを騙すためだったなどと誤魔化せばいい。

山梨県警と警視庁の捜査員は河合の記憶に基づき、遺体が埋められているとされている裏庭から捜索した。

一時間後、山梨県警の捜査員が樹木の下から人間の頭蓋骨を見つけると、全捜査員はその周りを集中的に捜索し、それから間もなく次々と子どもの骨が掘り出されたのである。

カウント11

一方その頃、山梨県警富士吉田署の丸岡刑事たちは新郷庄一の住むアパートにいた。

丸岡が古びた扉をノックすると新郷は応答もせず扉を開いた。

新郷は白いシャツに下は黒いスラックスを穿(は)いており東京本部に向かう直前であった。

「新郷庄一さんですね」

丸岡が確認した。

新郷は後ろに立つ警官を見ても慌てず落ち着き払っていた。

「そうだけど」

丸岡は警察手帳を見せると、

「河合直也さんと浅草のストリートチルドレンが殺された件であなたにうかがいたいことがありますので、署までご同行願います」

新郷は河合直也の件で任意同行を求められることは想定していたが、浅草のストリートチルドレンが殺された件についてでは初耳であり、そのことにも自分は関与していたのかと一瞬背筋が凍り付いた。しかし新郷は一切表情には出さず、黒宮と山根とは対照的に素直に任意同行に応じた。

警察車両に連れていかれる新郷は心の中で、仮に両方の事件に関与していても絶対に物的証拠は出てこない、だから自分を信じるんだと念じ続けた。

刑事は初めに山根の記憶を削除したことについて追及してくるだろうが、とにかく黒宮の指示でやったと言い張るのだ。

丸岡は新郷を車に乗せるとその隣に座り、運転席で出発の準備をしていた警官に車を出すよう指示した。

時を同じくして、富士吉田署の別の刑事たちは霞が関の法務省ＭＯＣ関東統轄長室に踏み込んだ。

黒宮と山根の記憶が契機ではあるが、その後の調べで河合の記憶からも、河合が兵藤に豊洲刑務所の件で金を要求している映像が発見されたのである。

富士吉田署の刑事は兵藤竜一朗に事件の詳細を伝えると、半ば強制的に警察車両に連れていった。

とうとう兵藤にも容疑がかけられたが、黒宮に記憶を削除させた兵藤は突然捜査員が押しかけてきたのでパニックに陥り、警察車両に乗せられるまでの間、見苦しいほどに激しく暴れて遠くにいる通行人が振り返るほどの大声で叫んだ。

三人がかりでようやく兵藤を乗せると、喚き散らす兵藤をよそに車は静かに走り出し、富士吉田署へと向かったのだった。

新郷を乗せた車は正午前に富士吉田警察署に到着した。取調室にはすでにメモリーチップを再生するための再生機が用意されていた。新郷はメモリーチップの中身が不安ではあったが、誤解を招くような態度は一切見せず無表情のまま席に着いた。

向かいに座る丸岡はおもむろに口を開いた。

「新郷さん、今日は我々の捜査にご協力いただきありがとうございます」

丸岡は慇懃に挨拶するとすぐに本題に入った。

「新郷さん、まずは河合直也さんが殺害された事件についてお話をうかがいます。当初我々は山根裕太が河合さんを殺害したと見ていましたが、昨夜山根の記憶を確認したところ、あなたが河合さんを殺害した疑惑が浮上しましてね。山根本人もあなたに間違いないと言い張るのですよ」

新郷はそれでも表情を変えず、

「俺は殺してない。何か証拠があるのか」

低い声で尋ねた。しかし丸岡はそれには答えず、

「あなた、昨年十二月九日の未明、山根の記憶を削除していますね。山根の記憶にしっかりと映像が残っていますよ」

話を急に切り替えてきたが新郷は慌てなかった。

「十二月九日の未明に何が起こったのか分からないが、それは恐らく黒宮本部長の指示だ」

「それはなぜですか？」

「削除室に入室するには暗証番号がなければならない。その条件を満たしているのは各課長と本部長だけだ。俺は当時平だから自分一人では入室できないんだ」

新郷はシナリオどおりの台詞を言ったが丸岡は疑いの目を向けた。

「それだけでなぜ黒宮だと言い切れるんですか。各課長の可能性もあるじゃないですか。もしやあなたは黒宮に何か恨みでもあるんじゃないですか？」

丸岡はこれから見せる記憶の伏線としてそう言ったのである。

新郷はそう指摘されると思わず舌打ちしそうになった。

まさか裏目に出るとは思っておらず一瞬言葉に詰まったが、すぐに取り繕った。

「いや、決してそういうわけではない」

丸岡は新郷に怪しむような目を向けていたが、

「まあいいでしょう。これからあなたには重要な記憶を二つ観ていただきます。まずは殺された河合さんの記憶です」

丸岡はそう言って河合の記憶を再生した。新郷は固唾を呑んで画面を見つめる。

目出し帽とサングラスの犯人が突然河合の前に現れ河合を眠らせると、東京本部の敷地内で首を絞めた。河合はもがき苦しみ血を噴き出すとだんだんと力を失っていく。それでも最後に力を振り絞って弱々しく犯人に右手を伸ばした。しかし引っ掻く程度で犯人にダメージを与えることができずとうとうぐったりとした。

その直後であった。犯人は河合が死ぬ間際、黒宮猛の指示であることを記録させたのである。

そこで丸岡は映像を一時停止した。

河合の記憶を観た新郷は犯人が自分であることを確信した。姿形だけではまったく分からないが、最後の言葉が新郷にそう確信させたのである。

犯人は明らかに黒宮を陥れようとしている。自分は黒宮に対し恨みを抱いており、東京本部で再会して以来ずっと復讐計画を抱いていたのである。

こんなことを思いつくのは自分しかいなかった。

黒宮を陥れるために一人の命を奪ったが新郷は恐れも不安も抱かなかった。それ以上に黒宮を地獄に突き落とせたことに満足感を抱いていた。

丸岡は画面をのぞき込むと赤い軽自動車を指差した。

「この車のナンバーと山根の所有している車のナンバーが同じだったので、山根に殺人の容疑がかかったのですが……」

丸岡は鋭い視線を新郷に向け、

「これは本当に山根でしょうか？」

新郷にその日の記憶がないことは予想しているが、あえてそう問うた。新郷は罪を免れるために、

「山根の車が映っているんだから紛れもなく山根だろう」

山根には何としても殺人犯になってもらわなければならなかった。

「そうでしょうか。これは私の長年の勘ですが、山根のような男に人殺しはできないと思うのです」

新郷は呆れたように笑った。

「それはあんたの勝手な想像でしょう」

丸岡は納得するようにうなずいたがすぐに次の推理を述べた。

「これも私の勝手な判断ですが、この犯人は相当黒宮に恨みを抱いていると思うのです」

新郷はどう返答すべきか迷い結局は言葉が出てこなかった。

「新郷さん、先ほどあなたは何の根拠もなく、山根の記憶を削除したのは黒宮猛の指示だとおっしゃいましたが、本当は黒宮を恨んでいるからではないですか？」

新郷は決してそんなことはないというように首を振った。

「俺は黒宮本部長を尊敬している。黒宮本部長に容疑がかけられ非常に残念に思っているんだ」

気持ちを込めて言った。

「黒宮は今日中に殺人教唆罪で逮捕されることになるでしょう」

それを聞いた新郷は身体中が炎のように熱くなった。しかし表情は落胆した様子を見せた。

「そうですか……」

「決め手となったのは山根の記憶なのですが」

丸岡はそう言いながら、今度は山根の記憶がコピーされたメモリーチップを再生機に挿入した。

「偶然山根が聞いていたのです」

何を聞いていたのだと新郷は急に心臓が暴れ出すのを感じた。

新郷は緊張した面持ちで画面を見つめた。

映像は山根が麻田から記憶削除証明書を受け取り、課長室に届ける場面からであった。

　山根が課長室の前で立ち止まりノックしようと右手を上げた。

　そのとき中から黒宮の声が聞こえてきた。

『ご安心くださいい兵藤統轄長。詳しくは後ほどお伝えしますが兵藤統轄長のご指示どおりすべて問題なく解決いたしました。

　はい、そうです。河合というフリーライターと浅草のストリートチルドレン、どちらも新郷に実行させました。もちろんデータも焼却いたしました。

　ええ、その辺もご心配なく。兵藤統轄長にご迷惑をかけることは絶対にありません。

　ありがとうございます。はい、では今日の七時に菊谷でお待ちしております。失礼いたします』

　黒宮の声を聞き終えた新郷は表情は崩さなかったが身体は嘘をつけなかった。唾が飲み込めないほどに口の中が乾き全身から嫌な汗が噴き出ていた。

　誤算であった。まさか山根がこんな重要な記憶を握っていたとは……。

　新郷はふと丸岡の視線に気づき動揺を紛らわすように咳払いをした。

「どうですか新郷さん。黒宮はあなたに実行させたと言っています。あなたは山根に成りすまして河合さんを殺したんじゃないですかねえ」

　新郷は一瞬冷静さを失ったが落ち着くことだと自分に強く言い聞かせた。

「確かに黒宮本部長はそう言っている。そして実際、俺は黒宮本部長に殺害を命令されたのかもしれない。だが、俺だって人殺しなんてしたくない。俺は黒宮本部長の命令に逆らうのが怖くて山根に押しつけてしまったのかもしれない」

新郷が巧（うま）く逃げると丸岡の目に険しい色が流れた。

「ですが山根は、あなたに十二月七日の夜の記憶も削除されている。あなたは山根に車を借りた記憶を削除したんじゃないですか？」

「そうおっしゃるが、いったいどんな内容を削除したのか俺にも記憶がないんだ」

「しかし新郷さん、河合の記憶が証明しているとおり——」

新郷は丸岡を遮り主張した。

「やはり河合を殺したのは山根に違いない！」

新郷は丸岡に間を与えず言葉を続けた。

「あんたはなぜか俺を殺人犯に仕立て上げたいようだが、物的証拠が何もない状況なのに殺人犯なんかにされたらたまったもんじゃあない！」

物的証拠が何もない。その言葉が丸岡の胸を貫き、さすがの丸岡も弱った表情を見せた。

新郷は丸岡に気づかれぬよう一瞬であるが笑みを見せた。

殺人の罪で逮捕されてたまるか。何が何でも山根に罪をなすり付けて自分は違法な記憶削除の罪だけで危機を乗り越えてみせる。

新郷は改めてそう勇み立った。

捜査は難航した。

事件に関与しているすべての人間が記憶を削除されているという、前代未聞の難事件に丸岡たちは頭を悩ませた。

黒宮猛の件については、物的証拠に結びつく映像が出てきたので辛うじて逮捕に至ることができ、兵藤竜一朗も今回の事件に関する決定的証拠はまだ上がってきてはいないが、少なくとも違法な記憶操作の罪で近く逮捕されることになるだろう。

最大の問題は、河合直也と浅草のストリートチルドレンを殺害した実行犯の特定であった。

河合直也の記憶だけを参考にすれば河合を殺したのは山根裕太であるが、丸岡は山根の人間性やこれまでの流れなどを踏まえるとどうしても山根とは思えなかった。山根の記憶を削除した新郷が、河合と浅草のストリートチルドレンを殺害した真犯人だと見ている。しかし新郷が真犯人だという物的証拠は一つもないのである。

丸岡が許せないのは実行犯が河合のメモリーチップを利用して山根を殺人犯に見せかけ、そして記憶を削除したことである。ＭＯＣの人間ならではの工作であり、これにより警察は混乱に陥ったのである。

この様子だとすべて解決するまでまだまだ時間がかかりそうである。

丸岡は長期間の戦いになることを覚悟していた。

しかし丸岡の予想に反しこの直後捜査は急展開を見せた。

この日の午後、実行犯を特定する新証拠が発見されたのである。


地下の留置場に丸岡刑事の足音が響く。

河合直也を殺害した犯人は現在留置場におり、丸岡は足を止めると背を向けている瘦身短軀の男に声をかけた。

「河合直也を殺害したのはやはり山根裕太ではありませんでしたよ」

新郷庄一は丸岡のその言葉にギクリとしたが平静を装い振り返った。

丸岡は勝ち誇った表情で新郷を見下ろす。新郷は丸岡を睨むような目で見据えるが、丸岡の自信ありげな態度に危機が迫っていることを知った。

「なぜ言い切れる」

新郷は抑揚のない声で訊いた。

「あなたも知ってのとおり、河合は死ぬ間際に犯人に最後の抵抗を見せていますね」

新郷の脳裏に河合が犯人に弱々しく右手を伸ばした姿が鮮明に蘇った。

「そのときのものでしょう。河合の爪に犯人の皮膚がごくわずかに付着していました。先ほど鑑識が調べた結果、山根裕太のＤＮＡとは一致しなかったのですよ」

その事実に新郷は血の気が引き表情が固まった。

まさか河合の爪に実行犯の皮膚が付着していたとは……。

これで真犯人が特定されるのは時間の問題となった。

新郷は動揺を隠すが身体の震えまでは止められなかった。

「正直、河合の爪に皮膚が付着していなければ犯人の特定は難しかったでしょう。何せそれ以外に物的証拠がなかったのですから」

新郷は蒼くなった顔を隠すようにうつむくと強く拳を握り憤慨した。

丸岡は扉の施錠を解くと穏やかな口調で言った。

「これからあなたのＤＮＡ鑑定を行いますので鑑識課へ来てもらいます」

丸岡が促しても新郷は立ち上がらなかった。怒りと悔しさとで身体が激しく震えていた。

丸岡は一つ息を吐くと新郷の腕を取り強引に立たせた。

「さあ行きましょう」

丸岡が新郷の腕を引っ張った、そのときであった。新郷は歩くのを拒否し力強く丸岡を振り払った。丸岡は一瞬新郷が逃走するのではないかと警戒したが、新郷はうつむいたまま動かなかった。

丸岡にはその姿が妙に不気味であった。

「新郷さん」

声をかけると新郷は急に肩を揺らして笑い出したのである。

丸岡は窮地に追い込まれた新郷が狂い出したと思った。しかしそうではなく、新郷は最後の最後でミスを犯していた自分の愚かさを自嘲したのである。

新郷は凡愚な自分に怒りを覚えるが、最後に見苦しい姿を晒したくはなかった。窮境に陥っても余裕がある姿を見せつけたかったのである。

新郷はクスクスと笑いながら過去を振り返っていた。

昔からそうだ。自分は肝心なところでいつもミスをする。だから負け組の人生を歩んできた。

「惜しかったなあ」

新郷は独り言をつぶやくと肩を揺らしながら丸岡に言った。

「そうだよ。俺が河合直也を殺したんだろう」

DNA鑑定の結果が出る前に新郷は自らの罪を認めた。

新郷は顔を上げると丸岡に鋭い視線を向けた。

「あんたの言うとおり俺は黒宮を恨んでいた。黒宮に対する復讐心を燃やしていた！」

丸岡は残念そうにため息を吐き、

「なぜだ？」

動機を尋ねた。しかし新郷は薄い笑みを浮かべると丸岡に両手を差し出した。

「お前に俺の気持ちが分かってたまるか。さあ早く逮捕しろ」

丸岡は新郷を見据えたまま動かなかった。

新郷は丸岡を挑発するように、

「ほらどうした。逮捕しないのか」

丸岡は新郷の腕を取るとゆっくりとした足取りで廊下を歩いた。

新郷は鑑識課に到着するまでの間、何度も同じ言葉を叫んだ。

「俺は何年だって牢獄に入ってやるぞ。黒宮を道連れにできたんだ、俺はそれだけで満足なんだ！」

新郷の狂ったような笑い声が署内に響き渡る。丸岡は胸を痛めながら新郷を哀れむような目で見たのだった。


その後すぐにDNA鑑定が行われ、河合直也の爪に付着していた皮膚と新郷庄一のDNAとが一致した。黒宮に続き殺人の罪で新郷も逮捕された。新郷が崩れたとたん、事件は解決に向け一気に動き出した。

山梨県警は新郷の逮捕後に新郷のアパートを家宅捜索し、部屋の隅に放られていたジャンパーの内ポケットから一枚の記録用メモリーチップを発見した。

そのメモリーチップには山根裕太の十二月九日の記憶がコピーされていたのである。映像は山根が新郷に浅草のストリートチルドレンを殺害するよう命じられたところから始まり、新郷たちが子どもたちの遺体を裏庭に埋めるまでの記憶だった。

山根裕太の記憶をコピーしたのは言うまでもなく新郷であった。

河合の爪に自分の皮膚が付着していることに気づかなかったことが最大のミスだと新郷は思っているが、実はもう一つ大きなミスを犯していたのである。

ストリートチルドレンを殺害して裏庭に遺体を埋めたあと、新郷は麻田たちの記憶を削除していったのだが、最後に山根裕太の記憶を削除する際、自分自身の記憶が黒宮に削除されることを知っていた新郷は記録用メモリーチップを抜き取り、山根の記憶を削除する前にメモリーチップにコピーしたのである。そしてそれを、ジャンパーの内ポケットにしまったのだった。

新郷は記憶を削除されるのがいろいろな意味で不安であり、コピーするのは危険であると知っていながらも、どうしても我慢できず山根の記憶をコピーしてしまったのだ。

新郷は事件のほとぼりが冷めた頃、こっそりとメモリーチップを確認するつもりであった。しかし新郷は、黒宮に記憶を削除されればジャンパーの内ポケットにメモリーチップが入っている事実すらも忘れてしまうことに気づかず、何の暗号も残さないまま黒宮に記憶を削除され、結局はジャンパーの内ポケットに入れっぱなしになっていたのだった。

新郷がコピーした山根の記憶により浅草のストリートチルドレンを殺害した操作官は全員逮捕された。唯一最後まで命令に従わなかった山根裕太だけが浅草のストリートチルドレンの事件に関しては無罪となった。

こうして、河合直也および浅草のストリートチルドレンを殺害したすべての人間が逮捕されたわけだが、事件はまだすべて解決したわけではなかった。

今現在の黒宮に記憶はないが、黒宮がリサの父親であることが判明した際、兵藤竜一朗は黒宮に対し、リサの記憶を削除させるのではなく、浅草のストリートチルドレンを全員殺害するよう命じ、そのことに黒宮は疑問を抱いていた。しかし箕浦が兵藤と黒宮から聞いた話を頼りに捜査を指示した結果、黒宮たちが逮捕されてから三週間後、その真相がとうとう明らかとなったのである。

事の発端は台東区に住む六十七歳の男の逮捕であった。

男の名は吉岡和夫（よしおかかずお）といって、昨年台東区役所を退職したばかりの至って真面目な性格の持ち主だった。にもかかわらず吉岡は殺人未遂の罪で逮捕されたのである。

吉岡はその日、両国の拠点に住むミツルという十五歳のストリートチルドレンにスリの被害に遭ったのだが、通行人が取り押さえた直後に吉岡はその場でミツルを半殺しにし、駆けつけた警官に現行犯逮捕されたのだった。

警視庁本所署はすぐに事情聴取を行ったが、吉岡は黙秘を決め込み埒が明かない。そこで担当刑事は吉岡の記憶を調べた。すると驚くべき記憶が隠されていたのである。

その翌日、今度は東京都に住む二十五歳から六十五歳までの男女三十五名と、法務大臣である中田章、そして兵藤竜一朗を殺人教唆の容疑で逮捕したのである。

吉岡を含めた三十六人の男女は全員、過去にストリートチルドレンによる犯罪の被害に遭った被害者の会のメンバーであり、吉岡は二年前、当時五歳だった最愛の孫娘をストリートチルドレンに殺されていたのである。

それは孫娘が友達の家に向かっている途中に起きた。横断歩道の信号が赤から青に変わり、それでも孫娘はいつも両親に言われているとおり手を上げて渡ったのである。そこにストリートチルドレンが運転するバイクがやってきて孫娘と激しく衝突した。後に分かったことだが、そのときストリートチルドレンは窃盗の罪で警察車両に追われていたのだった。

孫娘と衝突したストリートチルドレンはまだ十三歳の少年で、頭を強く打ち腰骨まで折れたが一命は取り留めた。しかし一方の孫娘は救急車で運ばれている途中で命を落としたのである。

その結果に吉岡は神を恨み、そして孫娘を殺したストリートチルドレンを憎んだ。それゆえストリートチルドレンに財布を盗まれた瞬間、吉岡は過去を思い出し頭に血が上りミツルを半殺しにしてしまったのである。

被害者の会が発足したのは吉岡が孫娘を失った一年後であった。全員ストリートチルドレンに強い恨みを抱いており、みな心の奥底では復讐心を燃やしていた。

ストリートチルドレンに復讐する機会が訪れたのは、被害者の会が発足してから六ヶ月後のことであった。会のリーダーである清水邦夫が〝ストリートチルドレン撲滅計画〟をメンバーに提案したのである。清水は法務大臣である中田章と高校の同窓生であり中田とは懇意であった。清水が会員に提案したときにはすでに中田に撲滅計画の件を相談していた。しかしその時点では中田はまだ首を縦には振らなかった。中田は清水に条件を出さなかったが、清水は中田が何を要求しているのかを知りいったん会員の下へ引き返したのである。

清水の提案に反対する者は誰もいなかった。そこで清水は一人五百万円ほど出してほしいと会員全員に頼んだ。会のメンバーは憎き害虫を駆除できるのであればと苦労しながらも金を工面した。清水は全員から集めた二億近い大金を中田に差し出したのである。中田はその金に満足するとすぐに兵藤竜一朗に東京都のストリートチルドレンを撲滅するよう命令したのである。

それからほどなくして偶然にもリサの父親が黒宮であることが発覚したため、本来の目的を伏せて黒宮をたきつけ、まず浅草のストリートチルドレンを全員殺害するよう命令したのであった。

新郷たちが浅草のストリートチルドレンを殺害した翌日、兵藤はそれを中田と清水に報告した。

むろん清水は浅草のストリートチルドレンだけでは満足できず、どこでもいいからすぐに他のストリートチルドレンを殺害してくれと中田に頼んだ。しかし中田が兵藤にそれを指示する前に東京本部がリサとコウキに襲撃されたのである。

襲撃は浅草のストリートチルドレンによる復讐だと知った中田と清水は、真相が発覚するのを恐れて一刻も早く記憶を削除しなければならないと気が焦った。

しかし東京本部には警察が張りついており削除することができず、その日の夜に中田は神奈川支部の支部長を買収して記憶を削除させたのだった。

ただ清水は、むろん会のメンバー全員に浅草のストリートチルドレンを殺害したことを報告している。警察は吉岡のそのときの記憶を確認したわけだが、中田たちは自分たちの記憶を削除していれば安心だと思い、まさかメンバーにまで捜査の手がおよぶとは思っておらず全員の記憶までは削除していなかったのである。

法務大臣である中田章とMOC関東統轄長である兵藤竜一朗が殺人教唆の罪で逮捕されたことに日本中が騒然となった。この事件を切っ掛けに全国民がストリートチルドレンに強い関心を持ち、多くの者が殺された子どもたちに同情を寄せたのであった。

こうして、新郷の自白と吉岡の逮捕により、事件に関与したすべての人間が逮捕され、結果的には自滅という形ですべての幕が閉じた。

真相を知った相馬と長尾は激しい憤りを覚えたが、真相が闇に葬られず事件が解決したというその一点では胸を撫で下ろした。

一方、リサとコウキは留置場の中で死んでいった仲間たちに真相を報告し、恨みを晴らしたという思いが全身からこみ上げたと同時に自分たちの戦いが終わったことを知った。

しかし戦勝の代償は大きかった。リサとコウキは仲間を殺されたゆえの襲撃とはいえ六人の命を奪った罪を償わなければならない。

相馬と長尾も同様である。やむにやまれぬ事情があったとはいえ違法に記憶を操作し、そしてリサとコウキを匿(かくま)った。

相馬と長尾は記憶削除法違反および犯人隠匿罪で起訴され、相馬は東京地方裁判所で初公判を迎えた。

その三日後、今度はリサの初公判が同じく東京地方裁判所で行われたのだった。

当日、東京地方裁判所には百しかない傍聴席を求めて千人が列をなし、午前九時三十分に裁判長が開廷を宣した。

最初に検察側が起訴状を読み上げリサが全面的に罪を認めると、検察と弁護人はそれぞれリサに対し質問をし、リサは緊張しながらも一つひとつ明確に答えていった。

そして最後、リサの弁護側は罪の重きを認めつつ、リサが犯行に至ったのは長年一緒に暮らしてきた仲間を殺されたからであることを主張し、裁判長に情状酌量を求めた。

一方検察側はリサが犯した罪は残虐であると強く訴えたあと、リサがストリートチルドレンであることを強調した。服役後も罪を犯すのは明白であり記憶をすべて削除しなければ更生は望めないとして記憶の全削除を求めたのだった。

一審ではその後も激しい論戦と駆け引きが繰り広げられ、初公判から四ヶ月後にいよいよ判決のときを迎えた。

しかしリサと弁護人の願いも空しく裁判所はリサに記憶の全削除を言い渡した。

その一週間後、今度はコウキが判決の日を迎えたのだが、コウキもリサと同じく記憶の全削除を言い渡されたのである。

両弁護人は判決を不服として即日控訴し、ストリートチルドレンを排除しようとする国と徹底的に戦った。しかし控訴審でもリサとコウキの刑は変わらず、両弁護人は最高裁に上告して最後の戦いに挑んだのである。

最高裁での審理は二ヶ月間にわたって行われ、リサとコウキの弁護人は一貫して情状酌量を訴えた。またリサとコウキも反省の態度を見せて更生することを誓った。

それでもやはり裁判所はストリートチルドレンを減らすことだけに重点を置き、リサとコウキの人権を無視するように記憶を全削除することを言い渡したのである。表向きではあくまで更生が望めないからと告げたが、都に多大な被害をおよぼすストリートチルドレンを撲滅しようとしているのは明白だった。

両弁護人は判決が下されても不満の表情を露わにして国に対して激しく憤ったが、これ以上控訴は認められず、とうとうリサとコウキの記憶の全削除が確定したのであった。

二〇九七年九月一日。

ついにリサとコウキの刑が執行されるときが来た。

二人は午前十時に削除室に連れていかれて刑が執行される予定になっている。

二人は昨日東京本部に移送されともに地下の独居房に入れられたのだが、リサよりも二時間ほど遅く移送されたコウキはそれ以来ずっと薄暗い独居房の中でリサの名を叫び続けている。最後にせめて声だけでも聞きたくてコウキは一睡もせずにリサの声が返ってくるのを待った。

しかしいくら呼んでもとうとうリサの声は聞こえてこなかった。

コウキの記憶がすべて削除されるまであと三十分と迫っている。

もう間もなく刑が執行されるのを予感したコウキは床に崩れ落ち、コンクリートの壁に拳を叩きつけた。

コウキとリサは捕まって以来一度も顔を合わせておらず、最後くらい声だけでも聞きたかったがそれすらも叶わなかった。

もっとも、コウキはリサが地下の独居房にいるかどうかも分からないが、せめて自分の声がリサに届いていることを願った。リサの声が聞こえてこないのは壁に遮られているからなのだ。リサも必死に呼びかけに応えているに違いない。

コウキは心を落ち着かせると、仲間たちの姿やリサの笑顔を脳裏に浮かべた。

コウキは生まれて間もない頃親に捨てられ物心ついたときには浅草の拠点にいた。

コウキが拾われた約二年後であった。コウキの育ての親であるサトシとトモコが公園に捨てられていた赤ん坊を連れて帰ってきたのだ。

二人は赤ん坊にリサと名前をつけてコウキはリサを妹のように可愛がった。

コウキは今でも、約十六年前のその日の出来事をおぼろげに憶えている。コウキにとって仲間はみんな大事な存在であるが、幼い頃からずっと一緒だったリサには特別な想いがある。だから過去を思い返すと一番にリサとの思い出が蘇る。もう一度リサに会いたかった。一秒だけでいいから顔が見たかった。

感情が溢れ目に涙が滲んだ。

最後といっても、お互い記憶を削除されたあとに再会できるかもしれない。しかしコウキはそれを望まなかった。

仲間たちと過ごした十六年間の記憶を削除されるということは、むろん仲間たちの存在も忘れてしまうということである。

コウキにとってそれはとても辛いことである。そしてそれ以上に悲しいのは自分の存在をリサに忘れられてしまうことだった。

コウキは公判中、長い間リサに会えなくても必ずいつか再会できると信じていた。しかし国はストリートチルドレンである自分たちを排除するために、記憶をすべて削除することを決定したのである。

コウキは記憶を削除された状態でリサとは会いたくなかった。

最高裁で刑が確定したその日、コウキは国に記憶を削除される前に自ら命を絶つことを決意したのである。

コウキは狭い独居房の中でリサに詫びた。

ごめんなリサ。お前は絶対に許さねえだろう。俺だって本当は悔しくてたまらねえよ。でも俺は仲間たちを忘れちまうことや、お前に存在を忘れられちまうのが耐えられない。だからその前にみんなのところに行くことに決めたよ。

リサ、勘違いするなよ。

俺は負けを認めたわけじゃねえし、むろん現実から逃げるわけでもねえ。

俺はお前たちとの大事な記憶を守るために死ぬんだ。

でもなリサ、お前は絶対に死ぬな。

どんな辛いことがあっても殺された仲間たちの分まで強く生きろ！

記憶がすべて削除されても心配すんな。

俺たちがずっと見守ってる。遠くから応援してる。リサの記憶が消されても、離ればなれになっても、俺たちはずっと一緒だ……。

コウキはロングTシャツを脱ぐと、便座の上に立って格子窓にTシャツを巻き付け小さな輪を作った。

コウキは命を絶つ間際、もう一度リサの笑顔を思い浮かべた。

リサ、そろそろ行くよ。今まで本当にありがとう。お前に会えてよかった。じゃあなリサ。

コウキはリサに感謝の気持ちと別れの言葉を伝えると輪の中に首を入れた。

コウキは次に相馬と長尾と森田の姿を胸に浮かべた。

相馬、長尾、森田、俺たちなんかのために自らを犠牲にしてまで必死になって動いてくれてありがとう。

これから、リサのこと頼んだぞ。

コウキは三人にリサを託すと最後に死んでいった仲間たちの顔を天井に映した。

タクミ、リョウタ、カズヤ、タロウ、ユカ、タク、リエ、エリ、ユウタ、俺も今からそっちへ行くよ。またあの頃のようにみんなで一緒に幸せに暮らそうぜ。

死んでいった仲間たちに言葉を送ったコウキは決意した表情になり、静かに目を閉じると便座の上から飛び降りた。

もがき苦しむコウキの脳裏には仲間と過ごした十六年間の幸せな記憶が走馬燈のように蘇りやがてプツリと消えたのだった。

コウキが自ら命を絶ったなどとは夢にも思っていないリサは、薄暗い独居房の中でコウキの名を叫び続けていた。

いよいよ刑が執行されるときが迫っているが、さっきコウキの声が聞こえてきたような気がしたのだ。それからリサはずっと声が嗄れるほどにコウキの名を叫んでいる。

しかしいくら呼んでもコウキの声は返ってこない。リサはいったん叫ぶのを止めて耳を澄ますが、地下はシンと静まり返っている。

リサは諦めず最後の最後までコウキに声を送り続けた。

だがリサの願いは叶わずとうとう刑が執行されるときが来たのである。

遠くのほうから足音が聞こえてきてその足音はリサのいる独居房の前で止まった。

リサは睨むような目で扉を見据える。操作官によって施錠が解かれゆっくりと扉が開かれた。

担当操作官は若く帽子を深く被っている。リサはどうせなら相馬か長尾に記憶を削除してもらいたかったが、相馬と長尾はもうＭＯＣの記憶操作官ですらない……。

「時間だ。来なさい」

若い操作官が言うとリサは素直に立ち上がり独居房を出た。

リサは操作官の後ろをしっかりとした足取りでついていく。これからリサは十六年間の記憶をすべて削除されるが、恐怖心はなく覚悟はできている。

ただ最後にコウキに会いたかった。ほんのわずかな時間でいいからコウキの顔を見たい。一言でもいいから言葉を交わしたい。

担当弁護士曰く、コウキも同じ時間に刑が執行される予定となっているそうなのだ。それゆえに、削除室に入る前に会えるかもしれないという思いがリサにはあった。

操作官は四階の削除室の前で足を止めると、確認役の操作官に一礼をして扉を開けた。そして中に入るようリサに促した。

しかしリサはその場に立ち止まったまま動かなかった。中に入ればコウキに再会できないまま別れることになる。

リサは通路のほうに視線をやりコウキが来るのを祈った。

「早く入りなさい」

担当操作官は穏やかな口調でリサに言った。リサは担当操作官の目を真っ直ぐに見つめ、

「もう少し、もう少しだけ待ってくれよ！」

誠意を込めて頼んだ。

担当操作官は弱ったように確認役の操作官と顔を見合わせた。二人は仕方ないというようにため息を吐いた。

それから五分間、リサは削除室の前でコウキが現れるのを待った。しかしコウキはとうとうやってこず、二人の操作官は時間切れだというようにリサの腕を掴むと削除室の中に連れていった。

リサは大きな未練が残ったが暴れることはしなかった。リサは同じ時間に刑が執行されることを望んだが、どうやら予定が変更されたようだと自分を納得させた。

中央の椅子に座らされたリサは大型スクリーンをじっと見据える。覚悟はできているがいざそのときが来ると緊張を隠せなかった。

リサの脳裏に仲間たちと過ごした十四年間の思い出が蘇る。

しかしすぐにリサは険しい表情となった。

リサは仲間たちを殺し自分たちの人生をムチャクチャにした奴らをつくづく恨んだ。

事件に関与したすべての人間が逮捕されたがそれでも怒りが収まるわけがなかった。みな許せないがその中心には黒宮がいた。実の父親であるにもかかわらず自分の大切な仲間たちを殺したのだ。黒宮に少しでも人間の心があれば、仲間たちが殺されることはなく自分たちはずっと幸せに暮らしていたのだ。

みんな、本当にごめん……。

脳裏に浮かぶ仲間たちに詫びたリサは堪えきれず涙を流した。

操作官は怒りと悲しみで震えるリサの頭に装置を被せた。そして記憶を削除する準備を始めた。

リサは涙を拭うと再び大型スクリーンに視線を向けた。

スクリーンにここ一ヶ月の記憶が一日ごとに区切られて表示されている。

リサは自分の記憶を見ながら心の中でコウキに話しかけた。

コウキ、あんたは今どうしてる。まだ独居房の中かい。それとももう記憶を削除されてしまったのかい。

私はこれからだよ。コウキたちと過ごした十四年間の記憶をすべて削除される。

コウキ、あんたは罪を犯したことを後悔しているかい？

罪を犯したことによって記憶をすべて失うことになってしまったけど、私は東京本部を襲撃したことは後悔していないよ。

ただ、仲間たちを殺される前に相馬たちと出会っていたら、仲間たちは殺されずまったく違う結果になっていたんじゃないかって、刑が確定するまでは後ろばかりを振り返っていたよ。

コウキ、思い返せば相馬たちと一緒にいるときも私は自分を責め、後悔ばかりしていたよな。

でも、もう後ろは振り返らないよ。

後悔ばかりしていたら先へは進めないことに気づいたんだ。

コウキ、勘違いするなよ。私は決して黒宮たちに対する恨みを忘れたわけじゃない。

これからは殺された仲間たちの分まで一生懸命強く生きていくという意味だ。

死んでいった仲間たちだってきっとそれを望んでいるはずだから……。

記憶を削除されたあと、五年間自立支援施設に収容されてその後社会に出ることになる。世間は私たちを犯罪者扱いするだろうから辛い毎日を送ることになるだろう。

でも私は絶対に負けない。だからコウキも負けるな！

それでももし挫けそうになったら今までみたいにお互い助け合おう。

記憶を削除されてお互いの存在を忘れても、私たちが仲間であることに変わりはないだろう。だから私は隣にはいつもコウキがいることを信じている。いつ再会できるかは分からないけど私はそのときが来ることを確信している。

私たちには相馬たちだってついているんだから。

でもコウキ、記憶を削除される前にほんの少しでいいから会いたかったよ……。

担当操作官はすべての準備を完了させるとリサを振り返って言った。

「ではこれより記憶削除法第九条に則り刑を執行します」

リサは一つ息を吐くと口元を強く結び、覚悟した表情で深くうなずいた。

担当操作官は確認役の操作官と顔を見合わせると操作盤に向き直った。

リサはこのとき一瞬恐怖心が芽生えたが、仲間たちの顔を思い浮かべるとすぐに心が落ち着いた。

タクミ、リョウタ、カズヤ、タロウ、ユカ、タク、リエ、エリ、ユウタ、記憶を削除されてもみんなのことは忘れない。

みんなこれからも私たちのこと見守っていてくれよな。

担当操作官が削除のスイッチを押すと、大型スクリーンには削除状況が表示され、十パーセント、二十パーセントと上昇していく。

リサはゆっくりと目を閉じて十四年間の思い出を再び脳裏に蘇らせた。

お金がなくて毎日食べる物には困っていたけど、リサは不幸だなんて思ったことは一度もなかった。

いつも笑顔が溢れていて、リサの耳には仲間たちの無邪気な声が聞こえてくる。

毎日が思い出だが、特に思い出深いのは十四歳の誕生日だ。

みんなが自分のためにこっそり準備してくれて盛大に祝ってくれた。

それだけでも十分嬉しいのに、みんなからプレゼントを貰ったときは思わず涙が出そうになった。

タクから貰った似顔絵、リエが丁寧に編んでくれた花冠、エリが花で作ってくれたネックレス、ユウタがくれた写真、ユカが書いてくれた感謝の手紙、そして、タクミ、リョウタ、カズヤ、タロウ、コウキ、ミカの六人が買ってくれた白いマフラー。

たくさんのプレゼントに囲まれた自分を思い返したリサは幸せそうな笑みを浮かべた。リサは目を瞑りながら、

「ありがとう」

囁くような声で言った。

リサはもうしばらくの間、仲間たちと過ごした時間を思い返していたかった。しか

し脳裏に蘇っていた幸せな光景は、スクリーンに映るグラフが百パーセントに達した瞬間、跡形もなく消えたのだった。

エピローグ

リサの記憶が全削除されてから二週間が経ち、それ以来初めて相馬誠は東京都国立市にある自立支援施設を訪れた。

広大な土地の中央に建つ四階建ての白い施設はまるで学校のような造りだが、どこか異様な雰囲気を醸し出していた。

リサは現在この中で指導員から教育を受けている。まだ二週間余りなので文字や言語を習っているに違いない。リサは五年間ここで教育を受けたあと社会に出ることになる。

相馬はこの二週間、リサに会うべきかそれとも会わざるべきか迷っていた。相馬はこの日、時間が取れたので自立支援施設にやってきたが、まだ面会する決心には至っていない。記憶をすべて削除されているリサに会っていったい何を話せばいいのか。

そもそもリサにとって自分と面会することに意味はあるのか。相馬は未だその答えを見つけていない。

相馬は門の前に立ち止まったままぼんやりと施設を眺める。

相馬の脳裏には約二年前の事件と裁判での出来事が蘇っていた。

警察に逮捕されたあと、相馬と長尾は厳しい取り調べを受け記憶削除法違反および犯人隠匿罪で起訴された。二人はともに懲役五年、執行猶予七年の有罪判決を受けた。担当弁護士は相馬に控訴するべきだと強く訴えたが、相馬は一審で下された判決を受け入れた。長尾もまた相馬と同じ結論を出した。

相馬と長尾は刑が確定した直後にＭＯＣから懲戒免職処分を受けたが、後悔はなかった。むしろ汚れきったＭＯＣを辞めて良かったと思っている。

相馬は二ヶ月間無職の状態が続いたが、現在は自宅近くの塾で小中高生相手に塾講師をしている。ＭＯＣで未成年者を担当していた相馬はこれからも子どもたちと関わっていきたいという思いから講師を選んだのであった。

片や、長尾は埼玉県川越市でアルバイトで家族を養いながら弁護士を目指して勉強している。刑が確定してから一度も会っていないが家族三人元気に暮らしているようだ。

一方、事件を引き起こした黒宮たちについては今もまだ裁判が続いている。

二審では黒宮猛、兵藤竜一朗、中田章に懲役三十年、新郷庄一には懲役二十年、そしてその他事件に関与した者たちにも十年から十五年の有罪判決が下されたが、相馬はその判決が不服であった。

リサとコウキが記憶の全削除だったのだから、黒宮たちは最低でも無期懲役もしくは同等の刑に処すべきである。

国は明らかに不公平であるが相馬はまだ絶望はしていない。黒宮たちは現在最高裁で公判を行っており、刑が確定するまでまだまだ時間があるのである。相馬は裁判所が最終的には公平な判断をしてくれることを祈っている。そうでなければ殺された子どもたちや、それに……。自ら命を絶ったコウキの姿を思い浮かべた、そのときであった。施設の中から多くの子どもが指導員とともに出てきたのである。みな赤いジャージを着ており箒(ほうき)やゴミ袋などを手にしている。どうやらこれから施設内の掃除をするらしい。

相馬は門の外からリサの姿を探した。

リサは集団の最後尾におり、見つけた瞬間相馬の胸に熱いものが込み上げた。

相変わらずリサは気の毒なくらいに痩せ細っており血色も良くない。

リサの横には指導員が付きリサに箒の使い方を説明している。しかしリサはまだしっかりとコミュニケーションが取れないようで、ぼんやりとした表情で指導員を見つめている。

相馬はその姿に胸が張り裂けそうであった。次いでリサの人生を狂わせた黒宮たちに激しい怒りを抱いた。

リサはむろんコウキがこの世にいないことすら分かっていない。施設内の掃除をするみんなの姿を見つめたままである。

しかししばらくすると見様見真似で箒を使い始めた。そしてかき集めたゴミを手で拾いゴミ袋の中に入れたのである。

その健気な姿に相馬は思わず涙を浮かべた。

「そうだ、頑張れリサ」

相馬は囁くような声でリサに言葉を送る。

相馬は今日までリサとコウキを助けられなかった無力な自分を責め続けてきた。しかし一生懸命に掃除をするリサの姿を見た瞬間、相馬は後ろばかりを振り返っていた自分を愚かに思い後悔の念を捨てた。

リサは今を必死に生きているのだ。殺された仲間やコウキの分まで。

それなのに後ろばかり振り返っていたらリサに申し訳ない。

相馬は涙を拭いぎこちない動作のリサに声援を送り続ける。

すると相馬の視線に気づいたリサが相馬に身体を向けたのである。

むろんリサは相馬が誰か分からず、相馬と目が合っても表情に変化はない。それでも相馬はリサに強くうなずいた。しかしリサは意味が分からず掃除を再開したのだった。

相馬は一つ息を吐くとリサに背を向けた。面会しようか迷っていたが相馬はこのまま帰ることにした。今会ってもいたずらに混乱させるだけだし、やはり何を話すべきか相馬には分からないのである。

今は遠くから見守っているだけでいい。五年後リサは社会に出ることになるが、必ず大きな壁にぶつかることになるだろう。そのとき手を差し伸べてやればいいんだ。

相馬はゆっくりと歩き出したが、ふと立ち止まるとポケットに手を入れて一枚の封筒を取り出した。中には記録用メモリーチップが入っており相馬は大事そうに手に取った。

この小さなメモリーチップの中にはリサの十四年間分の記憶が入っている。

これは長尾が埼玉支部でコピーしたときの物である。将来リサの記憶が全削除されることを予測していた長尾は、事件の記憶だけでなくすべての記憶をコピーしていたのだ。

その後メモリーチップは森田が受け取ったとはいえ、相馬と長尾の記憶に森田がメモリーチップを預かった映像があるので、本当なら処分されていた物である。しかし森田は任意同行を求められた際に備え、メモリーチップを庭の焼却炉に放る映像を作り出し、自分の見ていないところで妻の紀子に保管させていたのである。

それを知った相馬は刑が確定した直後森田の下を訪ね、メモリーチップを譲り受けたのだった。

もしこのデータをリサの頭に埋め込まれているメモリーチップに移せば、リサは十四歳までの自分を取り戻す。

しかし相馬はMOCを辞めているのでそれは不可能だし、そもそもそんなことは一切考えていない。なぜなら、リサは新しい自分で強く生きようとしているし、何より再び辛い悲しみを味わうことになるからである。

だからといって処分することもしない。このメモリーチップにはリサの大事な思い出がたくさん詰まっているから……。

この中には死んでいった仲間たちが生きている。

相馬はリサを振り返るとメモリーチップを掲げた。そして仲間たちの魂が宿るメモリーチップを一生大切にすることを誓い、最後にもう一度「頑張れ」と言葉をかけた。

そのときであった。リサの後ろに死んでいったコウキたちが現れ健気なリサに声援を送った。

リサは仲間たちの存在や声に気づいていないが、相馬には確かに見えているし、はっきりと声援が聞こえている。

そうだ、君は一人じゃない。

相馬は囁くようにして言うと、メモリーチップを封筒にしまいリサたちに背を向け歩いていった。

終幕

——三年後の決着——

The final act

カウント12

「週明けに今日のところテストするからな。しっかり復習しておけよ！」

八月最終週の金曜日。栃木県足利市駅前のビルの一室に相馬誠の声が響く。

ここは小中高校生を対象にした学習塾である。この日の午前、相馬は大学受験を控えた高校三年生のための特別授業を行っていた。

普段は平日の十六時から二十二時まで小中高校生のためにあらゆる教科の授業をしているが、夏休み期間中は夏期講習だ。午前九時から二十時まで、休む間もなく授業が入っている。

いつもならお昼休憩を挟んですぐに小学校高学年向けの国語の授業が入っている。しかしこの日、相馬は午後の半休を取っていた。

「それじゃあ、お先に失礼します」

講師の控室も兼ねた事務所に顔を出して受付の女性に声を掛ける。

「相馬先生半休でしたね。お疲れ様。デートの約束でも入ってるんですか？」

若い女性事務員が別れ際に軽口を叩く。

「まさか、そんなわけないでしょ。ちょっと外せない用事がありまして」

「ですよね。相馬先生、お堅いから」

クスクスと笑いながら女性が軽く頭を下げる。

相馬は苦笑いしながらビルを出ると裏手の駐車場に停めてある車に乗り込んだ。

タッチパネルに親指を押し当て指紋認証でエンジンを起動させる。「自宅まで」とパネルに告げると、『かしこまりました。発車します』という電子音声とともに流れるように車は発進した。

あの日もずいぶん車に乗ったな――

相馬はハンドルに手を添えながら五年前の出来事を思い出す。

それは彼にとって忘れるに忘れられない出来事だった。

〝浅草ストリートチルドレン大量虐殺事件〟

記憶削除法を執行する国家施設ＭＯＣ（Memory Operation Center）によって主導されたこの事件は、生き残ったストリートチルドレンがＭＯＣ東京本部を襲撃したことと、事件の闇を暴こうとしたフリーライター・河合直也の遺体が発見されたことにより急展開を見せた。

事件の裏には治安維持をはかる警視庁やＭＯＣが組織ぐるみで関わっており、さらに巨大組織ＭＯＣ内での権力闘争も加わって複雑さを極めた。

とくに警察の捜査を攪乱したのはＭＯＣが司る記憶削除技術だった。

記憶削除法が制定されると全国民の頭にメモリーチップが埋め込まれ、すべての記憶が記録されることとなった。罪を犯せばこの記録が捜査に役立てられ、判決次第で犯罪に関わる記憶を削除して再犯を防ごうとしたのである。

ところが浅草の事件はこのＭＯＣ自体が引き起こしたものだった。彼らは関わった者たちの該当の記憶を消去。証拠の隠蔽を図っていたのである。

悪用されれば大混乱を招くとしてあえて厳重に管理してきたはずの施設でのあってはならない不祥事に、世間からは凄まじい批判が巻き起こった。

実行犯である新郷庄一たちは逮捕されすでに裁判が終わっている。実行においてリーダー的役割を果たした新郷は懲役二十年、その他の者たちも十年から十五年の刑が確定していた。

相馬もＭＯＣの職員として事件に関わり、不正な記憶削除を行うなど数々の違法行為が認められたが、事件の真相を暴こうとしたことが情状酌量され、執行猶予付きの有罪判決となったのである。

いまはまだ執行猶予中の身だが、ＭＯＣを退職して自宅近くの学習塾で講師をしているのだった。

車で十分ほどのところにある自宅マンションに着くと、相馬はすぐにリビングのテレビを点けた。お昼のニュース番組にチャンネルを合わせる。

この日、相馬が半休を取ったのはあるニュースを見届けるためである。

それはこの数年間待ち続けたことだった。

事件の直接の実行犯はすでに判決が出ていたが、彼らに命令を下していた首謀者たちの裁判はずいぶんと長引いていたのである。

ＭＯＣはもちろん、警視庁、法務省など関連組織が多岐にわたり、全容解明に時間がかかったことが一番の理由だ。

まだまだ捜査はすべてに及んだとは言い切れなかったが、事件の核心を担った元ＭＯＣ東京本部本部長の黒宮、元ＭＯＣ関東統轄長の兵藤、元法務大臣の中田の三人には東京地方裁判所、高等裁判所での有罪判決が下り、そしてとうとう今日の午後、最高裁判所での最終判決が下りるのである。

裁判は午後一時から始まる。これまで長い討論を重ねたうえでの開廷のため、この日は主文、つまり判決や簡単な判決理由の説明だけになるだろう。であれば閉廷まで一時間とかからないはずだ。

当初、相馬は裁判の傍聴を希望していた。ところが事件当事者の傍聴は認められないと裁判所から却下されてしまったのである。

あの日、自分が守り切れず殺されてしまった子どもたちに申し訳ない。特に最後まで戦い抜き一緒に行動したリサとコウキに、自分の目で見た裁判結果を報告したかったのに……

しかし裁判所の決定は絶対だ。これを無視することはできない。

仕方なく相馬はこの日の午後の授業をキャンセルして、テレビで裁判結果を見守ることにしたのであった。

テレビでは事件への関心の高さを表すように、どのチャンネルでも特別番組を組んで伝えている。現場のリポーターは早朝から傍聴席を求める人たちが長蛇の列を作っていたと報じていた。

法廷にカメラは入れない。判決直後、傍聴した記者が外で待ち構えるカメラに向かって走り出てくるのを待つしかない。

相馬はテレビの前に座り込み今か今かと結果を待つ。真夏の太陽が窓から降り注ぎ室内はうだるような暑さになっていた。相馬の額から大粒の汗が滴り落ちる。しかし相馬はエアコンを点けるのも忘れるほどテレビ画面を凝視し続けていた。

有罪は間違いない。

あとは無期懲役か死刑、もしくは――

そしてついにその時が来た。

最高裁判所大法廷の正面玄関から血相を変えた記者が飛び出してくる。

カメラの前でアシスタントからマイクを受け取ると悲鳴のような声を絞り出した。

『全員無罪――』

相馬の頭の中はただ真っ白になっていた。

*

開けっ放しにしていた窓から蟬の大合唱がこだましている。

点けたままのテレビでは、判決を不服とする市民団体のシュプレヒコールが続いている。

相馬はあまりのショックですべての音が頭に入ってこなかったが、直後の衝撃が解けてくると、今度は〝なぜ〟という想いが沸き上がってきた。

ＭＯＣ東京本部長だった黒宮は、治安維持と不祥事の隠蔽という一石二鳥を狙った中田法務大臣、兵藤ＭＯＣ関東統轄長の指示で殺害計画を立案した。黒宮は自らのスキャンダルを闇に葬ってさらなる栄達をはかるために彼らの指示に従ったのだ。生き残ったストリートチルドレンのリサや、相馬自らのあの日の九時間の記憶がなによりの証である。

しかし中田や兵藤、そして黒宮は、それぞれ政治や官僚の世界で暗躍したキレ者だ。いまだに中央政界や官僚機構に絶大な人脈と影響力を持っている。

最高裁判所大法廷の判決は一言で言えば〝証拠不十分〟だった。リサや相馬の記憶はあくまでも状況証拠であり、黒宮たちが指示を出したという直接的な証明にはなりえないというのである。

一審、二審では有罪判決が出ていたため相馬は安心していた。

最終的にも有罪となるだろう。

しかしここに来て自分が甘かったことを痛感する。

事件の闇はまだまだ深い。

事件を揉み消したい者たちが永田町や霞が関にたくさんいたのだ。

この国はどこまで腐ってるんだ。

自分にできることはここまでか。

一瞬、相馬の情熱がくじけそうになる。

ところがそこで、亡くなった子どもたちの笑顔が浮かんできた。

そうだ。諦めるわけにはいかない。

自分の力ですべて解決できるわけではない。

それでもここで立ち止まってはいけない。

自分にできる精一杯のことをやりきろう。

少なくとも、黒宮、兵藤、中田の三人は赦せない。

相馬はテレビを消すと立ち上がり勢いよくマンションの外へ飛び出した。


足利から車で一時間半。

車を飛ばして相馬がやってきたのは東京浅草にある墓地だった。

ここには身元不明で亡くなった人たちの無縁墓がある。区内のホームレスやストリートチルドレンの亡骸は茶毘に付されたあと、遺骨はここに納められるのだった。

四年前、事件の生き残りだったリサとコウキはMOC東京本部を襲撃した。

そして相馬たちとともに警察に捕まり裁判にかけられた結果、殺人などの罪で二人に全記憶削除の刑が言い渡された。

ところがそのうちの一人、コウキは刑執行の直前に独居房で自ら命を絶ったのである。

ここにはコウキの遺骨が納められている。

相馬は今日、もともとここに来るつもりだった。黒宮たちの有罪判決確定を墓前に報告するつもりだったのだ。

それなのにこんな結果になるなんて。

お盆を過ぎたばかりのお寺は静まり返っている。

無縁墓の前に立った相馬は持参した花を供えて線香に火を点けると、胸の前で手を合わせて目を瞑った。

コウキは死の直前、いったい何を思っていたのだろう。

彼は何よりも浅草で一緒に暮らした仲間を想っていた。彼らの復讐が失敗に終わり、全記憶削除という判決はコウキにとって堪えられないものだったに違いない。

記憶はただの記録ではなく思い出だ。

大切な人との思い出があるからこそ人は生きていける。

コウキにとってストリートチルドレンの仲間との思い出こそ、生き続けるすべての原動力だったのだ。

それが断たれては生きていけない。彼らとの思い出を奪われるくらいなら死を選ぶ。

自らの命を絶つことが仲間たちへの彼なりの供養だったのだろう。

彼らとの思い出・記憶は命と同等に大切なのだと。

相馬は合わせていた手を解くとそっと目を開けた。

溢れんばかりの陽光と蟬の声が押し寄せる。あたりを見回すと相馬の他に墓参りの者は見当たらない。住職が本堂の前の駐車場にホースで水を撒いていたが、ここからは相当に離れていた。

今しかないと思った相馬は無縁墓の裏に回り込むと、大きな石の扉に手を掛けた。重い扉をゆっくりと開けると中からひんやりとした空気が漏れてきた。

中は広い空間になっていて無数の骨壺が並んでいる。納骨から十年は骨壺に納められて埋葬され、その後は他の埋葬者の骨と混ぜられるのだ。

つまり、三年前に死んだコウキの遺骨はまだ骨壺に納められたままということだ。

相馬は身体一つ分開いた隙間から中に滑り込み懐中電灯をかざす。暗がりの中に無数の骨壺が並んでいたが目当てのものは比較的入り口の近くで見つかった。

骨壺にはコウキの戒名（かいみょう）が刻まれている。

そっと蓋を開くと相馬はおもむろに手を差し込んだ。コウキの遺骨の上に載せられたビニール袋を摘まみあげる。懐中電灯で照らすとそれはあの日相馬が隠したままの姿を見せていた。

「すべて終わったら迎えにくるつもりだったんだけどな」

相馬はビニール袋の中の金属片を握りしめてつぶやいた。

「もう一度、力を貸してくれ」

＊

浅草を出発した相馬は今度は西に車を向けた。

日が暮れる頃にたどり着いたのは東京の西に位置する国立市。ＪＲ国立駅から車で二十分ほどの閑静な住宅街の中にある自立支援施設だった。

三年前、全記憶削除に処されたリサがここで暮らしている。

相馬はこの三年間、ただ黒宮たちの裁判結果だけを待って過ごしていたのではない。この事件を通して痛感したのは、記憶削除がどれだけ残酷な刑かということだった。刑の執行直前、自ら命を絶ったコウキがその象徴的な例である。

記憶・思い出を消されることは自分が自分でなくなることだ。それは死刑以上に堪えがたい。そう思ったからこそコウキは死を選んだ。

ならば、あの事件に巻き込まれ、からくも命をつないだ相馬たちが、死んでいった者たちのためにできることはただ一つしかない。

そんな想いから、相馬はずっとこの施設に通い続けてきた。

記憶をすべて抹消され、人生を一からやり直しているリサがどんな毎日を送っているのか。相馬には確認する義務があると思ったのだ。

毎月のように通い、面会を申し出ているうちに、この施設の院長・松村(まつむら)と懇意になった。この施設では記憶の全削除、もしくは一部削除をした未成年が社会復帰するまでの手助けをしているという。

しかし松村曰く、部分削除ならまだしも全削除された人の復帰はなかなかに難しい。なにせ社会常識はもちろん、言葉や読み書き、日常生活のありとあらゆることを初めから教え直さなければならないからだ。いわば赤ん坊と同じである。

赤ん坊ならばまだ脳が急成長している最中だから吸収も早いが、十代も後半になると途端に難しくなる。これが大人や中年以上になればなおさらだ。全記憶を削除されるということは人格を抹消されることに等しい。その後すべてを作り直すこともできず死を待つだけとなるのが実情だった。

そんな人々を身近で見ているうちに、松村も相馬と同じ想いを抱くようになったという。彼も相馬の同志だった。

相馬が施設のエントランスに入るなり待ち構えていたように松村が現れた。

「相馬さん、ひと月ぶりです。今日の判決残念でしたね——」

松村は相馬を見るなりそう言った。

相馬は険しい顔でうなずく。

状況が状況だけに説明は不要だろう。相馬はすぐに用件を切り出した。

「リサは?」

「ええ、いらっしゃるだろうと思って待っていました。おーい――」

松村の呼びかけに隣の部屋から返事が聞こえる。

支援スタッフの女性に連れられて現れたのはもうすぐ十九歳になるリサだった。

あの事件の頃はまだ子どもの面影を残していたが、今ではすっかり大人だ。コウキが死んだ歳も超えている。

しかし刑が執行されてから三年経った今でも言葉を流暢(りゅうちょう)に話すことはできず、スタッフの手を借りてなんとか毎日の生活を送っている状態だった。この三年経過を見続けてきたとはいえこの様子を見るたびに相馬は心が痛む。目は光を失いただ茫然と相馬を見つめていた。

唯一の救いは、ストリートチルドレンとして生活していた頃と違い十分な食事をとれていることだろう。少しふっくらしただろうか。肌艶もよく身体は健康そうである。

三年経ったとはいえリサはまだ十九歳だ。これからいくらでも人生をやり直せる。

ただそれは、いままでの人生をすべて否定したうえでのことではない。

すべてを受け入れたうえでの話だ。

人生にリセットはない。あるのはただ積み上げていくことだけである。

「松村さん、これまでリサがお世話になりました。親族でもない私がこんなことを言うのもなんですが……」

相馬が決意を口にする。

すると松村がそれを制して告げた。

「もういいですよ。相馬さんたちの想いは分かっています。私にも協力させてください。すべて承知しているつもりです。リサにとってもこのほうがいいでしょう」

松村は違法を承知でリサの身柄を託してくれた。


リサを助手席に乗せて相馬が次に車を走らせた先は千葉県木更津市だった。市内に入った頃には陽はとっくに暮れている。国立同様、目指す場所は市の中心街から少し離れたところだ。

足利を出たあと、車中で電話をかけてあるので先方はすでに待っているはずである。途中、リサに食事をとらせて時間を潰し、約束の時間になるのを待ってやってきたのだった。

湾岸沿いの工業地帯に車を停める。リサとともに車外へ出ると、ライトに照らされた巨大なコンクリート製の壁が闇夜に浮かび上がっていた。

今日、昼から回ってきたどの施設とも違う雰囲気だ。壁は巨大な施設全体を囲むように続き、最上部には有刺鉄線、一定の間隔を空けて監視カメラも見える。

相馬の前には立派な門も見えるがこれでも裏門なのだという。門の脇に設置されていたモニターにあらかじめ聞いていた認証番号を打ち込むと扉が自動的に開いた。

時刻はちょうど〇時を過ぎたところだ。深夜になりすでに施設内に人影はない。建物の中に入ったところで待っていたのは久々に見る元同僚の顔だった。

「久しぶりだな。海住」

「相馬も元気そうでよかったよ」

片手を上げて相馬を迎えたのは、ＭＯＣ東京本部で相馬とともに記憶操作官をしていた海住真澄だった。

海住は相馬の後ろに立つリサを認めると静かに抱きしめてつぶやいた。

「リサ、ごめんよ。私のせいで……」

海住が目に涙を溜めてリサに謝る。

しかし海住が抱きしめてもすべての記憶を消されているリサは何も反応を示さない。ただ茫然とされるがままになっていた。

相馬とともに国立の施設を何度か訪れリサを見てきた海住だったが、面と向かって接するのは初めてだった。

茫然と立ち尽くすリサに海住が驚いている。

その様子を眺め、相馬は改めて記憶削除の刑がどれだけ残酷なことか痛感するのだった。

海住は一般人から記憶を買い取り上司に転売することで小金を稼いでいたが、リサのメモリーから騒動の発端となる記憶を発見してしまう。これを売ってしまったことがあの事件のすべての始まりだった。

海住はそのことで多くの子どもたちを犠牲にしてしまったと後悔し、一時はMOCを辞める決心をしていた。

斜に構えてはいるが根は純粋な奴だ。小遣い稼ぎが人命に関わってしまい罪の意識に苛まれたのだろう。

ところが幸か不幸か、その後海住は黒宮に拉致されて事件に関わる記憶をすべて削除されてしまった。

その後の捜査の結果、海住が一般人の記憶を違法にコピーしていたことが判明したが、それらはすべて上司である荒川の指示であり、海住には拒否することは不可能だったという弁護士の主張が通ったのである。結果、海住は無罪となった。

もちろん当の海住は相馬たちからすべてを知り、自分だけ罪に問われないのは許せないと辞職しようとしたが、今後の計画のために同志が一人でもMOCに残ってくれるほうがいいと相馬が説得したのである。

その結果、海住は今でもこの施設で働いている。昨年には削除室の出入りを管理する課長に昇格したという。

　ここはＭＯＣ千葉支部だった。


　当直スタッフと出くわさないように注意しながら海住が相馬とリサを案内して施設内を進んでいく。ようやくたどり着いた先の扉には『№２』と書かれていた。

　厳重な扉。無機質な文字。そして出入りを制限するモニター。

　どれもこれも懐かしい。

　海住がモニターに手を当てて開錠する。音もなく開いた先にはすでに二人の男が待っていた。

　一人は六十歳を超えて頭髪こそ真っ白だが身体は頑健そうだ。なによりその眼は現役のときの鋭さを失っていない。

　もう一人も相馬より一回り年上である。つい先日、司法試験に合格したと連絡を貰っていた。三年にわたる猛勉強で頬の肉は削げ落ちていたがかえって精悍さを増している。

　年配のほうは元ＭＯＣ東京本部本部長・森田和樹。

　そしてもう一人は同じくＭＯＣ東京本部にいた元課長の長尾正だった。

　森田は黒宮の陰謀によりＭＯＣを追われ、その後リサとコウキを匿って事件の真相究明に尽力してくれた。長尾も同じく相馬に力を貸してくれたのちにMOCを去っている。

しかしこの三年、それぞれの道を歩みながらも、同じ目的に向けて取り組んできた同志だった。

「相馬くん、やはりこの時が来たんだね」

森田の鋭い眼光に相馬がうなずく。

「ええ。できればこれ以上リサに負担はかけたくなかったです。すべてを解決したのちに合法的にやりたかったんですが……」

「仕方ないさ。一筋縄ではいかない奴らだ。我々も腹をくくろう」

そう言って相馬の決心を支持してくれたのは長尾だった。

「早く！　時間がないよ。どんな理由があろうと違法は違法なんだ」

海住が三人をせっつく。

かねてより〝実行〟の際には四人で集まろうと話していた。

海住はMOC内への誘導係。違法行為とはいえ立会人を務めるのが森田と長尾だ。

その声に我に返ると相馬はポケットに手を入れた。

取り出したのは浅草の無縁墓でコウキの骨壺に隠していたものだ。

四年前、リサが逮捕される前、彼女の思い出のすべてをコピーしたメモリーチップだった。

黒宮たちに記憶を抹消されることを恐れてコピーしていたのである。もちろん事件に関わる部分だけでよかったが、相馬たちは念のためリサの全記憶をコピーしていたのだ。

後ろに佇むリサが相馬たちの様子を不審げな顔で眺めている。

全記憶を削除されて幼児と同じ認識能力であっても、これから行われることを敏感に察知したのだろうか。そうでなくても無機質な部屋は厳めしい。モニターや計器が所狭しと並んでいるため不気味な雰囲気を醸し出していた。

不安げな様子に気づいた相馬がリサの前に歩み寄る。

「リサ、心配いらないよ。この椅子に座ってごらん」

リサ自身が話す言葉は片言だが周りの会話はほぼ理解できている。

相馬の呼びかけに最初は不安そうな顔をしていたが、施設に何度もやってきて親しくしてきた相馬の言葉にうなずいた。

「そう、良い子だ」

そう言いながらリサの頭に装置を被らせた。様々なコードがつながれていていかにも物々しい。

「ちょっとピリッとするけど大丈夫。すぐに終わるからね。これから君の大切な思い出を取り戻すんだ。ようやくみんなに会えるよ」

そう言って相馬はリサを座らせた椅子から離れると、海住にメモリーチップを渡した。

海住が専用装置にメモリーチップをセットし「完了」とつぶやく。

相馬は海住の合図を受けて後ろで見守る森田と長尾を見た。

二人とも真剣な表情で見返したあと揃ってうなずく。

相馬はリサを見つめ直すとボタンにかけていた指に力を込めた。

「君の全記憶を復元する」

カウント13

目を開けた瞬間、そこには見慣れぬ景色が広がっていた。

三十畳ほどの部屋の壁には大型モニター。座っている椅子の前には複雑な計器が並んでいる。頭がやけに重い。手を伸ばすとヘッドギアを被らされていた。

反射的にヘッドギアを外し立ち上がる。

く。

四年前までの鮮明な記憶。その上にぼんやりとしたその後の記憶が上書きされてい

一瞬混乱して目を瞑る。しかし瞬時に感覚が戻ってきた。

名前を呼ばれて振り返ると、そこには四人の人影があった。

「リサ……」

そうか。そうだったのか。

ようやく時系列をすべて理解すると自然と口から名前が漏れた。

「相馬さん、それに森田さん、長尾さん、真澄姉さんも……」

ついさっきまでのぼんやりとした視界と思考は消え、すべてがクリアに見えていた。

それでも理解できないこともある。

「私は、どうして――」

すると目の前にいた相馬が一歩近づいて話し始めた。

「リサ、これから話すこと、落ち着いてよく聞くんだ」

相馬の神妙な顔つきに身構える。

「すべてを君に伝えるか、みんなでたくさん話し合ったんだ。でも君のためにも日本のためにも、これが一番だと確信している」

相馬はそう前置きしたあと、この四年間の黒宮たちの裁判の経過を説明し、半日前

に無罪が確定したことを説明した。

まさか！　無罪だって⁉

リサは頭の中で叫ぶ。身体が一気に熱くなり頭に血が上っているのがはっきり分かった。心臓が早鐘のように打っている。

「一審も二審も有罪判決だった。俺たちも有罪を確信していたし、あとは無期懲役か死刑か、論点はそこだろうと思っていたんだ。それなのに無罪になったんだ」

相馬も悔しいのだろう。拳を強く握りしめ顔は興奮で紅潮していた。

「黒宮は元ＭＯＣ東京本部長。兵藤はＭＯＣナンバー4だ。そして中田にいたっては元法務大臣で政治の世界に絶大な影響力を持っている。スキャンダルを封じ込めたい政府が司法に圧力をかけたに違いない。この国の正義はどうなってるんだ！」

長尾が吐き捨てるように告げた。

「彼らの無罪は想定外だが我々の最終目的はそこではない」

最年長の森田が落ち着いた口調で語りだす。

「そもそも、この記憶削除法自体が残虐極まりない。人間の尊厳を傷つける悪法だ。法律を履行するＭＯＣの元職員が言っても説得力がないかもしれないがね。でも、だからこそ、我々はその非道さを知っている。リサ、全記憶を削除されていた君なら分かってくれるだろう。記憶削除法がどれだけ恐ろしいものか、全世界に訴えたい。そして法律そのものを葬りたいんだ。それにはリサの力が必要だ。君の見てきたことは世界に衝撃を与えるだろう。ぜひ我々に協力してほしい」

森田に言われてリサはわが身を振り返った。

確かにそうだ。

記憶を戻されるついさっきまで、自分が何者かも分からずただ漫然と生きていた。息を吸い食べて排泄するだけの〝モノ〟だった。それは〝リサ〟でも何でもない。ただ十九年生きてきた女の子が居るだけだった。

それまで持っていた夢も希望もすべて失う。大切な仲間のこともまったく認識できなくなるのだ。

それで〝生きてる〟と言えるのか。

リサは森田の意見に賛同する。

自分にできることなら協力しようと。

ところが、そこでふと気づいた。

「コウキは?」

浅草の仲間を殺され、復讐のために一緒にMOC東京本部を襲撃したコウキが、ここにいない。

犯してきた罪はリサと同じだ。ならば彼も全記憶削除の刑にされたはず。

自分がここにいるのなら相馬たちはコウキの記憶も戻してくれたのではないのか。

しかし、リサが彼の名前を口にしたとたん部屋に重い空気が流れる。

相馬が深いため息をついて近づいてくる。

嫌な予感が胸に広がりリサは息を止めて相馬の顔を見つめた。

「コウキは、死んだんだ」

「……どうして?」

「三年前、全記憶を削除される前に独居房の中で自ら命を絶った」

言葉が耳に入ったとたん身体が拒絶反応を起こす。

「いや……」

「遺されていた手紙にはリサのことをよろしく頼むって――」

脚の力が抜けてその場にくずおれる。とめどなく涙が溢れてきた。

浅草で暮らしてきた仲間の中でコウキとはもっとも長く一緒だった。

二つ年上ということもあり兄のような存在だった。

コウキは何かと自分を庇ってくれていつもいつも気にかけてくれた。

仲間を一気に失い自分たちだけになってからは、さらにかけがえのない存在だったのに。

そのコウキが、もうこの世にいない。

私のこの思い出を一緒に懐かしんでくれる人はもう誰もいなくなってしまった……。
リサは削除室の中でただひたすら泣き続けた。
「リサ、辛いことを教えてしまって、すまない」
ひとしきり泣いたあと相馬がポツリとつぶやく。
そしてリサの背中にそっと手を添えてくれた。
その声を聞きリサはようやく我に返る。
コウキの死は自分の身体の一部を引き裂かれるような思いだ。
しかし私は独りじゃない。
自分を想ってくれる新しい仲間がいる。
背中から相馬の手の温もりが伝わってくる。
リサは力を振り絞って立ち上がると相馬の目を見つめて告げた。
「――分かったよ。あんたたちに協力する」
その言葉に相馬の口元が優しく緩む。
しかしリサは続けて言った。
「でもひとつだけ条件がある。仲間を殺した黒宮たちは絶対に許せない」
リサの目が怒りの色に染まっている。
その鋭い眼光に居合わせた四人も静かにうなずいた。

＊

一ヶ月後――

この日、リサは再びＭＯＣ千葉支部にいた。

時刻は日付が変わって午前二時過ぎ。当直の者以外にスタッフはいない。しかも数少ない当直の彼らも仲間に引き入れていた。

約一ヶ月かけて準備を重ね、この三日で最後の仕上げをしてきたのである。

ここまではすべて計画どおり。

リサの後ろには、相馬、森田、長尾、海住の四人が立っている。リサたちが居るのはこの間と同じNo.2の削除室。そしてすでに〝処置〟を終えた二人が意識を失い削除室の床に転がっていた。

一人はでっぷりと肥えた腹を突き出して、まるで釣り上げられたフグのように転がっている。もう一人は体格こそ小柄なものの、禿げ上がった頭の下の顔はいかにも狡猾そうだ。

肥えたほうは兵藤元ＭＯＣ関東統轄長。禿げ頭のほうが中田元法務大臣だった。

しかし、処置の済んだ二人はもうこの名で呼んでいいのか分からない。少なくとも彼らに自分がその名前である認識はもうないはずだ。

そして最後の一人を残すだけとなった。

男は後ろ手に縛られ、猿ぐつわを噛まされて床に転がっている。

筋肉質の見事な体軀。黒々とした髪を後ろに撫でつけている。目は閉じているが相変わらず目つきが鋭い。

兵藤と中田に会うのは今日が初めてだったが、リサはこの男にだけは会ったことがあった。

とはいえはっきりとした認識はない。生後間もないころ一度会っただけだ。以前、相馬によって自分の記憶を見せられたので〝会ったことがある〟と分かっているだけである。

事件のキーマンでありリサの実の父親、元MOC東京本部長の黒宮猛だった。


最高裁判所の判決が下った直後、兵藤、中田、黒宮らは東京拘置所から解放された。

世間は彼らの悪行を疑い一時マスコミは荒れに荒れた。

しかし世間の注目も時とともに薄れてゆく。

黒宮たちは釈放後に行方をくらまし表舞台から消えると、ヒートアップしていたマスコミのトーンも弱まってくる。半月も経つと芸能人の不倫報道ばかりがニュースを賑わす始末だった。

しかし、鎮静化する世間をしり目に相馬たちはあらゆるルートを使って黒宮たちの居所を突き止めた。

そしてこの三日、一日に一人ずつ拉致していったのである。

拉致の方法は新郷がフリーライターの河合を襲ったときと同じだ。おそらく浅草の子どもたちも同じ方法で捕まえられたのだろう。ハンカチに染みこませた麻酔薬を口に当てて眠らせその隙に車に押し込むのである。いたって古典的だがこれが一番シンプルで実行性が高かった。

そうして麻酔薬が切れた順に処置を施してきたのだが、最後に残ったのが黒宮だった。

手元の時計を見ていた相馬がつぶやく。

「そろそろ薬が切れる」

その合図を見計らったかのように黒宮が目を覚ました。

意識を取り戻し、相馬、森田、長尾の姿を確認したとたん黒宮の顔つきが豹変(ひょうへん)する。目をまん丸に見開き恐怖と興奮で顔を真っ赤にしていた。

自分の横でぐったりと転がる中田と兵藤の姿がさらに恐怖を掻き立てたのだろう。

さすがに若くして要職に就いていただけのことはある。一瞬ですべての状況を把握したようだ。

とはいえ口も手脚の自由も利かないため、ただ呻き声を上げるだけだ。

相馬が黒宮を抱き上げ、バタバタと暴れるのを無視してそのまま椅子に座らせる。

すると、彼らの後ろにいたリサが黒宮の前に立った。

黒宮がリサの顔を不思議そうに見つめる。その表情を見てリサがつぶやいた。

「私が誰か分かる？」

黒宮が一瞬訝し気な表情を見せたあと、すぐにすべてを認識して驚愕の表情を浮かべた。

「そう、私はリサ。あんたが殺しを指示したストリートチルドレンの生き残り。で、あんたが棄てた実の娘よ」

黒宮が驚きでくぐもった声を漏らした。

「全記憶削除の刑になったはずって思ってるんでしょ。一度は執行されたわ。でもこの人たちが復元してくれたの。おかげであんたの凶行も、なにもかも思い出せた――」

リサが身動きの取れない黒宮の頭にヘッドギアを被せる。

ヘッドギアにより黒宮の頭にあるメモリーチップからデータが読み込まれてゆく。

壁の大型モニターに、四十数年の彼の人生の記憶が、チャプター画面になって少しずつ表示されていった。

「タク、エリ、ユウタ、ユカ、リョウタ、カズヤ、タロウ、リエ、タクミ……みんな大切な仲間だった」

リサがモニターを見つめながら訥々と言葉を紡ぎ始める。その手には薄汚れた白いマフラーが握られている。それは昔、仲間から贈られた思い出の誕生日プレゼントだった。

「そしてコウキ、大好きだったのに……」

リサの頬にはいつのまにか大粒の涙が伝っていた。

「あんたにとってはただの汚いストリートチルドレンだったかもしれない。確かに私たちは生きるためには何でもした。車上荒らしも万引きも当たり前だった。でもね。それも生きるためなの。親から捨てられた私たちはそうでもしないと生きていけなかった」

今まで抑えていたリサの感情が溢れ出す。

「何も持たない私たちだったけど、だからこそ仲間は大切だった。家も、服も、お金も、他には何もいらない。いつもお腹を空かしていたけど、一緒に泣いて、笑ってくれる仲間がいてくれたら、それで私たちは幸せだったのに！」

リサは叫びながら黒宮に迫る。

黒宮はただリサを凝視していた。

「でももうみんないない。大切な仲間はみんなあんたの命令で殺された。あんたを父親と思ったことは一度もない。今までも。これからも。私には両親はいなかった。いたのは大切な仲間だけ」

何をされるか悟った黒宮が椅子から下りようと必死にもがく。

しかし相馬と長尾がそれを許さない。全記録の読み取りが完了すると相馬がリサに向かってうなずく。

涙に濡れる瞳でその合図を確認するとリサは黒宮へ最後に言った。

「あんたを殺しはしない。あんたにはこの刑がもっとも相応しい。この刑がどれだけ残酷か、あんた自身で確かめるといいわ。私たちが必ずこの法律を潰してみせる。もう私たちみたいな犠牲者を出しちゃいけない。この刑を受けるのはあんたが最後になるのよ」

黒宮が猿ぐつわの奥から最後の咆哮を上げる。

呻き声が部屋に響き渡る中、リサが指先に力を込めた。

「お前の全記憶を削除する」

この物語はフィクションです。
実在する個人、組織、事件等とは一切関係ありません。

初出
「メモリーを消すまで 上・下」
単行本（書き下ろし）、二〇一〇年六月、文芸社
「メモリーを消すまで Ⅰ・Ⅱ」
文庫、二〇一四年二月、文芸社文庫
スピンオフ「終幕 ―三年後の決着―」
書き下ろし

メモリーを消（け）すまで

二〇二〇年一〇月一〇日　初版印刷
二〇二〇年一〇月二〇日　初版発行

著　者　山田悠介（やまだゆうすけ）
発行者　小野寺優
発行所　株式会社河出書房新社
〒一五一-〇〇五一
東京都渋谷区千駄ヶ谷二-三二-二
電話〇三-三四〇四-八六一一（編集）
〇三-三四〇四-一二〇一（営業）
http://www.kawade.co.jp/

ロゴ・表紙デザイン　粟津潔
本文フォーマット　佐々木暁
本文組版　株式会社創都
印刷・製本　中央精版印刷株式会社

Printed in Japan　ISBN978-4-309-41769-1